Frances Fyfield

Nur wer frei von Sünde ist

Roman

Aus dem Englischen
von Pociao

Hoffmann und Campe

Die Originalausgabe erschien 2003 unter dem Titel
»Seeking Sanctuary« im Verlag Little, Brown, London

1. Auflage 2004

www.hoffmann-und-campe.de
Schutzumschlaggestaltung: Büro Hamburg/Susanne Schwarz
Foto: Macpherson/Getty Images
Satz: Dörlemann Satz, Lemförde
Druck und Bindung: GGP Media, Pößneck
Printed in Germany
ISBN 3-455-02235-9

HOFFMANN
UND CAMPE

Ein Unternehmen der
GANSKE VERLAGSGRUPPE

Für Donna Leon

Prolog

(Dokumente im Besitz von K. McQ., E. Smith und einer weiteren Person, bestehend aus Entwurf und endgültiger Version eines Testaments zur Weitergabe, falls und wenn erforderlich.)

Dokument 1
TESTAMENTSENTWURF

Lieber Smith, hiermit sende ich den Testamentsentwurf mit einigen Anmerkungen zurück. Ich möchte schon sehr bald abtreten, also beeilen Sie sich, ich halte es einfach nicht mehr aus. Sollte ich sterben und jemand mich holen kommen, wünschte ich, es wäre der Teufel, nicht Gott.

DIES IST MEIN LETZTER WILLE. *(Und Scheiß auf alles, was ich vorzuweisen habe, bis auf ein Haus, eine Freundin und unanständig viel Geld. Der Rest ist dahin.)*

1. Ich, Theodore Calvert, widerrufe hiermit alle früheren Testamente und Verfügungen, die ich vor dem Datum meines heutigen letzten Willens gemacht habe. *(Fünfzehn laut letzter Zählung.)*

2. Ich bestimme Rechtsanwalt E. Smith zum Testamentsvollstrecker dieses meines letzten Willens und zum Treuhänder und ermächtige ihn, nach eigenem Ermessen weitere Mitvollstrecker und Treuhänder zu bestimmen.

3. Ich möchte eingeäschert werden. *(Damit meine ich, buchstäblich zu Asche verbrannt, und zwar unter Verzicht auf jede Art von Gebet. Anschließend soll die Asche als Zeichen meiner Verachtung dem nächstbesten Priester ins Gesicht geschleudert werden.)*

4. Sowohl der oben genannte E. Smith als auch sämtliche von ihm bestimmte Mitvollstrecker und Treuhänder erhalten, soweit sie in dieser Eigenschaft tätig werden, eine angemessene und standesgerechte Vergütung. Dies gilt für alle mit der Vollstreckung meines Testaments verbundenen geschäftlichen Angelegenheiten wie auch für die Verwaltung meines Vermögens und andere damit verbundene Tätigkeiten einschließlich solcher, die einem Treuhänder in ebendieser Eigenschaft persönlich erlaubt sind. *(Blah, blah, blah.)*

5. Ich verfüge das nachfolgend im Einzelnen aufgeführte Vermächtnis:

Kay McQuaid die Summe von 20000 englischen Pfund pro Jahr, solange sie weiter in meinem Haus lebt. *(Ist das genug? Sie hat mir stets gute Dienste erwiesen, oder? Vielleicht ja doch nicht? Jedenfalls ist sie der einzige Mensch auf der Welt, dem ich über den Weg traue.)*

6. VORBEHALTLICH EINER WIRKSAMEN BEGLEICHUNG meiner berechtigten Schulden sowie der Bestattungs- und Vollstreckungskosten HINTERLASSE UND VERMACHE ICH meinen gesamten Besitz und mein persönliches Vermögen, was auch immer und wo auch immer, sofern durch diesen meinen letzten Willen nicht anders verfügt, einschließlich aller potenziell noch für mich ausstehenden Erbschaften meinen Treuhändern, die es verkaufen, einfordern und zu Geld machen sollen,

und zwar vollständig nach eigenem Ermessen. *(Blah, blah, blah.)* Meine Treuhänder sollen die Nettoerlöse für einen Zeitraum von zwei Jahren nach meinem Tod verwalten und davon sämtliche laufenden Ausgaben für anstehende, im Anhang zu diesem meinem letzten Willen spezifizierte Aufträge begleichen. *(Blah.)*

7. ICH HINTERLASSE UND VERMACHE die Erlöse aus dem oben erwähnten Treuhandvermögen zu gleichen Teilen meinen beiden Töchtern, UNTER DER BEDINGUNG, DASS sie für den o. a. Zeitraum von zwei Jahren frei von SÜNDE bleiben. *(Nein, damit meine ich nicht, dass sie die Zehn Gebote oder den übrigen Quatsch aus dem Katechismus befolgen sollen, den die verabscheuungswürdige Kirche ihrer Mutter ihnen auferlegt. Ich meine echte SÜNDE. Von mir aus sollen sie Gott lästern, auf Gräbern tanzen, sich der Habgier, Völlerei und Wollust hingeben, aber Sie haben gesagt, ich könnte das nicht zur Bedingung machen. Bedingungen dürfen ausschließlich negativer Natur sein. Sie sollen unhöflich, rebellisch und sogar abstoßend sein. Ich glaube nicht an SÜNDE, aber sie sollen erfahren, was die Unterdrückung von Sünde für Konsequenzen hatte. Ich wünsche ihnen ALLES ANDERE als die zerstörerische Frömmigkeit ihrer Mutter.)* Hinsichtlich dieses meines letzten Willens wird SÜNDE hiermit als INZEST, GRAUSAMKEIT und VERRAT definiert. Das Begehen der Sünde muss offensichtlich sein. *(Sie haben mir geraten, den Begriff einzugrenzen. Dies ist keine willkürliche Auswahl. Ich kann mir nichts Schlimmeres vorstellen als die Kategorien, die ich genannt habe, abgesehen von Mord, und sie alle haben den Tod der Seele zur Folge. Das sind die Sünden, deren meine Frau mich bezichtigte, stets im Namen Gottes, und die einzigen, die ich nie verübt habe. Kapiert?)*

8. FÜR DEN FALL, dass eine meiner Töchter überführt wird, eine der o. a. SÜNDEN begangen zu haben, gilt das Vermächtnis an beide als hinfällig, und der Rest

meines Erbes soll komplett an Jack McQuaid übergehen. *(Warum? Sie Idiot, warum wohl? Weil es ihn vielleicht, nur vielleicht, rettet, und wenn nicht, kann es ebenso gut zum Teufel gehen.)*

Unterzeichnet von besagtem THEODORE CALVERT als sein letzter Wille in Anwesenheit von uns beiden, die zugleich in seiner Anwesenheit und der des jeweils anderen als Zeugen mit unseren Namen unterschreiben. *(Fragen Sie nicht, warum, Smith. Ich gehe in diese dunkle Nacht hinaus und werde für lange Zeit wegbleiben. Kummer bringt mich um. Tun Sie um Gottes willen, was ich sage. Ich meine nicht um GOTTES WILLEN. Sein Wille ist mir scheißegal. ICH HASSE GOTT, ich hasse Gott … hasse diesen Jesus Christus und all seine vermaledeiten Heiligen. Ich hasse es, in welchem Ausmaß er meine Töchter einschränkt. Ich hasse den Gott meiner Frau, dieser perversen, fanatischen Christin, die meine Kinder in einem Sumpf von Heiligkeit erzogen, in Watte gepackt und mir weggenommen hat. Sie brachte ihnen bei, mich zu hassen, bis ich die Kirche hasste, die ihren Wahnsinn und ihre Angst vor dem Teufel geprägt hat. Und mir zugleich vor Augen führte, was die Hölle bedeutet. Man verliert die Achtung seiner eigenen Nachkommen und muss sich von ihnen beschimpfen und in den Dreck ziehen lassen. Es ist die Erfahrung von Hass, Machtlosigkeit und unermesslichem Leid, es bedeutet, nutzlos zu sein und zusehen zu müssen, wie die eigenen Kinder ihr Leben vergeuden. Es bedeutet, bei lebendigem Leib von Liebe und Reue zerfressen zu werden. DAS ist die Hölle.*

Schicken Sie das postwendend zurück. Ich möchte sterben.)

Dokument 2
ENDGÜLTIGE VERSION

DIES IST MEIN LETZTER WILLE.

1. Ich, Theodore Calvert, widerrufe hiermit alle früheren Testamente und Verfügungen, die ich bisher gemacht habe.

2. Ich bestimme Rechtsanwalt E. Smith zum Testamentsvollstrecker dieses meines letzten Willens und zum Treuhänder und ermächtige ihn, nach eigenem Ermessen weitere Mitvollstrecker und Treuhänder zu bestimmen.

3. Ich möchte eingeäschert werden.

4. Sowohl der oben genannte E. Smith als auch sämtliche von ihm bestimmte Mitvollstrecker und Treuhänder erhalten, soweit sie in dieser Eigenschaft tätig werden, eine angemessene und standesgerechte Vergütung. Dies gilt für alle mit der Vollstreckung meines Testaments verbundenen geschäftlichen Angelegenheiten wie auch für die Verwaltung meines Vermögens und andere damit verbundene Tätigkeiten einschließlich solcher, die einem Treuhänder in ebendieser Eigenschaft persönlich erlaubt sind.

5. Ich verfüge das nachfolgend im Einzelnen aufgeführte Vermächtnis:

Kay McQuaid die Summe von 20000 englischen Pfund und das Wohnrecht in meinem Haus für einen Zeitraum von zwei Jahren.

6. VORBEHALTLICH EINER WIRKSAMEN BEGLEICHUNG meiner berechtigten Schulden sowie der Bestattungs- und Vollstreckungskosten HINTERLASSE UND VERMACHE ICH meinen gesamten Besitz und mein persönliches Vermögen, was auch immer und wo auch immer, sofern durch diesen meinen letzten Willen nicht anders verfügt, einschließlich aller potenziell noch für mich ausstehenden Erbschaften meinen Treuhändern, die es verkaufen, einfordern und zu Geld machen sollen,

und zwar vollständig nach eigenem Ermessen. Meine Treuhänder sollen die Nettoerlöse für einen Zeitraum von zwei Jahren nach meinem Tod verwalten und davon sämtliche laufenden Ausgaben für anstehende, im Anhang zu diesem meinem letzten Willen spezifizierte Aufträge begleichen.

7. ICH HINTERLASSE UND VERMACHE die Erlöse aus dem oben erwähnten Treuhandvermögen zu gleichen Teilen meinen beiden Töchtern, UNTER DER BEDINGUNG, DASS sie beide für den o. a. Zeitraum von zwei Jahren frei von SÜNDE bleiben. Hinsichtlich dieses meines letzten Willens wird SÜNDE hiermit als INZEST, GRAUSAMKEIT und VERRAT definiert. Das Begehen der Sünde muss offensichtlich sein.

8. FÜR DEN FALL, dass eine meiner Töchter überführt wird, eine der o. a. SÜNDEN begangen zu haben, gilt das Vermächtnis an sie beide als hinfällig, und der Rest meines Erbes soll – nach ausreichender Überprüfung seiner Identität – komplett an Jack McQuaid übergehen.

Unterzeichnet von besagtem THEODORE CALVERT als sein letzter Wille in Anwesenheit von uns beiden, die gleichzeitig in seiner Anwesenheit und der des jeweils anderen als Zeugen mit unseren Namen unterschreiben.

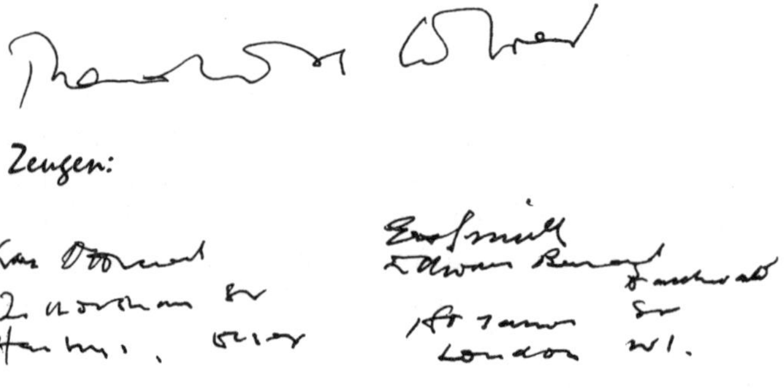

1

Du sollst den Herrn, deinen Gott, ehren

In der Klosterkapelle war es so warm wie auf einer Krankenstation, die Luft beinahe schwül und geschwängert von dem Gestank nach welken Blumen, Desinfektionsmitteln, feuchten Mänteln, dem frisch gestärkten, strahlend weißen Messgewand des Bischofs, dem von der Mitra ausgehenden Geruch nach Unantastbarkeit und dem überwältigenden, erstickenden Duft des Weihrauchs. Der Empfang der Eucharistie folgte auf eine Predigt, der es entweder an rechter Überzeugung oder an Aufrichtigkeit mangelte. Anna Calvert beobachtete die Schlange der Nonnen, die auf den Empfang des Sakraments warteten, bevor sie ihre Plätze auf der anderen Seite des Mittelgangs wieder einnahmen, und putzte sich die Nase.

Die Älteste von ihnen war gestorben. Zugegeben, in einem Alter und einem Zustand, der den Tod als angemessen erscheinen ließ, als Erlösung von tapfer ertragenen Schmerzen und letzte Station eines langen, schmalen Pfades zum Himmel. Dennoch markierte er das Ende einer guten Seele. Sie hielten die Totenmesse für eine Frau, deren Leistungen und deren großen Einfluss der Bischof lieber nicht erwähnte, und Anna fragte sich, warum. Es war eine Gelegenheit, die Verstorbene zu ehren, er aber schien Schwierigkeiten zu haben, sich an Namen zu erinnern, und zog es vor, stattdessen eine Moralpredigt über den

Zustand der katholischen Kirche zu halten, bei der er nicht mit schaurigen Verweisen auf die Sünde sparte, für die wir alle Buße tun müssten, sogar die Toten.

Anna schnäuzte sich erneut und löste den feuchten Kragen der Bluse vom Nacken, um das Gefühl der Verwirrung loszuwerden. Warum war es hier so stickig? Das Fenster hinter dem Altar strebte in einem ebenso eleganten Schwung der Decke entgegen wie die Mitra des Bischofs. Es lud dazu ein, nach dem Himmel und den Bäumen zu greifen, die hinter dem Glas sichtbar waren, so dass man fast das Gefühl hatte, in einem Birkenhain zu sitzen. Von der Seite warf sie einen Blick auf ihre jüngere Schwester, die jenseits des Mittelgangs bei den Nonnen saß. In deren reifer Gesellschaft wirkte sie lächerlich jung. Therese, die sie im selben Augenblick mit gleicher Besorgnis ansah, verdrehte die Finger, ein winziges geheimes Zeichen der Beruhigung, und rollte die Augen. Anna senkte den Kopf, um ein Lächeln der Erleichterung zu verbergen. Vielleicht hatte eine so trockene, unpersönliche Messe, die sich alle Tränen verbat, auch ihre Vorteile.

Was meinte der Bischof bloß mit Sünde? Schwester Jude hatte das Böse durchaus benennen können, weil sie Definitionen liebte, und vielleicht hatte sie auch Fehler im Leben gemacht, aber Sünde war ihr vollkommen fremd gewesen. Es sei denn, Humor und Respektlosigkeit zählten dazu, was offensichtlich der Fall war, wenn man Stil und Inhalt seines erbärmlichen, gekünstelten Rituals bedachte. Von gutem Geschmack und echten Gefühlen war nichts zu bemerken. Schwester Jude war die Tante von Annas verstorbener Mutter gewesen, aber auch Annas Tutorin, Freundin und Inspiration, Mentorin und durchaus prachtvolle Ersatzgroßmutter. In der wirklichen Welt hatte sie als Lehrerin echte Wunder vollbracht und in dieser kleinen Schwesterngemeinde für Halt und Weisheit gesorgt. Zwar hatte sie sich häufig mit ihrer Großnichte gestritten, doch das einzig Unüberlegte, was sie in ihrem

Leben je getan hatte, war, dass sie starb, als sie noch gebraucht wurde, genau wie die anderen. Überwältigt von dem Gefühl des Verlusts, erinnerte sich Anna daran, dass der Akt des Sterbens keine bloße Willensentscheidung war, um einen von Judes Begriffen zu verwenden. In ihrem Fall war es eine Frage des allgemeinen Zerfalls gewesen, von dem nur ihr Geist verschont geblieben war.

Die alten Nonnen standen mit gesenkten Köpfen und verschränkten Händen in einer Reihe da, wie Dienstboten. Sie erinnerten an eine Ansammlung gefühlloser Statuen. Was für eine grässliche Zeremonie, dachte Anna mit einem Anflug von Verzweiflung, grässlich und trostlos. Kein Heulen und Wehklagen, und das einzige Zähneknirschen kam von ihr selbst. Standardmusik vom Band, eintönige Gebete eintönig gesprochen, keine Spur von Feierlichkeit oder Trauer. Messe Nr. 52, so nichts sagend und unpersönlich wie Frühstücksflocken, seltsam gefühllos und deshalb hilfreich bei dem Versuch, sich zusammenzureißen.

Die Wärme intensivierte den Duft der Lilien, die sie gestern besorgt hatte. Nach einer Nacht mit der Leiche im Sarg in der Kapelle waren sie jetzt beinahe verwelkt, und die winzige Schwester Jude, ihre trotz der fünfzig Jahre Altersunterschied unerschütterlichste, aber auch kritischste Freundin, begann allmählich zu verwesen. Es hatte kein Mark mehr in den Knochen gegeben und erst recht keine Sünde. Die heruntergeleierten Gebete wurden weder ihr noch den unverrückbaren Dimensionen der Kapelle gerecht. Um der Lebenden willen schluckte Anna den kratzigen Tränenkloß herunter.

Schließlich verließen sie die Kapelle mit ihrem gedämpften Licht, drängten sich höflich im Gänsemarsch durch die schmale Tür und standen dann in Grüppchen auf der Straße. Therese kam zu ihr. Sie schob Anna eine Haarsträhne hinters Ohr, und Anna tat dasselbe bei ihr, bevor sie sich fest unterhakten und auf die wartenden Bestattungswagen zugingen. Das raue Gewebe von Thereses langärmeligem Gewand fühlte sich warm auf Annas Haut an. Sie drückte ihr dankbar den Arm und spürte, wie die Geste erwidert wurde. Der Friedhof war meilenweit entfernt. Sie setzten sich in eine der drei prächtigen Karossen, die selbst für den Transport des Papstes geeignet schienen, falls der je zu Besuch kommen sollte, und beobachteten, wie der Regen glitzernde Tropfen auf der Scheibe hinterließ. Bewundernde Blicke fielen auf die beiden blonden Mädchen, die so unbestritten Schwestern waren. Hand in Hand saßen sie ruhig da und platzten beinahe vor Stolz aufeinander. So vereint, nahmen sie den beiden ehemaligen Schülerinnen die Befangenheit, genauso wie einer Verwandten der Verstorbenen aus einem unbekannten Zweig der Familie, den sie nie kennen gelernt hatten: alles fromme Katholiken, die lobende Worte für die Messe und die Anwesenheit des Bischofs fanden.

Es war eine lange und hässliche Fahrt hinaus in die Vororte, eine letzte, langweilige Reise auf der Suche nach einem passenden Friedhof, der ausschließlich gläubigen Christen vorbehalten war.

»Vielleicht wäre ihr ein Acker lieber gewesen«, murmelte Anna Therese zu.

»Aber diese Polster hier hätten sie entzückt«, antwortete Therese, und beide unterdrückten ein plötzliches Bedürfnis loszukichern, das sie bei diesem Gedanken ergriff. Der Leichenzug fuhr an der Maschendrahtumzäunung vorbei, die eine Industrieanlage umgab, und dann schlängelten sich die Wagen hügelan zum Friedhof mit seinem Ausblick auf den Maschendraht unten und den grauen Himmel oben. Anna hätte hier nicht begraben sein wollen. Es erschien ihr wie eine letzte Demütigung, zwischen lauter künstlichen Blumen bestattet zu werden und zum Murmeln auswendig gelernter Gebete in diesem herablassenden Kanzleistil, der sie allmählich zur Weißglut brachte.

Die Worte am offenen Grab waren genauso neutral wie die in der Kapelle. Es gab ein Gesetz für Beerdigungen, das unausweichlich Regen vorschrieb und auch, dass alle Anwesenden sich auffällig steif benehmen sollten, als stünden sie selbst unter Verdacht. Sie versammelten sich rund um die Grube in der Erde, während der Sarg herabgelassen und von einem Stellvertreter des Bischofs, da Letzterer bereits zu einer anderen Verabredung unterwegs war, mit Wasser aus einer Plastikflasche besprengt wurde. Er rasselte die Gebete herunter wie jemand, der Schnellsprechen übt, indem er das Telefonbuch vorliest. Anna hatte plötzlich Lust, ihre Schaufel voll Erde in die Menge zu schleudern statt auf den Sarg, wo die anderen Erdklumpen mit einem leisen, dumpfen Geräusch landeten, als würden sie direkt auf die Leiche prasseln. Als sie so Schulter an Schulter mit Therese dastand, breiteten sich in ihrem Kopf Wut und Empörung aus wie ein Atompilz, bis sie glaubte, jeden Moment zu explodieren. Therese schmiegte sich enger an sie.

Dann traten plötzlich vier der ältesten Nonnen mit flatternden Gewändern und Schleiern vor, Matilda, Agnes, Joseph und Margaret, alle etwa in Judes Alter, und stimmten auf Margarets Zeichen hin einen Choral an.

Salve, Regina, mater misericordia,
Vita, dulcedo, et spes nostra salve,
Ad te clamamus, exules filii hevae.

Heil dir, heilige Mutter voller Gnade, Heil unserem Leben, unserer Süße und Hoffnung … Dünne, brüchige Stimmen von eigenartig wehmütiger Schönheit. Die Schwestern drückten sich aneinander und suchten unsicher Halt in der schlammigen Erde, die man aus dem Grab geschaufelt hatte. Ihre einfachen Stimmen zitterten, doch die Noten waren klar wie das Läuten einer Glocke, der Klang war rein und ungekünstelt. Schwerfällige Frauen, die aus tiefster Brust, mit Leib und Seele zur Ehre Gottes sangen. O *clemens, o pia, o dulcis Virgo Maria …*

Einen Moment lang erkannte Anna sie wieder.

Beide schluchzten jetzt, Therese und sie, eng umschlungen, die Füße im feuchten Gras verwurzelt, schluchzten, als wollten sie nie wieder aufhören. Sie weinten aus Kummer und Verwirrung, Anna aber auch aus schierer Verzweiflung, denn noch aus dem Grab heraus hatte Schwester Jude es getan. Erneut hatte sie den Jagdhund des Himmels auf sie gehetzt: Sie konnte die Bestie heulen hören und dazu Judes mühelose Wiedergabe ihres Lieblingsgedichts, das nach dem Gesang widerhallte:

> *Ich floh vor ihm hinunter in die Nächte und die Tage,*
> *Ich floh vor ihm hinunter in der Jahre Bogen;*
> *Ich floh vor ihm hinunter …*

Der Gesang verebbte in der Luft. Das Dröhnen des fernen Verkehrs mischte sich darunter und übertönte die gedämpfteren Geräusche von Naseputzen, scharrenden Füßen und Trauer.

»Erinnerst du dich an das Gedicht, das sie so liebte?«, murmelte Anna Therese ins Ohr. »Sag, dass du es tust.«

»Klar erinnere ich mich«, flüsterte Therese zurück. »Ja, ich erinnere mich.«

> *Vor jenen starken Füßen, die mir folgten …*
> *Mit majestätischer Eindringlichkeit.*
> *Und eine Stimme hämmerte*
> *Noch eindringlicher als jene Füße:*
> *»Alles betrügt dich, der du mich betrügst.«*

Thereses Hand löste sich von ihrer Schulter, um ihr den Nacken zu streicheln, als zögerte sie den Abschied hinaus.

»Hör nicht auf, es zu sagen, Anna. Sag es dir immer wieder vor. Es ist gut. Wirst du es schaffen?«

»Ja. Was bleibt uns sonst übrig?«

»Eigentlich müssten wir uns mittlerweile daran gewöhnt haben. Wir armen Waisenkinder. Wir armen Kleinen.«

Anna lächelte flüchtig, wischte sich mit der Faust die Tränen aus dem Gesicht und hinterließ einen roten Flecken auf der Wange. Der Spott über den kleinsten Anflug von Selbstmitleid war ein immer wiederkehrender Scherz zwischen ihnen.

»He, Schwesterchen, so klein nun auch nicht mehr. Ich nehme an, du fährst mit den alten Krähen zurück?«

»Mir bleibt gar nichts anderes übrig. Schwester Joseph ist ganz außer sich … das verstehst du doch, oder?«

»Na klar. Mach dir keine Sorgen.«

»Kommst du nicht mit zum Mittagessen?«

»Das weißt du doch. Pass auf dich auf, Schätzchen.«

Anna verstand. Therese war ihre leibliche Schwester, aber jetzt waren die Nonnen ihre Familie, seit mehr als einem Jahr schon, und immer noch schmerzten diese Prioritäten wie eine frische Brandblase. So sehr, dass sie sich dabei ertappte, wie sie trotz ihres schlechten Gedächtnisses leise das verdammte Gedicht aufsagte, während sich der Wagen, den man ihr zugewiesen hatte, allmählich füllte und die übrigen Fahrgäste von ihr abrückten. Ein hübsches *kleines* Mädchen, das vor sich hin murmelte und dazu dämlich grinste.

»Tut mir Leid«, plapperte sie mit manischer Fröhlichkeit los. »Ich habe versucht, mich an ihr Lieblingsgedicht zu erinnern. Es handelt von Gott, der eine Seele durch die Welt jagt … Sie hat darauf bestanden, dass ich es auswendig lerne. Kennen Sie es? Und ist der Bischof nicht ein blöder alter Sack?«

Ein Gemeindemitglied tätschelte ihr in gespieltem Verständnis die Hand. Immerhin hatte die Verstorbene in ihrem Leben keinen Unterschied zwischen den Gesunden und den Verrückten gemacht, und es war besser, diesem guten Beispiel zu folgen, als sich schockieren zu lassen.

Die Sonne brach durch die Wolken, und die anderen vier Fahrgäste ergingen sich in Platitüden, während sie zurückfuhren. Anna drückte sich beunruhigend stumm in eine Ecke. Als der Wagen neben dem kleinen Eingang hielt, sprang sie, ohne sich zu verabschieden, hinaus, rannte bis ans Ende der Straße und verschwand. Doch dann packte sie die Scham, denn sie wusste, was sie jetzt von ihr denken würden. Was für ein komisches, verwöhntes Gör, würden sie sagen. Wie alt war sie? Zweiundzwanzig offenbar, wirkte aber wie fünfzehn. So ein zierliches Ding. Ein bisschen verrückt vielleicht.

Sie wandte sich nach links und dann noch einmal links, auf die Hauptstraße. Und wieder links, an den Klostermauern vorbei, die aussahen wie alle anderen Mauern, auf der linken Seite die Straße hinauf bis zu dem Wohnblock, in dem sie lebte. Der direktere Weg ins Kloster hätte durchs Hintertor in den Garten geführt, an dem sie unterwegs vorbeigekommen war, aber den benutzte kein Mensch. Das Tor war in die Mauer eingelassen und verschwand beinahe unter dem wuchernden Efeu. Als sie den Eingang ihres Mietshauses im Gebäude nebenan erreicht hatte, rannte sie die fünf Stockwerke zu ihrer Wohnung hinauf, zog ihre sauberen Klamotten aus, schlüpfte in ein T-Shirt und Shorts und kletterte aufs Dach.

Um zum Dach zu gelangen, musste man die ausziehbare Trittleiter aus dem Wohnzimmer durch das Mansardenfenster des Schlafzimmers schieben, das eigentlich nicht als Ausstieg gedacht war. Dann landete man auf einer flachen Oberfläche, die zu zwei Dritteln von einer Brüstung umgeben war. Anna hatte Schwester Jude erzählt, hier habe sie das wahre Königreich des Himmels entdeckt. Ein kleiner Gang lief um das erhöhte eigentliche Dach, in dem ein Lüftungsschacht und alle möglichen Gerätschaften untergebracht waren, beispielsweise ein offener, mit Maschendraht abgedeckter Wassertank. Falls der Himmel wirklich existierte, so begann er oberhalb der

Baumwipfel und bot genügend Platz, um in den bleigesäumten Dollborden zu liegen und sich zu sonnen.

Im rückwärtigen Teil konnte sie die Ellbogen auf die Brüstung stützen und in den Klostergarten spähen. Direkt hinein oder, besser gesagt, so direkt, wie es gegen Ende des Sommers möglich war, bevor die Bäume das Laub abwarfen. Es entbehrte nicht einer gewissen Ironie, dass sie im Winter, wenn sich kaum jemals Menschen in diesem Garten aufhielten, die beste Gelegenheit zum Spionieren hatte, sich im Sommer hingegen, wenn es viel mehr zu beobachten gab, mit quälend flüchtigen Blicken durch die Bäume begnügen musste. Auf dieser Seite standen die kleineren Bäume, schwankende Dinger, scheußliche Platanen, eigentlich das Unkraut unter den Bäumen, aber bei Vögeln besonders beliebt. Efeu bedeckte die Mauern auch von innen; außerdem gab es Unmengen von Büschen, wild wuchernde Berberitzen und Brombeersträucher. Trotzdem konnte sie die Pfade sehen, die sich durch diese Wildnis schlängelten, und Edmund, den Gärtner, der in der Lichtung am Ende des Gartens auf einer Bank neben seinem Schuppen saß und nach Luft schnappte. Edmund schnappte immerzu nach Luft. Trotz der Bäume konnte sie erkennen, dass sich sein Bauch bis auf die Schenkel wölbte und die leere Schubkarre neben ihm jeden Moment umzukippen drohte. In diesem Moment trat ein Junge zu ihm, nahm ihn behutsam am Arm und führte ihn in den Schatten.

Anna runzelte die Stirn und vergaß ihren Kummer eine volle Minute lang. Beim Anblick des Jungen blieb ihr kurz das Herz stehen. Sie hatte ihn schon mehrmals gesehen, wusste aber nicht, wer er war. Dabei musste sie immer wissen, wer wer war, denn es gehörte zu ihrer Aufgabe, auf Therese aufzupassen und dafür zu sorgen, dass sie sich in Sicherheit befand. Er hatte strohblondes Haar, dann verbargen die Bäume ihn, und er verwandelte sich hinterrücks wieder in einen Teil des Gartens. Man müsste einen

Baumchirurgen bestellen, um diese Bäume zu stutzen. Es gab einfach zu viele Platanen; sie entzogen dem Boden, auf dem sie wuchsen, alle Feuchtigkeit. Aber nicht mal Schwester Barbara würde am Tag einer Beerdigung einen Baumchirurgen kommen lassen, denn diese Tage galten als Feiertag, und außerdem kosteten solche Leute Geld. Ein Windstoß fuhr durch die Bäume, die jetzt, am Ende des Sommers, ausgetrocknet wirkten, und derselbe Wind strich auch durch Annas langes Haar. Ruhelos drehte sie ihre Runde um den kleinen Dachbereich und hielt sich mit einer Hand an der Brüstung fest. Sie reichte ihr bis zum Oberkörper, so dass sie nicht darüber hätte fallen können, doch sie hielt sich immer fest, wenn sie daran entlangging.

Von der Südseite des Dachbereichs aus konnte sie auf die Straße hinuntersehen, die einen ordentlichen Gegensatz zum Frieden des überwucherten Gartens bildete. Es war eine zweispurige Straße, gesäumt von einer Reihe von Geschäften, dem Café, der Oppo-Bar, dem Feinkostgeschäft, einer Blumen- und einer Gemüsehandlung der gehobenen Preisklasse, die auch Zeitungen verkaufte, und ein paar Luxusläden, um die Bedürfnisse der betuchten Bewohner dieses feinen Viertels von London zu befriedigen. Es gab viel zu sehen von hier oben aus, angefangen bei der Oppo-Bar, wenn sie sich nachts leerte, bis zum Gemüsehändler, der am frühen Morgen seine Ware entlud. Dazu kam der befriedigende Anblick von schlecht gelaunten Autofahrern, die in der Rushhour neben den am Straßenrand geparkten Wagen im Stau standen. Jetzt aber war es ruhig, wie meistens am frühen Nachmittag. Anna kehrte auf die Gartenseite zurück und setzte sich, mit dem Rücken an die Brüstung gelehnt, aufs Dach. Nun sah sie nur noch ihre eigenen Füße. Im Windschatten wurde es ihr warm; sie kickte die Schuhe weg und vergoss noch ein paar Tränen.

Es war nicht weiter schlimm, dass Therese nicht gleich in den Garten hinausgekommen war, genau genommen tat sie das nie. Ihre leibliche Schwester, die früher einen anderen Namen gehabt hatte, nicht ihre Schwester im verfluchten Herrn, die jetzt Therese genannt wurde. Hätte Anna sie gesehen, hätte sie ihr zuschreien können: »Ist wirklich alles in Ordnung? Ganz bestimmt?« Man hätte nur ein entferntes Rufen gehört, gerade ausreichend, um das Spiel preiszugeben und zu verraten, dass jemand auf Beobachtungsposten war. Therese, wir sind zu jung für solche Verluste. Jetzt haben wir niemanden mehr. Womit haben wir das nur verdient? Wo bist du, Schwester Therese? Erfüllst du etwa Gottes Willen in der Küche? Ach, du dummes, fleißiges Lieschen!

Der Salon des Klosters war schwer vom Duft der Blumen, die man aus der Kapelle entfernt hatte. Pastor Goodwin hielt ungeschickt seine Teetasse in der Hand und dachte kurz darüber nach, warum er es in all den Jahren, die er herkam, nie geschafft hatte, ihnen zu erklären, dass er Pulverkaffee im Becher und einen Platz am Küchentisch dem verblichenen Glanz und dem Gestank nach Möbelpolitur in diesem Empfangszimmer vorzog. Räume wie dieser waren typisch für Klöster; es gab sie nirgendwo anders. Ein Raum, der nur für das Beste reserviert war, wie ein altmodischer Salon und auch als solcher bezeichnet, der nur an Sonn- und Feiertagen benutzt und zwischendurch fast zu Tode gewienert wurde. Ausgestattet mit mehreren soliden Anrichten, circa 1930, zu schwer, um verrückt zu werden, und zu hässlich, als dass man sie hätte verkaufen können. Wenigstens, so bemerkte er wohlwollend, hing ein Geruch nach Tabak in der Luft, und in der Ecke stapelten sich ein paar Plastikstühle. Das ließ darauf schließen, dass der Raum früher, bevor Barbara vor relativ kurzer Zeit neue Schwester Oberin geworden war, weit häufiger benutzt wurde als heute. Tatsächlich hatte er seine geräumige Existenz mit wöchentlichen Versammlungen der Anonymen Alkoholiker, der Elternpflegschaft und anderen wohltätigen Veranstaltungen gerechtfertigt, die sich laut Barbaras Überzeugung einfach nicht rentierten. Pastor Goodwin dachte, dass er es lieber mit den Anonymen Alkoholikern als mit Schwester Barbara zu tun gehabt hätte, und ermahnte sich hastig, sein christliches Gewissen nicht ganz zu vergessen. Sie war ein gute Frau, unsensibel, ja, aber das war verzeihlich. Sie versuchte etwas zu erhalten, das angreifbar und damit verletzlich war, und darin lag eine gewisse Tugend. Außerdem war sie eine Frau mit Gewissen, eine, die zuhören und gelegentlich sogar ihre Meinung ändern konnte. Manchmal machte sich ein gewisser Mangel an Fantasie bemerkbar, der sie einschränkte, aber was konnte man schon erwarten? Er trank seinen Tee mit geräuschvoller Würdigung aus und dachte zuerst, was für ein Heuchler er doch war, bevor er sich wehmütig erinnerte, was er im Fernsehen verpassen würde. Arsenal gegen Tottenham. Die Ausscheidungsspiele. Die hatte er sich für den Nachmittag vorgenommen, bevor er den Zug nehmen wollte.

»Es war eine schöne Bestattung, Pastor. Die Familie war sehr angetan. Ich wünschte, Sie wären dabei gewesen.«

»Ich auch. Aber Sie wollten den Bischof haben, und ich musste mich um einen anderen Sterbenden kümmern. Dermot Murray, kannten Sie ihn?«

Er verschwieg ihr, wie froh er insgeheim war, dass die Pflicht ihn am Kommen gehindert hatte. Schwester Jude war eine halsstarrige Freundin gewesen, aber ihr Tod ging ihm sehr zu Herzen. Barbara kannte Dermot Murray nicht, und er war ihr auch völlig gleichgültig. Sie bekreuzigte sich rasch.

»Eine sehr schöne Bestattung. Und trotz des Verlusts hat sich unsere kleine Therese beim Mittagessen selbst übertroffen; sie haben alles aufgegessen. Ich weiß beim besten Willen nicht, wie sie es aushält mit diesem frechen Gör. Es muss eine schwere Prüfung für sie sein. Sie ist erst einundzwanzig und schon so gewissenhaft, so reif.« Sie beugte sich vertraulich vor. »Und wissen Sie was, Pastor? Die Kollekte war enorm. Wir haben sogar noch etwas übrig behalten. Der Leichenbestatter macht mir immer einen guten Preis. Vielleicht sollten wir uns auf professionelle Beerdigungen verlegen, oder gar Hochzeiten. Natürlich sind wir zur Sonntagsmesse verpflichtet. Die Kapelle ist eine Möglichkeit, Geld zu verdienen, sagt der Bischof. Hätte ich Geld von den Angehörigen nehmen sollen? Immerhin sollten sie dankbar sein, dass wir Schwester Jude all die Jahre bei uns behalten haben.«

Er verkniff sich den Hinweis, dass Dankbarkeit zu erwarten völlig unangebracht war. Jude hatte eine Pension bezogen, eine gute Pension nach vierzig Jahren als Lehrerin, die der Orden als Gegenleistung für ein Dach über dem Kopf und Verpflegung einkassiert hatte. Sie war kein Fall von christlicher Nächstenliebe gewesen, sondern eine Investition. Doch das formulierte er nicht laut, sondern war nur ein Gedanke, der ihm durch den Kopf schoss. Er hatte Schwester Jude gern gehabt; sie war eine ziemlich pragmatische Intellektuelle gewesen, hatte liebend gern getratscht, gelacht und Geheimnisse grundsätzlich für sich behalten. Dank ihrer verstand er diese Einrichtung besser, als es der Fall gewesen wäre, wenn er sich nur auf die Mutter Oberin hätte verlassen müssen, die er über die Teetassen hinweg musterte. Die Strapazen des Tages und der zurückliegenden Woche hatten Spuren hinterlassen. Barbara leitete eine dem Untergang geweihte Institution, aber das machte sie keineswegs immun gegen die persönliche Macht des Todes. Alle hatten Schwester Jude geliebt, aber manche, darunter Barbara, hatten auch Angst vor ihr gehabt.

»Ich halte es nicht mehr aus, Pastor. Ich frage mich, ob Gott mich wirklich auf die Erde gesandt hat, damit ich mich mit einem Haufen exzentrischer alter Frauen herumschlagen muss, die sich aus unzähligen wie mannigfaltigen Gründen alle unter diesem Dach zusammengefunden haben. Ganz zu schweigen vom Umgangston des Personals.«

»Ja, das hat er.«

»Und muss ich die Gemeindesteuer und den schmierigen Grundstücksmakler ertragen, der mir jeden Tag schreibt und vorrechnet, wie viel das Grundstück wert ist?«

»Ja, das müssen Sie.«

»Oder den Schatzmeister des Bischofs, der einmal pro Woche anruft und mir einhämmert, dass das Kloster rentabel wirtschaften und seinen Beitrag leisten muss, weil es sonst verkauft wird und die Schwestern in der Gosse landen?«

»Ja, das müssen Sie.«

»Muss ich in einem Gebäude leben, das nach allen Seiten auseinander fällt, bloß weil wir keinen Handwerker mehr bezahlen können? Und mich mit diesem völlig verwilderten Garten abfinden, weil der Esel von Gärtner zu nichts mehr taugt?«

»Ja.« Goodwin atmete kürzer und träumte vom Fußball. Träumte von einer anderen Art von JA, dem Grölen von den Zuschauertribünen auf seinem Fernsehschirm, das ihn so ansteckte, dass er vor Begeisterung aufsprang und die Faust in die Luft stieß.

»Und müssen die anderen und ich auch dieses hinterhältige kleine Ding ertragen, das nach Belieben bei uns ein und aus geht, nur weil ihre Schwester, Therese, eine von uns ist und sie selbst ganz in der Nähe wohnt? Muss ich das, jetzt, da ihre Tante tot ist? Dieses Gör, dieses alberne –«

»JA«, rief er aus. »JA. In diesem Fall ganz eindeutig JA.«

Sie verstummte verblüfft, stellte ihre Teetasse besonders behutsam und leise ab und erinnerte sich erst dann daran, den Mund wieder zuzumachen.

»Warum?«

Er zögerte. »Weil der Himmel ihr die Tür vor der Nase zuschlägt und sie auf dem Sprung in die Hölle ist. Weder Sie noch wir können es verantworten, sie in eine bestimmte Richtung zu drängen. Sie müssen sie hereinlassen. Wann immer sie will.«

Am Fenster summte eine Fliege, die niemand bedauerte. Er hätte sie am liebsten totgeschlagen und war gleichzeitig dankbar für die Ablenkung durch das Geräusch. Das Spiel müsste jetzt zur Hälfte gelaufen sein, selbst wenn man die üblichen Mätzchen und Verletzungen der Spieler berücksichtigte. Schwester Barbara zupfte an den Falten ihres Rocks, beunruhigt, nicht überzeugt, enttäuscht von alledem, sogar von der Fliege. Er erinnerte sich an sein Verhandlungsgeschick.

»Anna könnte Ihnen sehr nützlich sein. Und außerdem werden die beiden eines Tages ein beträchtliches Erbe machen«, setzte er hinzu und hasste sich dafür.

»Woher wissen Sie das?«, fragte sie scharf.

»Schwester Jude hat es mir erzählt. Natürlich war sie eine enge Vertraute der Familie, bevor die Mädchen … krank wurden. Und bevor ihre Mutter, die Arme, den Verstand verlor.« Er wählte seine Worte sorgfältig.

»O Gott, ich kannte Isabel Calvert auch«, entgegnete sie entschieden. »Wir gingen eine Zeit lang auf dieselbe Schule. Sie war sehr fromm, schon damals. Arme Frau. Eine Lektion für uns alle. Heiratet einen reichen, viel älteren Mann – und was hat sie davon? Das Schwein lässt sie mit zwei kranken Kindern sitzen. Das zeigt mal wieder, welches Risiko man eingeht, wenn man nicht katholisch heiratet. Hat Jude Ihnen auch erzählt, dass er die Mädchen missbraucht hat?« Wieder beugte sie sich vertraulich vor. »Sexuell, meine ich.«

»Sie hat mir erzählt, dass es derartige Gerüchte gab«, sagte er vorsichtig. Die Fliege setzte ihr vergebliches Spektakel fort. »Ich habe sie allerdings so verstanden, dass ihrer Meinung nach der misshandelnde Elternteil – wenn überhaupt – die Mutter war.«

»Kompletter Blödsinn«, stellte Barbara fest. »Jeder weiß, dass diese Frau eine Heilige war.«

Sie starrten einander finster an. Christopher Goodwin wusste, dass er mit einem auf Hörensagen begründeten Argument einen Streit nicht gewinnen konnte. Er zuckte die Achseln, lächelte und bereitete sich aufs Gehen vor. Wenn er zu Hause war, konnte er das Hundehalsband abnehmen. Obwohl er sich ohne genauso nackt fühlte wie Barbara vermutlich ohne ihre Uniform, gab es Tage, an denen er es als Heimsuchung empfand. Irgendwer musste ein Fenster geöffnet haben, um die Fliege einzulassen: Er wünschte, sie würden das öfter tun.

»Tja«, sagte er und erhob sich. »Die Calvert-Familie hat Ihnen die einzige junge Novizin beschert, die der Orden seit Jahren aufgenommen hat. Das hat doch auch etwas zu bedeuten. Immerhin haben Novizinnen heute Seltenheitswert, nicht wahr?«

Sie nickte zögernd, aber zustimmend. »Das ist richtig. Therese ist ein Segen. Anna dagegen eine echte Plage!«

»So etwas wird uns als Prüfung auferlegt«, murmelte er und hasste das Klischee. »Aber selbst eine Plage kann nützlich sein.«

Er klopfte ihr onkelhaft auf die Schulter, obgleich sie älter war als er. Gleichzeitig wunderte er sich darüber, dass sie, die entschlossenste und kompetenteste Frau, die er kannte, Männern gegenüber immer ein wenig unterwürfig war. Das waren sie übrigens alle, mit Ausnahme der verblichenen Jude, und er war nie ganz sicher, ob der Respekt wirklich so tief in ihnen verankert war, ob sie ihn nur vortäuschten oder ob er eine Folge ihres unstillbaren Hungers nach dem Spiegel einer männlichen Meinung war. In einem Kloster würde man einem Mann glatt einen Mord durchgehen lassen. Ihre eigene Unterwürfigkeit machte sie verletzlich.

»Übrigens ist der Junge, den Edmund angeschleppt hat, damit er ihm zur Hand geht, ein ausgezeichneter Handwerker«, sagte Barbara und wechselte das Thema, während sie mit einer einzigen fließenden Bewegung an der

Tür war. »Ob er sich wohl mit Edmunds Gehalt zufrieden gäbe, was meinen Sie?«

»Sie können Edmund nicht entlassen, Schwester, das geht einfach nicht.«

»Ich habe es so satt, mich aus reiner Nächstenliebe mit zweitrangigen Faulpelzen herumzuschlagen, aber vermutlich haben Sie Recht. Trotzdem ist es eine Schande, der Junge ist nämlich auch noch ein guter Katholik.«

Da er wusste, dass dies die beste Empfehlung war, die sie überhaupt zu vergeben hatte, schwieg Pastor Goodwin.

»Wir besprechen das morgen bei unserem Treffen, einverstanden? Anna sagte, sie würde kommen und Protokoll führen. Sie wissen ja, wie gut sie das macht, und auch ihre Vorschläge oder ihre Computerkenntnisse sind nützlich. Sie bringt frischen Wind ins Kloster, Schwester.«

»Ja, vermutlich.«

Sie trennten sich im Flur, sie, um ans Telefon zu gehen, das ein Zimmer weiter, in ihrem Büro, klingelte, und er, um zum Haupteingang zurückzukehren. Er mochte diesen Korridor, allerdings lieber auf dem Weg nach draußen als umgekehrt. Der Boden bestand aus rautenförmigen schwarzen und weißen Fliesen, und die Wände waren mit warmem Holz getäfelt. Sie riefen Erinnerungen an das liebenswert klobige Haus wach, das es einmal gewesen war. Die einzigen Relikte seiner früheren Schönheit waren in diesem Gang, im Refektorium und in der Kapelle erhalten geblieben. Eine fromme alte Jungfer hatte es im letzten Jahrhundert dem Orden vermacht. Sie hatte in ihrem Elternhaus eine Grundschule für die Armen in der Umgebung geleitet. Die Nonnen sollten ihr gutes Werk fortsetzen und erhielten dafür unbegrenztes Wohnrecht. Doch inzwischen war die Schule längst geschlossen und das Haus ein Zuhause für Ordensschwestern, die entweder auf dem Weg zu einem anderen Posten oder zu alt für weitere Einsätze waren. Im Übrigen waren die Armen der Gemeinde außerhalb der Klostermauern dünn gesät.

Schwester Agnes wartete in ihrem Kabuff neben der Tür, wo sie den größten Teil des Tages auf einem harten Stuhl verbrachte und im schwachen Licht, das durch die bleigefassten Scheiben des Fensters neben ihr fiel, las. Sie machte nicht den Eindruck, als fühlte sie sich dort wohl, nicht einmal, wenn sie eingenickt war. Warum um Himmels willen hatte sie keinen bequemeren Stuhl? Christopher Goodwin beobachtete sie liebevoll, als sie sich mühsam aufrappelte und ihm die Tür öffnete, die er sich mit Leichtigkeit selbst hätte aufmachen können. Schwester Agnes war unförmig und kurzatmig, mit rosigen Wangen und Grübchen, doch ihr Lächeln war das eines Engels. Er hatte immer das Bedürfnis, sie zu umarmen und ihr einen dicken Schmatzer auf die pergamentene Wange zu drücken, hatte diesem Impuls aber noch nie nachgegeben.

Und so hat dieses Haus eben doch einen Sinn, sagte er sich, als er in der Abendsonne rasch die Straße hinabeilte und sich fühlte wie immer nach einer Unterredung mit Barbara: als hätte sich gerade das Schultor hinter ihm geschlossen. Es war eine Zuflucht für Frauen wie Agnes, die anders gar nicht mehr hätte leben können, sicher und ungefährdet, eingesperrt in einer Goldmine. Ihm schoss der Gedanke durch den Kopf, bei Anna Calvert vorbeizuschauen, aber Gott mochte ihm beistehen, er hatte ihr so viel zu sagen, dass er nicht die Kraft dazu besaß, und er wollte auch nicht bei ihr klingeln und innerlich beten, dass sie zur Arbeit gegangen war. Außerdem würde sie ohnehin später in die Kapelle zurückkommen, um ihre Version eines Gebets zu sprechen; dieser Verlockung konnte sie nicht widerstehen. Das Kind geisterte ständig in der Kapelle herum. Gott würde ihr beistehen. Pastor Christopher Goodwin änderte seine Meinung darüber, ob er nach Hause gehen sollte, grundsätzlich und nahm stattdessen den Zug. Man dient Gott auch, wenn man die Freuden der Freundschaft genießt, und jeder Mensch muss sich seine Kräfte einteilen, sogar ein Priester.

Was für ein scheinheiliger Eingang, dachte Anna, er gibt keinerlei Hinweis darauf, was sich dahinter verbirgt. Die Tür befand sich auf einer Höhe mit der Mauer, schloss mit dem Pflaster ab und war gekrönt von einem hinterhältigen Türsturz, so dass an feuchten Tagen der Regen direkt auf den Kopf des wartenden Besuchers pladderte. Das rissige Holz mit seiner unlackierten, ausgebleichten Oberfläche und dem diskreten, vergitterten Fensterchen in Augenhöhe, kaum größer als eine Kachel, strahlte etwas Kirchliches aus. Die Klingel befand sich auf der Seite, so hoch, dass sie hinauflangen musste. Eine durchschnittlich große Person hätte nicht so nah an der Tür stehen müssen, um auf diese Weise Einlass zu begehren, Anna hingegen ja. Sie war so klein, dass sie Kinderkleidung tragen konnte, als hätte sich ihre Körpergröße ihrer voll entwickelten Figur einfach nicht angepasst. Sie streckte sich nach der Klingel, presste sich dabei an das Holz und trat dann schnell zurück. Die Tür hatte ihre eigene Art, einen zu überrumpeln. Agnes lauerte dahinter und machte sich nur selten die Mühe, durch das Fensterchen zu spähen. Sie war die schlimmste und unkritischste Pförtnerin, die sie sich hatten aussuchen können, andererseits hatten sie keine Wahl gehabt, denn es war ihre selbst gestellte Aufgabe, und keine zehn Pferde hätten sie von dort wegbringen können. Es läutete, und sie öffnete. Falls sie sich überhaupt von irgendetwas leiten ließ, so eher von ihrer Nase als den Augen. Sie hätte den Teufel selbst eingelassen, auch ohne Schafspelz. Als Agnes sah, dass es Anna war, wandte sie sich enttäuscht ab, hielt die Tür aber trotzdem höflich auf. Anna war alles andere als eine Überraschung, ja nicht mal eine Sünderin, obgleich die Sünde in Agnes' Augen sowieso ein Privileg der Männer war.

»Mein Beileid, Anna. Wolltest du zu Therese?«, fragte sie mit ihrer zittrigen Stimme. »Es ist sechs Uhr, weißt du. Vielleicht ruht sie sich vor dem Abendessen etwas aus.«

»Nein. Danke schön.«

Das Dankeschön klang hohl. Anna marschierte den schwarzweiß gefliesten Gang entlang, was ihr schon immer irgendwie gefallen hatte. Die Fliesen waren so abgetreten, dass sie in der Mitte stumpf wirkten, während das Schwarz am Rand, neben den holzgetäfelten Wänden, intensiver war. Ihr geometrisches Muster lud zu einer Partie Himmel und Hölle ein, wie damals, als sie zum ersten Mal widerwillig als Kind hier zu Besuch gewesen war. Es war wenig verlockend gewesen, eine Frau zu besuchen, die ihre Tante sein sollte, aber sehr alt war, eine Haube trug und aussah wie eine Fledermaus. Sie hatte geschmollt, und ihre Mutter hatte sie am Kragen packen und förmlich hinschleifen müssen. Therese war hinter ihnen hergetrödelt und hatte ihren Missmut besser verbergen können als ihre ältere Schwester, weil das Haus sie auf der Stelle verzaubert hatte und sie selbst von Geburt an ein bezauberndes kleines Ding war. Anna war ungezogen geblieben, bis Jude ihr erklärte, ja, sie könne ruhig Himmel und Hölle auf den schwarzweißen Kacheln spielen oder in den Garten gehen und sich dort austoben, wenn sie wolle. Ein Quäntchen Lärm würde dem Haus ganz gut tun, hatte sie hinzugesetzt. Im Nachhinein wunderte sich Anna darüber, da es damals auf diesem Gang den Klassenraum einer kleinen Montessorischule gegeben hatte, wo fünfzehn Mädchen unterrichtet wurden. Das war lange her. Sechzehn Jahre.

Die Kapelle wirkte kahl ohne den Sarg und die verschwenderische Blumenfülle. Sie war so groß, dass sie fünfzig Gläubigen problemlos Platz bieten konnte, und in ihrem augenblicklich leeren Zustand kleiner, kühler und schöner als je zuvor. Vor der Rückwand standen ein traditioneller Altar und ein langer, schmaler Tisch, der zur Vorbereitung der Kommunion diente. Der gesamte stilvolle Altarraum wurde von einem Kruzifix beherrscht. Es hing genau in der Mitte vor dem großen Fenster, das sich bis zur Decke aufschwang und ein kräftiges, farbloses Licht einließ. Dieses Licht von hinten fiel so auf das Kruzifix, dass es einen Schatten vom Fenster bis zur Tür warf und die gekreuzigte Gestalt verschwommen und gesichtslos erscheinen ließ. Anna bekreuzigte sich mechanisch, wie jemand, der diese Geste zur selben Zeit wie das Sprechen gelernt hatte, und nickte der Gestalt zu.

»Alles klar, Jesus? Ist dein Papa heute Abend zu Hause?«

Die Stille war tief. Sie verschränkte die Arme. Hinter dem Gesicht des Sohnes schwebte immer das des Vaters. Vorzugsweise eines Familienvaters mit rundem Gesicht, wie das eines alten italienischen Restaurantbesitzers.

»Ach, stell dich bloß nicht taub. Du hast mich schon verstanden.«

Die voll belaubten Birken schlugen gegen das Bogenfenster. Zwei hoch gelegene kleine Fenster auf beiden Seiten glänzten wie Edelsteine. Durch eines von ihnen kam ein Windzug; jemand hatte es mit Hilfe einer Stange geöffnet, um den Weihrauch abziehen zu lassen, und es dann glücklicherweise vergessen. Christus hing schlaff an seinem Kreuz. Anna nickte, befriedigt über das Rauschen der Bäume.

»Okay, du bist also da. Und wo zum Teufel hast du heute Morgen gesteckt, Gott?«

Der Gekreuzigte gab keine Antwort. Sie saß mit untergeschlagenen Beinen im Mittelgang. Ein niedriges Geländer erhob sich zwischen ihr und dem Altarraum. Es diente nicht als Barriere zwischen dem amtierenden Priester und seiner Gemeinde, sondern war schlicht und einfach notwendig für diejenigen, die beim Niederknien Unterstützung brauchten. Manche Nonnen bestanden darauf, sich zum Empfang der Kommunion hinzuknien, andere, die modernere Traditionen zu schätzen wussten, blieben stehen. Es war leichter für den Priester, wenn sie knieten, besonders wenn er sich, wie Pastor Goodwin, gebeugt hielt. Dabei war er durchaus beweglich, sobald er das Kloster verließ und die Straße entlangeilte. Noch schlug er den Bischof um Längen.

»Heute Morgen warst du jedenfalls nicht hier, o Herr. Die Angelegenheit war von A bis Z gottlos.«

Die Stille war nicht vollkommen. Durch das hohe Fenster hinter dem Altar konnte sie die großen Birken atmen hören. Es war dieses Fenster, das der Kapelle eine gewisse Vornehmheit verlieh, indem es sich in Form eines aufgestellten Bootes über die volle Höhe der Wand erhob. Die bleigefassten Scheiben hatten die Form länglicher Diamanten aus rauchigem Glas, bläulich, ohne andere Farben. Sie sorgten für ein klares, aber gedämpftes Licht im Innern, selbst wenn die Sonne im Zenit stand. Mitsamt seinem hellen Eichenrahmen schien sich das Fenster ihr zuzuneigen, als säße sie im Schutz dieses Bootes, als schlösse es sie ein. Das Kruzifix bestand aus dem gleichen Holz wie der Fensterrahmen. Sie sah es deutlicher vom Mittelgang aus, wo sie in seinem Schatten saß. Die unbequem daran hängende Gestalt mit den muskulösen Armen, dem lang gezogenen Rumpf und der in Annas Augen strähnigen, altmodischen und unvorteilhaften Frisur sah aus, als hätte sie genauso gut einen Armani-Anzug tragen können. Hätte man das Kreuz flach auf den Boden gelegt, hätte man meinen können, dass sie leicht verrenkt auf einem Liegestuhl ausgestreckt lag. Das Gesicht mit dem schlaffen Mund und den halb geschlossenen Augen wirkte leicht verkatert. Vornehme Umnachtung war der hervorstechendste Eindruck, und für einen ermordeten Mann mit einem unpraktischen Lendenschurz war er bemerkenswert sauber, keine Spur von Blut. Im Übrigen hatte er weit mehr Ähnlichkeit mit einem verweichlichten Italiener als mit einem stämmigen Zimmermann.

Wenn Anna sich mit Gott unterhielt oder, besser gesagt, ihm zusetzte, dann meinte sie eher den Gott, der als Inspiration für das Fenster gedient hatte, als diese Darstellung seines Sohnes *in extremis*, trotzdem schweifte ihr Blick immer wieder zurück zu dem undeutlichen Gesicht des Gekreuzigten.

»Weißt du was?«, sagte sie jetzt. »Du kannst dich einfach nicht entscheiden. Du weißt nicht, ob du von ihnen Mitleid willst oder ob sie dich anhimmeln sollen.«

Sie verspottete ihn, ohne laut zu werden. Selbst wenn Wut, Verachtung und Frustration sie überwältigten, schaffte sie es nicht, in der Kapelle laut zu werden. Auf der Straße konnte sie schreien, den Finger zeigen oder Fremde anschnauzen, aber hier drin brachte sie es nicht fertig, obgleich sie sich oft danach sehnte. Hier wäre ein Schrei nicht mehr als ein Flüstern. Der Duft des Weihrauchs hing immer noch in der Luft, Nachgeschmack der vormittäglichen Messe, trotz des offenen Fensters.

»Eins verstehe ich nicht«, fuhr Anna fort. »Wenn du wirklich an diesem Ort hier lebst, mit all dem Licht, warum lässt du dich dann einsperren ohne Luft zum Atmen? Und mit all diesem Räucherzeug, das einen nur benebelt? Du kannst dich einfach nicht durchsetzen, Gott, nein, wirklich nicht.«

Sie verließ den Mittelgang und setzte sich auf einen der Stühle. Die Sitze waren aus Bast, der Anna in den Kniekehlen kitzelte. Diese Gleichgültigkeit gegenüber dem menschlichen Bedürfnis nach Bequemlichkeit brachte sie in Rage. Nicht einmal Gott verlangte so etwas.

»Ich bin gekommen, um meine bösen Absichten mit dir zu besprechen, lieber Gott. Hörst du?«

Die Sonne wanderte über das Fenster. Früher hatte sie geglaubt, dass die Sonnenstrahlen, die hinter den Wolken hervorleuchteten, die Gegenwart von Engeln signalisierten und dass es Engel waren, die schließlich die Wolken vertrieben. In einem späteren Stadium der Geschichte ihrer Fantasie verwandelten sich die Sonnenstrahlen in eine Art himmlischen Semaphor für die Heiligen.

»Lieber Gott, ich gehe heute aus, um mich zu berauschen und, wenn möglich, Unzucht zu treiben. Anders gesagt, ich werde mir einen hinter die Binde gießen und hoffentlich eine Nummer schieben.«

Der Wind rauschte besänftigend in den Birken. Als Kind hatte sie das Rauschen des Windes in den Bäumen für den Atem Gottes gehalten. Denn Gott, so hatte sie gelernt, war der Schöpfer allen Lebens, und sie hatte sich keinen stummen Gott vorstellen können. Ein Gott, der die ganze Erde geschaffen hatte, würde bestimmt auf diese Leistung hinweisen, indem er so viel Wirbel wie nur möglich darum machte. Alle natürlichen Geräusche gehörten Gott; allein das Dröhnen von Wagen, Flugzeugen oder Motoren war den Menschen vorbehalten.

»Hast du gehört?«

Sich betrinken und eine Nummer schieben? Gegen welches Gebot verstieß das?

»Na schön. Unterwegs könnte ich Agnes noch den Hals umdrehen. Das wäre schon schlimmer, was?«

Ja.

Anna hob verzweifelt die Arme.

»Verflucht noch mal, wie konntest du uns das antun? Oh, ich meine nicht unbedingt mich, aber die anderen. Warum lässt du dieses Haus verkommen, und warum hast du sie hier in die Falle gelockt? Du bist derjenige, der Jungfrauen wie meine verdammte Schwester verführt, dabei siehst du nicht mal gut aus. Du Mistkerl!«

Diesmal war es ein Schrei. Fast. Noch während sie ihren Ausbruch bedauerte und eine Entschuldigung murmelte, hörte sie hinter sich die Tür ins Schloss fallen. Anna rührte sich nicht, sondern wartete auf die Schritte, die auf sie zukommen würden, leichte Schritte auf weichen Sohlen. Therese trug immer Schuhe mit weichen Sohlen. Eine Gestalt, die größer war als sie selbst, nahm neben ihr Platz. Anna hatte den Blick gesenkt, konnte aber aus dem Augenwinkel erkennen, dass sie ein altes Messbuch in der Hand hielt, das sie ruhig auf den Sitz neben sich legte. Therese schleppte immer irgendetwas mit sich herum.

»Hör auf damit, Anna.«

Anna holte tief Luft und lockerte dann die Hände, die

sie auf ihrem Schoß zu Fäusten geballt hatte. »Aufhören womit, Schwesterchen? Ich habe nur gebetet.«

»Ja, ich habe dich gehört. Du bist traurig, und das macht dich immer wütend. Du hast nicht gebetet, sondern Gott gelästert. Warum sollte Christus dir zuhören, wenn du ihn als Mistkerl beschimpfst?«

»Aber das war er, genau das. Ein Mistkerl auf der Flucht.«

»Ein Grund mehr, ihn nicht zu beschimpfen.«

Therese war ärgerlich. Anna wusste es. Es verschaffte ihr Genugtuung. Ihre sanftmütige Schwester mit der leisen Stimme zitterte vor Wut, doch die würde genauso sein wie immer: kurzlebig und bei der leisesten Beschwichtigung in Vergebung, Verständnis oder Flehen umschlagen, nicht unbedingt in dieser Reihenfolge, aber mit unausweichlicher, nervtötender Gewissheit. Und selbst wütend war sie voll der Gnade. Sie saß so aufrecht da, als hätte sie einen Stock verschluckt, die Knie aneinander gepresst, die Fersen erhoben, so dass der Spann sich bog wie der einer zarten Tänzerin, die jeden Moment mit der Probe beginnen wird.

»Gnade ist eine Tugend und Tugend ist eine Gnade«, rezitierte Anna.

»Und Gnade ist ein böses Kind, verzeih ihm seine Jugend«, beendete Therese. »Na, wenigstens gibt es noch Gnade vor Recht, das klingt schon besser.«

Es folgte ein unbehagliches Schweigen, das mehr als eine volle Minute dauerte und nur vom Murmeln der Bäume draußen und Thereses sanften Atemzügen begleitet wurde. Dann berührte sie Annas nackten Arm. Anna zuckte zusammen, bis Thereses Hand nach der ihren griff und sie festhielt.

»Oh, Anna, Kleines, warum machst du das? Warum bestrafst du dich selbst?«

»Und warum schaffst du es, dich so schnell wieder aufzurappeln, du kaltherzige Großnichte?«

»Weil ich das Essen vorbereiten musste. Es war das

Beste, das ich geben konnte. Jude liebte gutes Essen, das weißt du doch.«

»Gottes Arbeitstier, das bist du.«

»Das sagst du so, aber ich habe es mir selbst ausgesucht.«

»Du verschwendest dein Leben. Kochst für alte Schachteln. Das Ganze ist ein Riesenschwindel, die reinste Verschwendung.«

»Dann ist dein Leben also besser?«

»Ich bin frei.«

»Wenn du meinst.«

Sie hatten ganz unterschiedliche Hautfarben. Thereses schlanker Unterarm ragte milchweiß aus einem schlichten blauen Hemd, das sie immer im Haus trug, Annas Arm dagegen war rotbraun. Thereses Blässe erschien ihrer Schwester wie ein Symbol der Gefangenschaft: So sahen Häftlinge aus. Wieder stieg Wut in ihr auf, doch sie riss sich mühsam zusammen.

»Ich frage mich, ob es so kommen musste. Ob es vorherbestimmt war, wenn du den Ausdruck verzeihst.«

»Gottes Wille? Ich weiß es nicht, wirklich nicht. Ich weiß nur, dass ich normalerweise wunschlos glücklich bin und mir dasselbe für dich wünsche.«

»Ach, halt den Mund. Weißt du, wie du dich anhörst?«

Therese ließ ihre Hand nicht los. »Hör zu, mein Kleines, du kannst mich in Frage stellen, so viel du willst, aber die anderen darfst du nicht beunruhigen. Du kannst Frauen in ihrem Alter nicht einreden, dass ihr Leben, das sie im Glauben führen, nichts als ein großer Schwindel ist. Das ist nicht fair. Es bringt nur unnötigen Kummer.«

»Was habe ich denn gesagt? Ich habe der blöden Barbara bloß erklärt, dass Schwester Jude ohne die Fesseln des Ordens etwas ganz Besonderes hätte sein können. Eine Kraft in der wirklichen Welt.«

»Sie war eine Kraft, du Dummerchen. Und ohne die Fesseln wäre sie vielleicht gar nichts gewesen, sondern spurlos untergegangen. Genauso wie ich.«

»Du hättest immer noch mich. Du hast immer mich gehabt. Ich würde dich unterstützen.«

»Du bist nicht genug. Kein menschliches Wesen ist genug.«

In ihrer Stimme schwang eine Vorsicht mit, die darauf schließen ließ, dass sie diese Unterhaltung nicht zum ersten Mal führten, wenngleich nicht mit denselben Worten, so doch zumindest über das gleiche Thema. Therese nahm das Gebetbuch von dem Sitz neben sich und legte es in Annas Schoß.

»Die Verwandten sind in ihr Zimmer gegangen, um sich auszusuchen, was sie von ihr haben wollen. Aber ich war schneller.«

»Jude hatte doch gar nichts zu vererben.«

»Sie hatte Bücher und Kassetten. Ich habe ihr Messbuch mitgenommen, für dich.«

Anna berührte es. Es war sehr alt, voll gestopft mit Heiligenbildchen und Notizen und von einem Gummiband zusammengehalten. Sie fand es ein wenig abstoßend. Sie wollte es nicht und wusste doch, dass es ihr gehörte.

»Möchtest du, dass ich weggehe?«, fragte sie zerknirscht. »Bin ich nur ein Quälgeist?«

»Nein, natürlich nicht. Wir würden dich alle vermissen. Du solltest nur gehen, wenn du selbst es willst.«

»Nicht ohne dich.«

Therese seufzte. »Und du sagst mir, du wärst frei.«

Sacht, aber entschlossen zog sie die Hand zurück, zupfte ihre Schwester am Haar und drückte sich in ihrem wadenlangen Rock, der genau wie das abgetragene Hemd schwach nach Küche roch und aussah, als stammte er aus einem Secondhand-Laden, an Annas nackten Knien vorbei. Sie kniete, dem Altar zugewandt, kurz nieder, bekreuzigte sich und ging auf ihren weichen Sohlen davon. Ein leichter Windzug strich durch den Raum, als die Tür sich leise schloss. Ohne sie war es dunkler in der Kapelle. Anna hatte das Gefühl, jemand habe ihr einen Strich durch die

Rechnung gemacht, und trommelte mit den Füßen auf den Boden. Kleinen Füßen. Das Trommeln wurde von der Größe des Raums verschluckt, aber es war dennoch tröstlich.

»Da siehst du es, Gott«, wandte sich Anna an die Bäume und den dämmernden Himmel hinter dem riesigen Fenster, »da kannst du sehen, wie sehr sie mir vertraut. Sie lässt mich hier sitzen, weil sie weiß, dass ich nicht alles kurz und klein schlage. Na ja, aber wetten würde ich nicht drauf. Du hast schließlich auch mehr Leben ruiniert als gerettet. Jedenfalls schaffen sie es wohl ohne mich. Du MISTKERL!«

Im schwindenden Licht des Raumes schimmerten die lebhaften Farben der Kreuzwegstationen an den Wänden. Das überheblich leidende Gesicht des gekreuzigten Christus blieb unbewegt, ebenso die tadellosen weißen Falten seines sittsamen Lendenschurzes. Am liebsten hätte sie den Draht durchgeschnitten, mit dem das Kreuz an der Decke befestigt war, und zugesehen, wie es in tausend Stücke zerbarst. Sie wünschte, die Mauern würden einstürzen wie in Jericho. So saß sie da, umklammerte den Sitz ihres Stuhls und versuchte, sie allein mit ihrer Willenskraft dazu zu bewegen.

Im gleichen Augenblick hörte man draußen einen Schuss.

Eine der großen Scheiben im Hauptfenster zersprang. Glas flog durch die Luft, ein Hagel aus silberglänzenden Splittern reflektierte das Licht und fiel klirrend zu Boden, wo sie durcheinander fielen und in einer tödlichen Staubwolke weiterrollten, bis wieder Stille einkehrte. Anna sprang auf, schnappte sich das Gebetbuch und rannte zur Tür. Dort blieb sie stehen und sah sich um. Die halbe Glasscheibe steckte mit scharfzackigen Rändern noch im Rahmen. Das Rauschen der Bäume war jetzt lauter. *Jedoch sie hämmerten mit Jagen sonder Hast, mit unbeirrtem Schreiten, mit wohlbedachter Eile, mit majestätischer Eindringlichkeit* …

Sie rannte den schwarzweiß gefliesten Gang entlang und aus dem Haus hinaus. Agnes' Stuhl war leer; niemand hörte sie. Anna lief weiter.

In einem anderen Garten fiel eine Dohle zu Boden. Kay McQuaid griff nach einem Ziegelstein, um sie zu erledigen. Voller Flöhe.

Erwischt, bei Gott, du Miststück.

2

Du sollst dir kein Bildnis machen

Die Elster war in einem Regen von Zweigen und Blättern auf der Erde gelandet. Es war nicht mehr dasselbe Pechschwarz wie im Frühling. Edmund bemerkte den stumpfen Glanz der Federn und die gekrümmten Krallen, als er sie behutsam mit einem Lappen aufhob und durch den Flanell ihre Wärme spürte. Er umfasste sie vorsichtig, für den Fall, dass sie ihn mit einer plötzlichen Bewegung, einem Pochen des Herzens oder dem Öffnen eines Auges, erschreckte, aber sie war wirklich tot, war wahrscheinlich schon tot gewesen, als sie herabstürzte, tot, als sich ihre Flügel in den Ästen des Baumes, durch den sie fiel, verfingen und den Sturz verlangsamten, bis sie in einer Wolke aus Federn und blassen grünen Blättern aufgeschlagen war. Edmund weinte. Er trug das Bündel ehrfürchtig, mit ausgestreckten Armen vor sich her, damit es seinem eigenen Körper nicht zu nahe kam, während er von den Birken aus den Pfad zum anderen Ende des Gartens entlangstolperte. Die Tränen verschleierten seinen Blick, so dass er nur stockend vorwärts kam. Tränen und Scham. Der Pfad war ungleichmäßig und ohne System gepflastert. Am Ende, unweit der Statue, rutschte er aus, knickte in der Haltung eines reuigen Sünders ein und prallte gegen die Knie von Schwester Matilda. Der Vogel fiel ihm aus der Hand. Matilda saß ruhig auf der steinernen Bank, die am

Fuß der Statue stand. Sie stellte den Erzengel Michael dar, Anführer der Engel Gottes und sein wichtigster Verbündeter im Kampf gegen Luzifer. Matilda betete den Rosenkranz, der um ihre Taille hing: *Gegrüßet seist du, Maria, voll der Gnade, der Herr ist mit dir, du bist gebenedeit unter den Frauen* … unter der Statue des heiligen Helden, die größtenteils mit grünem Moos bedeckt war. Es war ein feuchter Sommer gewesen. Edmunds Sturz wurde von den Falten in Matildas Habit abgemildert, der sich um ihre Knie bauschte.

»Schon gut, schon gut«, murmelte sie. »Alles wird gut, bevor die Sonne untergeht. Setzen Sie sich, Edmund, mein Lieber.«

Edmund rappelte sich stöhnend und schluchzend auf, setzte sich neben sie auf die Steinbank und murmelte die zweite Hälfte des Gebets, dessen Anfang er gehört hatte. Der Klang war Balsam für seine Seele. *Heilige Maria, Muttergottes, bitte für uns Sünder, jetzt und in der Stunde unseres Todes. Heilige Maria* … Es klang wie ein gemurmelter Fluch. Die tote Elster lag zu seinen Füßen. Er wandte den Blick ab und schob sie mit dem Fuß etwas weiter weg, streifte sie aber doch mit einem kurzen Blick, bevor er das weiße Tuch über sie fallen ließ, um ihren Körper zu bedecken. Der Schnabel des Vogels lugte hervor, schmal und tot. Edmunds Schultern erbebten, so heftig schluchzte er.

»Was habe ich getan? Was habe ich nur getan?«

Er beugte sich vor und vergrub das Gesicht in den Händen. Sie stanken nach Tod. Wenn er hinsah, würde er bereits Maden in dem Vogel herumkriechen sehen, jedenfalls würden seine Augen ihm das vorspiegeln. Matilda legte ihm ihre große Hand auf den Rücken und streichelte ihn beruhigend. Dann beugte sie sich vor und umarmte ihn. Ihre Arme umfingen seine Schultern, ihr Busen presste sich gegen sein Rückgrat. Er spürte ihre Wärme, doch sie konnte ihn nicht trösten.

»Ich habe heute Morgen die Amsel gehört«, schluchzte er, »sie hat gesungen. Gesungen wie im April. Als würde es gleich dunkel. Als wäre das Ende der Welt gekommen. Eine Amsel, die im September singt!«

Matilda wartete, dass er sich beruhigte. Seit sie den Garten der Kapelle vorzog, hatte sie viele Stunden in seiner Gesellschaft verbracht, in denen er ihr von den Amseln und der Macht ihres Gesangs erzählt hatte, wie ihre Stimmen sich hoben und senkten und dass sie über das ganze Jahr hinweg den Quell der Musik im Morgenkonzert der Vögel bildeten. Wie jubilierend sie das Ausbrüten der Nachkommen, ihre Nester und die Wärme feierten und wie die Sorge um sie und seine übrigen Freunde in all den Jahren die Krönung von Edmunds Wirken gewesen war. Einiges davon konnte sie hören, anderes nicht, wegen ihrer unregelmäßig auftretenden Taubheit. Es gab eine fest hier ansässige Familie von Meisen, die ihm das Futter aus der Hand pickte, doch die Amseln waren sein wahrer Triumph. Es gab Familien und Besucher, Plünderer und Räuber. Sie löste sich von ihm und nahm das langsame, rhythmische Streicheln seines Rückens wieder auf.

»Aber sie singen doch um diese Jahreszeit gar nicht, oder? Ich meine, sie rufen, aber sie singen nicht. Oder doch? Sie haben mir selbst erzählt, dass sie aufgehört haben zu singen.«

»Die Amsel hat gesungen, das ist es ja gerade. Sie sang, als hätte sie eine neue Brut im Nest. Sie *sang*. Und dann hat die Elster sie vertrieben.«

Wieder wartete sie, rieb mit einer Hand seinen Rücken und strich mit der anderen über die Füße des Erzengels. Michael sollte glatte Füße haben, die mit Blattgold bedeckt waren und sich warm anfühlten. Diese Füße aber waren von Moos und Vogelscheiße bedeckt, sie fühlten sich rau und kalt an. Als sie sich vorbeugte, entdeckte sie die tote Elster. Sie war größer, als sie beim Herumstolzieren auf dem Ast ausgesehen hatte, aber kleiner als im Flug.

Ein hässliches Ding, der lärmende Rabauke des Gartens und in Matildas Augen ohne jeden Charme.

»Also habe ich … habe ich … habe ich gesagt, ich wünschte, sie wäre tot«, schluchzte Edmund. »Weil sie ein Tyrann ist. Sie verjagt die anderen und frisst deren Junge. Die meiste Zeit des Jahres ist sie hier, und ich dachte immer, eines Tages würde sie verschwinden. Gott weiß, ich habe versucht, es ihr ungemütlich zu machen. Als die Amsel sang und die Elster sie verjagt hat, o Gott, da habe ich sie gehasst. Aber sie töten? Möge Gott mir vergeben!«

»Der heilige Michael würde Ihnen vergeben«, sagte sie. »Er hätte diesem grässlichen Vieh schon bei seiner Geburt den Hals umgedreht.«

Sie wandte sich um und sah zu der Statue auf. Die Füße des Erzengels Michael ruhten bequem auf einer dicken steinernen Schlange, die er unübersehbar mit seinem Speer überwältigt hatte. Dessen Spitze steckte in ihrem Körper, Michaels Hände umfassten noch den Schaft, während er das Gesicht dem Himmel zuwandte. Der heilige Michael beanspruchte im Paradies den Platz zur Rechten Gottes. Er hatte die guten Engel in die Schlacht gegen den Teufel geführt und wusste, dass einem letzten Endes nichts anderes übrig blieb, als seine Feinde zu töten. Edmund war anders. Für ihn war das Leben eines Vogels unantastbar, selbst das eines Raubvogels. Das Schluchzen begann von neuem.

»Aber ich habe nur gesagt, ich wünschte, sie wäre tot. Ich habe sie durch den Garten fliegen sehen und wünschte es. Wenn sie geblieben wäre, wenn sie weiter so viel Radau gemacht und die anderen vertrieben hätte, bevor es kalt wird, wären sie nicht wiedergekommen, um hier ihre Nester zu bauen. Ich wollte, dass sie verschwindet. Ich wollte sie nicht umbringen.«

Matilda staunte über die Macht des Gebets und empfand im Gegensatz zu Edmund keine Spur von schlechtem Gewissen. Er hatte sich von Februar bis weit in den

Juli hinein mit unglaublicher Vehemenz über das Thema Elstern ausgelassen, die sich noch steigerte, als die anderen Vögel, die Amseln und Meisen, in ihren angestammten Nestern gebrütet hatten. Er hatte ein Vermögen für Käse und Nüsse ausgegeben, um ihnen die Nahrungssuche zu erleichtern, und hatte auch die Elster gefüttert, um sie ruhig zu halten. Eines Tages war sie verschwunden. Ihre Rückkehr war ein herber Schlag gewesen. Matilda hatte gebetet, dass der Gartenrüpel starb, und ihr Wunsch war in Erfüllung gegangen. Die Kehrseite dieses Wunsches war, dass Edmund dadurch zum Mörder geworden war. Sie fragte sich, wie er sie umgebracht zu haben glaubte. Mit einer Schleuder, wie David gegen Goliath? Wohl kaum. Sie lächelte und schüttelte den Kopf.

Es gab keinen Zweifel daran, wem der Garten gehörte und wem er gewidmet war. Im Lauf der Zeit war er ausschließlich in eine Zuflucht für Vögel umgewandelt, eingerichtet und organisiert worden. Matilda war immer erstaunt, wenn sie merkte, dass dies scheinbar sonst niemandem im Kloster auffiel. Es war ein Geheimnis zwischen ihr, Edmund und dem Erzengel. Liebend gern hätte sie es auch Schwester Joseph anvertraut, wenn Joseph nicht dermaßen auf ihr eigenes Elend fixiert und von Matildas gelegentlichen Taubheitsanfällen irritiert gewesen wäre. Alle anderen akzeptierten einfach, dass der Garten immer mehr verwilderte, und schoben es auf Edmunds Gebrechlichkeit und, was Schwester Barbara anging, auf deren Gleichgültigkeit gegenüber allem, was sich außerhalb der eigentlichen Klostermauern abspielte.

Den Efeu, der ungehindert die hintere Mauer überwucherte, ließ man wachsen, weil bestimmte Vögel ihn zum Nestbau bevorzugten. Die unteren Äste der jüngeren Platanen waren perfekte Sitzstangen für Jungvögel, die in Gefahr waren, wenn sie am Boden schliefen. Der Efeu verbarg Edmunds Nistkästen, die bei den Meisen so beliebt waren, und der wilde Wein kaschierte die Löcher in der

Mauer, die er vergrößert hatte in der Hoffnung, die streitsüchtigen Sperlinge und Rotkehlchen zurückzulocken, die vor zwei Jahren vorübergehend dort verweilt hatten. Die Brombeeren waren ausschließlich für die Amseln bestimmt. Der überdimensionale, hässliche Schuppen, in dem Edmund angeblich seine Gartengeräte aufbewahrte, enthielt nicht viel mehr als eine Harke, einen Spaten, einen Hammer, Nägel, Messer und Zwirn, dazu seinen Stuhl und einen Sack mit Körnern. Matilda wusste nicht, was er unternommen hatte, um die Londoner Tauben abzuschrecken, aber Gift konnte es nicht sein. Sie vermutete, dass er sie mit einer Wasserpistole in die Flucht gejagt hatte.

Edmund hielt nur den unmittelbar an die Rückseite der Kapelle angrenzenden Bereich einigermaßen sauber und ordentlich. Dort befand sich auch das einzige Blumenbeet. Hier unten sorgte er dafür, dass die Büsche sich ausbreiten konnten, und förderte das Wachstum zweier erbärmlicher kleiner Stechpalmen, die gut für Winterbeeren waren und Mistelgewächse begünstigten. Die allgegenwärtigen Bodendecker, die an der Biegung des heiligen Michael über den Pfad krochen, trugen orangegelbe Früchte. Die Vögel liebten sie. Edmund war ein Gärtner, der nichts wegschneiden konnte.

Matilda zog plötzlich beunruhigt die Hand von seinem Rücken zurück, griff nach ihrem Rosenkranz und umklammerte ihn. Seine warmen Holzperlen waren ein immer währender Trost. Sie hatte gelernt, ihn in die Tasche zu stecken, wenn sie zu diesem Teil des Gartens kam, damit das Klicken die Vögel nicht aufschreckte.

»Edmund, mein Lieber, wie ist das arme Tier gestorben? Es fiel doch nicht einfach vom Himmel, nur weil Sie ihm den Tod gewünscht haben, oder?«

Oder weil ich beim heiligen Michael genau darum gebetet habe, dachte sie bei sich, und ihre Gedanken schweiften ab. Wirklich, Edmund war genauso stur wie Joseph: Keiner von beiden konnte Zuneigung oder Vergebung akzeptieren, als wären sie überzeugt, sie nicht verdient zu haben. Der gute Michael dagegen war noch zugänglicher als Gott. Was für ein netter junger Mann. Sie hatte sich eine ganze Persönlichkeit für ihn ausgedacht, und sogar eine Garderobe. Der heilige Michael war Gottes respektvolle, charmante rechte Hand mit vollendeten Manieren und der Einzige von allen, die zur Rechten Gottes saßen, der ihm Witze erzählen konnte. Damit rechnete sie auch jetzt, um ihr deutlich mulmiges Gefühl zu verbergen. Sie beugte sich weiter zu Edmund hinüber, um ihn antworten zu hören, obgleich durch ihre tauben Ohren nur ferne Geräusche zu ihr vordrangen und sie dankbar für den Kokon war, von dem sie umgeben war. Matilda wollte, dass nur menschliche Stimmen und Vogelgezwitscher ihr Bewusstsein erreichten, und am besten nur die Stimmen ihrer engsten Vertrauten und ihrer liebsten gefiederten Freunde. Es gab Stimmen, die sie mochte, und andere, vor denen sie zurückschreckte. Edmunds Sprechweise mit dem gerollten R gefiel ihr. Sie mochte auch die jugendliche Stimme der kleinen Schwester Therese und die schrillere, leichter erkennbare Stimme ihrer Schwester, die wahrscheinlich nach der heiligen Anna benannt worden war, der Mutter Marias – eine langweiligere Heilige konnte man sich kaum vorstellen. Es war viel besser, nach einem Engel benannt zu sein, wie Michael.

»Wie ist sie gestorben?«

»Keine Ahnung«, murmelte Edmund. »Aber ich wollte, dass sie stirbt.«

»Ich auch, aber wie?«

»Sie fiel einfach vom Himmel. Das Fenster in der Kapelle ist zerbrochen.«

»Ach du liebe Güte!«

Sie wusste sofort Bescheid. Das war der Junge gewesen. Sie glaubte ihn gehört zu haben, aber vielleicht hatte sie sich geirrt. Dieser umwerfende blonde Junge, der seit zwei Wochen mit der Aufmerksamkeit eines liebevollen Enkels um Edmund herumstrich. Sie hatte ihn vor einer Weile gesehen, wie er sich vorbeigeschlichen hatte, als sie da saß, wo sie so häufig saß. Er behandelte sie, als wäre sie nicht nur teilweise taub, sondern auch stumm und blind. Eine alte Frau war nicht besonders interessant für einen Jungen, und sie mochte seine Stimme nicht.

»Sie haben die Elster nicht getötet«, protestierte sie. »Er war es. Der Junge, der Ihnen Honig um den Bart schmiert. Oh, ja. Er hat ein Luftgewehr. Ich hab's gesehen.«

»Nein. Das würde Francis nie tun.«

»Er hat es gerade getan.«

»Nein, nein, er ist schon vor Stunden nach Hause gegangen. Das war er nicht. Francis liebt Vögel, jawohl.«

Sie schloss die Augen und dachte an Luzifer in Schlangengestalt, der in ihrer Fantasie einst ein ziemlich gut aussehender junger Mann mit braunem Haar gewesen war, kräftig gebaut, mit schmalen Hüften und großen, treuherzigen Augen. Francis besaß eine flüchtige Ähnlichkeit mit Luzifer. Es war ein Eindruck, den sie nicht ganz abschütteln konnte, obwohl sie ihn eigentlich sympathisch finden wollte, und sei es nur wegen seines Namens. Der heilige Franziskus war der Schutzheilige der Vögel, und ein Junge mit seinem Namen musste einfach ein guter Mensch sein. Sicher betete Edmund ihn teilweise deshalb so an, ungeachtet der Tatsache, dass er als enthaltsam lebender alter Homosexueller keineswegs über die Dämonen der Begierde erhaben war, die Francis in ihm geweckt hatte. Jedenfalls hatte er keine Ahnung, dass Matilda wusste, was er selbst kaum ahnte. Das Schluchzen war verebbt.

»Francis würde so etwas nie tun«, sagte er mit Bestimmtheit. »Selbst wenn er geglaubt hätte, dass ich es so wollte. Entweder sind die Gebete erhört worden, oder es war jemand anders. Und jetzt beerdige ich den Vogel am besten erst einmal.«

Sie nickte und schlug ihm kräftig auf den Rücken. Wenn

das seine Version der Geschichte sein sollte, bitte sehr. Sie musste ihren Senf nicht unbedingt dazugeben.

»Könnten Sie dem heiligen Michael vielleicht ein Bad verpassen, wenn Sie damit fertig sind?«, fragte sie. »Man müsste ihm das Moos von den Füßen entfernen.« Und die Vogelscheiße, die die Elster als letzte Beleidigung hinterlassen hatte.

Edmund stützte seine schmutzige Hand auf ihr Knie, um aufzustehen. »Gute Idee.«

Als er endlich aufbrach, war es schon fast dunkel. Matilda schoss der Gedanke durch den Kopf, dass die gerade flügge gewordenen Sprösslinge der Elster, die in diesem Garten aufgewachsen waren, zurückkommen könnten, um Rache für ihre Mutter zu nehmen, doch sie verwarf ihn gleich wieder. Vögel gingen früh schlafen, und im Moment herrschte friedliche Stille. Als sie über den Pfad auf die Buchen und die freie Fläche zuging, blieb sie stehen und winkte. Sie wusste immer, wann sie beobachtet wurde.

Ja, es war eine Sünde, für den Tod eines lebenden Geschöpfs zu beten. Vielleicht war es auch eine Sünde, Gott zugunsten von irgendwelchen Heiligen zu vernachlässigen. Sie konnte nicht beten, es sei denn, zu einem Bild. Und sie wünschte, dass Schwester Joseph, die sie liebte und seit Jahren geliebt hatte, endlich ihre Tugenden akzeptieren und alles andere vergessen könnte.

Siebzig Meilen entfernt warf Kay McQuaid die tote Dohle auf den Komposthaufen am Ende des Gartens, wischte sich die Hände an der Hose ab und kehrte zur Veranda zurück. Es war ein kurzer, hindernisloser Weg über den gepflegten Rasen, in dessen Mitte ein rundes Blumenbeet mit dunkelrot blühenden Dahlien lag. Sonst gab es nicht viel, außer sauber gestutzten Büschen an den Mauerecken und Blumentöpfen auf der Veranda, die genauso groß war wie die Rasenfläche und das wichtigste Charakteristikum des Gartens – dieses bescheidenen Fleckchens Grün, begrenzt von einem Wintergarten und gründlich in Schach gehalten durch die rücksichtslose Verwendung von Insektiziden. Möglichst wenig Instandhaltung, das war das Motto. Der niedrige Baum, der nebenan stand, sorgte zu bestimmten Tageszeiten für zu viel Schatten. Es war das Beste, was ein Baum so nah am Meer tun konnte, aber wenn die Nachbarn nicht solchen Wert auf ihn gelegt hätten, wäre ihm Kay schon längst mit einer Axt zu Leibe gerückt. Alles, was die sporadische Sonne eines englischen Sommers behinderte, war verboten. Die verdammte Dohle war aus dem verdammten Baum gekommen.

Das Rauschen des Meeres auf der anderen Seite des Hauses sorgte für ein beruhigendes Hintergrundgeräusch, das nur vom schrillen Kreischen einer Möwe gestört wurde.

»Zum Wohl«, sagte Kay, an ihren Gast gewandt, und hob das Glas, das sie auf dem Tisch hatte stehen lassen.

»Wäre es ein Fasan gewesen, hättest du ihn wenigstens kochen können«, sagte er.

Sie schüttelte den Kopf. »Du vielleicht. Ich glaube nicht, dass ich je wieder kochen werde. Nimm ein paar Erdnüsse.«

»Du könntest Gemüse anbauen statt Rasen. Frisches Gemüse ist gesund.«

Sie gähnte. »Ach ja? Ich habe schon genug Stress um diese Jahreszeit. Ich stelle den Liegestuhl raus, lege mich hin, und schon kommt die erste Wolke. Ich stehe wieder auf und trage ihn rein. Dann schleppe ich ihn wieder raus und wieder rein, und am Ende blättere ich die Reiseprospekte durch, um zu überlegen, wo ich am besten hinfahren könnte. Ich habe keine Zeit zum Kochen, Gott ist mein Zeuge. Trotzdem, vielen Dank, dass du den weiten Weg gekommen bist, um mich zu besuchen. Es ist immer schön, dich zu sehen.«

»Ach was, ist doch nur ein Katzensprung. Und es tut mir

gut, mal rauszukommen. Du weißt ja, wie gern ich hier bin. Wie ist der Vogel gestorben?«

»Er kam durchs Fenster, das Miststück, auf der Jagd nach meinen Ringen. Ich habe einen Teller nach ihm geworfen und getroffen. Nicht um ihn zu töten, verstehst du. Er war ohnehin nicht ganz auf dem Damm. Wahrscheinlich hat er was Falsches gefressen. Oder es war ein Herzinfarkt. Die Leute von nebenan füttern die Viecher. Und dann kommen sie zu mir und scheißen auf meine Veranda.«

Pastor Goodwin sah sich um. Alles war tadellos gepflegt. Es gab eine steinerne Tränke, die aus einem kleinen Teich bestand und von einem Gartenzwerg mit Angelrute und knallrot und grün lackierten Kleidern bewacht wurde. Der Verandaboden bestand aus grauen Backsteinen. In seiner Unkenntnis derartiger Angelegenheiten vermutete er, dass sie als Verschönerung für ein paar minimalistische Töpfe mit langweiligen immergrünen Pflanzen entwickelt worden waren, wie er es in entsprechenden Zeitschriften gesehen hatte. Er las die Lifestyle-Rubriken hauptsächlich wegen der Kochrezepte, wenn er nach den Sportseiten noch Zeit hatte. Es war nicht schwer zu sehen, was Kay hinzugefügt hatte. Orangefarbene und gelbe Geranien, rosa Gänseblümchen und alle sieben Zwerge. Er musterte den, der neben dem Teich saß. Ohne den Gartenzwerg hätte ihm das beruhigende Plätschern besser gefallen.

»Nun, Pater, was ist los? Du wärst nicht hier, wenn was Gutes im Fernsehen liefe. Nein, abends ist eigentlich tabu, nicht wahr? Und hör auf, Droopy so anzustarren. Er beißt nicht. Er ist erheblich harmloser als diese verdammten Dinger, die du im Pfarrhaus stehen hattest. Das Blutende Herz in der Glasvitrine beispielsweise, ich habe es gehasst. Der liebe Gott persönlich mit seinem Herz auf dem Gewand? Eingemachter Jesus, so nannte ich es. Na ja, wir Katholiken wachsen ja mit so etwas auf. Vielleicht mag ich Gartenzwerge deshalb so gern. Wahrscheinlich vermisse ich diese Art von Mobiliar. Bist du sicher, dass du keinen Drink willst? Doch, doch, du willst. Bedien dich.«

Er ging ins Haus, an der Poggenpohl-Küche vorbei, die sauber und unbenutzt wirkte, ins Wohnzimmer, das sich nicht krasser vom Salon der Nonnen hätte unterscheiden können. Er blieb stehen und fragte sich, wie es wohl ausgesehen haben mochte, bevor Kays relativ neue Stellung als alleinige Bewohnerin ihm ihren unverwechselbaren Stempel aufgedrückt hatte. Schlicht und funktional, schätzte er, ohne all die Überwürfe in grellen Farben, die riesige Konsole mit Fernseher und Videogerät und dem Servierwagen in Form eines Karrens, vor den ein Spielzeugesel gespannt war. Er war voll bunter Flaschen mit Hochprozentigem, angefangen bei Tequila und Southern Comfort über Slibowitz und Martini bis hin zu größtenteils ungeöffneten Geschenken und Andenken von irgendwelchen Auslandsreisen. Er entdeckte Bananenlikör von den Kanarischen Inseln, Metaxa aus Griechenland und irgendwas Suspektes aus der Türkei. Pastor Goodwin griff nach einer Flasche Jameson und bemerkte, dass nur die Flasche Tanqueray Gin Fingerabdrücke aufwies. Das war Kays Lieblingsdrink, der mit besonderer Hochachtung behandelt wurde. Der blitzblanke Glanz der Auslage war bewundernswert. Man kann eine Putzfrau auf einen neuen Geschmack bringen, dachte er, aber man kann sie nicht vom Putzen abhalten.

Im Kamin stand eine große goldene Buddhastatue mit poliertem Bauch, die sie möglicherweise nur aufgestellt hatte, um ihn zu ärgern. Er fand ein Glas in der Küche und goss sich einen großzügigen Schluck irischen Whiskey ein. Kay saß mit ihrem Gin Tonic, in dem das Eis noch nicht ganz geschmolzen war, im Liegestuhl. Ihr Cocktaillöffel war mit einem Papierschirmchen geschmückt.

Sie war so braun wie gut gegerbtes Leder. Man braucht keinen heißen Sommer, um braun zu werden, hatte sie ihm erklärt: Man braucht bloß Zeit, um sich in die Sonne zu legen, sobald sie herauskommt. Besonders, wenn man im Frühling schon auf Teneriffa war. Gebräunte Haut passte zu ihren auffallenden Kleidern. Sie war klein und rundlich, Anfang vierzig, mehrere Jahre jünger als er selbst, und die Haut in ihrem Gesicht so hübsch gerunzelt wie eine Walnussschale. Sie hatte dunkelbraune Augen, die einen seltsamen Kontrast zu dem weichen, ausgebleichten Haar bildeten, das durch die gelegentlichen Sonnengastspiele noch heller geworden war. Er hatte sie auf seine diskrete Art angebetet, seit sie als mageres Ding zum ersten Mal in sein Pfarrhaus eingefallen war. Damals hatte sie geflucht wie ein Fuhrmann und ihm erklärt, dass sie keine Predigten brauchte, sondern einen gottverdammten Job. Kay hatte ihren gottverdammten Job bekommen: Schon damals wollte niemand sonst ihn haben, bei dem Lohn. Nach zwei Wochen einigermaßen anständigen Koch- und Putzdienstes hatte sie ihm ihren bis dahin verschwiegenen unehelichen Sohn präsentiert. Jetzt beobachtete er sie verstohlen. Viel hatte sich nicht verändert.

»Waren das alle Neuigkeiten?«, fragte sie fröhlich.

Sie war fünf Jahre im Pfarrhaus geblieben, bevor sie den Traumjob bei den Calverts gefunden hatte. Diese Zeit war geprägt von zahlreichen lebhaften Streitereien, volle Teller waren damals durch die Gegend geflogen, warum, hatte er vergessen. Schall und Weihrauch, sagte sie später. Doch der Traumjob bei den Calverts hatte sich in eine Hölle auf Erden verwandelt, bis sich das Paar hatte scheiden lassen und Kay als Haushälterin bei Mr. Calvert in dessen Haus am Meer einzog. Dieses Haus, in dem sie jetzt saßen und das nur noch eine vage Ähnlichkeit mit dem Zustand aufwies, den es zu Calverts Lebzeiten gehabt hatte.

Kay und Christopher Goodwin waren Freunde geblieben, hauptsächlich mittels kurzer Briefe, wofür er allen Heiligen auf der Welt dankbar war. Er trank seinen Whiskey und dachte, Gott ist gut, und das reichte als Entschädigung für das schlechte Gewissen, weil er seine Pflichten vernachlässigte und das Spiel verpasste.

In Wahrheit gab es mehrere Entschädigungen für das verpasste Spiel. Mrs. Katherine McQuaid, von Sonne und Gin beflügelt, plapperte drauflos, und allein das war die Belohnung für einen grässlichen Tag. Er schenkte ihr einen winzigen Schluck Gin nach. Ja, die Neuigkeiten aus der Gemeinde hatten sie gründlich durchgehechelt, bis hin zur letzten Beerdigung. Wenn es um die Calvert-Mädchen ging, wollte sie immer alles ganz genau wissen.

»Oh, sei ein bisschen großzügiger mit dem Einschenken. Dann kann ich Gott um besseres Wetter bitten und um jemanden, der mich mit Nachschub beliefert.«

»Dir fehlt es an nichts, Kay. Du bist mal wieder auf die Füße gefallen. Nicht mal dein Sohn macht dir Scherereien.«

»Nein, er soll seinen eigenen Weg gehen und sich nicht von mir aushalten lassen. Aber was meinst du damit, dass ich auf die Füße gefallen bin? Nichts von alledem ist von Dauer, obwohl Gott weiß, dass ich es verdient hätte. Das alles kommt mir vor wie bei Cinderella. Die Kürbiskutsche kann jeden Augenblick vor der Tür stehen. Also erzähl mir bloß nicht, dass ich meinen Hintern bewegen und Gutes tun soll.«

»Wie könnte ich? Hat er dir denn nicht genug hinterlassen?«

»Theodore? Nein, zum Teufel, hat er nicht. Im Moment kann ich hier wohnen bleiben, aber der Anwalt kann das Haus zurückfordern, wann immer er will. Es ist genügend Geld da, um ein Jahr zu überleben und hin und wieder ein paar Tage Ferien zu machen. Er hat mir nichts von bleibendem Wert geschenkt. Er wollte nur, dass ich mich weiter um das Haus kümmere, und hat mich dafür gut entschädigt.«

»Ist das nicht ein bisschen grausam?«

»Er konnte grausam sein, das steht fest, aber was soll daran grausam sein? Ein Hauch von gutem Leben ist besser als keiner.«

»Das hat er schließlich auch seiner Frau geboten, oder?«

»Jetzt pass mal auf, Christopher, fang bloß nicht an, schlecht über die Toten zu reden. Das Schlimme an dir ist, dass du dich mit Frauen nicht auskennst. Du bist ihnen gegenüber so nachgiebig, weil du glaubst, dass sie immer im Recht sind.«

Er wusste, dass dies nicht gerechtfertigt war, aber in gewisser Weise lag sie gar nicht so falsch. Er war nachgiebig gegenüber Frauen, weil er sie einfach mochte.

»Ich spreche nicht schlecht über ihn, Kay. Aber sagt bei einem Mann die Wahl der Ehefrau nicht eine Menge über ihn selbst aus? Du hast behauptet, er war nicht glücklich mit der, die er hier hatte. Das kann ja nicht immer nur der Fehler der anderen sein.«

Sie rutschte im Liegestuhl hin und her. Normalerweise machte es ihr nichts aus, wütend zu werden, aber im Augenblick fehlte ihr einfach die Energie dazu. Es wurde allmählich frisch hier draußen, doch es war noch nicht kühl genug, um in den Wintergarten zu wechseln. Sie stopfte sich die Falten ihres weiten dunkelroten Gewands um die Fußgelenke. Er war nicht sicher, wie man ein solches Kleidungsstück bezeichnete.

»Sieh mal, er hat seine Frau verlassen, weil sie ihn nicht in die Nähe seiner eigenen Kinder ließ. Man bleibt doch nicht bei einer Frau, die den bösen Blick hat und einen behandelt, als wäre man der Teufel in Person. Die einzige andere Freundin hatte er sich kurz nach der Trennung geangelt, und sie war ein unersättliches kleines Luder. Man wusste nie, ob sie scharf auf seinen Schwanz, seine Brieftasche oder beides gleichzeitig war.«

Er lachte, der Augenblick für einen Streit war vorüber, was er insgeheim bedauerte.

»Und er war sehr gut zu Jack.«

»Ja, das auch, aber über Jack will ich nicht sprechen.«

Zu Kays größten Tugenden gehörte ihre Leidenschaft für Streit, was auch ihm die Möglichkeit verschaffte, dieser Verlockung nachzugeben. Nirgendwo anders hatte er Gelegenheit dazu; es gab einfach niemanden, mit dem er sich hätte streiten können. Er war der Friedensstifter, der Zuhörer, das war seine Rolle. Mit Kay aber konnte er sich ohne jeden Grund fetzen; manchmal brüllten sie sich gegenseitig an und vergaßen es sofort wieder, ohne dass einer von beiden es persönlich nahm. Die Tatsache, dass er bei den meisten Themen eine andere Meinung hatte als sie, war dabei ebenso förderlich wie die ketzerischen Sprüche, die sie losließ. Auf seinen geistlichen Rat konnte sie ebenso verzichten wie auf ein Loch im Kopf. Was für eine Erleichterung! Selbst die Qualen, die ihre körperliche Gegenwart ihm einst bereitet hatte, war nur noch eine schwache, beinahe tröstliche Erinnerung. Aber trotz der Leichtigkeit dieser Freundschaft gab es Fragen, die er nie zu stellen wagte. Zum Beispiel, wie die Beziehung zu ihrem reichen Arbeitgeber genau ausgesehen hatte. Immerhin hatte er sie von einer Putzfrau in den Status einer Haushälterin erhoben und sie auffallend großzügig bedacht. Ebenso hatte er nie danach gefragt, wer der Vater ihres Sohnes gewesen war. Es wäre indiskret gewesen.

»Erzähl mir noch mal, wie dieser Märchenonkel Calvert zu seinem Geld gekommen ist.«

Kay zwinkerte ihm zu. »Es war nichts Märchenhaftes an ihm, Christopher. Er war ein Wichser, sorry, ein Trickser, wenn es um Geld ging. Er machte Bankgeschäfte.«

Sie nannte ihn nur beim Vornamen, wenn sie bereits zwei Gin intus hatte. Christopher klang irgendwie nach Weichei, und außerdem, so hatte sie ihn mehr als einmal erinnert, war Christophorus vor dreißig Jahren aus dem liturgischen Heiligenkalender entfernt worden. Der heilige Christophorus, für den mehr als eine Million Medaillen geschmiedet worden waren, galt nicht länger als Ansprechpartner für universelle Fürbitten. Das entsprach beinahe Pastor Goodwins eigener Lebensgeschichte.

»Der goldene Buddha gefällt mir«, sagte er aus seinem Stuhl heraus, den er zunehmend gemütlicher fand.

»Ach ja?«, sagte sie und schwenkte die braune Hand mit den knallrot lackierten Nägeln. »Ich dachte daran, Buddhistin zu werden. Die sind so freundlich.«

Sie setzte sich wieder aufrecht, um es ihm besser zu erklären, während er sich an seinem Drink verschluckte. Ihre Robe hatte sich geöffnet und den Blick auf einen üppig ausgefüllten Bikini mit Blümchenmuster freigegeben, das ihn auf unerklärliche Art an eine Schürze erinnerte.

»Um Gottes willen«, sagte sie gereizt, »das war nur ein Witz, aber manchmal denke ich wirklich an so was. Mir fehlt es an Religion, Gott ist mein Zeuge.«

»Buddhisten trinken normalerweise nicht«, sagte er sanft. »Und du dürftest keiner Fliege was zu Leide tun, geschweige denn einen Vogel töten. Kann ich Anna Calvert mal mit hierher bringen?«

Überrascht setzte sie sich kerzengerade auf. »Warum? Was zum Teufel habe ich mit ihr zu schaffen?«

»Schwester Jude ist gestorben. Und abgesehen von mir und meinen spärlichen Kenntnissen bist du der einzige Mensch auf der Welt, der ihre Eltern richtig kannte.«

»Und du meinst, das verpflichtet mich? Schwachsinn. Nein, ich will sie nicht sehen. Ich hab die Nase voll von Verpflichtungen, verdammt! Aber du kannst mich ins Bett bringen, wenn du willst.«

Er lachte und schüttelte den Kopf. Es war ein alter Witz, unglaublich alt. »Ich wünschte, du hättest mich angerufen, als sich Theodore ertränkt hat«, sagte er. »Vielleicht hätte ich helfen können.«

Sie schüttelte sich heftig. »Nein«, sagte sie. »Hättest du nicht. Ich wollte nicht, dass irgendwer diese jämmerliche, aufgedunsene Gestalt am Strand sieht. So nah an seinem Haus. Es war schrecklich. Außerdem hätte er sich im Grab umgedreht bei der Vorstellung, dass du vor seiner Leiche stehst und Gebete sprichst.«

Zwei Uhr morgens, und Anna war auf dem Weg nach Hause. Sie hatte nichts getrunken und auch keine Nummer geschoben, nur ihre Schicht in der Taxizentrale. Therese hätte gut daran getan, sich heute Nacht keine Sorgen um ihre Seele zu machen, denn sie hatte nichts weiter getan, als Stimmen zu lauschen.

Bestimmt war es falsch, im Dunkeln so furchtlos zu sein, aber diese Furcht hatte sie nie gelernt. Deshalb machte es ihr auch nichts aus, wenn ihr nachts jemand folgte. Dass Frauen nachts verfolgt wurden, war eine Tatsache des Lebens. Sie konnte schneller rennen als jeder Dieb, und außerdem gab es nichts in ihrem Rucksack, was einen Überfall gelohnt hätte, abgesehen von dem Messbuch, das sich heute Abend darin befand und das sie eingepackt hatte, ohne sich dessen eigentlich bewusst gewesen zu sein. An ihrem Arbeitsplatz hatte sie es neben ihr Sandwich gelegt und dann ungeöffnet wieder in den Rucksack gesteckt, als sie Feierabend machte.

Die Schritte verloren sich in der Ferne, als sie sich ihrer Wohnung näherte. Wahrscheinlich war es einer der Obdachlosen gewesen, die sich am Gartentor des Klosters herumtrieben, ermutigt von Gerüchten über christliche Nächstenliebe. Im letzten Winter hatten sie einmal mitten in der Nacht ans Tor gehämmert. Erst als der wuchernde Efeu das Tor fast verdeckte und damit klar war, dass es so gut wie nie benutzt wurde, verzogen sie sich. Das Gartentor war das falsche Signal für die paar Gestalten, die dort in der Hoffnung herumlungerten, dass es sich auftun und Wohltaten regnen würde.

Sie schämte sich, denn sie hätte Schwester Barbara von dem Schuss erzählen sollen, der das Fenster zertrümmert hatte. Stattdessen war sie weggelaufen. Nachdem die Schritte, lange bevor sie auf dem Weg zu ihrer Haustür am

Gartentor vorbeikam, hinter ihr verklungen waren, sah sie, dass der Efeu sauber gestutzt worden war, so dass er das Holz wieder freigab. Sie blieb stehen und betrachtete es sich genauer.

Zu Hause stieg sie die Treppen hinauf und kletterte aufs Dach, um in den Garten zu spähen, wo es nichts zu sehen gab. Als sie nach oben blickte, sah sie die Sterne und stellte sich die Seelen am Firmament vor. Schwester Jude und ihre über alles geliebte Mutter. Ihr Vater schmorte garantiert in der Hölle.

Später, nachdem sie sich ins Bett gekuschelt hatte, löste sie das Gummiband, das die Seiten des Messbuchs zusammenhielt, und klappte es auf. Es war voll gestopft mit Heiligenbildern, Gedenkkarten, dekorativen Lesezeichen mit Heiligenbeschreibungen und auf die Rückseiten gekritzelten Notizen. Weniger ein Gebetbuch als eins mit Souvenirs. Anna legte die Zettelchen, Briefe, Karten und Bilder wieder zurück, war von den sentimentalen Darstellungen ebenso befremdet wie von der Oberfläche des alten Leders und den hauchdünnen Seiten, die an ihren Fingern festklebten. Trotzdem hatte es mehr Ähnlichkeit mit einer Heiligen Schrift als alles andere, und das musste reichen. Vielleicht würde es Ravi dazu bewegen, mit ihr zu reden, da er selbst auch immer eins bei sich hatte. Komische Art, jemand auf sich aufmerksam zu machen.

Immer noch schlaflos und erhitzt von dem unverdaulichen Ärger, der sie den ganzen Tag verfolgt hatte, griff sie nach dem Notizheft, das immer neben ihrem Bett lag, stützte sich in die Kissen und begann zu schreiben. Es war eine alte Angewohnheit ihres Vaters, zu der ihre Mutter auch die beiden Töchter ermuntert hatte, als sie ans Bett gefesselt gewesen waren. Sie hatte sie aufgefordert, ihre Symptome zu beschreiben, um die merkwürdige Krankheit, die sie befallen hatte, besser diagnostizieren zu können. Als Schlaf lebenswichtig und zugleich unmöglich war und man nichts anderes zu tun hatte, war das Notizheft manchmal hilfreich gewesen, die schreckliche Zeit vergehen zu lassen. Wenn das Fernsehen sie langweilte, Musik sie nicht trösten konnte und das Radio nur irgendeine Stimme war.

Mein Name ist Anna Calvert. (So fing sie immer an.)

Ein Gönner kommt für meine Miete auf. Ich habe Glück gehabt.

Ich möchte alles außer Belehrung.

Ich habe viele Bücher gelesen.

Ich möchte keine Missgeburt sein. Tante Jude fehlt mir.

Ich wünschte, ich wäre nie getauft worden; es hat ein großes schwarzes Loch in meinem Gehirn hinterlassen.

Mein Vater war ein Riese.

Ich selbst bin nicht richtig ausgewachsen.

Ihre Lider wurden schwer, und dann stockte der Stift.

Mir fehlen vier volle Jahre meines Lebens.

Vier volle Jahre, die ich nie wieder zurückholen kann.

Therese ist in Sicherheit!, kritzelte sie. *Ravi hat mich angelächelt! Der alte Mann hat wieder angerufen! So schlimm kann es nicht sein!*

Und alle anderen sind TOT!

Dann schlief sie ein.

3

Ich bin der Herr, dein Gott

Therese sah, dass sie sich mit Schwester Joseph an der Spitze an der Tür zum Refektorium aufgestellt hatten wie wartende Stammesangehörige. Heute feierten sie den Namenstag des heiligen Josef, nicht des weit berühmteren aus Nazareth, Marias Ehemann und Vater von Jesus Christus, sondern eines ganz anderen Josefs, eines obskuren Mannes aus Aragon, der eine religiöse Kongregation zur Erziehung armer Kinder gegründet hatte. Schwester Joseph hatte den Namen angenommen, als sie in den Orden eingetreten war. Er war zwar besser als ihr eigener, würde aber nie so gut sein wie der einer Märtyrerin, Agnes zum Beispiel. Schwester Joseph hatte einen sauren Geschmack im Mund.

Ihr Namenstag würde von wichtigeren Ereignissen, wie dem kaputten Kirchenfenster, das Barbara am Abend zuvor bei ihrem letzten Rundgang durch das Gebäude entdeckt hatte, Schwester Judes Beerdigung und der anschließenden Plünderung der Speisekammer, zumindest geschmälert, wenn nicht gar ganz verdrängt. Ihr eigener Kummer und ihre Mitwirkung bei dem Gesang zählten nicht. Gereizt musterte sie die anderen. Hilflose Dummköpfe. Schwester Bernadette hatte sich den Knöchel verstaucht und bewegte sich mit einer Krücke demonstrativ heldenhaft vorwärts. Matilda, diese sanfte und liebenswürdige Freundin, die sie vor den Kopf gestoßen hatte, würde sowieso alles essen, was auf den Tisch kam. Joseph versuchte sie zu verachten. Margaret zog unablässig die Nase hoch, wie immer, und Schwester Joan, die nach einer Kriegerin benannt, in Wirklichkeit aber ein Angsthase war, strahlte voller Vorfreude auf ihren erbärmlichen allwöchentlichen Ausflug zum Markt. Therese, die Ordenskandidatin, deckte gelassen und tüchtig wie immer den Frühstückstisch zu Ende und lächelte, als wären sie allesamt neu gewonnene Freundinnen. Dummes Ding. In Josephs Zimmer zog es, weil die Fensterverriegelung kaputt war, die Tür zum Refektorium ließ sich nicht schließen, weil sie klemmte, das ganze Haus fiel auseinander. Josephs Namenstag würde einfach untergehen. Mit einer Geringschätzung, die sie sich ansonsten für die Menschheit vorbehielt beäugte sie die stattliche Ansammlung von gesunden Frühstücksflocken, Toast, der bereits kalt war, Marmeladen und Milch. Alles, was sie wollte, war ein Drink.

Man würde sie ignorieren, dabei stand sie hinsichtlich ihrer Leistungen jetzt garantiert an der Spitze der Hackordnung. Sie war dem Beispiel ihres Schutzheiligen gefolgt und hatte in verschiedenen Missionen gearbeitet. Sie kannte sich in der Welt aus, war mit Hitze, Staub, Hunger und dem teuflischen Stachel des Alkoholismus vertraut. Lieber Himmel, sie brauchte einen Drink. Aber auch eine Spur von Respekt vor ihrem Alter und jemanden, dem es auffiel, dass dies ihr Tag war. Und außerdem wollte sie sich nicht länger schuldig fühlen, weil sie Matilda gekränkt hatte.

»Alles Gute zum Namenstag, Schwester«, murmelte Therese und half Schwester Joseph mit dem Milchkrug. Diesem scharfsichtigen Ding war zuzutrauen, das Zittern ihrer Hände zu bemerken. Joseph grunzte eine unverbindliche Antwort und steuerte auf ihren üblichen Stuhl am Tisch zu. Eine einzelne Rose, noch taufeucht aus dem

Garten, lag auf ihrem Platz, und sie hatte den Anstand, einen Augenblick beschämt zu sein. Das war bestimmt Matilda gewesen. Matilda vergaß nie etwas. Der Kaffee sah dünn aus. Um sie herum erhob sich das übliche Geschnatter. Dann klopfte Barbara mit ihrem Löffel gegen die Tasse und stellte sich ans Kopfende des Tisches. Die Unterhaltungen verebbten.

Nicht gerade ein ansehnlicher Haufen, dachte Barbara, als sie darauf wartete, dass Ruhe einkehrte. Eine Gemeinschaft von einst dreißig Mitgliedern, die mittlerweile auf fünfzehn geschrumpft war, und die unvermeidliche Aussicht auf weiteren Schwund aufgrund von Alter oder Tod, andererseits starben sie nach bestimmten Maßstäben nicht schnell genug. Sie klammerten sich an alles, was noch da war. Nur die irischen Schwestern hatten noch Verwandte, mit Ausnahme von Agnes, und Agnes stand jeden Tag an der Tür und hoffte, dass doch noch einer auftauchen würde. Die Familie von Jesus Christus und der Jungfrau Maria war kein Ersatz für die Bande des Blutes, ganz gleich, welche Gelöbnisse sie abgelegt hatten. Woran sie tatsächlich, jede für sich, glaubten, wusste Barbara nicht, und es war ihr auch egal. Es war schon schwer genug, sie durchfüttern und das Dach über ihrem Kopf vor weiterem Verfall bewahren zu müssen.

»Schwestern«, begann sie, im Wissen, dass sie sich kurz fassen musste. Mahlzeiten hatten Vorrang vor allem anderen. »Schwestern, ich bitte um eure Aufmerksamkeit. Ich glaube, ihr alle wisst, dass gestern durch einen unglücklichen Zufall das Fenster unserer Kapelle von einem Windstoß zertrümmert wurde. Wir werden also mit einigen außerplanmäßigen Aktivitäten rechnen müssen, bis wir wissen, wie man es am besten reparieren kann. Ich nehme an, dass ein Team von überbezahlten Stümpern hier auftauchen wird«, fügte sie bitter hinzu. »Das ist alles. Danken wir Gott, unserem Herrn, für all seine Gaben, Amen.«

»Amen.«

Alle machten das Zeichen des Kreuzes, doch keine war richtig bei der Sache. Die Unterhaltungen wurden wieder aufgenommen, begleitet vom Klappern des Bestecks. Therese setzte sich ans Tischende und aß ihren aufgeweichten Toast. Von Barbaras Platz aus am gegenüberliegenden Ende wirkte sie wie eine kleine Prinzessin, schmal, golden und rosig. Sie brauchte nichts dazu zu tun, um so zu strahlen. Es war einfach ihre Jugend; weder das kräftige Haar noch der gesunde, klare Teint, mit dem niemand mithalten konnte, zeigten Anzeichen von Mattheit. Acht Schwestern, die ältesten, trugen noch den Schleier; ohne die Uniform, die sie ihr Leben lang getragen hatten, fühlten sie sich unanständig bloßgestellt, und deshalb hielten sie daran fest. Bei den übrigen, die entweder ein schwarzes, wadenlanges Gewand oder normale Kleidung ihrer Wahl trugen, konnte von Stil keine Rede sein, obgleich es hier und da Anflüge von Eitelkeit gab. Eine hellblaue Haarspange für Schwester Joan, die sie auf ihrem geliebten Markt gekauft hatte, oder eine schleifengeschmückte Bluse für Monica, die ihre Kleider von einer Nichte geschenkt bekam. Ansonsten schienen sie in unterschiedlichen Abstufungen von Grau zu leben. Barbara sah auf ihren Teller und dachte an das Budget. Wenn man Geld dafür bekäme, dass man dem Teufel eine Seele verkauft, würde sie es möglicherweise tun. Erst nach einer Weile fiel ihr auf, dass sich Stille ausgebreitet hatte, eine neugierige, überraschte Stille.

An der Tür zum Refektorium stand der Junge, Francis. Er wirkte linkisch, wie ein altmodischer Dienstbote, der ängstlich darauf bedacht ist, kein Aufsehen zu erregen, obwohl er eigentlich genau deswegen gekommen war. Wie Therese tat er nichts, um die Aufmerksamkeit auf sich zu lenken, und trotzdem richteten sich aller Augen auf ihn, niemand aß, und das Schweigen war allumfassend. Er war kein völlig Unbekannter; die wenigen Schwestern, die mehr als zwei Schritte in den Garten gingen, wussten, wer er war, so wie sie alle Edmund kannten, aber hier konnte es ein Jahr dauern, bis ein Gesicht vertraut war. Die Entscheidung, ihn einzustellen, hatte Barbara ganz allein getroffen, weil er gerade frei war, und auch sie kannte ihn kaum. Das war kurz nach ihrer letzten monatlichen Versammlung gewesen, wo man über ihre einsamen Entscheidungen demokratisch abstimmen konnte, falls sich ein entsprechendes Quorum die Mühe machte, daran teilzunehmen. In Wirklichkeit zogen Barbara und die Schwestern eine Diktatur vor. Der Junge war vor ein paar Wochen einfach aufgetaucht und hatte sich bis zu diesem Augenblick noch nie im Innern des Klosters blicken lassen. Er war ein Geschöpf aus dem Garten, und der Garten führte ein Eigenleben. Agnes beispielsweise hatte allein seine Weitläufigkeit Angst eingeflößt. So saß sie jetzt mit offenem Mund am Tisch und lächelte, als könnte sie sich vage an ihn erinnern. Matilda, die immer Hunger hatte, kaute methodisch weiter und dachte, dass er heute wie der heilige Michael in Kriegstracht aussah. Joseph, die über ein breiteres Wissen verfügte, erinnerte er an den Gott Pan.

Doch es war nichts Heidnisches an den nackten Armen und Knien eines Jungen, der an diesem feuchten Morgen nur Shorts und Unterhemd trug. Die legere Arbeitskleidung passte zu seiner schlanken Gestalt, die allein eine Lektion in Anatomie war. Die breiten Schultern und muskulösen Arme sahen aus, als wären sie eigens aus Eichenholz geschnitzt, um die perfekte Arbeitsweise miteinander verbundener Sehnen zu demonstrieren. Lange, ausgebeulte Shorts, die so groß waren, dass sie auch einem ganz anderen Mann hätten gehören können, ließen die braunen Knie und sportlichen Waden frei. Schüchtern stand er da, ließ die Arme an beiden Seiten herabhängen, öffnete und schloss die Hände. Die Fingerknöchel waren genauso schmutzig wie seine Knie. Er nickte Barbara am Kopfende unbehaglich zu. Man hatte den

Eindruck, als wäre er auf dem Sprung, ein Junge mit verdreckten Knien, der im Körper eines Mannes steckte. Zusammengehalten von einem Gürtel um die Taille, das Haupt gekrönt von goldenen Locken, als wäre er geradewegs einem mittelalterlichen Gemälde entsprungen. Während Barbara aufstand und ihn in die Küche bugsierte, wurden die Unterhaltungen hinter ihnen wieder aufgenommen. Seine Ohrenspitzen färbten sich rot, als wüsste er, dass sie über ihn tuschelten.

»Du bist jederzeit willkommen, Francis«, sagte Barbara scharf und unbeeindruckt von seinem Äußeren, wenn auch ein wenig fassungslos über die plötzliche Stille, die dadurch ausgelöst worden war. »Aber wir ziehen es vor, unser Frühstück unter uns einzunehmen. Was ist los?«

»Oh, tut mir Leid. Ich wusste nicht, was tun, um Sie so schnell wie möglich zu sprechen. Edmund hat mir erzählt, dass Sie einen Glaser bestellen wollen, um das Fenster in Ordnung zu bringen. Das wird Sie ein Heidengeld kosten, Schwester, ja wirklich, und …«

Er steckte die Hände in die Taschen und senkte den Kopf. Die goldenen Locken tanzten. In einem Ohr steckte ein goldener Ring. Erleichtert nahm sie das kleine Kruzifix zur Kenntnis, das an einem goldenen Kettchen um seinen Hals hing.

»Und?«

»Ich könnte es auch reparieren, Schwester. Ich schwöre, aber Edmund will mir nicht glauben. Es ist nur die eine Scheibe, Gott ist mein Zeuge. Ich müsste bloß eine Leiter mieten und das Glas kaufen, dann könnte ich es locker selbst machen. Ehrlich gesagt, wollte ich Sie unbedingt daran hindern, das Geld auszugeben. Wenn es eigentlich fünfzig kostet, berechnen die Ihnen hundert.«

Im Kopf überschlug sie die Summen, die sie innerhalb der letzten Stunde bei jedem Notdienst erfragt hatte, der zu so früher Stunde schon erreichbar war. Er hatte Recht, auch wenn er sich bezüglich der Kosten schwer verschätzt hatte, sobald Leitern und Höhe eine Rolle spielten. Heutzutage tat niemand mehr etwas aus Nächstenliebe.

»Bist du sicher?«

»Na klar bin ich sicher. Ich bin älter, als ich aussehe, Schwester, hab mein Leben lang gearbeitet. Ich kann alles.«

Er nickte heftig. Als er den Kopf hob, bekam sie einen Augenblick lang die volle Wucht seiner leuchtend türkisfarbenen Augen zu spüren, bevor er sie wieder senkte und auf seine Füße starrte, die ohne Socken in Stiefeln steckten. Die Waden waren zerkratzt. Er wirkte aus dieser kurzen Distanz durchaus kompetent, definitiv eher wie ein Mann als ein Junge und ausgesprochen liebenswert.

»Was denn noch?«

»Oh, alles, Schwester, glauben Sie mir. Ich kenne mich aus mit elementaren Klempnerarbeiten, elektrischen Leitungen, Waschmaschinen, Holzarbeiten, ich kann Stecker und Sicherungen auswechseln, anstreichen, Löcher kitten, Teppichboden verlegen, Möbel verrücken, die Feuchtigkeit bekämpfen ... und so weiter. Nur bei Autos und Gasherden muss ich passen, aber sonst kriege ich fast alles wieder hin. Eigentlich will ich Gärtner werden, aber ist das nicht Verschwendung, wenn es im Garten nichts zu tun gibt und Sie ein Fenster zu reparieren haben? Falls Sie verstehen, was ich meine.«

Es war eine schnelle, fast atemlose Rede, als müsste er ihr das alles so rasch wie möglich mitteilen, doch auf sie wirkte seine eifrige Großspurigkeit seltsam anrührend. Sie hatte schon immer davon geträumt, einen handwerklich begabten Mann zu finden, der was tun wollte.

»Und das alles kannst du auch wirklich?«

Er nickte.

»Warum hat Edmund uns nichts davon erzählt?«

Er schüttelte den Kopf und scharrte mit dem Stiefel über den Fußboden. »Weiß ich nicht. Er denkt, dass er mich im Garten braucht. Aber das glaube ich nicht. Es wird allmählich kühler, Schwester, der Garten kann warten.«

Barbara hatte das Gefühl, als hätte sich eine düstere Wolke verzogen, als sie ihn zurück ins Refektorium und zu ihrem Platz am Kopfende dirigierte, wo sie erneut mit dem Löffel gegen die Tasse schlug. Der ungetrunkene Tee schwappte auf den Tisch, und die Aussicht auf gespartes Geld stimmte sie auf ihre plumpe Art fröhlich.

»Schwestern! Auf ein Wort! Francis wird das Fenster reparieren, einverstanden? Und wenn eine von euch etwas in ihrem Zimmer oder sonst irgendwo im Haus zu reparieren hat, so möge sie bitte die Hand heben.«

Nach kurzem Zögern hoben sich die Arme wie zu einem fast einstimmigen Gruß. Weiße Hände, rosa Hände, eine knotige braune Hand, an der ein Finger fehlte.

»Ich kann auch Botengänge machen«, flüsterte Francis Barbara zu, so laut, dass jeder es hören konnte.

Schwester Joseph hob ihre Hand als Letzte. Agnes starrte ihn wie gebannt an. Therese hob den Blick nicht vom Tisch und behielt die Arme im Schoß. Sie wollte diesen Jungen nicht anschauen, den sie bereits ein paar Mal flüchtig wahrgenommen hatte. Stattdessen beobachtete sie Kim, die ihn von der Küchentür aus musterte. Kim würde das gefallen.

Später räumte sie zusammen mit Kim die Spülmaschine ein. In der Ferne hörte man heftiges Hämmern. Die Spülmaschine war ein uraltes Modell mit einfachster Ausstattung, das sich bis heute als unverwüstlich erwiesen hatte. Für die ebenfalls unverwüstlichen Töpfe gab es eine vorsintflutliche Spüle und einen überdimensionalen Gasherd, der aus einer Zeit stammte, als es noch mehr hungrige Mäuler zu stopfen gab und mehr Geld da gewesen war. Er war eine äußerst vernünftige Investition gewesen. Die Kücheneinrichtung hatte einige Macken, aber die waren eher kosmetischer Natur. Nichts konnte Therese davon abhalten, köstliche Mahlzeiten für Alte und Gebrechliche zuzubereiten, auf die sie sich besonders verstand. Eines Tages, so Gott will, pflegte Barbara zu sagen, würde sie diese Fähigkeiten in eine Qualifikation verwandeln, mit der sie eine Anstellung finden könnte. Therese dachte nicht daran, sich etwas anderes zu suchen. Kim war das Mädchen für alles. Sie kam montags bis freitags jeden Vormittag, denn sie hatte zwei Kinder zu versorgen und brauchte Geld. Kim gefiel es hier, weil es so still war. Und ausschließlich in Thereses Gegenwart benutzte sie eine Sprache, die bewusst und provokant schmutzig war.

»Meine Fresse! Geiler Typ, was?«

»Wer?«

»Dieser Kerl, Francis, hieß er nicht so? Geil, sag ich. Puh! Den würd ich nicht von der Bettkante stoßen. Habt ihr ihn die ganze Zeit versteckt oder was?«

»Nein. Er ist noch nie zuvor ins Haus gekommen. Nur Edmund kommt zum Tee.«

»Ja, kann ich mir denken. Na, dann sorg mal dafür, dass dieser Francis zum Tee kommt, wenn ich da bin. Ich könnte ihm noch was beibringen. Mein Alter ist nicht schlecht im Bett, aber hin und wieder etwas Abwechslung kann nicht schaden. Zum Beispiel mit einem, der die Sache ein bisschen langsamer angeht, obwohl, wenn ich Lust auf 'ne Nummer habe, ist es mir egal, wie lange es dauert. Normalerweise braucht er genauso lange wie ein Wasserkessel zum Kochen.«

»Tatsächlich?«, fragte Therese. »Wieso dauert es so lange?«

»Was – zu vögeln?«, fragte Kim ungläubig.

»Nein, bis das verdammte Wasser kocht.«

Kim kicherte. Die Kleine war ganz schön auf Draht, dafür, dass sie noch Jungfrau war. Superschnell schockiert, aber notfalls auch superschlagfertig.

»Was weißt du schon vom Vögeln?«, fragte Kim.

»So wenig, dass es auf die Rückseite einer Briefmarke passen würde.«

Therese war an der Spüle beschäftigt, und Kim, der ihre

geschickten Bewegungen und das errötende Gesicht nicht entgingen, fragte sich, wie die beiden Aspekte ihrer Persönlichkeit in ihrem Innern sich wohl miteinander vertrugen. Therese war einerseits sexy, andererseits unergründlich.

»Wie alt bist du eigentlich, Therese? Findest du nicht, du hättest es verdammt noch mal wenigstens erst mal probieren sollen, bevor du für immer drauf verzichtest?«

»Einundzwanzig.«

»Einundzwanzig, ungebumst und Nonne obendrein. All die gottverdammten Kerle würden sich die Finger nach einer wie dir lecken, weißt du das? Ein Jammer ist das.«

»Na, dann klär mich auf. Ich kann nicht behaupten, dass ich was vermissen würde. Sieh dir an, wo es dich hingebracht hat. Zwei Kinder und kein Geld.«

»Stimmt genau. Trotzdem komisch, dass du nicht wie deine Schwester bist. Sie hat sicher mehr Erfahrung als du, was? Jedenfalls seht ihr beide geil aus.«

»Ich weiß. Ich mache mir Sorgen um sie, und sie macht sich Sorgen um mich. Blöd, nicht wahr?«

Kim knallte den letzten Teller in das Gestell. »Ich würde mir gern mal erklären lassen, besser gesagt, ich würde mir gern mal von dir erklären lassen, warum eine wie du, die gut aussieht, was im Kopf und obendrein geile Titten hat, das alles unter Verschluss halten will. Du könntest reich sein und Glück im Leben haben, so wie du aussiehst. Du müsstest dafür nicht mal vögeln. Besser als ich. Oh, Treesa, hör auf mit dem Quatsch!«

Therese spielte Laufsteg und stolzierte mit dem übertriebenen Hüftschwung eines Models am Herd vorbei, die Hände in die Seiten gestemmt, den Kopf zurückgeworfen, die vollen Lippen zu einem Kuss gespitzt. Dann ließ sie sich auf einen Stuhl fallen, lehnte sich zurück, fuhr sich mit beiden Händen durchs Haar, schlug die Beine übereinander, strich sich mit den Händen über den Körper, zog den Rock bis über die Knie hinauf und zwinkerte Kim aufreizend zu. Kim brüllte vor Lachen.

»Ja, genau! Oh, du bringst mich noch um! Lieber Himmel, ich wünschte, ich hätte Beine wie du!«

Das Hämmern in der Ferne begann von neuem. Die Spülmaschine rumpelte vor sich hin.

»Aber damit kommst du mir nicht davon, Schwester. Du antwortest mir nie auf meine Fragen, ist dir das eigentlich klar? Also los, du bist seit einem Jahr eine heilige Nonne, du hast noch ein ganzes Leben vor dir, in dem du Fragen beantworten musst, dann kannst du auch gleich bei mir anfangen. Warum zum Teufel machst du das? Warum?«

Therese setzte sich wieder gerade, schob sich den Rock über die Knie und machte ein ernstes Gesicht. Es war ein ausdrucksvolles Gesicht, zum Lachen bestimmt, konnte aber auch leer wie ein unbeschriebenes Blatt sein.

»Oh, Kim, du bist genauso schlimm wie Anna. Ich hätte nie gedacht, dass es so schwer sein würde, mich zu verstehen oder zumindest zu respektieren. Es gibt keine andere Möglichkeit, jedenfalls nicht für mich. Ich habe von einem solchen Leben geträumt, ich träumte schon davon, als andere Mädchen nur Männer, Geld und weiß der Himmel was im Kopf hatten. Ich muss nichts aufgeben. Nichts, das mir gefällt, jedenfalls.« Auf der Suche nach den richtigen Worten trommelte sie mit den Fingern auf den Tisch und wusste doch, dass sie nichts nutzen würden. »Verstehst du nicht? Wenn man sein Leben Gott weiht, bedeutet es, dass alles, jede kleine Sache, die man tut, einen Wert hat.«

»Ja, sicher.«

»Es bedeutet, dass alles einen Sinn bekommt. Vielleicht hasse ich es, Töpfe zu schrubben, aber wenn ich es Gott weihe, hat es einen Sinn. Eine Bedeutung. Und ich selbst auch. Ich habe eine klare Linie, der ich folgen kann. Alles, was ich tue, dient der Ehre Gottes, und das macht mich fröhlich. So einfach ist es, Kim. Es bedeutet, dass ich alles ertragen kann und keine Anerkennung von irgendwem brauche, obwohl auch ich nur ein Mensch bin und gefallen möchte. Es bedeutet, kein Bedürfnis nach Liebe …«

»Anerkennung? Wo nimmst du eigentlich all diese umständlichen Wörter her? Und erzähl mir nicht, dass du kein Bedürfnis nach Liebe hast. Jeder will geliebt werden. Abgesehen von deiner verdammten Schwester.«

»Ich werde geliebt, Kim. Ich werde von einem Vater und einem Bruder geliebt, deren Führung ich bedingungslos vertrauen kann, und das ist mehr, als die meisten anderen Leute von sich behaupten können. Im Übrigen habe ich meinen Glauben und meine Berufung von meiner Mutter bekommen.«

Die Kühlschranktür knallte zu. »Ach, du meine Güte! Meine hat mir nur zwei Mal in der Woche Prügel verpasst. Hat sie dir auch das Kochen beigebracht?«

»Alles über Ernährung und Kontemplation. Und Singen.«

»Aber nicht übers Vögeln?«

»Ach, komm schon, Kim, welche Mutter würde das tun? Sie hat uns Bücher besorgt, hat uns ermahnt, zu lesen, zu lernen, und sie brachte uns bei, wie man betet … Das kann nicht mal Anna abschütteln.«

»Und ich kann meinen Kids nicht mal beibringen, still zu sitzen.«

Therese lachte und kratzte sich am Kopf. Drei goldene Haare fielen auf den Tisch, sie wischte sie weg. Wie sie es schaffte, ihr Haar so zum Glänzen zu bringen, bei dem miesen, billigen Shampoo, das sie alle in ihren beschissenen Badezimmern benutzten, war Kim ein Rätsel. Es war ein größeres Mysterium als das ganze religiöse Brimborium.

»Ich weiß nicht, wie sie das hingekriegt hat. Aber wir waren sehr krank, weißt du, Anna und ich. Vier Jahre lang durften wir nicht aus dem Haus. Damals lernten wir beten.«

Mit der Anmut einer Tänzerin sprang sie auf, zauberte ein Staubtuch aus ihrer Tasche und schlang es um Kims Kopf. Kim kicherte und riss es ihr aus der Hand.

»Geh und such den geilen Typ, Kim«, sagte Therese. »Verhindere, dass er Schwester Agnes zu einer Todsünde verführt, und sei nett zu Joseph. Es ist ihr Namenstag, und sie spürt allmählich ihr Alter.«

»Sie ist eine blöde alte Kuh.«

»Nein, ist sie nicht. Sie ist fünfundsiebzig, hat mehr vergessen als in Erinnerung behalten, und ich glaube, sie hat ein Alkoholproblem. Merkt ihr Frauen von Welt eigentlich gar nichts?«

An diesem Morgen war die Welt groß und viel zu hell. Alles in allem zog Anna die Nachtschicht vor. Von hier oben auf dem Dach war der Blick in den Klostergarten um acht Uhr morgens so diffus, als hätte irgendwo jemand ein Feuer gemacht. Eine Art Dunst hing über dem Garten, ein erstes unangebrachtes und aggressives Zeichen des Herbstes, als hätte man den Nebel, der eigentlich auf die Felder gehörte, am falschen Ort abgeladen, im Zentrum der falschen Stadt, wo er sich ganz offensichtlich nicht wohl fühlte. Es war, als wüsste er, dass er nicht hierher gehörte, aber keinen anderen Platz fände, an den er sich verziehen konnte. Edmund war durch die langsam sich auflösenden Nebelschleier sichtbar, ohne dass er es ahnte, und Anna erkannte trotz der Höhe ihres Daches seine Verwirrung, als er sich von dem viel zu großen Geräteschuppen entfernte, der ebenfalls fehl am Platz wirkte. Edmund suchte nach etwas, das er nicht finden konnte. Sein planloses Hin und Her war faszinierend für ihre müden Augen; er erinnerte sie an eine träge Hummel. Es versprach sonnig zu werden, und Anna wollte gar nicht mehr weg. Dann sah sie, wie er sich hinkniete, um etwas unter einem Busch hervorzuziehen, und beobachtete ihn erneut, als er sich wieder aufrappelte. Vielleicht betete er ja. In der Höhlung seiner Hände trug er etwas zur Statue des heiligen Michael, wo Matilda im Sommer so oft gesessen hatte, allerdings nie in dieser Herrgottsfrühe. Edmunds gebückte

Haltung war ein Hinweis auf den bevorstehenden Herbst. Im Mai hatte sie ihn im Morgengrauen dort stehen sehen, ruhig und aufrecht wie ein Soldat, verzaubert von der Musik des morgendlichen Vogelkonzerts. Sie kannte sein Geheimnis. Er aber hatte sie nie gefragt, was sie auf dem Dach zu suchen hatte, und dafür war sie dankbar. Anna hielt Ausschau nach dem Goldjungen und entdeckte ihn nirgends. Es war Zeit, zur Arbeit zu gehen.

Das Büro von Compucabs lag etwa eine Meile weit entfernt. Ein schneller Fußmarsch, eine Busfahrt, ein Spurt, manchmal eine Mischung aus allem. Sie arbeitete in fünf Schichten pro Woche, drei bei Nacht und zwei bei Tag, jedes Mal acht Stunden mit anderen Mitarbeitern, denen man wie ihr mit Misstrauen begegnete, bis sie Monate hintereinander regelmäßig zur Arbeit erschienen waren und ihre nicht gerade angenehmen Arbeitszeiten einhielten. Die Bezahlung erfolgte pro Schicht; wer nicht kam, wurde auch nicht bezahlt. Jeder von ihnen war das Mundstück am Ende einer Telefonleitung und stellte die Verbindung her zwischen jemand, der ein Taxi brauchte, und jemand, der eins fuhr. So einfach war es. Anna betrat das weitläufige Großraumbüro mit seinen fünfzig Mitarbeitern, die wie PKWs in winzigen Einzelstationen eingepfercht waren, jeder mit eigenem Headset und Bildschirm. Ihr Platz war noch warm von ihrem Vorgänger, und das Telefon klingelte, noch ehe sie saß. Irgendwie hatte sich das Messbuch erneut in ihren Rucksack verirrt. Sie legte es auf den Schreibtisch und hoffte, dass jemand es bemerken würde. Nie würde sie die absurde Erwartung abschütteln können, dass der erste Anruf jeder Schicht privat war. Irgendwer da draußen in der blauen Welt wusste, dass sie hier war, und wollte Hallo sagen.

»Hallo, Compucabs, was kann ich für Sie tun?«

Eine blöde Begrüßung, fand sie. Es gab ohnehin nur eins, was sie zu bieten hatten, und das waren Taxis. Entweder riefen die Leute an, um eins zu bestellen, oder sie riefen an, um sich zu beschweren, weil das, was sie bestellt hatten, nicht gekommen war, und nur dann musste sie ihren Charme versprühen. Ansonsten reichte es, taktvoll zu sein, selbst in Notlagen.

»Kann ich Ihre Kundenkontonummer haben, bitte? Und der Name des Kontoinhabers? Ist es derselbe wie der des Fahrgasts? Möchten Sie, dass der Fahrer zur Haustür kommt?«

Anna gefiel es, dass sich alles immer nur wiederholte. Sie war als Stimme eingestellt worden, die zuerst mit einem Kunden und dann mit einem Fahrer sprach, während ihre Finger die Einzelheiten eintippten und dabei schneller über die Tasten flogen, als sie lesen konnte.

»Paddington Station sagten Sie? Soll ich Ihnen die Service-Nummer geben?«

Die Gespräche mit den Fahrern waren ebenso knapp. Sie hatte sich jedes Zeichen von Unmut abgewöhnen müssen, um nach achtzehn Monaten als geschätzte Veteranin anerkannt zu sein. Es gab nichts anderes, für das sie sich geeignet genug fühlte. Wenige hielten so lange durch, obwohl es ihr so vorkam, als würden einige schon immer dort arbeiten. Es war eine Notlösung, gut bezahlt, und niemand stellte irgendwelche Fragen. In diesem Büro, mit dem Durcheinander immer gleicher Gesprächsfetzen, hatte sie das Gefühl, sich bewährt zu haben. Wie simpel die Routine auch war, sie hatte sie gemeistert und sich Respekt verschafft. Die ganze Zentrale erinnerte sie an einen disziplinierten Klassenraum, wo kein Kind ein anderes ärgerte.

Sie waren Freunde. Während der Teepausen unterhielten sie sich in einem vergammelten, rauchigen Pausenraum, wo sich die dichten Nikotinschwaden gelegentlich mit dem Geruch von Haschisch mischten, immer wenn Jon da war und glaubte, keiner würde es merken, obwohl alle es merkten und keiner sich darum scherte. Hier hätte man Serienmörder, ein beturbanter Scheich, die ehemalige Nutte eines Schafhirten aus der äußeren Mongolei sein können – es hätte niemanden gekümmert. Ravi las in einem abgegriffenen Exemplar seiner Heiligen Schrift und trank ausschließlich Wasser; außerdem sprach er nicht viel, außer in sein Mikro, aber er lächelte sie an, als Einzige. Anna wollte immer mit ihm reden und hatte das Gefühl, dass er es vielleicht auch wollte, so wie er sie unter seinen buschigen schwarzen Augenbrauen hervor beobachtete, doch bislang war es bei ein paar höflichen Floskeln und einem schüchternen gegenseitigen Beobachten geblieben. Stattdessen unterhielt sie sich mit Jon, dem Kiffer, oder Sylla, einer Chinesin, die immer irgendwelches Strickzeug dabeihatte und zwischen den Anrufen massenweise winzige weiße Kleidungsstücke für Babys produzierte, die sie Anna bereitwillig vorführte und die von Anna ebenso bereitwillig bewundert wurden. Ravi und sie waren die Einzigen, die immer ein Buch dabeihatten. Vielleicht verband sie das miteinander. Gut möglich, dass Schwester Judes Messbuch, auch eine Art Heilige Schrift, das Eis zwischen ihnen endlich brechen würde. Trotz der Hektik in dem Großraumbüro und seines gedämpftens Stimmengewirrs war es ein friedlicher, intimer Ort, an dem kein Platz für Streit oder Rivalitäten war. Sie konnten immer nur so gut sein wie jeder Einzelne von ihnen, sie wurden alle absolut gleich bezahlt, und nachts herrschte sogar so etwas wie Kameraderie.

Das war einer der Gründe, warum sie die Nachtschicht bevorzugte, besonders im Sommer, wenn man den Tag freihatte, um auf dem Dach in der Sonne zu liegen. Sie fand es leichter, tagsüber zu schlafen; die Nächte waren voller Bilder, nachmittags dagegen schlief sie tief und fest. Anna hielt nichts vom Schlafen, hielt es für schreckliche Zeitverschwendung. Sie mochte nicht einmal ihr eigenes Bett und wusste auch, warum. Therese und sie hatten vor einer Ewigkeit so viel Zeit im Bett verbringen müsse: ein großes, gähnendes Loch, das sie unfertig, leichtgläubig und unberührbar zurückgelassen hatte, ohne Übereinstimmung mit dem Rest der Welt, fern von ihren eigenen Altersgenossen. Sie fühlten sich nur in Gesellschaft von Fremden wohl. Irgendwie verhunzt, zumindest, was sie betraf.

Der Tag verging rasch.

»Guten Tag, Compucabs … was kann ich für Sie tun?«

»Ich brauche ein Taxi.« Er war es, schon wieder.

Sie lächelte. »Nun, dann sind Sie hier richtig, Sir. Wie war noch Ihre Kundenkontonummer? … Oh, in diesem Fall könnte es ein bisschen länger dauern. Haben Sie schon mal dran gedacht, ein Kundenkonto bei uns zu eröffnen, Sir?«

Kontoinhaber hatten Priorität. Sie mussten für die Fahrt bezahlen, sobald sie gebucht war, selbst wenn sie es sich später wieder anders überlegten. Von den Fahrern wurden sie ebenfalls bevorzugt: Die Bezahlung war garantiert, und es kam seltener vor, dass sie einen Betrunkenen zu einer unangenehmen Adresse am Ende einer finsteren Gasse bringen mussten.

»Ich will kein Konto, sondern ein Taxi. Ich *glaube* wenigstens, dass ich eins will.«

»In Ordnung! Von wo?«

Sie kannte die Stimmen, bei denen die Verwendung von Sir oder Madam beruhigend wirkte. Sie konnte die Nuancen zwischen Nervosität, Beschwipstheit, Arroganz und Einsamkeit unterscheiden. Sie wusste, dass eine vierundzwanzig Stunden lang erreichbare, fett gedruckte Nummer im Londoner Telefonbuch die Einsamen und Verrückten anzog, und auch hinsichtlich dessen hatte man ihnen vom ersten Tag an das richtige Verhalten eingehämmert. Wimmelt sie ab, und zwar schnell; die Einsamen sind Loser, sie haben keinen Penny in der Tasche. Wimmelt sie ab, Zeit ist Geld. Doch Anna konnte Stimmen einfach nicht widerstehen. Sie war geradezu süchtig nach Stimmen.

»Brauche ich denn ein Taxi?«, fragte die Stimme. Es war eine alte Stimme, erschöpft und unschlüssig. Eine

Stimme, die so alt war wie die von Schwester Jude und auch so sehr an sie erinnerte, dass Anna plötzlich gerührt war. Vermutlich ein alter Mann, der auf eine Seite im Telefonbuch starrte und sich fragte, warum er überhaupt den Hörer in die Hand genommen hatte. Ganz anders als die energischen, selbstbewussten Stimmen, die in ihre Handys brüllten und sofort, auf der Stelle, jetzt gleich ein Taxi brauchten.

»Haben Sie was Schönes vor?«, fragte Anna freundlich. »Es könnte sein, dass Sie zu spät zum Lunch kommen.«

Es war nicht viel los um diese Tageszeit, Viertel vor zwei, wenn die Hälfte der Bevölkerung entweder beim Essen saß oder ans Essen dachte. Plötzlich sehnte sie sich danach, dazuzugehören, in einem Restaurant zu sitzen, zu essen, was ihr gefiel, und die Einzige in der Gruppe zu sein, die die Speisekarte übersetzen konnte. Das Schweigen in der Telefonleitung knisterte. Dann seufzte er.

»Ich habe nie etwas vor.«

»Warum nicht? Es ist ein herrlicher Tag. Zumindest bisher. Oder regnet es schon? Die Wettervorhersage hat Regen angesagt, nicht wahr?«

»Nein, es regnet noch nicht. Ja, ich werde etwas unternehmen. Doch, ich gehe raus.«

»Werden Sie dann das Taxi brauchen, Sir?«

»Wozu? Ich gehe zu Fuß.«

»Dann wünsche ich Ihnen noch einen schönen Tag. Wiedersehen.«

Eine Variation ihrer letzten Unterhaltung mit dem armen Teufel. Anna hatte Anrufe von Leuten entgegengenommen, die davon träumten, endlich mal aus dem Haus zu kommen, und ein Taxi bestellten, um sich einen unerfüllbaren Wunsch zu erfüllen. Sie bestellten es, und dann sagten sie es wieder ab, weil sie genau wussten, dass sie es sich gar nicht leisten konnten. Geschäftsleute bestellten mitten in einer Konferenz ein Taxi, um die Konferenz schneller zu beenden und weil sie davon träumten wegzukommen. Dieser alte Herr, den sie sich mit grauem Haar vorstellte, passend zu seiner irgendwie künstlich kultivierten Stimme, war nur ein bisschen durcheinander, und sie hoffte, dass er behaglich mit jemandem zusammenlebte, der ihm die Schuhe zuschnürte, bevor er das Haus verließ. Die unheimlichsten Anrufer waren die in der Nachtschicht, um ein, zwei oder drei Uhr morgens, einsam, betrunken oder unter Drogen, die vergessen hatten, wo sie waren, und weder sagen konnten, wo sie abgeholt, noch, wo sie hingebracht werden wollten. Zwar ärgerte sie sich über sie, aber manchmal konnte sie ihre Angst förmlich wittern, zog ihnen mit unendlicher Geduld Informationen aus der Nase und hasste es, wenn sie sie irgendwo am Straßenrand stehen lassen musste. Sie ließen sie für den Rest der Schicht nicht mehr los. Zumindest die einsamen Anrufer, die nur reden wollten und von zu Hause aus anriefen.

Ravi kam an ihrem Platz vorbei und stellte ihr einen Becher mit Wasser auf den Tisch, ohne stehen zu bleiben, aber lächelnd. Wie viel sich doch mit einem Lächeln sagen lässt! Sie fragte sich kurz, ob sie wohl die Einzigen im Raum waren, die je über Gott nachdachten. Sie hatte sich zusammengereimt, dass er über Gott nachdenken musste, weil er immer sein Gebetbuch bei sich hatte und sich nie davon trennte, außer wenn er aufs Klo ging und es neben seinem Telefon liegen ließ. Vielleicht sollte sie mal einen Blick hineinwerfen, möglich, dass sie einen Hinweis darauf fand, wie sie ihren Alltag leichter auf die Reihe bekam als bisher. Vielleicht waren die Heiligen Schriften anderer Leute besser als die, die sie verabscheute. Sie wusste, wann Leute traurig, müde oder hungrig waren, aber alles andere war ihr schleierhaft. Plötzlich fühlte sie sich überwältigt von dieser Erkenntnis. Sie war zweiundzwanzig und kam sich vor wie ein Baby.

Bis vor vierzehn Tagen hatte Anna immer Schwester Jude angerufen, wenn nichts los war. Schwester Jude hatte ein Telefon neben ihrem Bett stehen gehabt, nur, um Anrufe zu empfangen, nie, um selbst welche zu machen, das war zu teuer. Anna hatte sie angerufen und ihr Witze erzählt, kindliche kleine Mitteilungen, um Judes Schlaflosigkeit zu unterbrechen, statt die drängenden Fragen zu stellen, die ihr auf der Seele brannten. Statt zu fragen: *Wie war meine Mutter wirklich? Weißt du, wo mein Geld herkommt? Warum hast du solche Angst vor dem Sterben, wenn du doch an Gott glaubst?*, hatte sie gesagt: Hi, Jude, ich bin's. Kennst du den Witz von dem katholischen Priester, der im Flugzeug sitzt, das jeden Moment notlanden soll? Also, die Stewardess bittet ihn um irgendwas Religiöses, eine Geste, damit die Passagiere beruhigt sind. Und er antwortet: Na schön, dann mache ich eine Kollekte … Die allerletzte Unterhaltung hatten sie dann nicht mehr führen können. Plötzlich war Anna unsagbar wütend auf Jude, weil sie gestorben war und damit die letzte Verbindung zu dem, was sie war und was sie sein würde, gekappt hatte. Weil sie den Jagdhund des Himmels auf sie gehetzt hatte. Sie schob den Drehstuhl zurück und verließ das Büro.

Draußen fiel ein sanfter Nieselregen. Sie stand im Schutz des Vordachs und rauchte eine Zigarette. Also, wie war es dazu gekommen? Eine einsame alte Stimme am Telefon? Die Erinnerung an den Tag zuvor? Der Schuss durch das Kapellenfenster? Sie wischte sich die Nase mit dem Ärmel ab und erinnerte sich, wie sie immer ermahnt worden war: *Das tut man nicht*. Seit sie an der Luft war, hatte sich das Bedürfnis zu weinen in eine laufende Nase verwandelt. In der stillen Straße tropfte es von den Bäumen. Niemand hätte erraten, wozu dieses Gebäude diente, das aussah wie eine fensterlose Veranstaltungshalle im Schatten größerer Gebäude, nicht hässlich, aber unscheinbar.

Zehn Minuten maximal, mehr war nicht erlaubt, ohne dass ein Verweis erfolgte, in Übereinstimmung mit dem strengen Regime da drin, das allerdings nicht mit Sklaverei zu verwechseln war. All diese Restriktionen erschienen Anna in ihrer Unerfahrenheit vollkommen fair. Wer arbeitet, wird bezahlt, wer nicht arbeitet, wird entlassen. Daran war nichts Kompliziertes. Sie hatte bisher nur einen anderen Job gehabt, mit dem sie es vergleichen konnte, und das war in einem Geschäft gewesen. Die Leute dort hatten sie auch gemocht, weil sie die komplizierte Kassenführung schneller begriffen hatte als jeder andere, doch im Umgang mit den Kunden war sie weniger erfolgreich gewesen. Man sagte seinem Kunden nun mal nicht, dass er nichts kaufen muss, was ihm nicht gefällt, und dass er sich am besten verpissen soll. Aber Gesichter jagten ihr Angst ein, im Unterschied zu Stimmen. Mit Stimmen konnte sie umgehen, ihre Geduld war grenzenlos. Fünf Minuten waren vorbei. Anna seufzte. Zeit, wieder reinzugehen.

Und plötzlich stand Ravi neben ihr im Regen. Das abgegriffene Exemplar von was auch immer steckte in seiner Brusttasche. Mit zusammengekniffenen braunen Augen musterte er sie besorgt. Er wirkte atemlos, als wäre er gerannt, und stand mit den Händen in den Hüften vor ihr, als würde ihm das helfen, wieder Luft zu bekommen.

»Was ist los? Alles in Ordnung?« Es klang rau und aggressiv, eher herausfordernd als tröstlich. Aus dieser Nähe roch sie etwas, das sie an Nelken erinnerte. Er hatte sich Öl ins Haar geschmiert, so dass es glänzte. Bei diesem unerwarteten Auftauchen und dem Klang seiner barschen, überraschend tiefen Stimme ging sie sofort in die Defensive.

»Na klar ist alles in Ordnung, aber du hast mich erschreckt. Hau ab.«

Er rührte sich nicht und starrte sie so durchdringend an, dass sie den Blick abwandte. In den letzten paar Wochen hatte sie überhaupt niemandem mehr in die Augen gesehen, außer in die erschöpften von Schwester Jude und die blassgrünen von Pastor Goodwin, die sich danach sehnten, ihr etwas zu erklären. Nelkenöl: Sie erinnerte sich, dass es ein unwirksames Mittel gegen Zahnschmerzen war, aber scharf und angenehm roch, wenn man es von derartigen Assoziationen losgelöst wahrnahm.

»Du hast doch was!«

Nur wenige Menschen verdienen, dass man unhöflich mit ihnen umgeht. Der Satz flackerte in ihrem Bewusstsein auf wie ein Neonlicht. Er stammte aus dem Schatz der vielen Sprüche, die Schwester Jude auf Lager hatte, und war anlässlich einer ihrer unvergesslich milden, allgemeinen Ermahnungen von der Sorte »Was du nicht willst, das man dir tu, das füg auch keinem andern zu« geäußert worden. Komisch, wie die Weisheiten einer alten Frau allmählich Wurzeln bildeten, obgleich sie ignoriert wurden. Anna lächelte entschuldigend und dachte darüber nach, wie sie ihm eine möglichst kurz gefasste und doch allgemein verständliche Erklärung liefern könnte.

»Ach was, tut mir Leid. Aber meine Tante ist gestorben, verstehst du. Ich bin ein bisschen durcheinander, das ist alles.«

Er nickte ernst. Dann setzte er sich auf die Treppenstufe neben sie. »Soll ich dich später nach Hause bringen?«, fragte er.

Wieder überraschte sie seine tiefe Stimme, während die Worte selbst wie die Einladung eines Zehnjährigen aus der Schule klangen, bevor er die Tyrannei des Hänselns kennen lernte. Und genau so würden sie auch aussehen, wenn er sie nach Hause brachte: wie zwei kleine Kinder, die Hand in Hand eine Allee entlanggehen, wie ein Bild aus einer undeutlich erinnerten Werbung für Lauflernschuhe. Und dann kam ihr ein etwas beunruhigenderer Gedanke: Woher wusste er, dass sie zu Fuß nach Hause ging oder dass sie in Fußweite von ihrem Arbeitsplatz wohnte? Hatte er übernatürliche Fähigkeiten, bluffte er, oder war er derjenige, der sie verfolgte? Im Bruchteil einer Sekunde kam sie zu dem Schluss, dass es keine Rolle spielte, vielleicht sogar schön war, und trotzdem antwortete sie schroff.

»Nein, danke.« Das »danke« klang lahm, die Ablehnung

entschieden. Er zuckte die Achseln, als wollte er sagen, dass er es nicht persönlich nahm, so wie Teenager es vielleicht taten, um ihren verletzten Stolz zu verbergen, aber das war nur eine Vermutung. Er war beinahe genauso klein wie sie selbst, zumindest, wenn sie nebeneinander saßen.

»Darf ich dir was sagen?«, fragte er und ignorierte die Zurückweisung. »Es gibt etwas, das man tun kann, wenn man traurig ist. Man kann immer noch beten. Ich finde, das funktioniert am besten. Bei mir jedenfalls.«

Dieser Ratschlag erschien ihr plötzlich zum Schreien komisch. Anna warf den Kopf zurück und lachte laut.

»Es funktioniert?«

»Was soll das heißen? Du hast immerhin gestern und vorgestern dein Gebetbuch mitgebracht. Ich habe es bemerkt.«

Sie holte tief Luft. »Ich meine, funktioniert es wirklich? Sorgt es dafür, dass deine Wünsche in Erfüllung gehen? Hast du bekommen, was du wolltest, als du gebetet hast?«

Er schüttelte verwirrt den Kopf. »Wir beten nicht um *Dinge*. Wir beten um Führung.«

»Ja, genau«, sagte sie. »Wie die Moslems, die New York angegriffen haben. Lenke dieses Flugzeug für mich, Gott. Legen wir ein paar tausend um. Muss ein mächtig starkes Gebet gewesen sein.«

Sie hörte, wie er scharf Luft holte und sie dann in einem geduldigen Seufzer wieder ausstieß.

»Warum soll ein Moslem terroristische Morde besser verstehen als ein Christ die Bombenleger der IRA? Übrigens bin ich Hindu. Du und ich, wir sind zwei Freaks, die überall ihre Gebetbücher mitschleppen. Und ich habe mir Sorgen um dich gemacht.«

Es war eine ziemlich surreale Unterhaltung für die Eingangstreppe der Compucabs-Telefonzentrale.

»Na gut. Okay. Gehen wir lieber wieder rein.«

»Soll ich dich nach Hause bringen?«, wiederholte er.

»Okay«, antwortete sie. »Das wäre nett.«

4

Das war nicht nett. Es war alles andere als nett.

»Pater! Da sind Sie ja! Ich soll Sie zu unserer Versammlung abholen. Damit Sie nicht zu spät kommen. Ich kann Sie im Wagen mitnehmen.«

An diesem Abend wäre Pastor Goodwin lieber zu Fuß durchs Tal des Todes marschiert. Sein ganzer Mut verließ ihn, als er in der Tür stand und in das zerknautschte Gesicht von Schwester Margaret blickte, die ihren Schleier so tief in die Stirn gezogen hatte wie einen Helm. Die Augenbrauen waren düster zusammengezogen, was ihrem Lächeln widersprach. Sobald sie am Steuer saß, verwandelte sich der rote Volkswagen in eine Todesfalle. Der Fernseher, der im Hintergrund lief, trug ihnen die beruhigenden Geräusche einer Kricket-Übertragung zu. Der freie Tag hatte ihm einerseits gut getan, ihn aber auch beunruhigt, und Barbara hatte völlig Recht, er hatte die Versammlung der Nonnen und seine langweilige Rolle als De-facto-Vorsitzender tatsächlich vergessen. Er wusste nur, dass er die Mitfahrgelegenheit für die läppische halbe Meile ebenso wenig ablehnen konnte, wie er umgekehrt den Fernseher hätte abschalten können, wenn Beckham kurz davor stand, ein Tor zu schießen. War es nicht großartig, wie gute Manieren und das Bedürfnis, niemanden vor den Kopf zu stoßen, einen erwachsenen Mann dazu bringen konnten, ohne ein Wort des Protestes sein Leben zu riskieren? So war es, wenn man Priester war.

Sie zwinkerte ihm zu. »Kommen Sie, Pater. Es ist Ihre letzte Chance, in diesem Vehikel mitzufahren. Barbara sagt, wir müssen den Wagen verkaufen, und auch das steht heute auf der Tagesordnung. Eine Schande!«

Er setzte sich auf den Beifahrersitz und tastete mit starrem Lächeln nach dem Gurt. Schwester Margaret ignorierte ihren Gurt grundsätzlich und machte sich auch nie die Mühe, den Wagen abzuschließen, wenn sie ihn irgendwo parkte, so dass es wie ein zweifelhaftes Geschenk des Himmels war, dass nie einer die Kiste geklaut hatte. Sie bekreuzigte sich und sprach ein Gebet, während sie den Motor anließ und der Wagen mit ächzender Kupplung aus der Parklücke schoss. Bei der ersten Kreuzung schloss Goodwin die Augen und wartete, dass sie bremste und den Blinker betätigte. Er lauschte auf ihr lautes Summen, das einzige Geräusch, abgesehen vom Aufheulen des Motors, wenn sie sich verschaltete. Sie legte jede Fahrt in Gottes Hand und verließ sich ausschließlich auf seinen Schutz. Bisher hatte er ihren Glauben auch belohnt, abgesehen von dem einen Mal, als sie Edmund nach seinem Schlaganfall ins Krankenhaus gefahren und er auf dem Rücksitz das Bewusstsein verloren hatte. Schwester Margaret wusste, dass Jesus Christus und die Muttergottes sie heil an allen roten Ampeln vorbei und durch halsbrecherische Wendemanöver mitten auf der Schnellstraße bugsieren würden, solange sie die Fahrt mit einem Gebet begann und nicht mehr aufhörte zu beten, bis sie am Ziel war. Innerhalb von fünf schrecklichen Minuten waren sie da. Er öffnete die Augen erst wieder, als sie gegen den Bordstein prallten, und wollte gerade aus dem Wagen stürzen wie ein Tier, das der Gefangenschaft entflieht, als er sich des Sicherheitsgurts bewusst wurde. So viel zur Würde seines Amtes. Die gnadenlose Liebenswürdigkeit und die unbekümmerte Zuversicht, die Margaret und ihresgleichen an diesem Nachmittag zur Schau trugen, waren dermaßen aufreizend, dass er am liebsten losgeschrien oder sie gar angebrüllt hätte. An anderen Tagen hätte er sich davon anstecken lassen und mit breitem Grinsen irgendwelche grässlichen Plattitüden von sich gegeben: *Schönen Tag noch, bis heute Abend ist alles wieder gut, machen Sie sich keine Sorgen* – Sprüche, die einem nicht das Geringste sagten, wenn einem etwas auf der Seele lag. Er bemerkte kaum die schwarzen und weißen Fliesen, als Margaret ihn durch den Gang scheuchte, und hoffte nur, dass irgendwer den verdammten Wagen zu Schrott fahren würde, ehe man ihn noch einmal nötigte, sich hineinzusetzen, vor allem nach Einbruch der Dämmerung. Um diese Jahreszeit setzte die Dunkelheit immer früher ein, und bei einem gelegentlichen Schwätzchen würde man höflich von einem Altweibersommer sprechen, um sich für die Enttäuschungen des zu Ende gehenden richtigen Sommers und des düsteren, regnerischen Himmels zu entschädigen.

Er konnte sich denken, wer an der Versammlung teilnehmen würde, und hoffte, dass auch Anna darunter war, um dem Ganzen mehr Substanz zu verleihen und das übliche eintönige Prozedere zu beleben. Sie waren pseudodemokratisch, diese schlecht besuchten Gruppentreffen, die Barbara erfunden hatte. Es kamen ohnehin nur diejenigen, die zu schüchtern waren, um Vorschläge zu machen, oder die Diskussion anderweitig verschliefen. Er konnte sich nicht erklären, warum Barbara sie überhaupt ansetzte oder warum er, als Kaplan, zusammen mit dem üblichen Häufchen Freiwilliger, die nicht gewitzt genug waren, sich mit anderweitigen Verpflichtungen zu entschuldigen, daran teilnehmen sollte. Verdammt, verdammt, verdammt.

Als er den Salon betrat, war es bereits spät, und er war wütend, musste aber zu seinem Erstaunen feststellen, dass der Raum bis auf den letzten Platz besetzt war. Donnerwetter! Anna saß verdächtig zurückhaltend und klein an einem Tisch in der Ecke vor einem Laptop und wartete darauf, das offizielle Protokoll zu führen. Dafür schien sie tatsächlich geeignet zu sein, und er war gerührt, dass Barbara eine Aufgabe für sie gefunden hatte.

»Ah, da sind Sie ja, Pater«, sagte Barbara strahlend. »Und hier sind wir«, fügte sie dann überflüssigerweise hinzu. »Einschließlich Anna, die darauf bestanden hat, sich nützlich zu machen. Sie weiß, wie man mit dieser Maschine umgeht, die Monicas Nichte uns gestiftet hat, und das ist mehr, als ich von mir behaupten kann. Nun, hoffen wir, dass wir uns kurz fassen und bis zum Abendessen fertig sein können. Ich möchte auf dieser Versammlung zwei Anträge stellen. Zum einen, dass wir den Wagen verkaufen –«

»Aber wir brauchen den Wagen, Schwester.« Das war Agnes' zittrige Stimme. »Für Einkäufe und Notfälle und –«

»Es kostet etwa dreitausend im Jahr, den Wagen zu behalten«, entgegnete Barbara entschieden. »Und noch mehr, wenn man die Reparaturen mitrechnet.« Sie betrachtete Margaret freundlich. Die Hand Gottes hatte das Leben der Mitfahrer beschützt, jedoch weder die Karosserie vor den Auswirkungen ihrer Fahrkünste bewahren noch Seitenspiegel und Scheiben der Aufmerksamkeit von Vandalen entziehen können. »Margaret ist unsere einzige Fahrerin, bis Therese die Gelegenheit erhält, den Führerschein zu machen, und selbst das kostet Geld.«

»Wenn ich einen Vorschlag machen darf«, sagte Anna und hob die Hand. Sie sahen sie beunruhigt an, nur so lange bereit, sie zu tolerieren, wie sie den Mund hielt. Heute hatte sie durch den Laptop eine Aufgabe und die Versammlung einen offizielleren Status erhalten. Zum ersten Mal war Barbara mit ihr zufrieden, obwohl sie nie gern zugab, dass sie Hilfe brauchen konnten.

»Ja?«

»Man könnte den größten Teil der Einkäufe online erledigen«, sagte sie, auf den Bildschirm tippend, »und sich nach Hause liefern lassen, jedenfalls die schweren Teile.

Das würde eine Menge Wege sparen. Außerdem könnten Sie ein Taxi-Konto einrichten und immer, wenn Sie eins brauchen, einfach anrufen. Man müsste schon ziemlich verrückt nach Taxis sein, um auch nur annähernd dreitausend Pfund im Jahr auszugeben, selbst wenn ihr alle damit durch die Gegend fahrt.«

»Ausgezeichnete Idee«, sagte Pastor Goodwin. »Das spart Geld, und obendrein hätten Sie den Erlös aus dem Verkauf des Wagens zum Spielen.«

»So funktioniert das nicht«, wandte Barbara ein. »Hier wird nicht mit Geld gespielt.«

Insgeheim wies er sich zurecht.

»Und wer würde die Bestellungen am Computer übernehmen? Denn ich nehme an, das meintest du mit online«, fuhr Barbara fort. »Es ist gut und schön, dass wir das Ding geschenkt bekommen haben, aber keiner weiß, wie man es benutzt.«

»Ich weiß es«, sagte Anna sanft. »Therese auch, und vielleicht hat noch jemand Lust, es zu lernen.«

»Ich wette, Francis kann es auch«, sagte eine Stimme von der Seite. Pastor Goodwin wandte sich halb um und entdeckte die arme Schwester Joseph. Seit er zurückdenken konnte, war sie für ihn »die arme« Schwester Joseph gewesen, denn unter allen Anwesenden kam sie ihm als Einzige todunglücklich vor, und zwar auf einer anderen Ebene als ihre Glaubensschwestern, die ihre Stimmungsschwankungen auf einen relativ stabilen Level getrimmt hatten. Josephs Elend war chronisch und unheilbar. Er hatte mehr als einmal versucht, die Ursache dafür herauszufinden, und war abgeblitzt. In Joseph spürte er einen Menschen, der nicht von Natur aus zum Zölibat oder auch nur zum Glauben geschaffen war, sondern, wie er selbst, um den Zustand der Gnade ringen musste.

»Francis könnte es«, wiederholte sie. »Francis kann alles.«

Schockiert und verblüfft stellte er fest, dass sie getrunken hatte. Sie war mächtig angeschickert, nicht so betrunken, dass sie vom Stuhl kippen würde, aber sie sprach schleppend, und ihr Gesicht war fleckig. Niemand außer ihm schien es bemerkt zu haben, und als er sie scharf musterte, presste sie die Lippen aufeinander, verschränkte die Arme und setzte sich etwas aufrechter, als wäre sie sich bewusst, dass es gefährlich war, den Mund aufzumachen. Der Tumult, der sich nach ihrem Einwurf erhob, lenkte die Aufmerksamkeit von ihr ab und brachte die Schwestern erfolgreich auf das Thema, das ihnen am meisten am Herzen lag. Francis. Pastor Goodwin war verwirrt. Das kam häufig vor und machte ihm keine großen Sorgen. Francis, ach ja, der Gärtner.

»Können wir nicht den Wagen und alles andere verkaufen und dafür Francis behalten?«, fragte Agnes atemlos. »Dieser Junge ist ein Wunder. Er hat meine Vorhangstange und die Scharniere an der Tür repariert …«

»Er hat ein neues Fenster in der Kapelle eingesetzt … in null Komma nichts …«

»Er hat die Dichtung ausgewechselt, jetzt tropft der Hahn nicht mehr …«

»Er hat die Gewichtsschnur erneuert …«

»Er hat die Regale ausgerichtet …«

»Und er singt, Pater, er singt. Wie ein Engel.«

»Was singt er denn?«, fragte Pastor Goodwin, immer noch auf der Suche nach einem Hinweis und verstört von dieser allgemeinen Zustimmung. Anscheinend waren Anna und er die Einzigen im Raum, die einen solchen Hinweis brauchten. Die anderen überboten sich gegenseitig mit ihrem Lob.

»Er singt Kirchenlieder, Pater. Wunderschön. ›Lobet den Herrn, den mächtigen König der Ehren‹ und ›Ich weiß, mein Gott, dass all mein Tun‹ …«

»Und er schuftet wie ein kleiner Sklave.«

Er musterte die Gesichter, die vor Begeisterung strahlten, und überließ sich dann der langsamen Erkenntnis, dass im Verlauf eines einzigen Tages dieser junge Francis auf das Niveau eines Heiligen versetzt worden war, mitten in das Schwindel erregende Reich geheiligter Unentbehrlichkeit, einen Platz, den er selbst nie innegehabt hatte. Ein talentierter Bursche mit einem Schraubenzieher und einem Sack voller Nägel. Das wurmte ihn. Nur Matilda saß schweigend da und zählte die Perlen ihres Rosenkranzes. Sie glaubte nicht so schnell an Wunder.

»Schwestern«, sagte Barbara. »Francis arbeitet nur vorübergehend bei uns; das haben wir Edmund zu verdanken. Aber wir können uns unmöglich alle beide leisten. Und Edmund zu entlassen kommt auch nicht in Frage.«

Sie warf dem Priester einen Blick zu, als suchte sie Bestätigung. Er nickte.

»Außerdem ist er ein junger Mann und würde ohnehin nicht lange bleiben«, setzte sie hinzu. »Das tun sie nie.«

»Er hat gesagt, er würde so lange bleiben, wie wir ihn brauchen«, wandte Agnes ein.

Schweigen breitete sich aus, in dem der Priester eher Enttäuschung als Meuterei entdeckte. Er wünschte, dass Begeisterung ihnen näher gelegen hätte als Resignation. Er warf einen Blick auf Joseph und fragte sich, wie zum Teufel sie an den Alkohol gekommen war oder wer ihn ihr besorgt hatte. Matilda starrte traurig in dieselbe Richtung. Joseph hob den Blick nicht vom Boden.

»Aber er wird doch wohl noch ein paar Tage bleiben?«, erhob sich eine hoffnungsvolle Stimme.

»Ja. Nur morgen nicht. Er will seine Mutter besuchen. Ein braver Junge.«

Und wieder allgemeine Zustimmung.

»Ihr müsstet ungefähr fünftausend für den Wagen bekommen«, sagte Anna bestimmt. »Ich habe die Preise recherchiert. Pastor Goodwin könnte ihn in der Kirche anbieten. Noch am gleichen Tag ist er verkauft, gegen Cash.«

Man hatte also etwas erreicht. Das Gemurmel war zufrieden stellend.

Über ihre Köpfe hinweg suchte Anna Pastor Goodwins

Blick und lächelte. Es war ein echtes Lächeln, nicht die übliche oberflächliche Grimasse. Es war warm genug, um vorübergehend das akute Gefühl der Unbehaglichkeit zu mildern, das ihn gepackt hatte und dessen Ursprung er während des allgemeinen Aufbruchs auf die Spur zu kommen versuchte. Sich bei jeder passenden oder unpassenden Gelegenheit zu fragen, warum er sich so fühlte, wie er es nun mal tat, war eine selbst anerzogene Gewohnheit, die weniger religiöser Disziplin als dem Bedürfnis entsprang, die Unwägbarkeiten seines Temperaments zu kontrollieren. Bin ich gekränkt, weil ein anderer Mann über alle Maßen gelobt, meine Anwesenheit hingegen ignoriert wurde? Hat mich die schreckliche Fahrt hierher so erschüttert? Ob mein Blutzuckerspiegel zu niedrig ist? Bin ich ein alter Mann, der sich gegen jede Veränderung sträubt, selbst wenn sie eine Verbesserung bedeutet? Oder macht es mir zu schaffen, dass ich sehr bald ein ernstes Gespräch mit Anna führen muss, vor dem ich mich fürchte? Ist mir gerade aufgegangen, dass eigentlich nur dieser junge Gärtner die arme Joseph mit ihrem eigenen Gift versorgt haben kann, weil Barbara sie nur selten ausgehen lässt?

Die Versammlung zerstreute sich genauso ergebnislos wie immer. Er wurde eingeladen, zum Essen zu bleiben, und lehnte ab, denn eigentlich hatten sie gar keine Zeit für ihn. Er ging durch den Gang und trat auf der Suche nach Anna, in den Garten, wobei er insgeheim hoffte, dass sie schon weg war. Vielleicht fand er ja auch irgendwelche Spuren des Wunderhandwerkers Francis. Der Garten besänftigte ihn. Er war genau so, wie ein Garten sein sollte, mit einem kleinen Bereich, der oberflächlich gebändigt war und rasch in ein Labyrinth überging, das absolute Gegenteil von Kays Garten. Es ist, so dachte er, ein Garten, der zu Gottes Lob und Ehre beiträgt, denn wie das Paradies konnte er durchaus ein oder zwei Schlangen beherbergen und offenbarte dem Menschen seine Unfähigkeit angesichts der Natur. Zumindest, wenn derjenige, der für ihn verantwortlich war, Edmund hieß.

Zu hegen und zu pflegen sei bereit,
das Wachsen überlass der Zeit. …
Man ist dem Herzen Gottes in einem Garten näher
als sonst wo auf der Welt.

Es gab doch sicher eine Melodie dazu. Er begann vor sich hin zu summen. Auf halbem Weg zwischen Anfang und Ende des Gartens, etwa da, wo die fürchterliche Statue des heiligen Michael stand, die in seinen Augen nur deshalb auf Gnade stieß, weil sie mit Unmengen von Flechten bedeckt war, die ihre Details verbargen, ging ihm auf, dass man auf der Suche nach sauberer Natur inmitten der Stadt mit dem Park besser bedient war. Tatsächlich schienen die meisten Schwestern auch dort hinzugehen, und da der Park so nah lag, war der Garten vielleicht wirklich eine Verschwendung. Es hing immer der leise Verdacht im Raum, dass Edmund ihn verwildern ließ, um Eindringlinge abzuschrecken und einem das Leben schwer zu machen, denn er war ein komischer Kauz. Nach allem, was Goodwin von ihm wusste, traute er ihm zu, seltene Spinnen zu züchten. Hier herrschte eine Art von Hege und Pflege, die schwierig auszumachen war. Der Pfad war sauber geharkt, die Trichterwinde unter Kontrolle, das Buschwerk strotzte vor Gesundheit. Es gab eine interessante Vielfalt an Vegetation, die Pastor Goodwin den Dschungelpflanzen zugeordnet hätte. Diese Einschätzung gründete sich allerdings nur auf die Lektüre der Lifestyle-Rubriken in den Hochglanzzeitschriften, die er bewunderte und häufig zu Rate zog, um sich kultiviert mit den zunehmend wohlhabenderen Mitgliedern seiner Gemeinde unterhalten zu können, wenn er sie zu Hause aufsuchte. Er seufzte, als er die Wedel eines Farns beiseite schob. Er mochte das Gefühl auf der Haut nicht, musste aber zugeben, dass er auf seine wilde Art schön war. Was war bloß aus den gepflegten Rasenflächen und Rosen geworden? Der Seufzer war ein Eingeständnis seines Unvermögens, die Gedanken im Zaum zu halten, die wie lauter Froschbabys in seinem Kopf herumhüpften – besser gesagt, wie Wanderkröten, denn fast am Ende des Gartens war ihm eingefallen, welch ein Schock es gewesen war, als er sich eingestehen musste, dass er die Häuser und Apartments der Reichen vorzog, nicht nur, weil es viel interessanter war, ihre Einrichtung zu bestaunen, sondern auch, weil es normalerweise nicht so anstrengend war. Wenn die Reichen geistlichen Rat brauchten, war er nur selten die einzige Quelle, die sie aufsuchten. Sie gingen auch zu Ärzten, Psychiatern und New-Age-Gurus oder heilten sich selbst, während die Armen in der Gemeinde sich an ihn klammerten, als wäre er der Einzige, der sie vor dem Ertrinken bewahren würde. Der Einzige, der ein Formular ausfüllen, einen Verwandten kontaktieren, Wohngeld beantragen oder ihnen erklären konnte, wo sie unentgeltlich Rechtsbeistand bekamen, um nicht abgeschoben zu werden, oder wie man einen gewalttätigen Ehemann vor die Tür setzte. Öfter, als ihm lieb war, musste er den Kopf schütteln und sagen: Ich schaffe das nicht alles. Ich kann euch nicht am Leben erhalten. Es ist das Schicksal eines Priesters in einer säkularen Gesellschaft, Verantwortung zu tragen, ohne die Geschehnisse beeinflussen, geschweige denn im Ministerium für Gesundheit und Soziales, auf dem Finanzamt, bei der Polizei oder im Gericht ein Wörtchen mitreden zu können. Er blieb stehen und kramte in seinen Taschen.

Es war schwer, einer Mutter zu erklären, dass er ihr Kind nicht von der Straße holen und in die Schule schicken, sondern sie nur auffordern konnte, zu beten, optimistisch zu sein und sich ihrem Schicksal zu fügen, denn das Schicksal war Gottes Wille, und der Glaube würde helfen, ja, großes Ehrenwort. Er konnte sie höchstens in Kontakt zu anderen bringen, die im selben Boot saßen, und damit ihre Einsamkeit mildern. Ebenso wenig konnte er dem Mann weismachen, dass er nicht mutterseelenallein im Krankenhaus sterben würde, obwohl man ihn nur für dieses Versprechen gerufen hatte. Mit den Gläubigen, die ihm jede Plattitüde abkauften, konnte er nichts anfangen. Und war es alles in allem denn schlimm, dass er die Reichen bevorzugte? Er war schon so lange Priester, dass er allmählich Angst bekam, unentbehrlich zu sein. Seine Ohnmacht angesichts nackter Not machte ihn nervös. Es war einfach erfrischend, von Menschen um Rat gefragt zu werden, die auch andere Optionen hatten, statt derjenige zu sein, der dem Ertrinkenden die Rettungsleine zuwerfen sollte, obwohl er wusste, dass die Leine nicht nur zerschlissen, sondern auch zu kurz war. Immer weniger Gläubige riefen nach einem Priester, und er schämte sich, weil er dankbar dafür war.

Er blieb neben dem Farn an der Stelle stehen, die er insgeheim als Michaelswinkel bezeichnete, und zündete sich eine Zigarette an. Nicht mehr als fünf am Tag, die normalerweise für die heilige Zeit vor dem Fernseher reserviert waren, wenn er dem Grölen der Menge lauschte. Falls es stimmte, dass der Fußball den Platz der Religion als Opium fürs Volk eingenommen hatte, durfte er sich nicht beschweren, denn zumindest bei ihm funktionierte es. Gott vergibt alles, ganz bestimmt, er vergibt sogar einem Priester, der sich lieber die Einrichtung schöner Häuser anschaut und darüber plaudert als das Innere heruntergekommener Wohnungen und der Volkssport mehr liebt als alles andere auf der Welt. Wenigstens war er frei von Neid. Er schaute einfach gern, das war alles – so wie er den Anblick einer schönen Frau genoss. Vermutlich ging ihm allmählich die emotionale Puste aus; er wollte sich nützlich machen, ohne sich gleichzeitig vor lauter Mitleid zur Weißglut bringen zu lassen. Mitgefühl frisst einen bei lebendigem Leib auf. In diesem Augenblick rief jemand seinen Namen.

»Sind Sie es, Pater?«

Allein die Tatsache, als Pater angesprochen zu werden, irritierte ihn. Er hatte einen Namen, verdammt noch mal! Er war niemandes Vater, leider, und am meisten hasste er es, wenn Männer, die älter waren als er selbst, ihn so nannten. Wie Edmund, der dieselbe Figur hatte wie er und ihn an seine eigenen Verfehlungen erinnerte. Andererseits war es nicht so schlimm, wenn Edmund ihn so begrüßte, denn der hatte ihn bisher noch nie um geistlichen Beistand gebeten und wirkte – abgesehen von seiner Gesundheit – Gott sei Dank frei von Alltagsproblemen. Edmund bat ihn höchstens um eine Zigarette, und das war in Ordnung, obwohl der Mann eigentlich nicht rauchen sollte, nachdem er letztes Jahr einen Schlaganfall gehabt hatte. Keinen schweren, aber immerhin, es war eine Warnung gewesen. Allerdings hatte ihn das nicht gehindert, so rasch wie möglich in seinen Garten zurückzukehren. Daran erinnerte sich Christopher noch, obgleich man aus heutiger Sicht kaum zu sagen vermochte, was genau ihm eigentlich das Gefühl vermittelt hatte, so dringend gebraucht zu werden. Edmund bewegte sich in einem wunderbaren Schneckentempo. Was immer den Schlaganfall ausgelöst hatte, es war nicht sein reizbares Gemüt, sondern wahrscheinlich eine unglückliche genetische Veranlagung zusammen mit einer später erworbenen Abhängigkeit von Alkohol und Zigaretten. Außerdem hatte er zu nah am Wasser gebaut und sämtliche falschen Entscheidungen getroffen, die man in einem einzigen Leben treffen kann.

Auch jetzt schluchzte er. Ein trauriger, ungelenker Mann auf einer schmutzigen Bank, die selbst an strahlenden Sonnentagen immer im Schatten stand. Nach einem Sommer mit reichlich gutem Wetter, das sich allerdings als unbeständig erwiesen hatte, war er noch immer blass. Der schwere Bauch, den Pastor Goodwin mit Unbehagen auch bei sich selbst beobachtete, musste irgendwie mit dem Zölibat zusammenhängen. Er ging auf Edmund zu, ermahnte sich, freundlich zu sein, und kramte erneut in seinen Taschen nach Zigaretten. Er sollte mehr einstecken als nur seine eigene Ration: Zigaretten waren ein erheblich effektiverer Trost für Leute, die darauf ansprachen, als alles andere, und er konnte sich kaum weigern, Edmund eine anzubieten, wenn er sich selbst gerade eine angesteckt hatte. Ohne sie hätte Edmund seine Anwesenheit vielleicht gar nicht bemerkt. Ach, Gott, wie ermüdend war es, sich zu Mitgefühl zwingen zu müssen, statt es beliebig aus unermesslichen Quellen schöpfen zu können. Und immer noch diese in alle Richtungen wandernden Gedanken, die ihn immer wieder unterbrachen und jetzt daran erinnerten, dass Edmund zwar eine gute Seele, aber auch ein sehr einfacher Mann war, der mit Hygiene nicht viel am Hut hatte. Es war leichter, sauberen, gesunden Menschen zu helfen. Ein wahrer Heiliger würde den Unterschied gar nicht bemerken, aber Christopher war nun mal kein Heiliger.

»Was bedrückt Sie denn, Edmund?«, fragte er herzlich, setzte sich neben ihn und klopfte ihm mit der linken Hand auf den Schenkel, entschlossen, seine Zigarette nicht ausgehen zu lassen. Bevor er Edmund in die Augen blickte, sah er hinab auf seine großen Füße, und da entdeckte er, was den Mann zum Weinen brachte. Nur einen Meter von ihm entfernt lagen vier tote Vögel, Amseln, vermutete er, ohne es wirklich mit Gewissheit sagen zu können. Doch bei näherem Hinsehen stellte er fest, dass sie unterschiedlich groß waren, und daraus folgte, dass sie unterschiedlichen Spezies angehören mussten. Die Zigarette fiel zu Boden; er stieß sie weg.

»Würden Sie ihnen Ihren Segen geben, Pater?«, fragte Edmund ruhig. »Bevor ich sie beerdige?«

»Ich kann ihnen sogar die Letzte Ölung spenden.«

Dann improvisierte er. »In deiner Güte, o Herr, verjage die Finsternis aus ihrer Nacht. Lass ihre Familie in Frieden schlafen, damit sie zu Beginn des neuen Tages voller

Freude in deinem Namen erwachen. Im Namen Christi, unseres Herrn, Amen.« Das schien nicht genug zu sein. Er trat zu den toten Vögeln, machte das Zeichen des Kreuzes über jedem einzelnen und sagte leise: »Kein Unglück soll über euch kommen, keine Plage dort wüten, wo ihr verweilt. Euch hat der Herr seinen Engeln anempfohlen, dass sie euch beschützen nach seinem Gebot. Amen.«

Edmund schnäuzte sich die Nase. »Vielen Dank, Pater.«

Goodwin setzte sich wieder hin und nahm die Zigaretten aus der Tasche. Vielleicht war es respektlos, in Gegenwart des Todes zu rauchen, aber das blieb Edmunds Entscheidung. Er zog eine Zigarette aus der jämmerlichen Zehnerpackung, und Pastor Goodwin fiel eine Episode ein, die hier eigentlich nicht hingehörte: Ein trauernder Sohn hatte geistesabwesend seine Kippe ins Grab geworfen statt die übliche Schaufel voll Erde. Dennoch hatte er aufrichtig getrauert.

»War es eine Katze?«, fragte er. Edmunds Körper fing an zu beben. Es sah so aus, als würde er jeden Augenblick erneut in Tränen ausbrechen. Er betrachtete die Zigarette zwischen seinen Fingern und nahm einen zittrigen Zug. »Sie wurden … sie wurden … ermordet.«

»Das ist nicht wahr.«

»Sie hatte Recht«, murmelte er. »Matilda hatte Recht … heute Morgen hat sie mir gesagt, dass der Junge verdorben ist, dass er die Elster erschossen und diese hier vergiftet hat. Was soll ich bloß davon halten, Pater? Ich habe ihn geliebt.«

»Wen, Edmund?«

Die Zigarette hatte er während der stockenden Rede, die mehr Pausen als Worte enthielt, zu Ende geraucht. Mehr Worte hätte Edmund nicht zuwege gebracht. Schließlich schien er Goodwins Unzulänglichkeit zu spüren und Mitleid mit ihm zu haben.

»Ist nicht wichtig, Pater. Die Bösen werden bestraft, nicht wahr?«

»Nicht unbedingt in diesem Leben, Edmund, aber es kommt vor. Ist jetzt alles in Ordnung mit Ihnen? Soll ich Ihnen bei der Beerdigung helfen?«

»Er ist vorsichtig. Er hat die Weibchen umgebracht, damit die größeren Jungen nicht mehr ins Nest zurückkehren«, sagte Edmund.

»Wer?«

»Ist nicht wichtig«, wiederholte Edmund. »Ich muss jetzt weitermachen. Und Sie sicher auch.«

»Soll ich Ihnen jemanden herschicken?«

»Nein, danke. Matilda wird nach dem Abendessen kommen. Sie spricht ihre Gebete hier draußen, wissen Sie.«

»Ach, wirklich?«

»Danke für die Zigarette, Pater. Sie haben was bei mir gut.«

Das Unbehagen war mit ganzer Wucht zurückgekehrt, dazu kam das vertraute Gefühl, überflüssig zu sein. Mit dem Eindruck, nicht nur unsensibel, sondern auch unfreundlich zu sein, brach Pastor Goodwin auf.

Es war halb sieben, jene lächerlich frühe Stunde, zu der die Schwestern sich zu einer Mahlzeit trafen, die er als Tee bezeichnet hätte und die sie in ihrer Weisheit Abendbrot nannten. Kalte Platte und Salat zu dieser Jahreszeit und um heiße Suppe und irgendwas auf Toast erweitert, wenn es wieder kühl wurde. Manche aßen wie Scheunendrescher, andere wie Spatzen, und die buchstäblich Bettlägerigen, zu denen auch Schwester Jude gehört hatte, verzehrten ihre Schonkost in Einsamkeit. Man erwartete, dass er sie, je nach ihrem Gesundheitszustand, mindestens einmal in der Woche besuchte, was bedeutete, dass er bislang jeweils fünf Minuten bei Pauline und Dympna verbracht hatte (die, wie es sich für jemanden mit dem Namen der Schutzpatronin der psychisch Kranken gehört, nicht ganz richtig im Oberstübchen war) und so viele Stunden wie nur möglich bei Schwester Jude, die niemals schlief und auch geistig voll da gewesen war. Er vermisste sie, und das erinnerte ihn daran, dass er zu schwach für weitere Anstrengungen an diesem Abend war und ihm zu vieles auf der Seele gelegen hatte, auch ohne Edmund und seine toten Vögel. Er machte einen Umweg zur Kapelle. Diverse Satzfetzen aus der Versammlung waren ihm im Gedächtnis geblieben, zum Beispiel die Sache mit dem Fenster, das zerbrochen und auf wunderbare Weise repariert worden war, und hatten einen Rest von Neugier hinterlassen. Wenn er so müde war wie heute, war das die einzig erträgliche Gefühlsregung.

Die Kapelle sah so aus wie immer, genauso wie am letzten Sonntag, als er hier die Messe gelesen hatte, allerdings spartanischer als an dem Tag, an dem Judes Leiche inmitten der Blumenpracht aufgebahrt war, über die sie sich zu Lebzeiten mehr gefreut hätte. Nichts wies darauf hin, dass ein Fenster zerbrochen gewesen war. Der Raum lag still und friedlich da, glücklicherweise frei von all den aufdringlichen, schreiend aufgemachten Statuen, die so viele heilige römische Kirchen verunstalten. Also wirklich, er wurde allmählich intolerant, vermutlich kam er in das Alter, in dem sich eine bloße Meinung so festgesetzt hatte, dass sie zu einem Vorurteil wurde. Vielleicht hatte die fröhliche Anarchistin Kay Recht, und es wurde Zeit, sich nach einer neuen Religion umzuschauen. Eine ohne Vorwürfe, Aussichten auf die Hölle und Verheißungen des Himmels, eine, die komplett auf Blattgold verzichtete und tatsächlich von der Mehrheit der Bevölkerung geteilt wurde. Ein Leben ohne Verpflichtungen und ohne die Last von Geheimnissen.

Vor ihm, unweit des Altars, saß Anna. Sie kniete nicht, wohlgemerkt, wirkte aber dennoch versunken. Ihr Anblick war aus unerfindlichen Gründen enttäuschend. Er hätte ihn erfreuen sollen, hatte jedoch den gegenteiligen Effekt. Goodwin stahl sich den schwarzweiß gefliesten Gang hinunter, wobei er sich zum zweiten Mal innerhalb von zehn Minuten wie ein Verbrecher vorkam, am Refektorium mit seinem Stimmengemurmel vorbei und zum Haupteingang hinaus, der diesmal von Agnes unbewacht war. Wie Judas kam er sich vor.

Christopher: Er war nach einem berühmten Schutzpatron benannt, und doch war heute nichts Gütiges an ihm, keine Spur vom Segen dieses Heiligen. Auf der Straße war er so erleichtert, nicht im Wagen sitzen zu müssen, dass er wie ein Sportler beim Training losmarschierte und dabei über die Legende seines Namens nachdachte und wie er sie erzählen würde. Dieser Heilige war ein großer Mann, ein Riese, der nur dem stärksten und mächtigsten König dienen wollte. Er war einem großen König und den Versprechungen des Teufels gefolgt, doch waren ihre Anforderungen an ihn so unreif, dass sie ihn enttäuschten. Er nahm Zuflucht zum Leben eines Einsiedlers und ließ sich am Ufer eines reißenden Flusses nieder, wo er es sich zur Aufgabe machte, Reisende durch das Wasser zu tragen. Es war eine bescheidene, aber nützliche Aufgabe für einen Riesen wie ihn, bis er eines Nachts, als es dunkel und stürmisch war, ein kleines Kind durch die Strömung trug, das in seinen Armen immer schwerer wurde. Schließlich rutschte er aus, schweißüberströmt, und wäre um ein Haar gestürzt, so dass er schon um seine Stärke fürchtete Ach, sagte das Kind, ich bin Jesus, der König, dem du immer hast dienen wollen, du trägst das Gewicht der ganzen Welt.

Meine liebe Anna, sagte Pastor Goodwin, geborener Christopher, in Gedanken zu ihr, und das dauerte gerade so lange, bis er in den Park einbog, so ist es, wenn man diesen Glauben hat. Es ist ein Fluch, nicht nur ein Segen. Bitte gib nicht auf, zumindest jetzt noch nicht. Lass den Jagdhund des Himmels noch eine Weile an deinen Fersen knabbern, bevor du dich umdrehst, um ihn zu füttern.

Es war ein Park von seltsamer Schönheit, in dem er häufig Trost fand. Ein zusätzlicher Anreiz für ihn war der Fußballplatz, wo die Kinder trainierten, denen er gern zusah.

Schuljungen, die sich an dem Ding austobten, das manchmal im Schlamm gar nicht mehr zu erkennen war. Sie spielten bei jedem Wetter, ohne Zuschauer, es gab kein Geschrei von der Tribüne, nur Ermahnungen von Trainern und Eltern und das glühende Verlangen, in einem organisierten Ausbruch von Energie zu gewinnen. Er sah nie lange zu, falls jemand auf die Idee kam, dass ein Mann mit dem Bäffchen eines Geistlichen und einem billigen Anzug entweder ein Irrer oder ein Kinderschänder sein musste, obgleich das, soweit er wusste, bisher noch nie jemand gedacht hatte. Kinderschänder plauderten weder mit Eltern, noch schrien sie sich die Seele aus dem Leib, wie er es manchmal tat. Trotzdem ging er, bevor die Partie zu Ende war. Ab einem gewissen Punkt wusste er immer, wer gewinnen würde. Vielleicht war es schade, wenn man dann verpasste, wie jemand individuelle Courage zeigte, Teamgeist hatte, aber ebenso gut ohne Mannschaft spielen konnte.

Er könnte ihr einen Brief schreiben. Insgeheim formulierte er ihn schon einmal. *Liebe Anna, bitte bleib auch weiterhin eine Heidin. Verzichte auf den Mantel des Glaubens. Mach dir deine eigenen Regeln. Du hattest die schrecklichsten Vorbilder, obgleich du noch nichts davon ahnst. Deine Mutter, die Heilige … Na ja. Verlasse uns, führ ein Leben ohne Regeln. Oder mit nur einer einzigen: Knie vor nichts und niemandem nieder. Niemals.*

Und dann dachte er an all die anderen Briefe, die Anna erhalten haben musste und auf die Schwester Jude angespielt hatte. Briefe, in denen es um den Tod ging, den ihrer Mutter und den ihres Vaters. Was sollte sie mit dem eines alten Dummkopfs anfangen, der glaubte, auch noch seinen Senf dazugeben zu müssen?

Sie kniete nicht in der Kapelle. Sie kniete niemals, sie unterhielt sich einfach, so wie Schwester Jude es ihr vorgeschlagen hatte, ohne diesen Vorschlag je zu einem Befehl zu machen. Das Fenster war repariert, und keine Spur erinnerte an den Schaden, den sie mit eigenen Augen gesehen hatte. Es war, als hätte es ihn nie gegeben, wahrhaftig ein Wunder.

»Er hat mich nach Hause gebracht, Gott, aber an der Ecke habe ich mich verabschiedet und bin das letzte Stück allein gegangen. Ich will nicht, dass er weiß, wo ich wohne, aber es kann gut sein, dass er es schon längst raushat. Allmächtiger Gott, meint er es ernst oder nicht? Na, jedenfalls wäre ich zu spät zur Versammlung gekommen, wenn ich nicht gerannt wäre. Ich nehme an, du findest das völlig in Ordnung.«

Sie streifte die Schuhe ab. Sie saßen noch immer beim Abendbrot und klangen lebhafter als sonst, also würden sie länger brauchen und sie in Frieden lassen. Ihre Füße stanken ein bisschen von einem langen Tag in Turnschuhen, aber damit musste Gott klarkommen. Es war kein Wetter, um barfuß herumzulaufen oder ein langes Baumwollgewand zu tragen wie eine Novizin.

»Typisch, dass ich ausgerechnet einen Gottesfreak finden musste«, fuhr sie fort und spielte mit den Zehen. »Mit einem Loch im Kopf. Aber vielleicht hast du genau das beabsichtigt. Jedenfalls wirst du bestimmt gern hören, dass ich diesen Kindsköpfen ein Taxi-Kundenkonto verpasst habe. Die blöde Barbara glaubt, dass ich für sie Rabatt herausholen könnte, und du weißt ja, das zieht immer. Das haben alle Katholen gemeinsam, sie sind immer scharf auf einen Rabatt. Dumme Ziege. Natürlich kann ich das nicht, aber darum geht es ja nicht. Was ist eigentlich deine Meinung zum Lügen?«

Schwarze und weiße Fliesen im Flur. Schwarze Lügen wie die Sünde, weiße wie Schnee.

»Weißt du, was das Problem mit dir ist?«, fragte Anna. »Du siehst aus wie ein Volltrottel. Es wird Zeit, die Klamotten zu wechseln und sich etwas aufzubrezeln. Besorg dir ein neues Image. Bring sie dazu, Lateinisch zu sprechen oder so was, hol ein bisschen von der alten Mystik zurück, bei der sie alle einstimmen können. Stell dir vor, *Credo in Unum Deum*, von einem Haufen Vollidioten in orangeroten Kitteln auf einem einzigen Ton gesungen, das schlägt ein wie eine Bombe. Abendkurse. Du scharst all die durchgeknallten Spinner um dich, die ansonsten nichts auf die Reihe kriegen. Davon gibt es schließlich genug.«

Sie legte die bloßen Füße auf die Rückenlehne des vor ihr stehenden Stuhls und kippte ihn nach hinten, um sich ihre Zehen besser ansehen zu können. Hübsche kleine Füße, die im Moment jedoch alles andere als bewundernswert waren. Zu klein für weitere Verwendung und unnötig perfekt, abgesehen von dem Dreck zwischen den Zehen.

»Ich sag dir was, Gott. Du warst mein bester Scheißfreund, als ich noch klein war, und dann hast du dich aus dem Staub gemacht und mich allein gelassen. Und ich wusste sogar, warum, weil du nämlich überhaupt nie da gewesen warst. Tolle Einbildung! Warum hast du uns nicht gut gemacht? Warum habe ich diesen Priester am Hals, der mir dauernd zu erklären versucht, warum wir so lange eingesperrt waren und mein Vater abgehauen ist? Glaubt er etwa, ich wüsste es nicht? Tja, da ist er schief gewickelt. Ganz einfach. Er war zu schlecht und sie zu gut.«

Sie zog die Schuhe wieder an. Es wurde allmählich kalt, und sie wollte ihre aufgekratzte Stimmung nicht verlieren. Sie beugte sich vor und starrte auf die reparierte Scheibe, als wollte sie sie durch bloßen Willen zwingen, noch einmal zu zerspringen. Sie sehnte sich nach dem Geräusch splitternden Glases. Dann lehnte sie sich mit warmen Füßen zurück, wünschte sich nach Hause und wusste, dass es nah war.

»Weißt du, was er zu mir gesagt hat, lieber Gott? Er sagte, du bist echt klein, warum bist du so klein? Und ich habe geantwortet, du bist auch nicht gerade groß, höchstens halb so groß wie mein Vater, und was geht es dich an, dass ich nie gewachsen bin? Er heißt Ravi. Er ist Hindu. Und weißt du, was er noch zu mir gesagt hat? Er hat gesagt, alle Götter sind Götter und alle Religionen lehren Harmonie. Warum hat mir das keiner gesagt, als ich zehn war? Jedenfalls habe ich ihn deswegen aufgezogen. Sind wir nicht ein trauriges Pärchen?, hab ich zu ihm gesagt. Zwei in unserem Alter, die an einem schönen Nachmittag durch die Straßen spazieren und sich über Gott unterhalten. Ich meine, viel trauriger geht's wohl kaum.«

Sie warf einen Blick auf ihre Füße und wandte ihr Gesicht dem Fenster zu.

»Jedenfalls wollte ich dir mitteilen, dass ich trotz all der schlimmen Dinge, die Allah angeblich angerichtet hat, seinen Worten mehr glaube als dir. Und wenn ich bei Mohammed einsteige, könnte ich Jesus Christus und den Erzengel Michael trotzdem behalten. Aber wie es aussieht, sollte ich mich zuallererst mit dem Hindu befassen.«

Sie band sich die Schnürsenkel zu.

»Da wir gerade dabei sind«, sagte sie, an das Fenster hinter dem Kruzifix gerichtet. »Ich weiß nicht, was du mit meinem Schutzengel gemacht hast. Heißt es nicht, wir hätten alle einen? Moslems haben sogar zwei, wusstest du das? Ich wäre nichts für einen Hindu. Es ist sinnlos, auch nur daran zu denken, ich bin viel zu unrein. Und ich habe ja nicht mal die Möglichkeit, meinen Vater und meine Mutter zu ehren, nicht wahr? Er hat uns verlassen, und sie ist tot. Ravi war schockiert. Er sagte, Hindus würden das nicht tun. Was denn, fragte ich, sterben? Verdammt rührselig ist er, dabei hätte er sagen können, gehen wir zu mir oder zu dir, wenn er gewusst hätte, worum es geht, dann hätte ich wenigstens antworten können, ich bumse nie bei mir zu Hause.«

Stille.

Sie gähnte und stand auf.

»Nacht, lieber Gott. Pass auf Therese auf, auch wenn du deinen Job ansonsten lausig machst.« Dann setzte sie sich wieder. »Hör zu. Okay. Ich fange an, etwas über meine Schwester zu begreifen. Wenn sie glaubt, dass sie hierher gehört, soll sie bleiben. Wenn sie hier ihr Glück finden kann, soll sie es haben. Und das bedeutet, dass ich alles tun werde, alles auf der Welt, um das Kloster über Wasser zu halten. Kapiert?«

Langsam ging sie den Gang entlang. Agnes saß an der Tür. Sie liebte es, wenn man sie berührte und umarmte, und als Anna sich voller Dankbarkeit an ihre Stimme erinnerte, die so ungekünstelt an Schwester Judes Grab gesungen hatte, klopfte sie ihr aus einem plötzlichen Impuls heraus auf die plumpe Schulter. Im gleichen Moment spürte sie, wie Agnes nach ihrer Hand griff und sie fest drückte.

»Nacht, Aggie. Du solltest öfter singen.«

»Gute Nacht, mein Liebes. Ich bin heute sehr glücklich. Weißt du, warum?« Sie zog Anna zu sich herunter, um ihr etwas ins Ohr zu flüstern. »Mein Sohn ist gekommen, um mich zu besuchen.«

Ach ja, manchmal redeten sie wirklich in Zungen. Gott machte sie plemplem, aber das war ja nicht unbedingt schlimm.

Zu Hause kletterte Anna aufs Dach. Der Himmel war klar. Es war einer jener vollkommenen Abende, an denen sie das Gefühl hatte, um den Tag betrogen worden zu sein, bis ihr der Regen einfiel, und dann Ravi. Die Bäume vor dem Kapellenfenster glänzten, und die Schatten vertieften sich. Am hinteren Ende des Gartens konnte sie Edmund erkennen, der auf seiner Bank saß. Es war zu kalt für einen alten Mann, um draußen zu sitzen, als hätte er kein Zuhause, und überhaupt zu spät, aber das musste er selbst wissen, und Matilda würde irgendwo in der Nähe sein, bis es ganz dunkel war. Wie gut sie ihre Gewohnheiten im Garten kannte. Allerdings wusste sie nicht, was jeder Einzelne wirklich dachte, glaubte oder brauchte, und das beschämte sie plötzlich. Wenn Ravi, der Hindu, andere, fremde Überzeugungen respektierte, konnte sie es auch tun.

Zwischen dem stillen Gebüsch dort unten glaubte sie etwas Goldenes aufblitzen zu sehen. Einen Kopf, der sich bewegte, neben Edmund stehen blieb und dann ebenso plötzlich verschwunden war. Heute Nacht würde Vollmond sein, aber Anna war zu müde, um darauf zu warten, sie wartete lieber auf den Neumond und wünschte sich was. Ihr ganzer kleiner Körper bebte von einem gewaltigen, zufriedenen Gähnen. Es war so friedlich da draußen; sie hatte ihr Kreuz unter den heutigen Tag gesetzt, sie hatte sich geäußert, und sie hatte zugehört. Ein einziges Mal wusste sie, wie es war, nicht böse zu sein. Vielleicht war Gott der Mann im Mond, und es war sein Gesicht, das sie sah.

»Matilda? Sind Sie es? Bitte, helfen Sie mir …«

»Ich bin nicht Matilda.«

»Im Namen Gottes, hilf mir. Oh, du verdorbener Bengel! Du hast sie umgebracht!«

»Und ich werde auch alle anderen umbringen. Die Drosseln und die Spatzen. Ihre Nester zerstören. Du kannst sterben, wenn du Lust hast, Alter.«

»Hilf mir …«

Die Dunkelheit kam rasch.

Der Herbst begann mit einem missmutigen Ausdruck im Gesicht des Mondes.

5

Du sollst nicht stehlen

Es könnte der letzte heiße Morgen des Jahres sein.

Theodore Calverts Nachlass

Sehr geehrte Mrs. McQuaid,
vielen Dank für Ihren Brief vom 8. dieses Monats.

Hiermit bestätigen wir Ihr Wohnrecht im Haus für mindestens sechs Monate, beginnend mit dem heutigen Datum. Mr. Calvert hatte sein Geld weltweit investiert, deshalb verstehen Sie sicher, dass es noch eine Weile dauern wird, bis alles zu Bargeld gemacht worden ist und eine Einschätzung der steuerlichen Lage möglich sein wird …

Bitte wenden Sie sich an den Unterzeichner, wenn Sie finanzielle Mittel für die Instandhaltung des Hauses benötigen …

Das wäre also geschafft.

Lediglich im unchristlichen Licht eines milchigen Morgens liebte Kay das Meer mit jener Inbrunst, die halbwegs an echte Zuneigung grenzte. Es gefiel ihr, wenn es so ruhig war, dass es aussah wie in einem Reiseprospekt, das lange Tage in der Sonne verhieß und eine Umgebung, in der Sprache, Essen und Klima so anders waren, dass man überrascht war, wenn die Menschen genauso aussahen wie zu Hause. Das Haus lag eine Straße hinter der eigentlichen Seepromenade, vor Stürmen geschützt. Von dort aus konnte sie das Meer hören, ohne es zu sehen.

Heute wirkte es warm, einladend und freundlich, kein bisschen geheimnisvoll, was sie nicht mochte, und erst recht nicht übermächtig, was sie noch weniger mochte. An einem Morgen wie diesem sah es aus wie eine überdimensionale Badewanne mit einem seltsamen Jacuzzi-Effekt unter der Wasseroberfläche. Kay trug ihren knöchellangen Bademantel aus fliederfarbenem Frottee, eine Badekappe und Plastikschuhe, als sie vorsichtig über den flach abfallenden Kiesstrand ging. Sie streifte den Bademantel ab und watete ins Wasser. Nach drei Schritten reichte es ihr bis zur Brust, vier Züge nach links und vier nach rechts, ohne auch nur die Sonnenbrille abzusetzen, das reichte, und sie kam triumphierend wieder heraus. Die Zeiten, als sie länger im Wasser geblieben war und das Bibbern als Buße für ihre Sünden angesehen hatte, waren längst vorbei. Das Wasser war angenehm erfrischend, nicht kalt, doch warum sollte man warten, bis man anfing zu frieren? Kälte ist unangenehm.

Theodore Calvert, ihr Arbeitgeber, war bis fast in den Winter hinein geschwommen, aber er hatte auch immer irgendetwas beweisen müssen. Entweder wollte er zeigen, was für ein toller Kerl er war, oder er war ein verkappter Katholik gewesen. Was hatten die Jesuiten noch gesagt? Überlasst mir einen Jungen, bevor er acht ist, und er ist mein für immer? Obwohl Calvert gegen diese Religion gewettert hatte, solange Kay ihn kannte, vertrat sie die Theorie, dass er als Kind der Kirche in die Finger gefallen sein musste, und das hatte ihm diese schreckliche katholische Denkart verpasst. Dabei hatte Kay selbst damit zu tun, sich davon zu befreien, vor allem von der merkwürdigen Überzeugung, dass Leiden gleichbedeutend mit Tugend ist und umgekehrt Luxus an Laster grenzt.

Das Problem mit dem weiten Himmel, der sich in der

endlosen Fläche erfrischenden Wassers spiegelte, war, dass er sie anzog und nachdenklich machte, obgleich sie sich eigentlich lieber mit dem Frühstück beschäftigen wollte. Das einschläfernde Plätschern der ruhigen Wellen, die ihre Füße umschmeichelten, war die Stimme des Gewissens. Die See war so ruhig, dass ein Prophet darüber hätte wandeln können. Sie warf einen Blick auf ihre Zehen, die unter dem undurchsichtigen Plastik der Schuhe hervorlugten, und versuchte sich darauf zu konzentrieren, dass es Zeit für eine Pediküre war. Das Frottee nahm die salzige Feuchtigkeit von ihrer Haut auf, während sie es sich auf dem warmen Kiesstrand gemütlich machte. Sie wusste, dass sie trotz des weniger spektakulären Ausblicks mit dem Garten besser bedient wäre, brachte es jedoch nicht fertig, schon aufzubrechen. Theodore hatte das Meer geliebt und es als eine Art Spielplatz betrachtet; sie dagegen fand es eigentlich meistens kalt, feucht und ungemütlich. Nachdem er seine Frau verlassen hatte, war er an die Küste gezogen, denn hier hatte er schon immer leben wollen. Er hatte ein Haus gekauft, das Platz genug für seine Töchter bot, aber natürlich waren sie nie gekommen, nicht mal zu Besuch. Es war dumm von Theo gewesen, das ernsthaft zu erwarten. Und ebenso dumm, um das Sorgerecht für seine Kinder zu kämpfen. Sie waren nicht nur krank, sondern durchaus alt genug, um selbst zu entscheiden, was sie wollten. Seine Anwälte hatten ihn für verrückt erklärt. Er war derjenige, der den gemeinsamen Haushalt verlassen hatte, in einem Alter, als er ihr Großvater hätte sein können. Er hatte getobt, dass alles, was seine Töchter brauchten, frische Luft und eine anständige Sexualaufklärung sei. Seine Töchter hatten einem Richter erklärt, dass sie ihn hassten, und Theo hatte geflucht, den Teufel angerufen und sich trotz bitterer Kälte jeden Morgen ins Meer gestürzt. Hätte sie ihm damals vorgehalten, dass er nur deshalb sein Fleisch kasteite, um auf andere Gedanken zu kommen, hätte er ihr nicht geglaubt.

Theodore hatte immer behauptet, nichts von Religion zu verstehen. Die Religion seiner Frau, aus der ihre mütterliche Selbstaufopferung entsprang, war ihm ein Gräuel, und das Meer wurde ihm zum Verderben. Es machte ihn grüblerisch. Kay zwang sich zurück in die Gegenwart, indem sie in der Tasche nach Zigaretten kramte. Zu viel Sauerstoff ist schlecht für den Körper. Sie bot bestimmt einen merkwürdigen Anblick, wenn sie in diesem Aufzug von ihrem großen Haus durch eine Nebenstraße zum Strand wanderte, aber wen interessierte das schon? Dieser Ort hatte genügend Exzentriker gekannt; sie gehörte zu den Jüngsten. Es war ein Seebad, das ältere Leute anzog: so nah an London, dass man es problemlos mit dem Zug erreichen, und doch so weit weg, dass man seine Ruhe haben konnte. Gott allein wusste, warum er sich ausgerechnet hierher geflüchtet hatte. Er hatte gesagt, dass er einen freien Himmel und Luft zum Atmen brauchte. Sie streckte sich auf dem Kies aus, um nicht aufs Meer schauen zu müssen. Definitiv die Stimme des Gewissens.

Warum zum Teufel war sie bloß vor all den Jahren mit ihm gegangen? Sie hätte in London bleiben und sich einen anderen Job suchen können, allerdings nicht mit einem solchen Gehalt. Calvert war lächerlich großzügig; einer der Gründe, warum sie es so lange mit der verdammten Familie ausgehalten hatte. Sie war geblieben und unentbehrlich geworden, lange nachdem sie Mrs. Calvert durchschaut hatte. Es bleibt nicht aus, dass man als Katholik die Symptome einer entsetzlichen Frömmigkeit beim anderen durchschaut, egal, wie lange man seinem Glauben abgeschworen hat. Mrs. Calvert: eine zierliche Person mit riesigen Augen. Alles, was sie tat, war von Eleganz und Sanftheit erfüllt gewesen. Wunderbare Manieren, eine leise, besorgte Stimme, die ruhigen Bewegungen einer ehemaligen Klosterschülerin, die nie über die Stränge geschlagen war, obwohl sie ihre Art, sich zu kleiden, unmöglich in einem Kloster gelernt haben konnte. Neben ihr kam man sich vor wie ein Kutschpferd, aber sie war eine Dame, und für Theodore Calvert kam nur eine Dame in Betracht. Kay stopfte die Zigaretten in die Tasche zurück, die Vorstellung zu rauchen machte sie plötzlich krank. Sie schob ihre Sonnenbrille auf die Stirn und dann wieder zurück. Die Sonne auf dem Wasser war so hell, dass sie für ihre Augen einer Anschuldigung gleichkam.

Sieh mal, sagte sie zu sich, es ist ganz einfach. Sie war Theodore in seine luxuriöse Zuflucht am Meer gefolgt, weil sie nie mehr einen solchen Job bekommen würde, so viel Geld für relativ wenig Arbeit, und natürlich wegen ihres Sohnes. Um ehrlich zu sein, auch deshalb, weil sie es nicht mehr aushielt, die kranken Mädchen zu sehen, Zeugin dessen zu sein, was Mrs. Calvert tat, oder selbst auch nur im Entferntesten damit zu tun zu haben, aber vor allem wegen Jack, oder? Ein besseres Leben für ihren aufsässigen Jack. Das war es. Bring Jack mit, hatte Theodore gesagt, er kriegt nur Scherereien, wenn du es nicht tust. Kay stand auf und drehte dem Wasser ihren Rücken zu. Nein, sie hatte es getan, um dieser grässlichen Frau eins auszuwischen, die sie gebeten hatte zu bleiben; sie hatte es aus Solidarität mit ihm getan und für sich selbst, so wie meistens. Ach, du lieber Himmel, Kay, du hast einfach getan, was du für das Beste gehalten hast, und das tust du bis heute.

Doch für jemand, der katholisch erzogen wurde, ist das »Beste« niemals gut genug. Was ist bloß los mit ihnen, wetterte sie plötzlich vor sich hin und beschleunigte ihren Schritt auf dem Weg nach Hause immer mehr, als wäre ihr die Badekappe plötzlich peinlich, warum sind sie solche Miesepeter? Nicht sie, DU. Aber hatte sie denn ihre ganze katholische, von Nonnen heimgesuchte irische Kindheit nicht schon abgeschüttelt, noch bevor sie anfing, sich für Jungs zu interessieren? Hatte sie sich nicht darüber lustig gemacht? Hatte sie die Angst vor der Hölle nicht ein für alle Mal begraben? Sie hatte sie abgeschüttelt und schüttelte sie immer noch ab, sie tat nichts anderes. Was Goodwin mit seinem Besuch vor zwei Tagen aufgerüttelt hatte, war ein vollkommen unreligiöses, primitives Gewissen, eins, wie das Meer es haben musste und das ihre Augen mit leichter Zeitverzögerung blendete wie eine Taschenlampe. Verstärkt durch seine Bitte, dass sie sich mit Anna Calvert traf und ihr erzählte, wie ihr Vater gewesen war, damit die Kleine eine Chance hätte, sich ein ehrliches Bild von ihrer Vergangenheit zu machen. Um sich eine Zukunft aufbauen zu können, hatte Christopher gesagt. Entschuldige, aber ich bin im Urlaub, hatte sie geantwortet. Ich schulde niemandem etwas, ich tue nur, was man mir aufgetragen hat.

Sie patschte zum Hintereingang, ohne einer Menschenseele zu begegnen. Ein stilles Fleckchen Erde, manchmal zu still. Was hatte sie bloß Schlimmes getan? Sie hatte den alten Theodore nicht wirklich ermuntert, den Kampf um seine Töchter aufzugeben und seine Liebe stattdessen auf Jack zu konzentrieren. Nein, so war es nicht gewesen, zumindest hatte sie es nicht beabsichtigt, aber genau das war passiert. Sie hatte sich einfach etwas Besseres für den ewig unzufriedenen Jack vorgestellt. Aber sie hatte nie gewollt, dass Theo ihn wie einen Sohn behandelte. Sie atmete schwer, die Schuhe scheuerten. Das war mit Sicherheit das letzte Mal in diesem Jahr gewesen, dass sie schwimmen gegangen war. Ihre Haut prickelte, und ihr Kopf war leicht. Sie berührte den Hausschlüssel, den sie an einer Schnur um den Hals trug.

Ebenso wenig hatte sie gewollt, dass Isabel Calvert davon erfuhr, dass Theodore mit seiner Haushälterin, die ihm gleichzeitig als Flittchen diente, zusammenlebte und deren Sohn seinem eigenen Fleisch und Blut vorzog. Das hätte Mrs. Calverts heiligem Märtyrertum nur weiteren Zündstoff geliefert. Und es war auch nicht wahr. Theo hatte seine Töchter angebetet. Er ließ jeden ihrer Schritte überwachen, obgleich es nicht viel zu berichten gab, da sie nie das Haus verließen. Auch seine Frau ließ er von jeder offiziellen Detektei unter der Sonne beschatten, und Kay vermutete, dass er letzten Endes gewonnen hatte. Mrs. Calvert war jedenfalls gezwungen worden, die Aufsicht über ihre beiden kranken Kinder abzugeben. So waren sie sozusagen befreit worden und konnten ihn noch mehr hassen für das, was er getan hatte. Aber es war sicher richtig, dass er Jack sehr gern gehabt hatte.

Kay schloss die Hintertür auf und tappte nach oben in das größte Zimmer, das auf die Hauptstraße hinausging. Theos altes Zimmer, das sie als Ankleidezimmer benutzte, wo sie in der Nachmittagssonne auf dem Balkon saß und die Welt, soweit vorhanden, an sich vorbeiziehen ließ. Es war die Hauptzufahrtsstraße in den Ort und angenehm weit davon entfernt. Dann fiel ihr ein, dass heute am frühen Abend der Festumzug stattfand, und der Gedanke heiterte sie auf. Als die Badewanne so voll war, dass der Schaum bereits über den Rand kroch, streckte sie sich wohlig seufzend darin aus, bis nur noch ihr braun gebranntes Gesicht aus den weißen Seifenblasen lugte. Doch kaum lag sie reglos da, dachte sie, dass das Schwimmen eine schlechte Idee gewesen war. Nicht das Meer brachte den Kopf durcheinander, sondern das Eintauchen ins kalte Wasser. Wie eine schreckliche Erinnerung an die Taufe. Sie versank im Schaum. Die Tatsache, dass sie eine geborene Lügnerin war, war keine neue Erkenntnis oder eine, deren sie sich schämte. Sie war schlicht das Ergebnis der lebenslangen Gewohnheit, den Leuten zu sagen, was sie hören wollten.

Anna Calvert hatte als Kind die Sonne geliebt. Wenn Kay aufgefordert wurde, mit den Mädchen in den Park zu gehen, hatten sie den Befehl, einen gesunden Spaziergang zu machen, meist missachtet und sich stattdessen auf die Wiese gesetzt, die Blusen ausgezogen und den Rock in den Schlüpfer gestopft. Therese war jünger, sie kicherte sich halb tot, wenn sie ein Wort wie Schlüpfer nur hörte, und war um sie herumgehüpft wie eine unbeholfene Taube. Nette, fügsame Mädchen waren sie damals gewesen. Kay sah die Szene im Geist noch einmal vor sich. Dann erinnerte sie sich an den Tag, als sie versucht hatte, sie mit ihrem Sohn bekannt zu machen, und ihn mitgebracht hatte, um Hallo zu sagen. Der nur achtzehn Monate ältere Junge hatte Anna damals bestimmt schwer beeindruckt, aber in Mrs. Calverts Haus waren schmutzige kleine Jungs tabu. Kay blies das Wasser aus der Nase und griff nach dem Badewannenstöpsel. Warum sollten sie nicht zusammen spielen? Vielleicht hätten die Mädchen ihn etwas bändigen können. Ach, Quatsch. Das hätte keiner geschafft. Jack war ihnen meilenweit voraus. Er war elf, entwickelte sich mit rasender Geschwindigkeit und sah sie nie wieder, außer auf den Fotos, die Theodore in sämtlichen Zimmern des Hauses aufgestellt hatte. Kay trocknete sich ab (große, flauschige, unverwüstliche Handtücher, zu denen sie Theo überredet hatte) und spürte, wie ihr Gewissen den Rückzug antrat. Im Seifenwasser löste es sich auf, und eine Feuchtigkeitscreme machte ihm endgültig den Garaus. Komisch, wie sie sich um ihre Haut und ihr Äußeres kümmerte, obwohl sie so einsam lebte. Man musste sich selbst lieben, das war es, so wie es die Werbung forderte: Tun Sie was für sich, Sie haben es verdient. Außerdem hatte es mehr mit der schieren Freude am Müßiggang zu tun als mit dem Versuch, Männern zu gefallen. Trotzdem gab es immer ein paar Kerle, die um sie herumscharwenzelten wie Möwen und ähnlich alberne Geräusche von sich gaben. Zum Teufel mit ihnen. Sie hatte kein wirkliches Bedürfnis nach dem Chaos oder den Anstrengungen, die mit einem Mann verbunden waren. Sosehr sie den armen Christopher bei seinen monatlichen Besuchen auch provozierte, das tat sie nur, weil er Priester war. Falls sie je vor der Wahl zwischen einer leidenschaftlichen Liebesnacht oder einem Glas Drambuie stehen sollte, wüsste sie, wie sie sich entscheiden würde. Okay, sie war eine Schwindlerin, sie war faul, und manchmal flirtete sie, aber das war okay. Die einzig bedeutsame Frage war, was sie anziehen sollte.

Unten fiel eine Tür zu. Kay hörte es, obwohl sie ein Handtuch um den Kopf gewickelt hatte, und erstarrte. Hatte sie die Hintertür aufgelassen, blöd, wie sie nun mal war, und in der Badewanne nur darauf gewartet, dass jemand kam und sie unter Wasser drückte? Sie rannte splitternackt ins Schlafzimmer und klammerte sich Halt suchend an den Türrahmen. Der Wind musste die Verandatür zugeschlagen haben, das war es wohl. Sie war nicht umsonst Haushälterin; die Sorge um Sicherheit machte sie paranoid. Sie wusste, dass sie niemals eine Tür offen stehen ließ, und außerdem ging nicht der kleinste Wind. Kay horchte, wartete auf Schritte, Atmen, ein Husten. Sie wartete volle zwei Minuten, bis ihr kalt wurde. Nichts. Dann hörte sie das beruhigende Geräusch eines vorbeifahrenden Wagens unten auf der Straße. Sie streifte ihren Bademantel über, schlich auf Zehenspitzen bis zur Treppe und schnüffelte. Doch da war nur die vertraute Leere des Hauses, frei von allen Gerüchen bis auf den anhaltenden Duft des Schaumbads. Sie musste aufhören, sich so zu benehmen, so hysterisch auf plötzliche Geräusche zu reagieren. Es war ein altes Haus, es hatte seine eigene Sprache. Sollten andere alberne Gänse neurotisch werden, weil sie allein lebten; ihr gefiel es, und sie hatte nicht vor, eine von ihnen zu werden. Kay stapfte zu ihrem Zimmer am Ende des Flurs und erinnerte sich, dass heute der Umzug war. Sie würde sich dem Geist der alljährlichen Feierlichkeiten dieser Stadt anpassen und sich etwas festlicher herausputzen als sonst. Sex war zu schwierig, um Worte darüber zu verlieren, aber sie ließ sich gern bewundern, und der Balkon von Theos Zimmer war geradezu ein Manegenplatz für den Festumzug.

Sie hatte sich das Zimmer bildhübsch eingerichtet. Pastellfarbene Tapeten mit Blümchenrand, dazu passende Volants auf dem Bett und schneeweiße Rüschengardinen unter dem blassen Samt schwerer Vorhänge, die sie nachts zuzog. Eine Reihe von Blumendrucken an den Wänden und eine Frisierkommode, deren Beine unter einer Spitzendecke verborgen waren. Wenn sie morgens aufstand, machte sie als Erstes ihr Bett und verteilte die dekorativen Kissen darauf, so dass das Zimmer jedes Mal, wenn sie hereinkam, so aussah, wie sie es am liebsten hatte, hübsch und ordentlich. Im Gegensatz zu jetzt.

Die Unterschiede waren klein, aber bedeutsam. Eins der Bilder war angeknickt, als hätte es jemand gestreift. Auf dem Bett entdeckte sie eine Vertiefung, als hätte dort jemand gesessen. Die oberste Schublade der Kommode stand halb offen. Ihr wurde schlecht, sie zwang sich, langsam zu atmen. Jemand war hier gewesen, und sie glaubte zu wissen, wer. Er war es gewesen, er war wieder gegangen, aber er würde zurückkommen.

Nur ein Teenager, auf der Suche nach Geld.

Nach Briefen, Papieren, nach irgendwas.

Nach ihr.

Wie früher.

Heute hatte sie Nachmittagsschicht. Anna hätte viel länger schlafen können, wenn die Jalousie vor ihrem Dachzimmerfenster das Licht ausgesperrt hätte. Sie blieb liegen, hin und her gerissen zwischen dem Wunsch, sich noch einmal in den Schlaf zu kuscheln, und dem Drang, herauszufinden, wo das Licht herkam, um darin zu baden. Der Sommer ging zu Ende, die Hitze der Sonne war rationiert, sie zu verschwenden kam einer Sünde gleich. Aufstehen, Shorts und T-Shirt anziehen und aufs Dach klettern war fast so etwas wie eine Pflicht. Sie schleppte einen Schlafsack und eine Tasse Kaffee nach oben. Schlafen konnte man auch in der Sonne. Es war ein zweifelhaftes Vergnügen. Zuerst inspizierte sie die Aussicht: ein ritueller Streifzug rund um das kleine Dach, als wäre sie ein Wachtposten, der an der Brüstung eines Schlosses patrouilliert.

Die Straße nach vorn heraus war bereits völlig zum Leben erwacht. Der Zeitungskiosk hatte geöffnet, vor der Bar wurden Eimer mit Wasser auf das Pflaster gekippt, zwei Leute warteten an der Bushaltestelle. Aus dieser Entfernung fand sie sogar den Verkehrslärm angenehm. Sie beugte sich über das Geländer und sah, wie eine Gestalt aus dem Haupteingang ihres Hauses trat und zielstrebig davonging. Es interessierte sie brennend, was andere Leute den ganzen Tag machten. Im Gegensatz zu ihr waren sie alle bestens aufs Leben vorbereitet, und es schien ratsam, keine Vergleiche anzustellen, allerdings waren auch nur wenige so frei wie sie. Als sie auf das Gewusel in der Straße hinabschaute, fragte sie sich, wie sie Ravi je erklären sollte, wie und warum ihre Miete bis Ende des Jahres bezahlt war, nämlich aufgrund eines finanziellen Arrangements, das ihr Vater getroffen hatte, bevor er ertrunken war, und dass sie keine andere Wahl hatte, als es anzunehmen, weil sie unmöglich woanders wohnen konnte. Sie musste in der Nähe von Therese bleiben. Es war ein herrlicher Tag, und das war im Augenblick alles, worauf es ankam. Anna gähnte, verschränkte die Hände über dem Kopf und streckte sich, so weit sie konnte, ließ die Hüfte kreisen, lockerte schläfrige Gelenke und genoss das Gefühl. Ihre Gymnastik würde sie später machen. Der Handtuchhalter im Bad diente als Ballettstange und das Schlafzimmer als Turnhalle. Alles, was sie brauchte, war ein Fußboden. Sie musste stark sein für den Tag, an dem Therese sie wieder brauchen würde.

Mit gelockerten Gliedern lief sie auf die andere Seite des Daches und blickte hinunter in den Klostergarten. Die Bäume nahmen schon die Farben des Herbstes an; bald würden kahle Zweige über die Scheiben der Kapelle kratzen und ihre eigene Musik machen. So wie letztes Jahr würde ein Teppich aus Laub den Boden bedecken, und Edmund würde ihn wieder nur zögernd wegfegen. Wenn er das erledigt hatte und die Blätter trocken genug waren, würde er einen grauen Tag wählen und das Risiko eingehen, ein ordentliches Feuer zu machen. Das war in einer rauchfreien Zone verboten und daher umso aufregender. Sie erinnerte sich an letztes Jahr, ihren ersten Herbst hier, an das Entzücken über den hellen Rauch, der sich erhob und über ihr Dach hinwegtrieb. Was konnte es schon schaden, die Blätter zu verbrennen, statt sie in Plastiksäcke zu stopfen, damit jemand anders es tat? Dieses Jahr wollte sie ihre Unterstützung anbieten, es sei denn, dieser Francis, dem sie den Spitznamen Goldjunge gegeben hatte, wäre Edmund Hilfe genug. Sie musste den Kerl, den die Nonnen dermaßen ins Herz geschlossen hatten, auch einmal treffen. Sie könnten Geld mit ihrem Garten machen; es gab unzählige Dinge, die sie tun mussten, wenn sie überleben wollten. Auch Edmund würde gebraucht. Sie spähte über die Mauer. Ach, da war er ja, saß auf seiner Bank und sah von hier oben ganz zufrieden und klein aus. Sie hatte nicht übel Lust, ihn zu rufen, aber er würde sie niemals hören, und außerdem wusste innerhalb der Klostermauern niemand, dass er beobachtet wurde. Es musste auch niemand wissen. Sie tolerierten sie, aber sie war immer auf Bewährung. Barbara fing gerade an, sie nützlich zu finden, doch falls irgendwer erfahren sollte, dass sie hinter ihnen herspionierte wie ein Amateurdetektiv, würde sie mit Thereses Segen verbannt werden, und das wäre unerträglich. Anna zog sich zurück, für den Fall, dass Edmund aufsah. Als würde er das je tun, ausgerechnet er, der den Blick nie über die Mauern erhob. Dann sah sie wieder hin.

Er saß so still, am gleichen Platz, an dem er auch im Frühling dieses Jahres gesessen hatte, um dem Morgenkonzert seiner Vögel zu lauschen. Er saß genauso reglos da wie am Abend zuvor, nur die Haltung hatte sich leicht verändert – jetzt war der Körper unbequem zur Seite verdreht. So saß man, wenn man sich mit jemandem unterhalten wollte, der hinter einem stand. Eine Hand schien die Rückenlehne der Bank zu umklammern. Es war nicht natürlich, so zu sitzen, wenn man allein war, besonders für einen schweren Mann wie ihn, der ständig hin und her rutschte, um eine bequeme Stellung für seinen massigen Körper zu finden. Ganz allmählich dämmerte ihr, dass er die ganze Nacht dort gesessen haben musste. Das verstieß gegen die Regeln. Alle bis auf die Schwestern gingen noch vor dem Abendessen nach Hause, und zwar durch den Haupteingang.

Hastig kletterte sie die Leiter hinunter, hielt nur inne, um die Schuhe anzuziehen, raste die Treppe hinab, aus dem Gebäude und um die Ecke zur Klostertür. Rechts, rechts und noch einmal rechts. Unterwegs rempelte sie zwei Fußgänger an und war so außer Atem, dass sie sich nicht einmal entschuldigen konnte. Sie drückte auf die Klingel neben der Tür, wartete und klingelte erneut. Dann warf sie einen Blick auf die Uhr. Lieber Himmel, es war nicht einmal Frühstückszeit da drin, gut möglich, dass sie alle in der Kapelle oder noch im Bett waren. Trotz der aufsteigenden Panik, bei der ihr Herz immer schneller schlug, schoss ihr der Gedanke durch den Kopf, dass sie keine Ahnung hatte, was sie eigentlich machten, wenn sie nicht da war. Sie wusste nicht einmal, was ihre geliebte Schwester in ihren wachen Stunden anstellte, nur dass sie selbst mit der Verzweiflung eines tollwütigen Hundes dagegen ankämpfte. Wo war Agnes? Wo waren die anderen? Was zum Teufel war der Sinn einer verdammten Andacht, wenn man lieber die Tür aufmachen sollte? Für wen zum Teufel haltet ihr euch eigentlich?

Da wurde die Tür aufgerissen, nicht mit Agnes' stiller, lächelnder Zurückhaltung, bei der man immer den Eindruck hatte, dass sie drei oder vier Riegel zur Seite geschoben und eine Kette abgenommen hatte, bevor sie so weit gekommen war, und, so herzlich sie einen auch begrüßte, das gesamte Arsenal wieder an Ort und Stelle bringen würde, sobald man aus dem Haus war. Zu Annas Unbehagen war es Barbara, ganz energische Chefin mit funkelnden, forschenden Augen hinter den Brillengläsern. Sie sah aus, als hätte sie gut genug geschlafen, um alle Flausen des Tages mit einem Schlag vom Tisch zu fegen. Wahrscheinlich könnte sie Anna und ihresgleichen zum Frühstück verspeisen. Zu Annas noch größerer Beunruhigung lächelte sie. Vielleicht war sie um diese Tageszeit in Hochform.

»Ah, Anna, meine Liebe! Wie gut zu wissen, dass ihr jungen Dinger zu akzeptablen Zeiten auf den Beinen seid. Wenn auch nur spärlich bekleidet, wie ich sehe. Zufällig wollte ich mich ohnehin mit dir unterhalten. Komm rein.«

Anna folgte ihr unterwürfig. Bei anderer Gelegenheit hätte die unverschämte Anspielung auf Shorts und T-Shirt sie wütend gemacht, doch plötzlich ging ihr auf, wie unentschlossen sie war. Am liebsten hätte sie geschrien: *Mit Edmund stimmt was nicht,* doch das wäre eine allzu deutliche Offenbarung für die Schwester mit dem durchdringenden Blick gewesen. Sie hätte gefragt: *Woher weißt du das?*, und dann hätte sie sagen müssen: *Ich kann ihn von meinem Dach aus sehen,* und Barbara hätte gefragt: *Du kannst was?* Daher folgte sie stumm dem Luftstrom von Schwester Barbaras weitem Gewand, das sich um ihre voluminösen Brüste spannte, als wären sie Luftballons, bis sie den Gang mit den schwarzen und weißen Fliesen erreichten.

»Komm in den Salon, Liebes. Wir haben etwas zu besprechen. Ich habe eingesehen, dass ich nicht ganz fair dir gegenüber war, und du hattest so gute Ideen bei der Sitzung gestern, die ganz und gar mit meinen eigenen übereinstimmen. Natürlich müssen wir den Wagen loswerden. Die Idee mit dem Taxi-Konto ist hervorragend. Bist du sicher, dass wir einen Rabatt bekommen? Aber was ich dir vor allem erklären möchte, meine Liebe, ist, was Therese hier macht, denn ich habe das schreckliche Gefühl, dass du es möglicherweise nicht weißt.

Zum einen: Wir sind ein liberaler, säkularer Orden. Sie muss weder ein Büßerhemd tragen noch die Gebete Matutin, Laudes, Prim, Sext oder auch nur Vesper einhalten, obgleich sie ermahnt wird, auf formelle Art zu beten. Am Angelus halten wir allerdings fest, weil er uns so gut gefällt. Ein herrliches Gebet, finde ich. Ich wollte dir als derjenigen, die ihr am nächsten steht, nur versichern, dass ihr kein Leben der Geißelung bevorsteht und sie jederzeit gehen kann, aber ich bin sicher, dass unsere geliebte Schwester Jude dir das bereits erklärt hat. Die Dinge haben sich geändert, seit deine Mutter klein war. Nicht unbedingt zum Besseren, aber so ist es. Ich selbst bevorzuge nach wie vor das Lateinische. Es ist viel poetischer.«

Es war ein wahrer Redeschwall von einer Nonne, die tatsächlich morgens in Bestform war, nachdem sie in ihren schlaflosen Nächten Fakten und Ratschläge verdaut und sie als Prioritäten wieder ausgespuckt hatte. Anna ertappte sich bei dem Gedanken: Sie ist eine nette alte Schachtel, die mir nützliche Informationen gibt, und, lieber Himmel, warum habe ich das nicht früher gemerkt, statt mich so vor ihr zu fürchten, auch wenn ich das immer noch tue.

»Pastor Goodwin hat mir gesagt, dass du schrecklich sensibel bist, und ich muss zugeben, dass ich lange gebraucht habe, um es zu begreifen. Aber du bist wirklich bewundernswert, meine Liebe. Voller Initiative. Wolltest du etwas Bestimmtes? Das Frühstück ist gleich fertig. Du bist herzlich eingeladen.«

Gerade noch rechtzeitig fielen ihr die Floskeln der gnadenlosen Höflichkeit ein, bei denen sie sich früher nur gewunden hätte.

»Das ist sehr nett, Schwester. Es war nur … nur dass … in den Nachrichten habe ich von einer Bombe gehört, oh, keiner echten, einer von diesen Attrappen. Ich wollte bloß sichergehen, dass Sie Bescheid wissen. Ich weiß nicht so genau, was Sie hier wissen, wenn Sie verstehen, was ich meine. Es ist sehr warm, Schwester. Könnten wir vielleicht in den Garten gehen?«

»Prima Idee. Wir benutzen ihn einfach nicht genug.«

Hohe Balkontüren führten vom Salon hinaus auf die Terrasse. Barbara riss sie mit derselben potenziell zerstörerischen Selbstverständlichkeit auf, die sie am Haupteingang an den Tag gelegt hatte, ungeduldig, aber geschickt mit all den sperrigen Riegeln, von denen sie umgeben waren.

»Lästig«, erklärte sie, während sie mit dem Türgitter kämpfte. »Aber wir müssen uns die Leute vom Leib halten, verstehst du, besonders in diesen Zeiten. Kaum wissen sie von der Existenz eines Klosters, stehen sie auf der Matte und erwarten, dass man ihnen zu essen gibt und was weiß ich noch alles. Wir würden es ja gern tun, aber nicht, wenn wir dabei nur ausgenutzt werden. Es gibt Bettler und Bettler.«

Die Tür war offen. So ist es im Kloster, dachte Anna, eine Tür nach der anderen. Der Garten war wie die Flucht auf einen anderen Planeten. Barbara redete weiter.

»Wir müssen den Raum nutzen. Das ist das Gebot der Stunde, meine Liebe, besser gesagt, der Jahre. Falls du eine Idee hast, was wir damit anfangen können, wäre ich sehr dankbar für Vorschläge. Ich bin ganz Ohr.«

Sie hatte große Ohren, wie Anna bemerkte, die sich aus ihrem dichten, kurz geschnittenen grauen Haar reckten wie zwei Hörner. Sie passten zu ihrer Oberweite.

»Vielleicht könnten wir einmal bis ganz hinten gehen«, schlug Anna vor. »Um uns eine Vorstellung zu machen, wie groß der Garten ist.«

»Gute Idee. Den Insekten die Stirn bieten und das Grundstück abschreiten, meinst du? Ja!«

Sie fanden Edmund auf seiner Bank, neben dem Schuppen, ein kurzer Weg, nur von Zweigen behindert, die sie zur Seite biegen mussten.

Barbara sah ihn zuerst und rief ihm fröhlich zu: »Edmund, mein Lieber, so früh schon auf? Was für ein schöner Tag!«

Anna hätte sie am liebsten am Ärmel gepackt und zurückgehalten, doch Barbara bahnte sich ihren Weg vorwärts, entzückt von dem Gedanken, dass der träge alte Edmund in dieser Herrgottsfrühe zur Arbeit erschienen war. Noch zerbrach sie sich nicht den Kopf darüber, wer ihn eingelassen hatte. Eine Fliege krabbelte über seine Stirn, eine andere summte über seinem offenen Mund. Ein Faden getrockneten Speichels zog sich von den Lippen bis zum Kinn hinunter. An der Unempfindlichkeit den Fliegen gegenüber zeigte sich, dass er tot war. Barbara scheuchte sie weg und berührte seine kalte Hand ohne ein Wort. Dann zog sie die ihre zurück, hastig, als hätte sie sich verbrannt, und schützte die Leiche vor Annas Blick, bevor sie geschickt Edmunds gespenstische Augen schloss und das Kreuzzeichen über ihm machte. Sie war vollkommen ruhig. Sie hatte mehr Leichen die Augen geschlossen, als sie zählen konnte, allerdings nie unter solchen Umständen, und sie war sich nicht ganz sicher, was sie tun sollte.

»Ich fürchte, er ist tot. Vermutlich ein Schlaganfall.« Es war eine unpassende Bemerkung, aber es war alles, was ihr einfiel, obwohl sie die Worte am liebsten im gleichen Moment zurückgenommen hätte. Sie erwartete Schreie, doch Anna ließ sich nicht beschützen. Sie war hinter die Bank getreten und sah auf ihn herab. Das ist obszön, dachte Barbara, und war plötzlich wütender auf Edmund als je zuvor. Ein Mädchen in ihrem Alter durfte nicht Zeugin des Todes werden. Anna überraschte sie.

»Sie müssen den Arzt und Pastor Goodwin anrufen. Ich bleibe bei ihm, okay?«

»Bist du sicher?«

»Ja. Wir können ihn doch nicht einfach allein lassen, oder?«

»Nein. Ich schicke dir Therese.«

»Nein, bitte nicht –«

»Sie ist als Einzige schon angezogen.«

Und weg war sie, rannte durch den Garten und machte so viel Lärm, dass die Vögel aus den Bäumen aufflatterten. Anna registrierte ihr unmelodisches Kreischen, als sie sich auf die Bank neben Edmunds Leiche setzte. Sie konnte ihn nicht berühren und begnügte sich damit, die Fliegen von seinem Gesicht zu verjagen und Wache zu schieben, um den namenlosen Feind abzuhalten, der bereits zugeschlagen hatte. Und zu beten. *Kyrie Eleison*, hab Erbarmen, o Herr. In der Stille, die auf das Geschrei der Vögel folgte, wünschte sie, sie hätte Barbara gebeten, Matilda zu holen, denn Matilda war Edmunds Freundin. Aber auch das hätte nur eine unangenehme Frage provoziert, selbst wenn Barbara sie so lange hinausschieben würde, bis sie Zeit gehabt hätte, darüber nachzudenken. Das Schuldgefühl war so akut wie ein Schmerz. Sie hatte Edmund gestern hier sitzen sehen, sie hätte eingreifen, an die Tür klopfen können. Sie versuchte sich auf Edmund selbst zu konzentrieren, womöglich seiner Seele rasch in einen schmerzfreien Himmel zu verhelfen und ihren Ekel vor diesem verblichenen Bündel von seltsam süßlich riechendem Fleisch zu verleugnen. Sie hatte die Leiche ihrer Mutter nie gesehen, auch nicht die von Schwester Jude. Sie war vor der Wucht des Todes an sich zurückgewichen, aber mit Leichen hatte sie nie zu tun gehabt. Jetzt war ihre Neugier jedoch stärker als der Schock.

Auf der Bank neben Edmunds geballter Faust lag ein kleines goldenes Kruzifix an einer zerrissenen Kette. Sie hob es auf und untersuchte es. Billig, aber stabil, leicht zu reparieren. Sie vermutete, dass es ihm gehörte, und ließ es in ihrem Schuh verschwinden. Falls es irgendeine Erinnerung an Edmund gab, sollte Matilda sie bekommen, und auf Barbara konnte man sich in dieser Hinsicht nicht verlassen.

Plötzlich näherten sich leichte Schritte durch den Garten. Therese erschien mit einer Decke.

»Geh weg!«, rief Anna.

Therese blieb stehen und kam dann näher. »Sei nicht albern.«

Besänftigend vor sich hin murmelnd, legte sie die Decke um Edmunds Leiche. Anna stand auf, um ihr Platz zu machen. Dann umarmten sie sich heftig.

»Komm nach drinnen, Anna, bitte. Du bist ganz kalt. Er war ein guter Mann; jetzt hat er ein besseres Leben.«

Diese fromme Plattitüde brachte sie zur Weißglut.

»Lieber Himmel … Fällt dir nichts Besseres ein?«

»Sei still, Anna.«

Sie standen eng umschlungen da. Therese zupfte an Annas Haar, als würde sie das wärmen, und Anna fragte sich, mit der unerwarteten Objektivität, die auf einen Schock folgt, wem von ihnen es eigentlich bestimmt war, auf die andere aufzupassen. Sie stellte sich diese Frage noch drängender als zuvor, weil sie immer geglaubt hatte, dass dies ihre Rolle sei.

Kay hatte das Gefühl, dass sie auf dieses Haus aufpassen musste. Nichts anderes war angerührt worden, weder Theos Schreibtisch noch sonst etwas. Kay war sicher, dass sie es bemerken würde, und wusste gleichzeitig, dass sie sich irren konnte. Es war die Eitelkeit einer übereifrigen Haushälterin, sich einzubilden, sie würde andere Fingerabdrücke als ihre eigenen erkennen können. In Wirklichkeit konnte ein Einbrecher seine Spuren verwischen, wenn er vorsichtig war und nichts anrührte, was eindeutig auf ihn hinwies, Essen zum Beispiel. Keine Abdrücke an den sauberen Flaschen auf dem Servierwagen; allerdings schätzten nicht einmal Einbrecher einen Drink vor dem Frühstück.

Am späten Morgen, nach einem zweiten Bad, versuchte sie sich selbst zum Lachen zu bringen und sich einzureden, dass der Einbrecher, der sich kaum bemerkbar gemacht hatte, ein Wildfremder war. Ein großes altes Haus ohne Mann besaß eine magnetische Anziehungskraft. Neid – das war es. Es gab mehrere potenzielle Sündenböcke, doch keinen mit einem Schlüssel. Scheiße. Sie kannte die Nachbarn als höflich und hilfsbereit, was sich gezeigt hatte, als der Anwohner linker Hand den betrunkenen Theo einmal nach Hause geschleppt hatte. Zum Haus auf der anderen Seite bestand eher eine praktische Beziehung, die darauf gründete, dass sie sich nie weigerte, einen Fußball zurückzugeben, und sich auch nicht über den Lärm der Kinder beschwerte, obwohl der Baum ihr ein Dorn im Auge war. Sie hatte ihren Hausschlüssel bei ihnen deponiert und umgekehrt, für Notfälle. Kids … das erklärte alles. Wie das erste Mal, als sie einen ungebetenen Besucher gehabt hatte, kurz nachdem Theo aus dem Leben geschieden war.

Sie zögerte, das Schloss auswechseln zu lassen. Es waren immer dieselben Schlüssel gewesen, seit sie hier eingezogen war. Am späten Nachmittag sagte sie sich, dass es nicht der Rede wert war und sich für alles eine Erklärung finden würde. Kleine, rührende Versuche, etwas zu klauen, waren unbedeutend, eine Tatsache, die sich bestätigte, als sie in ihr Schlafzimmer zurückkam und plötzlich im Geiste die kleine Anna Calvert vor sich sah, die sie einmal auf frischer Tat ertappt hatte. Wie erstarrt war sie gewesen, diese winzige Zehnjährige, die gerade dabei war, die Ohrringe ihrer Mutter zu stibitzen, als Kay mit dem Staubsauger hereinplatzte. Die Kleine war so darin versunken gewesen, ihre Auswahl zu treffen, ihre Lieblingsstücke anzuprobieren und in die Taschen zu stopfen, dass sie nicht mal einen Elefanten gehört hätte, geschweige denn eine anonyme Putzfrau, die einen Staubsauger hinter sich herschleifte und sich fragte, wie schnell sie hier wohl fertig wäre, damit sie endlich eine Zigarette rauchen könnte. Sie knallte mit dem Staubsauger gegen die Tür und erwischte Anna vor dem Spiegel. Das kleine Gesicht war gespenstisch weiß gewesen, der Mund vom Lippenstift ihrer Mutter verschmiert, und das schlechte Gewissen sickerte ihr aus allen Poren, als wäre man fähig, in diesem Alter überhaupt zu schwitzen. Das Gewissen eines Kindes ist sprunghaft und unerschrocken. Es verfügt über dieselben Kapazitäten wie das eines sexuell erregten Erwachsenen. Der Selbstbetrug steht im Vordergrund, während das angeborene Wissen darüber, was falsch ist und einen Haufen Scherereien einbringen wird, so lange unterdrückt wird, bis die beiden in einem Moment beschämender Wahrheit verschmelzen. Kay hatte Anna genau in einem solchen Augenblick erwischt, und im gleichen Moment war ihr klar, dass man in diesem Haus die Tat des Kindes als schwere Sünde ansehen würde. Da sie wusste, dass Mrs. Calvert in der Küche hantierte, war sie einfach ins Badezimmer gegangen und hatte Anna ein Stück Klopapier gegeben, um sich die Lippen abzuwischen, und dann über dem Geräusch des Staubsaugers die Worte geformt: *Leg sie zurück*. Die Kleine hatte die Taschen ausgeleert und den Schmuck dahin zurückgelegt, wo er hingehörte. Dann hatte sie Kay einen flehenden Blick zugeworfen und war aus dem Zimmer gestürzt, nicht ohne das *Und wasch dir das Gesicht* mit einem verzweifelten Nicken beantwortet zu haben. Diese kleine Vignette aus der Vergangenheit gab Kay wieder Auftrieb. Wenn sie den Mistkerl ertappt hätte, der sich heute Morgen in Theos Haus geschlichen hatte, hätte sie sich bestimmt ganz ähnlich verhalten. Versuchter Diebstahl ist nicht die schlimmste Sünde, die man sich vorstellen kann. Außerdem war die Sonne herausgekommen, und sie konnte eine Stunde lang auf der geschützten Veranda liegen; das machte ohnehin alles erträglicher und glaubhafter. Der Tag verging.

Nein, sie schuldete diesem Kind nichts.

Gegen halb acht würde es dunkel werden. Der Umzug sollte ungefähr um sieben beginnen. Was für eine komische Stadt, dachte sie zärtlich. Jede andere hatte ihre verdammten Umzüge längst hinter sich. Sie holte sich einen Drink, schaltete sämtliche Lichter im Haus ein, damit sie später nicht im Dunkeln hineingehen musste, stellte ihre erstaunlich praktische Kasserolle, deren Vorbereitung sie eine weitere Stunde des Tages gekostet hatte, in den Herd und machte es sich in Theos Sternguckersessel auf dem Balkon gemütlich. Er war vom Salz zerfressen, doch der Kissenbezug war so frisch gewaschen wie ihr Haar, und die Luft war warm. In der Ferne hörte man das erste Dröhnen der Trommeln. Der Umzug war anspruchslos, dilettantisch, ein bisschen kitschig, eine sterbende, aber noch lebendige Tradition. Es würde Spaß machen. Beim zweiten Gin Tonic, den sie trank, um die unvermeidliche Verzögerung zu überbrücken, dachte Kay bei sich, wie einfach es war, sie zufrieden zu stellen. Man kann eine Frau aus ihrer Kleinstadt vertreiben, aber nicht die Kleinstadt aus der Frau.

Und doch, als der Umzug begann, nachdem er im Zentrum eine Stunde lang aufgehalten worden war, und schließlich auf seiner letzten Runde durch die Stadt allmählich in der Ferne sichtbar wurde, fühlte sie sich höllisch einsam. Was soll's, dachte sie, es ist nur einer von diesen Tagen, an denen sogar fröhliche Dinge deprimierend sind und die Geschichte von jemandem, der Brustkrebs hat, geradezu aufmunternd wäre. Sie lebte hier, ohne hierher zu gehören, ohne Sicherheit, mit einer Vergangenheit, die sie lieber unter den Tisch gekehrt hätte, Verpflichtungen, Loyalitäten und einer Zukunft, die auf Versprechungen basierten. Der erste Festzug-Wagen hatte jetzt ihr Fenster erreicht, und die Missstimmung verflog.

Wie viel Mühe sie sich gaben, und was dabei alles zum Vorschein kam! Angeführt wurde der Umzug von einer schottischen Band, die so schwungvoll marschierte, als gäbe es nichts Wichtigeres auf der Welt. Ein Mann trug ein Leopardenfell, um den Gurt einer riesigen Trommel abzupolstern, die er um den Bauch geschnallt hatte. Seine Beine, dick wie Baumstümpfe, steckten in Fußballersocken, und seinen Hut hatte er tief ins Gesicht gezogen. Ein anderer Mann, der genauso groß war, stapfte mit jaulendem Dudelsack und rotem Gesicht vorbei, und die letzten Töne seiner Klage gingen bereits im Stereosound des ersten Wagens unter. Yeah, yeah, tönte es, um die Ankunft dreier als Brautjungfern aufgemachter Festzug-Königinnen anzukündigen, deren Teenagergesichter mit Schminke verkleistert waren, als wären sie mindestens vierzig. Sie trugen busenliftende Korsetts, obwohl sie gar nichts zu liften hatten. Hin und wieder winkten sie den Zuschauern zu, die neben dem Wagen hergingen – müde, müde. Aber nicht so erschöpft wie die Jungs im Pfadfinderwagen, der dahinter folgte. Fünf Wölflinge scharten sich um einen großen Führer, unverkennbar Mrs. Smith, eine massige Frau im Federkleid, die sonst im Fischgeschäft arbeitete. Eine neue Gruppe, weiblich und erheblich wacher, folgte im Wagen von Kitty's Tea Room. Ein paar vergnügte junge Mädchen saßen um eine große Teekanne aus Pappmaché, tranken Wein aus Teetassen und taten so, als äßen sie Kuchen. Kein Mensch kann eine ganze Stunde lang Kuchen essen. Sie waren so erfrischend fröhlich, dass Kay ihnen zuprostete. Und noch mehr Königinnen, arme kleine Dinger mit Gänsehaut in Abendkleidern. Es folgte der lärmende Wagen der Disco, ein kleiner für Julian's Kidney Appeal, dem sie ein paar Münzen zuwarf, der hübsch geschmückte Wagen einer Tanzschule mit ein paar süßen Knirpsen, die noch so viel Energie hatten, dass sie zur Musik tanzten. Danach kam der des Rugby Club mit einer Horde als Affen verkleideter Männer, die selig beschwipst mit Wasserpistolen auf die mitziehende Menge schossen. Die wiederum ließ sich nicht lumpen und schoss zurück. Hinter ihnen rollte schon wieder ein Wagen mit erschöpften Festzug-Königinnen. Es war eine müde kleine Show und die Musik für Kays Geschmack viel zu laut. Gesang war auf alle Fälle besser. Die drei Wagen am Schluss gehörten den Kirchen.

Bei der letzten Zählung hatte die Stadt drei gehabt, eine episkopalische, eine methodistische und die katholische, wohin sie Jack gegen jedes bessere Wissen geschickt hatte, mit seinem Kettchen als Talisman. Jetzt war es, als wetteiferten die Kirchen im vergeblichen Versuch, Anhänger zu finden. Die ersten beiden hatten die besseren Hymnen, ihre Sänger schmetterten »When the Saints Come Marching In« und strahlten aufrichtige Begeisterung bei ihrer Performance aus, obwohl ihre Stimmen heiser waren. Der Lastwagen, auf dem sie an ihr vorbeizogen, hatte kein Gefolge, und niemand sammelte eimerweise Spenden wie bei den anderen. Auf dem dritten Wagen, dem von St. Augustine's Römisch-Katholischer Kirche, wurde »Abide With Me« gesungen, schneller als üblich, fast wie ein Ragtime, und eine als Teufel verkleidete Gestalt tanzte wie ein Derwisch, kreiste und wand sich in einem Echsenkostüm mitsamt Schuppen und Schwanz. Seine mit Hörnern geschmückte Kopfbedeckung war bereits hin, so oft hatte er sich in einer Geste der Unterwerfung zu Boden geworfen, während ein als Hymnensänger verkleideter Engel ihn mit einer langstieligen Gabel malträtierte, die offensichtlich aus Plastik war. Anschließend sprang der Teufel wieder auf und begann seinen Tanz von neuem. Als sie an ihrem Balkon vorbeikamen, stand er auf und verbeugte sich. Und dann spuckte er. Es war ein echter Volltreffer, der für den Bruchteil einer Sekunde unbemerkt blieb, bis der Klumpen am Rand des Balkons und auf ihren Füßen landete. Ein Trupp von drei dicken Polizisten folgte dem letzten Wagen und forderte den hinteren Teil des Zuges auf, um die Ecke zu biegen.

Das war Jack.

Ihr unehelicher Sohn Jack oder wie auch immer er sich mittlerweile nannte.

Ein Polizist auf einem Motorrad sah zu ihr auf und lächelte bewundernd.

Sie lächelte zurück, starr vor Schrecken.

Und wünschte, sie wäre imstande zu beten.

6

Du sollst den Sabbat ehren

Sechs Tage später, bei der nächsten Sonntagsmesse, während der die Klosterkapelle für die Öffentlichkeit zugänglich war, sah Anna den Goldjungen zum ersten Mal aus der Nähe. Ganz abgesehen von seinem offensichtlich guten Aussehen, hatte er etwas Besonderes an sich. Was es war, fiel ihr nicht sofort auf, sondern erst gegen Ende des Glaubensbekenntnisses, als der Rest der Gemeinde einstimmig murmelte … *Ich glaube an die Gemeinschaft der Heiligen, Vergebung der Sünden, Auferstehung der Toten und das ewige Leben* …, sie selbst aber den Mund fest geschlossen hielt. Sie warf einen verstohlenen Blick auf das Kruzifix und die Bäume hinter den Fensterscheiben, um nicht ungeduldig auf ihrem Sitz herumzurutschen, und versuchte, sich nicht anmerken zu lassen, wie sehr sie litt. Sie vollzog diese Geste des Respekts für Edmund, dem Objekt ihrer Fürbitten, und weil sie Therese einen Gefallen tun wollte, dazu auf eine Gelegenheit wartete, Matilda endlich Edmunds Kruzifix zu geben, und weil es so bequem war, da sie anschließend ihre Verabredung mit Pastor Goodwin hatte. Ein Beratungstermin, zweifellos, der schwerfällig und umständlich als Einladung zum Lunch formuliert worden war. Seit dem Tod von Schwester Jude hatte er darauf gewartet.

Der Priester glänzte in einem besonders prächtigen

Messgewand, das so gar nicht zu diesem Mann passte, der in Jeans besser ausgesehen hätte. Gerade führte er die Gemeinde durch die undramatische Übersetzung des Glaubensbekenntnisses, von dem er vermutlich glaubte, dass es auf Lateinisch unendlich viel besser klang. Sie konzentrierte sich auf den Hinterkopf des Goldjungen und dachte darüber nach, was an ihm sie so berührte.

Er hätte Modell für ein Gemälde des heiligen Sebastian stehen können, den Soldaten und Märtyrer, der an einen Baum gefesselt und von Pfeilen tödlich durchbohrt worden war – nur war der dunkelhaarig gewesen. Er hätte ein Heiliger oder ein Engel sein können, das war es, der Erzengel Michael mit Leidensmiene. Mit anderen Worten, er sah einfach aus, als gehörte er hierher, als wäre er geradewegs einem Fresko in einer florentinischen Kirche entsprungen. Selbst in dem schäbigen Anzug, der um ihn herumschlotterte, hätte er noch eine Figur des Kreuzwegs sein können; sie hatten denselben hochmütigen Gesichtsausdruck, dasselbe dichte Haar. Anna sah zu Boden. Sie hatte ein Zugeständnis an diese Messe, aber auch an den Rest des Tages gemacht. Richtige Schuhe, kleine rote Pumps, und dazu einen langen Rock, der ihr fast bis zu den Knöcheln reichte. Pastor Goodwin wandte sich um und fasste seine Gemeinde ins Auge. Zynisch dachte sie, dass diese Sonntagsmesse in der Klosterkapelle nur deshalb so gut besucht war, weil seine Predigten immer extrem kurz waren.

Heute fand er freundliche Worte für Edmund und hing noch eine Predigt über die Vergänglichkeit dran, für einen Mann, der vor zwei Tagen beerdigt und, das musste man zugeben, nicht übermäßig betrauert worden war. Anna hatte das Gefühl, dass sie die Einzige war, die davon Notiz nahm, nicht, weil sie ihn tatsächlich gekannt hätte, sondern weil sie ihn so oft gesehen hatte und sein Tod dicht auf einen anderen gefolgt war. Für die Gemeinde als Ganzes schien es fast eine Art Erleichterung zu sein; wenn aber der Tod wirklich nur ein Übergangsritus auf dem Weg zum Himmel war, könnte man ihn auch als schlichten Echoimpuls in der Unendlichkeit sehen. Sie versuchte sich vorzustellen, wie sich Edmunds massige Gestalt plötzlich in einen gelenkigen geflügelten Körper verwandelte, der herumflatterte wie die Vögel im Garten, und unterdrückte ein Lächeln. Es war lustig, und es half, den Gedanken zu verscheuchen, dass Edmunds Tod ein Segen für die guten Schwestern war, denn jetzt konnten sie stattdessen ihren Francis haben. Sie hoffte, dass Pastor Goodwin in der Frühmesse der Gemeindekirche daran gedacht hatte, den Klosterwagen zum Verkauf anzubieten.

Ziemlich zu Anfang der Messe gab es das Sündenbekenntnis. … *Ich bekenne Gott dem Allmächtigen und euch, meinen Brüdern und Schwestern, dass ich gesündigt habe in Gedanken, Worten und Werken: durch meine Schuld, durch meine Schuld, durch meine übergroße Schuld* … Es wäre ihr genauso unmöglich gewesen, mehr davon laut aufzusagen wie zum Mond zu fliegen. Sünde war ein Konzept, das in ihrem Verständnis des Katechismus unerklärlich war. Offenbar war damit nicht zwingend verbunden, dass man anderen Schaden zufügte, aber eine Sünde, die Buße und Vergebung erforderte, müsste zumindest diesen Tatbestand erfüllen. Als sie, zweiundzwanzigjährig und frisch emanzipiert, ein paar Männer pro Woche aufgerissen hatte, bis sie sich systematisch ihrer Jungfräulichkeit entledigt hatte, nur um zu wissen, wie es war, und zu beweisen, dass sie es konnte, hatte anscheinend niemand Schaden genommen. Es war eine merkwürdig unpersönliche Übung gewesen, und sie konnte beim besten Willen nicht erkennen, warum es eine Sünde sein sollte. Sie hatte nichts weiter getan, als ein paar Bücher darüber zu lesen und es dann in die Tat umzusetzen, denn so machten es alle, und es war leicht, wenn man nicht allzu wählerisch oder betrunken war. Du bist ein widerlicher Tyrann, o Herr, sagte sie, an das Fenster gerichtet. Zeig du mir, was eine Sünde ist, bevor ich irgendwas Schlimmeres unternehme, um es selbst rauszukriegen. Das war der Unterschied zwischen Therese und ihr. Dieselbe Erziehung, dieselben Fußfesseln von Liebe und Glauben, aber in ihrem Fall war es wie eine Impfung, die nicht angeschlagen, sondern einen unvollkommenen, verächtlichen Zweifel hinterlassen hatte. Vielleicht aber war es auch nur der Unterschied zwischen gut und böse.

Ihr Blick schweifte zurück zu dem Goldjungen. Sie studierte sein Profil in dem kurzen Augenblick, als sich alle ihrem jeweiligen Nachbarn zuwandten und ihm in einem jener blöden Rituale, die sie besonders verabscheute, die Hand reichten. Francis hatte das Gesicht eines Heiligen, auf melancholische Weise attraktiv und sinnlich. Ein Schauer lief ihr bei seinem Anblick über den Rücken, als sie ohne Scham, doch mit dem Gefühl, ihre Zeit verschwendet zu haben, an die Männer zurückdachte, mit denen sie in jenen experimentellen Monaten geschlafen hatte. Keiner von ihnen hatte so ausgesehen. Er schien vollkommen hierher zu passen und wirkte trotzdem irgendwie exotisch.

Ite missa est … Die Messe war beendet. Dieses unlösbare Geheimnis eines Gottessohns, der zum Menschen geworden, grausam gestorben, nobel wiederauferstanden war und sein Fleisch mit jeder Weihe der Hostie aufs Neue verfügbar machte. Barbarisch. Wie konnte Therese das bloß glauben? Sie blieb noch eine Weile sitzen und hoffte auf ein Wort, doch die Kapelle leerte sich nur langsam, und Gott war in Menschenmengen nicht verfügbar. Schwester Barbara stand am Ausgang und bot jedem die Stirn, der es wagte, den in der Wand eingelassenen hölzernen Opferstock zu übersehen. Kinder waren heute nicht erschienen.

An der Vordertür stieß sie auf Pastor Goodwin. Er stand neben Agnes, die strahlend glücklich wirkte und sich auf das Mittagessen freute, das sonntags besser war als sonst, für den Fall, dass Gäste kamen. Anna hasste es, dass sie das Beste immer für die anderen aufhoben und sich selbst mit dem Schlechtesten begnügten. Goodwin, der seine Gewänder abgelegt hatte, sah aus wie ein müdes Pferd an der Startmaschine, das losrennen wollte, aber schon allein bei der Vorstellung der bevorstehenden Strapazen aufgab. Es hatte lange gedauert, bis Anna begriff, dass sie ihm Angst einjagte, und jetzt merkte sie, dass er sich genauso sehr wie sie selbst danach sehnte, der lächelnden Güte ringsum zu entkommen. Sie hakte sich bei ihm unter und führte ihn hinaus. Im Gleichschritt liefen sie die Straße hinunter, befreit, beinahe unbekümmert.

»Ich habe gestern mein Gehalt bekommen«, sagte sie. »Also lade ich Sie ein, okay?«

»O nein, das müssen Sie nicht tun ... ich dachte an ... McDonald's«, antwortete er, beglückt über den Körperkontakt, und presste ihren Arm stärker an sich. Doch zugleich schämte er sich seines knappen Budgets für diesen oder überhaupt derartige Anlässe.

»Reicht Ihr Taschengeld nicht?«, fragte sie. »Ich dachte eher an Curry und Bier.«

Die Erwähnung des Taschengelds ärgerte ihn einen Augenblick, doch der Ärger verflog, als sie um die Ecke bogen. Es war ihm peinlich, dass er von einem Gehalt leben musste, das hinten und vorn nicht reichte und ihn mehr oder weniger von der Mildtätigkeit anderer abhängig machte, nicht, was die Grundbedürfnisse, aber sicher, was jede Art von Luxus anging. Er würde nie im Leben die Gastfreundschaft erwidern können, die man ihm entgegenbrachte, und das machte ihm zu schaffen, besonders in Gegenwart einer jungen Frau, die seiner Meinung nach eine Vaterfigur brauchte, vorzugsweise eine, für die der Preis eines Essens keine Rolle spielte. Was anderes war seine eigene Küche zu Hause, wo er sich selbst verpflegte und eine endlose Reihe von Sachen auf Toast zaubern konnte. Leckere Sachen auf Toast, das musste man wirklich sagen, unendlich viel besser als die harte Klosterkost, zu der er gewohnheitsmäßig eingeladen wurde. Toast mit Butter gab es immer. Bei den übrigen Zutaten machte er Kompromisse, um sich bei einem wichtigen Spiel im Fernsehen auch noch ein Bier leisten zu können. Oder zwei bei einem Endspiel, obgleich er damit unweigerlich das Schicksal herausforderte. Denn irgendwer platzte garantiert herein. Der Gedanke an Curry und Bier machte ihn schwach vor Behagen, was er jedoch nicht zeigen wollte. Es gab einen ernsten Anlass, obwohl sie so ausgelassen war, als hätte sie keine Ahnung.

»Sie übernehmen das Kommando«, sagte er und kam sich vor wie ein Trottel. Er hatte schrecklichen Hunger: Das lag wie üblich am Sonntag.

»Ich vergesse immer, wie jung Sie sind«, fuhr er fort und ließ ihren Arm los, weil sie ihren Schritt beschleunigt hatte. »Sie können sich nicht vorstellen, wie streng es zuging, als ich geboren wurde. Wenn man am Sonntagmorgen zur Messe ging, musste man ab Samstag um Mitternacht fasten. Schön und gut, aber nur, wenn man am frühen Morgen zur Kommunion ging. Eine empfehlenswerte Regel, glaube ich. Ich habe mich immer dran gehalten. Und im Moment könnte ich ein ganzes Pferd verdrücken.«

»Ich auch«, antwortete sie inbrünstig. »Dann bestellen wir eins.«

Gott sei Dank, sagte er sich. So weit, so gut. Sollte sie entscheiden.

»Wie viel verdienen Sie denn in Ihrer Taxizentrale, dass Sie einen alten Mann zum Essen ausführen können, obwohl es eigentlich genau andersherum sein sollte?«

»Genug«, antwortete sie.

Das Standard Tandoori war genauso wie sein Name: düster, trostlos und so gut wie leer. Die Tische standen in Nischen, die ihn an alte Beichtstühle erinnerten. Sie zündete sich eine Zigarette an und hielt ihm die Packung hin. Er fand es klüger abzulehnen, änderte dann jedoch seine

Meinung. Zum Teufel mit seinen Vorbehalten. Wer versuchte hier eigentlich wen zu beeindrucken? Er kannte die Kleine seit mehr als zwölf Jahren, hatte sich hin und wieder mit ihr unterhalten und wusste doch überhaupt nichts von ihr. Es war nicht einfach herauszubekommen, wie man mit ihr umgehen sollte, besonders weil er so viel aus anderen Quellen über sie wusste, von Schwester Jude und Kay, genauer gesagt. Ihre Informationen waren überlagert von seiner Erinnerung an Anna als Teenager, als sie hübsch, streitlustig und süß gewesen war.

»Ich bestelle für uns beide, einverstanden?«, fragte sie.

Er war gerührt. Sie hatte noch so viel von einem Kind an sich, dass sie ihre augenblickliche Überlegenheit auskosten konnte. Er wusste nicht, wo er bei dieser Speisekarte anfangen sollte, und das verschaffte ihr einen Vorteil. Sie befand sich auf vertrautem Gelände, er nicht.

»Nur zu«, sagte er bescheiden. »Es sei denn, Sie haben vor, mich zu vergiften.«

Sie lachte darüber und rasselte vor dem wartenden Kellner eine ganze Liste von Bestellungen herunter. Er schrieb keine davon auf und verschwand.

»Also, wie geht es Ihnen?«

»Prima. Ich fand Curry eine gute Idee, indisches Essen könnte mich in die passende Stimmung versetzen. Ich werde nämlich heute Nachmittag einen Tempel besichtigen.«

»Einen Tempel?«

»Wie Hindutempel«, sagte sie und beobachtete, wie der Kellner ihm das Bier einschenkte.

»Ah, ja«, antwortete er und fasste es als eine Art Herausforderung auf. »Ist es der in Neasden oder der in Watford? Es gibt nämlich große Unterschiede zwischen ihnen, wissen Sie. Nebenbei bemerkt haben sie ganz verschiedene Merkmale. Ich finde übrigens die hinduistische Toleranz gegenüber kultureller und religiöser Vielfalt ganz unglaublich. Ich wünschte, wir hätten sie auch.«

Er wusste nicht, was sie von ihm erwartete. Sollte er fragen, was zum Teufel sie in einem heidnischen Hindutempel zu suchen hatte, und diese Idee verächtlich abtun? Doch sie nickte nur und war mit der Antwort ganz zufrieden. Das Essen kam geradezu unverschämt schnell, und sie stürzten sich mit stiller, inbrünstiger Lust darauf. Ihr beim Essen zuzusehen war das reinste Vergnügen. Sie war wie eine elegante kleine Katze, die Wert darauf legt, keinen Bissen zurückzulassen.

»Lieber Himmel, ich weiß nicht, wo Sie das alles hintun«, sagte er. Seine Zuversicht war ebenso wiederhergestellt wie sein Blutzuckerspiegel. »Und werden Sie mir jetzt auch verraten, wie es Ihnen wirklich geht? Tun Sie einem alten Freund einen Gefallen, okay? Ich will nichts von Ihnen, aber ich muss es wissen. Und wenn Sie mir erzählen wollen, dass Sie drauf und dran sind, zu einem anderen Glauben überzutreten und mit einem Hindu durchzubrennen, möchte ich wenigstens der Erste sein, der Ihnen gratuliert. Ich hatte nicht mal Gelegenheit, Ihnen zu sagen, wie Leid es mir tut wegen Schwester Jude.«

Sie lehnte sich entspannt und ohne jeden Funken von Aggressivität zurück. Wie schwer es doch ist, den Altersunterschied zu überbrücken und jemanden, der fast drei Jahrzehnte jünger ist als man selbst, zu überzeugen, dass man tatsächlich etwas gemeinsam hat, zum Beispiel normale menschliche Emotionen. Dann fiel ihm wieder ein, dass Anna anders war und sich unter Älteren immer wohl gefühlt hatte. Der Faktor Altersunterschied traf auf sie nicht zu, und wie Schwester Jude ihm erzählt hatte, verfügte sie für ihr Alter über ein unglaubliches Spektrum an Verständnis. Also behandle sie nicht herablassend.

»Ja«, sagte sie langsam. »Mir tut es auch Leid um all die Gespräche, die wir noch hätten führen können, und die Sachen, die sie mir wahrscheinlich noch gesagt hätte. Egoistisch. Wir haben uns wunderbar verstanden, aber die meiste Zeit bin ich in ihrer Gegenwart wegen Therese auf die Barrikaden gegangen. Ich hab ihr vorgeworfen, Therese beeinflusst zu haben, in den Orden einzutreten. Sie erzählte, sie hätte versucht, sie daran zu hindern, und ich habe sie als Lügnerin beschimpft. Ich hätte es wirklich besser wissen müssen. Therese ist starrköpfig wie ein Esel und tut, was sie will. So war sie schon immer, und Jude konnte gar nicht lügen. Aber sie war mit der Wahrheit auch nicht gerade großzügig. Sie hat mir immer irgendwas vorenthalten. Wir konnten zwar Witze machen, aber sie hat mir trotzdem was verheimlicht. Jetzt muss ich darüber nachdenken, was sie gesagt hat, und analysieren, was zwischen den Zeilen stand.« Sie lachte. »Ich glaube, das meiste davon passiert, wenn ich schlafe. Das Nachdenken, meine ich. Bewusst kann ich es nicht, es muss passieren, wenn ich es nicht mitkriege. Ist das nicht ein Widerspruch in sich?«

»Wie Kinder, die im Schlaf wachsen.«

»Bei mir war das nicht unbedingt der Fall.« Sie beugte sich vor, studierte das letzte Stück des dicken Naan und brach eine Ecke davon ab.

Er zögerte. »Sie müssen wissen, dass ich in Bezug auf Therese und Sie nicht besonders gut informiert bin«, sagte er. »Bestimmte Einzelheiten verwirren mich heute noch. Ich war Gemeindepriester, als Sie in dem großen Haus auf der Somertown Road gewohnt haben und krank wurden. Mein Gott, es ist weniger als eine Meile von hier entfernt, aber es scheint sehr weit weg zu sein. Ihre Mutter war gläubig und sehr hilfsbereit innerhalb der Gemeinde, aber sie hat mich, äh, nicht gerade ermuntert, Sie beide zu besuchen.«

»Das lag bestimmt an meinem Vater. Mistkerl.«

Er korrigierte sie nicht. »Ich glaube, ich habe nicht genügend aufgepasst. Man denkt einfach, eine Familie, der es so gut geht wie Ihrer, wird sich schon selbst zu helfen wissen, egal, ob es um spirituelle oder andere Bedürfnisse geht. Dann war ich fast zwei Jahre lang weg. Ich hatte einen … Nervenzusammenbruch.«

»Wirklich? Das wusste ich nicht.«

»Tja, wir Katholiken reden nicht gern über Dinge, die uns peinlich sind. Schon gar nicht über psychische Störungen. Die gelten als schreckliches Zeichen von Schwäche.«

»Warum hatten Sie den Zusammenbruch?«

Behandle sie nicht herablassend. »Nun, das ist schwer zu erklären, aber ich glaube, es war die langsam dämmernde Erkenntnis, dass ich nicht Priester hätte werden dürfen und lieber etwas anderes machen würde. Es ging mir erst besser, als ich begriff, dass ich gar keine Wahl hatte, weil ich mich dazu nun mal am besten eigne, und selbst wenn ich völlig fehl am Platz war, keine bessere Möglichkeit hatte, Gott zu dienen. Aber ich wollte eigentlich nicht über mich reden.«

»Ich hätte nichts dagegen.«

»Ein andermal sehr gern, aber nicht jetzt. Wann sind Sie krank geworden, Therese und Sie? Sie waren noch ein Kind.«

»Das bin ich immer noch«, antwortete sie verbittert. »Aber ich war schon zu alt, um als eins zu gelten.«

Ohne dass sie danach gefragt hätten, standen plötzlich zwei große Gläser mit süßem Lassi auf dem Tisch. Er musterte seins misstrauisch, nahm einen vorsichtigen Schluck und stellte überrascht fest, dass es ihm schmeckte, trotz seiner generellen Abneigung gegen Dinge, die so schmeckten, als wären sie gut für ihn. Er war immens erleichtert, dass sie in der Stimmung war, zu reden. Vielleicht hatte sie etwas Schönes erlebt.

»Es fing mit mir an. Ich bekam irgendeine schlimme Viruserkrankung, möglicherweise Lungenentzündung. Ich hielt es für eine Strafe Gottes, weil ich mit vierzehn oder wann immer das war, Alkohol probiert hatte und es mir anschließend ziemlich dreckig gegangen war. Es wurde einfach nicht besser, monatelang. Es war so, als hätte man die ganze Zeit eine Erkältung. Dann erwischte es auch Therese, und ich glaube, die meiste Zeit blieben wir einfach im Bett. Nach jeder Menge Untersuchungen und Tests lautete die Diagnose: CFS – Chronicle Fatigue Syndrom. Natürlich konnten wir beide nicht mehr zur Schule gehen. Mum trug uns auf Händen und opferte sich für uns auf. Sie kaufte uns Bücher, damit wir unsere Symptome besser verstanden. Sie sorgte dafür, dass wir nicht den Mut verloren, und so ging es eine Weile. Wir mussten mehrmals ins Krankenhaus, aber Mum hat uns jedes Mal wieder rausgeholt. Sie war wunderbar.«

Sie schluckte. Die Erinnerung behagte ihr nicht, sie wollte sie möglichst schnell hinter sich bringen. Jemand räumte die Teller ab. Christopher spürte, wie das scharfe Essen, das er viel zu hastig heruntergeschlungen hatte, seinen Magen erreichte.

»Im ersten Jahr besuchten uns noch unsere Freunde aus der Schule, aber das hörte irgendwann auf. Wir müssen unglaublich langweilig gewesen sein, selbst an guten Tagen, wenn Therese Kochunterricht nehmen und ich lesen konnte. Das war alles, was ich schaffte, und alles, was ich tat, jedenfalls meistens. Wir hatten entsetzliche Angst vor Bakterien. Mum hatte die Theorie, dass unsere natürlichen Abwehrkräfte uns helfen würden, gesund zu werden, wenn wir in einem keimfreien Raum lebten, aber das stimmte nicht. Nur Beten half. Ein Jahr nach dem anderen verging, zwei, drei … vier. Das war's im Großen und Ganzen.«

»Und Ihr Vater?«

»Er war ein Schwein. Er hat den ganzen CFS-Quatsch nicht geglaubt. Er hat geschrien und getobt und immer wieder versucht, uns in den Wagen zu setzen, um ans Meer zu fahren, weil er glaubte, das sei die einzig richtige Kur gegen alle Krankheiten, obwohl ich es kaum die Vordertreppe hinunterschaffte. Er hat Ärzten, die keine Ahnung hatten, ein Vermögen in den Rachen geworfen und sich mit ihnen herumgestritten. Natürlich nur, wenn er gerade nicht arbeitete. Er war ein Workaholic, wahrscheinlich, um nicht zum Alkoholiker zu werden. Mistkerl. Dann, nach ungefähr zwei Jahren, ist er gegangen, einfach so.«

»Na ja, er musste arbeiten, um Geld zu verdienen«, wandte Christopher ein. Er wählte seine Worte sorgfältig. »Ist er gegangen, oder könnte es auch sein, dass Ihre Mutter ihn vor die Tür gesetzt hat, was meinen Sie?«

Sie betrachtete ihn kalt vor Wut. Erstaunliche Augen hatte sie. Er zuckte innerlich zusammen.

»Verzeihen Sie«, fuhr er fort. »Es war nur so eine Idee, etwas, das sie getan haben könnte, weil sie glaubte, er würde mit seinem Verhalten Ihre Behandlung stören oder Ihre Entwicklung behindern. Das war zu der Zeit, als ich selbst nicht ganz bei mir war, sozusagen.«

»Man könnte die Wände hochgehen«, sagte sie und grinste. »Das kenne ich. Vielleicht ging es Ihnen so wie uns. Wir haben uns gewünscht, die Krankheit wäre die Folge eines schweren, dramatischen Autounfalls mit vielen Verletzungen und Knochenbrüchen, die man hätte vorzeigen können. Eine elegante Krankheit. Etwas, mit dem man angeben kann, statt einfach nur gelähmt zu sein.«

»Ja«, sagte er, hingerissen von ihrem Verständnis. »Ja, ja. Ich wünschte mir damals, ich wäre überfallen worden.«

Sie gab dem Kellner das Zeichen für Kaffee, indem sie einen Finger in die Luft streckte. Die Geste wirkte unhöflich, hatte jedoch den gewünschten Effekt, ohne dass man sie übel nahm. Essen im Restaurant hat seine eigene Sprache.

»Und ich verstehe nicht, wie sie ihn vor die Tür hätte setzen können, wo es doch sein eigenes Haus war. Er ist einfach gegangen, mit Kay, der Putzfrau. Wir blieben, wo wir waren, bloß friedlicher als vorher, und dösten vor uns hin. Irgendwann kam jemand und holte Mum ab. Wir wurden in einem Pflegeheim untergebracht, wo wir wieder zu Kräften kamen. Meine Mutter, nun … meine Mutter ist dann gestorben. Ich glaube, mein Vater und die Sorge um uns haben sie verrückt gemacht. Selbstmord kann es nicht gewesen sein, denn sie war katholisch und hätte so etwas nie getan. Lungenentzündung, genau wie wir. Dann mussten wir in dieses Heim, wissen Sie, das am Bahnhof … es war schrecklich. Wir waren Missgeburten aus der Mittelschicht. Ich habe die meiste Zeit dafür sorgen müssen, dass sie uns nicht verprügeln. Dann kam das Apartment, wo ich jetzt noch wohne. Schwester Jude hatte ihre Hände im Spiel, aber sie hat es uns nie erklärt. Damals wollte mein Vater uns sehen. Aber es war zu spät, wir lehnten ab. Vielleicht war er schuld an ihrem Tod. Wir kamen wieder zurück in die Realität und klammerten uns aneinander fest. Dann hieß es, er sei ertrunken. Therese trat ins Kloster ein. Das hatte meine Mutter sich immer gewünscht. Habe ich Ihre Lücken jetzt geschlossen?«

Fünf Jahre Anormalität, zählte er. In denen sie auf Schule, Freundschaft zu Gleichaltrigen, auf alles, was für die Entwicklung wichtig ist, verzichten mussten. Er verspürte eine unaussprechliche Wut. Leichthin, als würde es ihr überhaupt nichts ausmachen, fuhr sie fort.

»Wenigstens bezahlte mein Vater für alles, auch wenn er uns nie mehr nahe kam, und er zahlt noch heute meine Miete. Sollte er uns etwas vermacht haben, verzichte ich auf meinen Anteil. Es reicht.«

Sie verschränkte die Arme und beugte sich über den Tisch. »Jetzt sagen Sie mal, Pater, was halten Sie denn eigentlich von unserem Goldjungen?«

Er gab sich einen Ruck, um in die Gegenwart zurückzukehren, und rührte in seinem Kaffee, der dunkel wie Sirup und beinahe genauso dickflüssig war. Bei dem Versuch, das Milchdöschen zu öffnen, bekleckerte er seine Soutane. Er zerdrückte es in seiner Faust und akzeptierte den Themenwechsel. Es war ihr Fest.

»Francis? Das ist eine gute Beschreibung für ihn. Ich weiß nicht. Er ist charmant, er kann sich ausdrücken, und er kann wunderbar mit den alten Damen umgehen. Vielleicht zu gut.«

»Sie mögen ihn nicht.«

»Auf den ersten Blick nicht, nein. Aber das darf ich so nicht sagen, denn mein Gefühl hat möglicherweise nur damit zu tun, dass ich ihn beneide: um seine Attraktivität, seine Figur und die Tatsache, dass er jede Frau haben kann, die er will. Er verkörpert alles, was ich auch sein könnte – ich müsste bloß zwanzig Kilo abnehmen, noch mehr Jahre abschütteln und im Lotto gewinnen. Kein Wunder, dass ich ihn nicht mag.«

Ihr Lachen gab ihm das Gefühl, zur menschlichen Spezies zu gehören, und darüber war er froh. Sie lachte noch, als sie die Rechnung bezahlte und sie aus dem düsteren Innern des Restaurants nach draußen traten, wo die Sonne sie traf wie ein Hammer. Christopher wusste, dass er jetzt entlassen war, aber es machte ihm nichts aus. Sie hatten einen rasanten Start hingelegt. Es war erheblich produktiver gewesen, als er zu träumen gewagt hatte.

»Also, wenn Sie nächste Woche Zeit haben, könnte ich mich revanchieren.« Ja, bestimmt, schon um seines männlichen Stolzes willen, und wenn er die ganze Woche hungern und den Klingelbeutel plündern musste.

»Klasse, ich nehme Sie beim Wort!«

»Und tun Sie mir einen Gefallen, okay? Wenn Sie den Tempel gesehen haben, gehen Sie noch einmal zurück zur Kapelle. Es kann nicht schaden, zu vergleichen.«

Sie drückte ihm einen raschen Kuss auf die Wange und rannte die Straße hinauf. Er blieb in der Sonne stehen, berührte die Wange, wo sie ihn geküsst hatte, und war selig.

Bis ihm die vier Jahre wieder einfielen und er seine kleinen Lügen ihr gegenüber bereute. Zum Beispiel, dass er den größten Teil dessen, was sie ihm gesagt hatte, schon wusste, allerdings aus zweiter Hand. Die Geschichte war ihm bekannt, er hatte sie nur von ihr selbst hören wollen. Und jetzt fragte er sich, ob es je die Pflicht eines Priesters sein konnte, einer Frau zu sagen, dass ihre Mutter, die Heilige, in Wirklichkeit von Macht besessen gewesen war und Anna mehr Ähnlichkeit mit ihrem toten Vater hatte.

Eine Beichte hat eigentlich nichts mit Katharsis zu tun. Nach katholischer Auffassung ist sie ein Sakrament. Mindestens einmal im Jahr muss ein Sünder, und Sünder sind sie alle, zu einem Priester gehen und seine Sünden beichten, vollkommen aufrichtig, ohne eine einzige auszulassen. Dann muss er um Vergebung bitten. Zum Ausgleich für diese demütigende Übung erhält er eine Buße, einen Segen und die offizielle göttliche Absolution, was in Annas Augen der Erlaubnis gleichkam, loszuziehen und es wieder zu tun, in der Gewissheit, dass man auch beim nächsten Mal begnadigt würde. Und wem beichtete ein Priester seine Sünden? Darüber dachte sie nach, als sie zu Compucabs ging, um Ravi zu treffen. Vermutlich einem anderen Priester: grässliche Vorstellung. Ein anderer Priester kennt sich mit den Kürzeln aus, die man als Sünder benutzt, um die beschämende Beschreibung seiner Sünden zu umgehen. Das ist so ähnlich wie bei einem Patienten, der zum Arzt geht und bei der Beschreibung der Symptome schwindelt, um eine positivere Diagnose zu erhalten. Doch das fiel ihr erst ein, als sie sich fragte, was Goodwin mit der Last auf seiner Seele machte, denn ihr war klar, dass er einen ganzen Sack davon mit sich herumschleppte, und dieses Wissen war seltsam tröstlich. Er war auf seine altmodische Art wirklich nett, obwohl er, wie alle dieser Generation, schrecklich lügen konnte. Es sah so aus, als erhielte sie seit einer Woche von allen Seiten Freundschaftsangebote, und das war neu.

Ravi stand vor dem unauffälligen Gebäude neben einem schwarzen Taxi, und ihr Herz setzte aus. Sie hatte das absurde Verlangen, ihm dafür zu danken, dass es ihn gab und dass er diese lächerliche Wirkung auf sie hatte. Sie fühlte sich schwindlig, als hätte sie Wodka auf leeren Magen getrunken, dabei hatte er nur mit ihr geplaudert und sie einmal den halben Weg nach Hause begleitet. *Macht er dir den Hof?*, hätte Schwester Jude gefragt, und sie hätte geantwortet: *Er hat mir geholfen, eine schwere Woche zu überstehen, und ja, er gefällt mir so gut, dass es wehtut.*

»Hallo«, sagte er mit einer komischen kleinen Verbeugung, um das breite Grinsen zu verbergen. »Ich habe uns ein Taxi bestellt.«

Sie bemerkte den dunkelblauen Anzug und das weiße Hemd, unter dem seine braune Haut wie Samt schimmerte. Sie war froh, dass sie sich mit ihrem Äußeren die gleiche Mühe gegeben hatte, so dass sie jetzt beide ganz anders aussahen als die Arbeitskollegen, die im gleichen Raum saßen und Telefone bedienten. Und ein Taxi, meine Güte! Es war eine Sache, sie für andere Leute zu organisieren, aber was ganz anderes, selbst eins zu benutzen. Er half ihr beim Einsteigen. Der Anzug stand ihm umwerfend gut. Ein Schlips dagegen hätte idiotisch ausgesehen. Als sie losfuhren, fühlten sie sich wie Könige.

»Na, wie geht's dir?«, fragte er förmlich. »Wie war das Essen?«

Sie hatte ihm davon erzählt. In den letzten paar Tagen hatte sie ihm eine ganze Menge erzählt, obwohl sie fand, dass dieses frühe Stadium ihrer Beziehung sich dadurch auszeichnete, dass sie meistens über Dinge sprachen, die nichts mit ihnen selbst zu tun hatten. Bisher waren sie spazieren gegangen, durch den Park geschlendert, mehr nicht, aber er war der Einzige, den sie kannte, der völlig unbefangen über die Schönheit des Himmels, der Bäume oder den Stil eines Gebäudes sprechen konnte. Und natürlich unterhielten sie sich über Gott – sie abschätzig, er geduldig – und auch übers Essen. Eine komische Art, sich kennen zu lernen, aber unendlich viel besser als jede andere Gesellschaft. Mit Leuten in ihrem Alter kam sie nicht besonders zurecht; sie wusste nie, was sie sagen sollte.

»Wie war's bei der Arbeit?«

Er war so gewissenhaft, das wusste sie; Probleme bei der Schicht wirkten sich sofort auf seine Stimmung aus. Ravi wollte immer alles perfekt machen. Es war nur ein vorübergehender Job, bevor er weiter auf die Uni ging, trotzdem war es wichtig für ihn.

»Ganz gut. Bevor ich's vergesse, ein Mann hat für dich angerufen.«

»Ein Mann?«

»Ja, ein alter Mann. Er war nicht sicher, ob er ein Taxi wollte oder nicht. Er sagte, er wolle die junge Frau mit der netten Stimme sprechen, die wüsste schon, was er wollte. Da war mir klar, dass er dich meinte.«

»Ach, der. Ich frage mich, ob er je irgendwo hingeht. Irgendwann muss ich ihn mal nach seiner Nummer fragen und rauskriegen, wo er wohnt. Wahrscheinlich in der äußeren Mongolei.«

»Hoffentlich findest du das nicht komisch«, sagte Ravi und wechselte das Thema. »Einen Tempel zu besuchen, meine ich. Vielleicht würdest du lieber etwas anderes machen.«

»Nein«, antwortete sie. »Überhaupt nicht.«

Das stimmte nicht ganz. Sein Vorschlag für dieses erste offizielle Rendezvous war ein bisschen überraschend gekommen, aber warum nicht? Sie war sonderbar, das wusste sie, also konnte sie es ruhig noch ein bisschen übertreiben mit diesem komischen Vogel, der so gut aussah und genauso groß war wie sie. Und dann das Taxi. Es war ihr egal, ob er sich nur deshalb für ein teures Taxi und den guten Anzug entschieden hatte, weil er stilgerecht in seinem verdammten Tempel erscheinen wollte, und nicht etwa, um sie zu beeindrucken. Sie liebte Taxis. Alte, kastenförmige Londoner Taxis ebenso wie die neuen, schnittigeren mit Rampen für einen Rollstuhl oder gelbe, die mit Anzeigen voll gekleistert waren. Sie erinnerten sie immer an besondere Tage in ihrer Kindheit. Und sie waren das

Erste gewesen, was ihr aufgefallen war, als sie nach langer Zeit wieder in die Welt eintauchte, Taxis, nur ein kleines bisschen anders geformt als diejenigen, an die sie sich vor ihrer Krankheit erinnerte. Man saß bequem, hatte viel Platz, musste sich keine Gedanken um den richtigen Weg machen und hatte Zeit, sich alles anzuschauen. Der reine Luxus. Wenn sie in ihrem kleinen Bekanntenkreis doch nur wüssten, wie leicht man ihr eine Freude machen konnte.

Der Tempel erhob sich aus der Tiefe gesichtsloser Straßen, die ihr Schattendasein weniger seiner Höhe als seinem Stil verdankten. Er erinnerte an einen großen weißen Hochzeitskuchen, mit Flaggen geschmückt, der sich heute vor dem vollendeten Hintergrund eines strahlend blauen Himmels abzeichnete. Auf den ersten Blick wirkte er, als wäre er für Feiern, wilde Partys, Orgien oder spektakuläre Feuerwerke gemacht. Prachtbau eines Millionärs, der Dekadenz geweiht. Ravi erzählte ihr von den unvorstellbaren Mengen an Marmor, die beim Bau verwendet worden waren, den Tonnen von burmesischem Teakholz, der jahrelangen Verarbeitung, aber sie hörte gar nicht hin. Das Taxi setzte sie unweit eines breiten, niedrigen Eingangs ab, der vergleichsweise geradezu bescheiden wirkte. Er führte sie hinein und hielt sie dabei fürsorglich am Arm, als wäre sie seine Großmutter. Angesichts seiner Nervosität begriff sie überrascht, wie verzweifelt er sich wünschte, dass ihr der Tempel gefiel. Mehr als alles andere. Er schob sie vorwärts, als zeigte er ihr seine eigene Wohnung. Im Innern herrschte eine angenehme Wärme, in der man sowohl einen Mantel als auch Gewänder aus Seide tragen konnte, wie die Frauen in der Eingangshalle, die sie an viele kleine Schmetterlinge erinnerten. Er zeigte ihr, wo man seine Schuhe abstellte, und dann gingen sie durch die Halle. Der Boden fühlte sich angenehm warm unter ihren nackten Füßen an, selbst da, wo das Holz in Teppiche und dann in Stein überging.

Das Problem war nicht, ob ihr der Tempel gefiel oder sie ihn respektierte. Das Problem war, sich nicht überwältigen zu lassen von den Farben der gemusterten Teppiche und den massiven Türen, die in den Kuppelsaal mit Schreinen führten, wo die Marmordecke in einzelne Abschnitte unterteilt war, alle unterschiedlich gearbeitet. Ohne etwas zu verstehen, lauschte sie Ravis leisen Erklärungen. Der Saal mit den Schreinen hat drei Türen, murmelte er, du hast erst eine gesehen. Sie standen vor der Statue des Elefantengottes Ganesh, der hell erleuchtet hinter Glas saß, so dass man seinen Kopf, die kleinen, weisen Augen und den geschmückten Rüssel sehen konnte, der sich über seinen großen Bauch schlängelte. Ein Händepaar hatte er erhoben, das andere lag auf den in Seide gehüllten Schenkeln. Das einzig sichtbare, dicke Bein war mit lackierten Nägeln und Fußschellen geschmückt. Er sah aus wie ein Gott, der es sich gut gehen ließ und die Mehrgestaltigkeit seiner äußeren Erscheinung mit heiterer Würde ertrug.

»Wir beginnen mit Ganapati, wenn wir zum Beten herkommen«, sagte Ravi. »Er ist der Gott der Gesundheit und des Wohlstands. Neben ihm sitzt Hanuman, der Affengott, der Krieger, der den Einzelnen und seinen Besitz vor allem Übel schützt. Hier beten wir für unsere täglichen Belange, zollen ihm Respekt und formulieren unsere Bitten. Damit befreien wir uns, so dass wir an unsere Seele denken können, wenn wir zu den anderen Göttern beten.«

Der Affengott war ebenso liebenswert wie Ganesh, ähnlich geschmückt, aber aggressiver und so strahlend in seinem Äußeren, dass man fast geblendet war. Sie erreichten jetzt den Hauptbereich der Schreine, in dem ein unaufdringlich süßer Duft hing. Noch immer war der Boden auf rätselhafte Weise angenehm warm. Eine Vielzahl von Menschen, alle gleichermaßen sauber gekleidet, bewegte sich durch den Saal. Sie verneigten sich, lagen, knieten oder standen ohne die geringste Befangenheit vor den Göttern, im Blickfeld der Öffentlichkeit und doch in intimer Andacht versunken, die so natürlich erschien wie das Atmen. Diese Frömmigkeit hatte nichts Verstohlenes. Er erklärte ihr die Bedeutung der Götter Krishna und Radha, die sie nur an aufgeputzte Puppen erinnerten. Man kaufte ihnen Essen, wusch sie und kleidete sie täglich, erzählte er. Anna war dermaßen hingerissen von dieser Vorstellung, dass sie ihre eigene Reaktion auf die Anbetung von Götzenbildern unterdrückte. Noch hinreißender aber fand sie Ravi, der vor einer Statue von Swaminarayan stand und ihr erzählte, dies sei sein Lieblingsgott.

»Ihr dürft Lieblingsgötter haben?«, fragte sie.

»Na klar. Man respektiert alle Götter, und vielleicht kommen sogar neue dazu, aber am meisten liebt man diejenigen, die am besten zu einem passen.«

»Ah.« Das war eine Offenbarung. »Ich glaube, mein Lieblingsgott ist Ganesh.«

Er lächelte sie an und wäre beinahe vor Stolz geplatzt. »Das sagen viele. Komm, ich zeige dir etwas, das dir vielleicht bekannt vorkommt.«

Er nahm Rücksicht auf ihre Verwirrung, dafür war sie dankbar. Ein vertrauterer Aspekt des Tempels kam zum Vorschein, als sie den Saal mit den Schreinen verließen und die Treppe hinuntergingen. Neben dem Eingang gab es einen offenen Verkaufsbereich, wo man Bilder, Bücher, Musikkassetten und billige Ketten erstehen konnte, die auch Rosenkränze hätten sein können. Überall standen Sammelbüchsen, die zum Spenden einluden, ohne aufdringlich zu wirken. Sie drehte sich zu ihm um und grinste boshaft. Erst jetzt hatte sie begriffen, dass dies ein Hort vollkommener Glückseligkeit war und sie ihn ruhig ein wenig aufziehen durfte. Sie zeigte auf die größte Sammelbüchse.

»Das da kenne ich«, sagte sie. »Da fühle ich mich doch ganz wie zu Hause. Es ist wie in der Kirche.«

»Die Götter standen immer auf gutem Fuß mit Geld«, antwortete Ravi ernst. »Armut ist schlecht für alles.«

Armut, Keuschheit und Gehorsam. Trotz ihres festen Willens und gebührenden Respekts vor einem höheren und größeren Willen als dem eigenen konnte Therese Sonntage nicht ausstehen. Das lag weniger daran, dass die Welt draußen so verlockend, sondern die drinnen so still war. Trotz aller Aufregung bei der Vorbereitung der Messe und eines zusätzlichen Morgengebets war es ein Tag, der ausschließlich der Ruhe vorbehalten war. Nachmittage und Abende bildeten den Antiklimax. Ein Tag der Einkehr, aber Therese fand, dass Einkehr viel besser klappte, wenn sie zwischendurch immer wieder irgendetwas zu tun hatte. Niemand wusste besser als sie, dass Müßiggang den Teufel geradezu magisch anzieht. Sie war nicht leichtfertig in den Orden eingetreten oder weil er ihr schon vertraut war, sondern weil sie arbeiten wollte, arbeiten zur Ehre Gottes. Die Gelübde, die sie am Ende ihrer Zeit als Novizin ablegen müsste, machten ihr keine Angst. Armut bedeutete nicht Verhungern, sondern nur, dass sie keinen persönlichen Besitz haben würde, und diese Freiheit stimmte sie froh. An Keuschheit konnte sie nichts Negatives entdecken. Ein freier Körper, der die eigenen Triebe und Zwänge überwunden hat, kann im uneigennützigen Dienst an Gott und der Menschheit mehr bieten, und wenn sie ganz ehrlich war, dann war es die Menschheit, der sie dienen wollte. Sie wünschte sich, dass die Menschen um sie herum glücklich waren, erfüllt, geheilt, durchdrungen von Liebe und wohl genährt, und wusste nicht, wie sie das unter dem Joch eines Mannes wie ihr Vater würde erreichen können. Im Übrigen: Wie sollte sie sich je in einen Mann verlieben, wenn Gott sie bereits auserwählt hatte? Andere konnten Gott und einem Mann gleichermaßen dienen; für sie war das ausgeschlossen. Außerdem interessierte sie das Verlangen des Fleisches nicht besonders. Es genügte ihr, stark und gesund zu sein, ihre Energie und ihre gesunden Knochen zu spüren. Gehorsam, ja, das war sinnvoll. Sie hatte doch keine Ahnung, sie musste sich leiten lassen, was blieb ihr anderes übrig? Das würde sie so lange tun, bis sie ihr eigenes Urteil fällen konnte, und selbst dann würde sie auch weiterhin Fragen stellen. Trotzdem dämmerte ihr allmählich, dass Gehorsam das eigentliche Problem war.

Nicht Gehorsam angesichts von Disziplin, dem Befolgen einer strengen Routine, nach der die Tage hier verliefen, sondern Gehorsam gegenüber dem Diktat von anderen, wie stark auch immer der Impuls in die andere Richtung sein mochte. Regeln zu befolgen, die unnötig zu sein schienen. Sie musste sich nach Anleitung umsehen, und die Anleitung an diesem einsamen Nachmittag waren die Worte der heiligen Therese von Lisieux und ihre Betrachtungen über den Gott der Liebe, die von der Beschränktheit der Welt bis zu einfachen Tipps über die Wechselfälle eines religiösen Lebens reichten. Therese blätterte die Seite um. Die heilige Therese war eine Denkerin von bemerkenswerter Jugend und Schönheit gewesen und hatte sich dafür eingesetzt, alltägliche Ärgernisse in Akte der Nachsicht und Geduld zu verwandeln, die, wenn sie Gott geweiht waren, der Welt helfen und sie Ihm näher bringen würden. Im *Kleinen Weg,* den ihre gleichnamige Schülerin jetzt las, beschrieb sie, wie sie in der Wäscherei des Klosters immer neben einer anderen, ungeschickten Nonne hatte stehen müssen, die sie ständig mit dem schmutzigem Wasser bespritzte. Statt zurückzuweichen und zu zeigen, dass sie sich darüber ärgerte, lernte diese Therese, solche Gelegenheiten beim Schopf zu ergreifen und als Buße für die Sünden der Welt anzunehmen. Was womöglich leichter ist, wenn das Wasser warm und die Kränkung nicht beabsichtigt ist. Gab es dazu nicht irgendwo einen passenden Spruch? *Ein Geduldiger ist besser denn ein Starker und der seines Mutes Herr ist, denn der Städte gewinnt.* Doch all das ergab keinen Sinn. Therese beschloss, in die Kapelle zu gehen, das wäre besser. Gott und seine Führung waren überall: Sie hatte in der Vergangenheit am eigenen Leib erfahren, was es hieß, auf ein Zimmer beschränkt zu sein, doch zur Lektüre einen Raum aufzusuchen, der ausschließlich der Verehrung geweiht war, müsste eine Verbesserung sein. Sie hatte noch so viel zu lernen. Therese glaubte nicht daran, dass man in jedem Augenblick des Tages glücklich sein musste. Sie hatte von Anfang an gewusst, dass es hart wäre, doch niemand hätte sagen können, wann und wo es am schwierigsten werden würde.

Therese wünschte, sie würde mit ebensolcher Begeisterung lesen wie ihre Schwester. Eigentlich hätte Anna in diesen Mußestunden hier an ihrer Stelle sein sollen. Sie würde den Daumen in den Mund stecken und wäre vollkommen glücklich, nur zu lesen und anschließend das Gelesene zu verdauen, wie eine Katze, die nach dem Fressen ein Nickerchen hält. In diesem Kloster, in dem fast nur ältere Frauen lebten, war ein Schläfchen am Sonntagnachmittag die Regel. Es gab keine Kim und keinen Lärm. Nur Barbaras Anweisung, die Schwestern im Auge zu behalten und alles zu melden, was ungehörig war. Das war die Probe, auf die ihr Gehorsam gestellt wurde.

Sie betrat die Kapelle und fand sie kühl und leer. Am prächtigsten war sie zu dieser Jahreszeit am frühen Abend, wenn die Sonne durchs Fenster hereinfiel, während es in der Küche, die am anderen Ende des Gebäudes lag, morgens am schönsten war. Die Kapelle war leer, bis auf Joseph, die zusammengesunken auf einem Stuhl saß. Therese war einerseits erfreut, sie zu sehen, andererseits aber auch enttäuscht. Sie suchte keine Gesellschaft, sondern eine andere Art von Einsamkeit. Würde sie die Lektion der heiligen Therese von Lisieux befolgen, dann müsste sie sich jetzt neben Joseph setzen und ihren Atemzügen lauschen, was ihre ohnehin wirren Gedanken noch mehr vom eigentlichen Ziel abbringen würde. Das wiederum machte ihr klar, dass sie ihre erwählte Heilige ganz und gar nicht mochte und die Selbstaufopferung, von der sie sich früher hatte inspirieren lassen, unbegreiflich und abstoßend fand. Sie setzte sich etwas weiter weg und begriff nach einem bedeutungsschweren Augenblick, dass Joseph nicht etwa schlummerte, sondern schnarchte und ihr Gleichgewicht auf dem binsengeflochtenen Sitz nur einem wunderbaren Zufall verdankte. Sie kannte dieses durchdringende Schnarchen von ihrem Vater, wenn er zu viel getrunken hatte und an irgendeinem unbequemen Platz eingeschlafen war, in der Küche zum Beispiel, auf dem Treppenabsatz oder in seinem Arbeitszimmer. Aber ihre Erinnerungen daran waren konfus. Es war eine Phase gewesen, die wieder vorübergegangen war, sich aber in ihr Gedächtnis eingebrannt hatte. Damals hatte sie nie gewusst, wann es ihm wirklich schlecht ging und wann er nur so tat als ob. Jedenfalls war er in diesem Zustand unberechenbar, so dass man ihn weder etwas fragen noch mit ihm spielen konnte. Anna war die Einzige gewesen, die ihn da rausholen und zu irgendetwas hatte bewegen können. In diesem Augenblick regte Joseph sich im Schlaf und fiel polternd vom Stuhl. Ihr bloßer Kopf mit dem struppigen Haar schlug dumpf auf dem Boden auf, und sie blieb seltsam verdreht liegen, den angewinkelten linken Arm unter sich begraben.

Therese kniete sich neben sie und tippte sie auf die Schulter. Dann schüttelte sie ihren Arm. Der Kopf blieb unbeweglich, nur der Oberkörper bewegte sich ein wenig, als hätte sie eine Puppe vor sich. Schließlich öffneten sich die Augen, und der Mund bewegte sich. Therese meinte, die Worte *blöde Kuh* zu hören, bevor die Augen wieder zufielen und die Arme sich wie von selbst um den Oberkörper schlangen, als suchte sie Wärme. Die von Leberflecken gesprenkelte Haut an ihrem Handgelenk fühlte sich kalt an. Therese schüttelte sie erneut.

Diesmal wachte Joseph ganz auf und machte einen kampfeslustigen Eindruck. Sie stemmte sich vom Fußboden hoch, um Gift und Galle zu spucken – »Lass mich in

Ruhe, Scheiße, Scheiße, Scheiße …« –, richtete sich halbwegs auf und fing an zu schluchzen. Mühsam sammelte sie ihre alten Glieder ein, bis sie mit überkreuzten Beinen dasaß, sich mit einer Hand am Boden abstützte und mit der anderen das Gesicht bedeckte, während die Tränen durch ihre Finger rannen. Sie stank. Nach Desinfektionsmittel und Terpentinersatz, wie frische Farbe, aber überlagert von Bitterkeit und Verzweiflung. Vor allem roch sie nach Seife. Thereses Vater hatte nach Whiskey gestunken und dieselbe Verzweiflung ausgedünstet. An einem bestimmten Punkt ihres Lebens hatte dieser Geruch ihre Träume erfüllt und war zu einem festen Bestandteil seiner monströsen Persönlichkeit geworden. Wie oft war das gewesen? Einmal? Zweimal?

»Wer hat dir den Alkohol besorgt, Schwester?«

Therese ertappte sich dabei, dass sie genauso klang wie Barbara.

»Der Teufel.«

»Und welche Gestalt hat er angenommen, Schwester?«

Sie wurde zum Inquisitor, schärfer mit jedem Ton und wütender, je länger das Schluchzen andauerte. Armut bedeutete kein Geld für Genussmittel, Keuschheit bedeutete Freiheit von Verlangen, Gehorsamkeit bedeutete die Befolgung eines Verhaltenskodexes. Joseph war ein abschreckendes Beispiel, eine Schande, zu widerwärtig, als dass Therese ihren Körper hätte anrühren wollen. Andererseits war sie eine schluchzende, gedemütigte Frau, die an einem Sonntagnachmittag vor Scham stank, jämmerlich und verängstigt an diesem Ort, wo sie entweder Vergebung oder Zuflucht gesucht hatte.

»Wer hat ihn dir besorgt, Schwester?«

»Francis.«

Sie dachte an Gehorsam und wie böse Schwester Barbara sein würde. Der Zorn dieser Frau war verheerend. Barbara würde Joseph tüchtig einheizen, aber die Gehorsamsregel verlangte, dass sie Barbara alles berichten musste. Therese sah sich um, als erwartete sie, die Oberin jeden Augenblick eintreten zu sehen, und half Joseph auf die Beine. Erniedrigung ging andere nichts an.

»Wie wär's, wenn wir uns ein wenig hinlegen, was meinst du? Na los, mach schon, so schnell du kannst. Schon gut, schon gut, komm, hier entlang.«

Joseph war dünn, aber kräftig. Ihr Arm lag schwer wie Blei auf Thereses Schultern, und der Weg zu ihrem Zimmer war lang. Therese wurde übel von dem Geruch, der von ihr ausging, besonders im Innern ihres winzigen, beengten Raums. Dann lag sie mit verschränkten Armen auf dem Bett, und Therese sorgte dafür, dass Wasser in Reichweite stand. Mit zusammengebissenen Zähnen streifte sie ihr die Schuhe ab, bürstete ihr Haar und riss das Fenster auf. Joseph fasste so fest nach ihrem Handgelenk, dass sie bestimmt einen blauen Fleck bekommen würde. Geduld: Langsam lockerte die knochige Hand den Griff, und Joseph schlief ein. Therese wandte den Blick ab. All das schien eine Ewigkeit zu dauern.

Drei leere Diamond-Ice-Dosen in einer Plastiktüte. Sie stopfte sie mit einer Zeitung aus, die sie unter dem Bett fand, und ließ sie verschwinden. Man hörte das Angelus-Läuten, sechs Uhr. Auf der Hälfte des schwarzweiß gefliesten Gangs stieß Therese auf Schwester Barbara, die in die entgegengesetzte Richtung eilte. Beide blieben kurz stehen.

»Bendicamus Domine«, grüßte Barbara abwesend.

»Deo Gratias.«

»Du siehst blass aus, Kind. Geh und ruh dich aus.«

»Mir geht's gut, Schwester.«

»Hast du Joseph gesehen? Ich konnte sie nirgends finden.«

»Sie hat in der Kapelle gebetet, Schwester, gerade eben erst, und jetzt hat sie sich hingelegt. Sie müssen sie knapp verpasst haben.«

»Ach, wieso habe ich daran nicht gedacht?«

Vor sich hin summend, eilte sie weiter. Therese sah sie gehen und war halb und halb versucht, ihr nachzulaufen. Was immer sie da gerade getan hatte, gehorsam war es nicht. Die Wände des Gangs schienen auf sie zuzukommen. Ungehorsam. Konnte man Handlungen, die rein instinktiv geschahen, auch als ungehorsam bezeichnen? Sie flüchtete durch den Salon und hinaus in den Garten, erleichtert, dass die Terrassentür offen gestanden hatte. Es war eine sinnlose Flucht. Die immer noch warme Luft des frühen Abends konnte sie nicht kurieren. Am liebsten hätte sie Francis gesucht und ihm den Hals umgedreht. Was bildete er sich ein? Er konnte nach Belieben kommen und gehen, er konnte überall im Kloster seine Arbeit tun und vor sich hin pfeifen. Alle lächelten ihm zu, doch was er getan hatte, war Verrat. Unruhig lief sie den Pfad entlang, widerwillig und nur, weil sie nicht wusste, wohin sie sonst gehen sollte. Der Garten hatte noch nie zu ihren Lieblingsplätzen gehört, ihr nicht einmal zur inneren Einkehr verholfen. Nachdem sie den toten Edmund hier gesehen hatte, mochte sie ihn noch weniger. Nur Edmunds Schuppen ganz am Ende hatte es ihr angetan, denn er erinnerte sie an einen, den sie selbst einmal zu Hause im Garten gehabt hatten. Beim Anblick seiner Bank musste sie unweigerlich an die Leiche denken, und Francis würde an einem Sonntag ohnehin nicht da sein. Der Sonntag war Ruhetag. Als sie die Biegung des Pfads erreichte, wäre sie fast über Matilda gestolpert, die zu Füßen des heiligen Michael saß und, mit den Armen auf die Knie gestützt, auf den Boden starrte. Eine große rötliche Katze saß mitten auf dem Pfad, nutzte ein Fleckchen Sonne und putzte sich. Es war ein hübsches Tier, offensichtlich halb verwildert und immun gegen das Bedürfnis nach menschlicher Nähe. Matilda war ihr gleichgültig, und Thereses weiche Schritte beachtete sie nicht im Geringsten. Von den Vögeln in den Bäumen kam aufgeregtes Zwitschern; es klang durchdringend und misstönend. In diesem Kloster gab es keine Tiere. Einen Augenblick lang ließ sich Therese von der Katze ablenken und betrachtete sie entzückt. Was für ein hübsches, kräftiges und anmutiges Ding; am liebsten hätte sie sie aufgehoben und ihr glänzendes Fell gestreichelt. Die Katze beendete ihre Körperpflege, streckte sich ausgiebig und verschwand, ohne sich auch nur ein einziges Mal umzudrehen. Was für eine Selbstsicherheit! Beinahe hätte sie bewundernd gelacht. Schau sie dir an, ein unbefugter Eindringling und frech wie Oskar. Dann stand Matilda neben ihr und umklammerte ihr Handgelenk an derselben Stelle und mit derselben Heftigkeit wie zuvor Joseph.

»Therese, o Therese … eine Katze! Wie konnte er?«

»Es ist eine bezaubernde Katze, Schwester. Was ist so schlimm daran?«

Ihr Arm schmerzte. Sie wollte nicht berührt werden, zog ihn zurück und konnte dem Bedürfnis nicht widerstehen, Matilda einfach abzuschütteln, sich von dieser weiteren alten, erstaunlich kräftigen Hand zu befreien. Sie mochte sich nicht schon wieder der Ausdünstung einer alten Frau aussetzen, die ihr zu nahe gerückt war, sie so verzweifelt und flehend anstarrte und irgendetwas wollte, das sie nicht geben konnte oder nicht verstand. Die heilige Therese von Lisieux hätte sie vermutlich umarmt. Matilda trat zurück und tastete nach ihrem Rosenkranz.

»Ja«, sagte sie. »Es ist eine hübsche Katze. Edmund hätte sie gehasst, aber ich kann nicht erwarten, dass du das verstehst; dafür bist du noch zu jung. Therese, mein Liebes, kannst du deiner Schwester ausrichten, dass ich sie sehen möchte, wenn sie das nächste Mal herkommt? Es ist sehr wichtig.«

»Ja, natürlich, Schwester. Soll sie zu einer bestimmten Uhrzeit kommen?« Sie versuchte die Wirkung ihrer Grobheit gutzumachen, indem sie besondere Wärme in ihre Stimme legte.

»Vielen Dank. Nein, die Uhrzeit spielt keine Rolle.« Matilda fröstelte. »Ich glaube, jetzt sollten wir lieber wieder hineingehen.«

Sie sagte es, als wäre es ein Befehl. Diesmal war Therese gehorsam.

7

Du sollst nicht begehren deines Nächsten Hab und Gut

Sonntag: Tag der Ruhe, doch ist ein schlechtes Gewissen bekanntlich kein sanftes Ruhekissen. Kay hatte so wenig fleischliche Gelüste, dass sie Nonne hätte werden können, vorausgesetzt, es wäre ihr als Luxusnonne gestattet, ausgiebig zu baden, Gesichtsmasken aufzulegen, sich zu sonnen und sich mit Pediküre und sonstigen Streicheleinheiten zu verwöhnen, obwohl nichts davon ihre momentane intensive Sehnsucht nach einer Umarmung hätte kompensieren können. Einer Umarmung, in der man alles andere vergessen konnte. Von der man entführt, in einen tiefen, warmen Wald verschleppt und in einer Höhle versteckt wurde. Sie hatte tagsüber in Theos Arbeitszimmer gesessen und sich gewünscht, er wäre da. Theo hatte etwas von einem Grizzlybären gehabt. Er konnte fauchen, er konnte sich herumtreiben, er konnte umarmen und kämpfen. Jetzt saß Kay im hinteren Teil der Kirche, hasste sich dafür und wünschte, er wäre bei ihr, würde damit drohen, den Priester in die Luft zu jagen, und ihr lauter ketzerische Bemerkungen ins Ohr flüstern. Theo hätte die Gemeindemitglieder beobachtet und ihr erzählt, dass die Frau da drüben einen Frisör dringender brauchte als Gott. Wäre er hier gewesen, wo er sich nie im Leben hätte blicken lassen, hätte er sie für diesen offenkundigen Rückfall verspottet, dieses abergläubische Sich-in-die-Kirche-Stehlen, in der albernen Hoffnung, dass ihr das etwas bringen könnte.

Kay stritt sich im Geiste mit Theo und erklärte ihm, dass sie mit ihrer Anwesenheit einen Zweck verfolgte und der Grund für diesen Zweck ihm zu verdanken sei. Sie war nicht hier, um Vergebung oder Erleuchtung zu finden, und es hatte sie immerhin fünf Tage gekostet, die Kraft dafür aufzubringen. Sich ein wenig Mut anzutrinken war dabei ebenso hilfreich gewesen wie die Wolke von Langeweile, die über den Sonntagen hing. Sie hatte eine unauffällige Backsteinkirche aus der Zeit Edwards VII. gewählt, die in einer Seitenstraße lag und von Vorstadthäusern im ähnlichen Stil umgeben war. Der Eingang auf der düsteren Straße zeigte nach Osten, so dass es hier nie hell oder warm war. In den fröhlichen und ausgelassenen Siebzigern, als ein paar Tamburine und Gitarren die Hauptbestandteile der Wohlfühlgottedienste darstellten, war die götzendienerische Ausstattung des Altarraums verschwunden. Danach hatte er seinen ursprünglichen Charakter nie wieder erlangt. Die Holzbänke waren einer stetig schrumpfenden Zahl von Stühlen gewichen, die in dem Versuch, Gemütlichkeit zu erzeugen, näher an den Altar herangerückt waren. Der Priester gab sein Bestes, doch er tat nicht nur hier seine Pflicht, sondern unterrichtete auch in der Schule am Stadtrand und setzte sich dafür ein, neue Gemeindemitglieder zu rekrutieren. Dabei legte er einen Eifer an den Tag, der nicht unbedingt Früchte trug, aber von Hoffnung und der fernen Erinnerung an das Irland seiner Geburt durchdrungen war. Er glaubte immer noch, dass ein Club, der Limonade ausschenkte und bis zur unchristlichen Zeit von neun Uhr abends Musik spielte, die Jugendlichen der Stadt von Drogen abhalten würde oder dass ein Festzug-Wagen in der Lage war, sie in Scharen anzulocken.

Darin zumindest lag er gar nicht so falsch. Immerhin

war Kay wegen des Umzugs hier, obgleich sie eindeutig vor dem Rest der Gemeinde gekommen war. Benommen ließ sie einen undurchschaubaren Gottesdienst über sich ergehen, den sie nicht wiedererkannte. Es war eine Mischung aus Abendandacht der Anglikanischen Kirche ohne Gesang und einem katholischen Danksagungsgottesdienst ohne Pomp. Die Dinge hatten sich verändert, seit sie zum letzten Mal an einer Messe teilgenommen hatte, abgesehen von den unvermeidlichen Grüppchen alter Gemeindemitglieder, die vor dem Hinausgehen miteinander plauderten und darauf warteten, dem Priester Guten Tag und Auf Wiedersehen zu sagen, während der vermutlich nichts anderes im Sinn hatte, als abzuschließen und nach Hause zu gehen.

Kay jedenfalls wollte gar nicht mit dem verfluchten Priester sprechen; na ja, sie wollte und sie wollte nicht, denn die Informationen, die sie von seinesgleichen einerseits brauchte, fürchtete sie andererseits. Er war noch relativ jung, aber vorzeitig gealtert und hielt sich mit seiner leichten, bebenden Begeisterung, einem Stecker im Ohr und einer modischen Brille auf der Nasenspitze aufrecht. Ein kleiner Trottel aus Connemara. Da zupfte sie jemand am Ärmel.

Sie trug ihren zweitbesten Regenmantel, den mit dem silbrigen Glanz, und sie konnte es nicht leiden, wenn ein Fremder ihn mit klebrigen Fingern betatschte. Vor ihr stand Mrs. Boyle, eine Lehrerin aus der Schule, in die sie Jack damals geschickt hatte und wo er sich gegen alle Erwartungen erstaunlich gut geschlagen hatte.

Das hatte vermutlich an Menschen wie Mrs. Boyle gelegen, einer hoch gewachsenen, nüchternen Person, die aussah wie eine verkniffene Presbyterianerin, in Wirklichkeit aber Englisch und Schauspiel unterrichtete und wusste, dass es reine Zeitverschwendung war, mit Halbwüchsigen verhandeln zu wollen. Sie regierte, indem sie Angst und Schrecken verbreitete, Klapse auf die Beine gab und androhte, einen von der Theateraufführung an der Schule auszuschließen. Kay erinnerte sich, wie aufgewühlt angesichts solch strenger Regeln Jack einmal nach Hause gekommen war, und auch an ihre eigene Reaktion: *Es war bestimmt deine Schuld. Du bist ein ungezogener Bengel, das warst du schon immer.*

»Ah, Mrs. McQuaid.«

Sie war eine jener Frauen, die nie im Leben vergessen, welcher Name zu welchem Gesicht gehört, und falls doch, dann weiß man, dass das Ende der Welt nah ist. Eine Stimme wie fürs Klassenzimmer gemacht; selbst wenn sie dem respektvoll gedämpften Pegel der Kirche angepasst war, hallte sie wider wie ein Bühnenflüstern. »Wie schön, Sie zu sehen. Und was für eine willkommene Überraschung, dass Ihr Jack letzte Woche beim Umzug dabei war.«

Kay hatte das Gefühl, jeden Augenblick in Ohnmacht zu fallen. Bestimmt war ihr Gesicht gerötet von dem einen Glas Gin, das sie getrunken hatte, bevor sie hergekommen war. Sie nickte.

»Was für ein glücklicher Zufall! Er kam gerade vorbei, als wir den Festzug-Wagen schmückten und einer unserer Stars wegen einer Grippe abgesagt hatte. Es war wirklich nett von Ihrem Sohn, dass er so tapfer in die Bresche gesprungen ist. Und wie wunderbar er den Teufel gespielt hat! Sie waren bestimmt stolz auf ihn.«

»Ja.«

Sie würde Mrs. Boyle bestimmt nicht auf die Nase binden, dass ihr Sohn durchaus in die Stadt zurückkehren konnte, in der er zwischen seinem fünfzehnten und achtzehnten Lebensjahr zu Hause gewesen war, ohne sich auch nur bei ihr sehen zu lassen. Und ebenso wenig, dass er ihr in den vier Jahren, die seitdem vergangen waren, zu ihrer enormen Erleichterung völlig fremd geworden war.

»Er hat sich gut gemacht, nicht wahr, es ist nur komisch, dass er seinen Namen geändert hat. Er behauptet, Jack hätte ihm noch nie gefallen. Es erinnere ihn zu sehr an Jack the Ripper, ha ha! Er sagte, man würde ihn jetzt Francis rufen, weil es einen heiligen Jack nicht gibt und Francis besser zu einem Gärtner passt. Liebe Güte!«

»Francis«, wiederholte Kay. Gärtner? Er? Sie fing sich wieder und setzte ihr Plaudergesicht auf.

»Nun ja, Francis ist sein zweiter Name. Ich glaube, er ist mehr oder weniger hineingewachsen. Vermutlich machen das heutzutage alle Kids. Ihren Namen ändern, meine ich, wenn der, den sie bekommen haben, ihnen nicht gefällt.«

»Sie machen, was sie wollen.« Die Schlange der hinausstrebenden Gemeindemitglieder bewegte sich vorwärts und wurde nur von einem Mann behindert, der ernst und eindringlich auf den Priester einsprach. »Aber schließlich ist er kein Kind mehr. Diese Haare! Ich bitte Sie! Wie alt ist er gleich wieder?«

Ein Anflug von Hinterlist schwang in dieser herrischen schottischen Stimme mit, als spürte sie Kays Zögern und wartete nur auf eine Gelegenheit, zuzuschlagen und das Unwissen über ihren eigenen Sohn auszunutzen.

Doch Kay kannte dieses Spiel und tippte selbstbewusst auf Mrs. Boyles Handtasche. »Sie hätten mal sehen müssen, welche Farbe sein Haar vorher hatte. Scheußlich!«

»Nun, ich fand, dass sie ihm stand. Wer hätte gedacht, dass er sich wirklich anstrengen und einen Job in einem Kloster ergattern würde, ausgerechnet in einem Kloster, und das mit diesem Aussehen? Aber er ist in London, glaube ich. Dort läuft alles etwas anders.«

»Ein Kloster?«

Kay riss sich schnell zusammen, bevor ihre Stimme allzu schrill klang. Der hagere Priester war den Dicken losgeworden, und die Schlange schlurfte halbherzig vorwärts. Als Kay den unvermeidlichen Opferstock entdeckte, gab sie vor, in den Manteltaschen nach einer Münze zu suchen. So viel hatte sich nun auch wieder nicht verändert. Man musste bezahlen, wenn man aus der Kälte kam, selbst wenn es drinnen noch kälter war. Sie zwang sich zu einem breiten Lächeln und strahlte Mrs. Boyle an.

»Er muss Sie sehr gern gehabt haben, Mrs. Boyle, wenn er Ihnen das erzählt hat. Ich dachte, es sei ein Geheimnis. Ein Junge wie er, der in einem Kloster arbeitet, nicht gerade cool, oder?«

»Ach, das ist alles relativ, wenn Sie mich fragen. Besser, als in diesem Provinznest zu bleiben. Die Hälfte seiner alten Freundinnen hat bereits ein Baby.«

Mrs. Boyle lächelte wissend. Sie hatte einen so scharfen Verstand, dass sie sich damit selbst verletzen konnte. Kay fiel jetzt wieder all das ein, was sie an Gottesdiensten hasste, und dazu gehörten Weiber, die mit ihrem giftigen Informationsnetzwerk auf der Lauer lagen. Als Nächste war sie an der Reihe, diesem Kümmerling von Priester die Hand zu schütteln. Sie wusste jetzt schon, dass sie feucht wie ein frisch gefangener Kabeljau sein würde, nahm sie, ließ sie schnell wieder los und ergriff die Flucht. Mrs. Boyle gehörte zu denen, die Gin im Atem auch dann noch bemerkten, wenn man ihn am Abend vorher getrunken hatte, ganz zu schweigen von einer Stunde vorher, und Kay brauchte jetzt dringend frische Meeresluft. Sie hatte genau das bestätigt bekommen, wovor sie sich gefürchtet hatte. Der Weg nach Hause schien endlos. Ihre Schuhe waren zwar passend für die kurze Taxifahrt zur Kirche gewesen, doch für den Rückweg zu Fuß völlig ungeeignet. Alberne Schuhe mit koketten Absätzen unter der knallroten Hose. Kein Wunder, dass Mrs. Boyle auf ihre Füße gestarrt hatte. Kay stolperte die Nebenstraßen entlang, kam zur Hauptstraße und dann auf die Seepromenade. Am Ende dieses regnerischen Tages, kurz vor Einbruch der Dämmerung, hatte sich Dunst gebildet, der den Horizont verschleierte. Jetzt endlich war sie allein und konnte schreien. Sie stand da und gab animalische Laute von sich wie eine Verrückte, tobte und trommelte sich mit beiden Fäusten auf die Brust, eine durchgedrehte Büßerin, und dann schrie sie aus Leibeskräften: *Arschloch, Scheiße, verdammt,* ohne dass es ihr Befriedigung oder Erleichterung verschafft hätte. Ein Mann, der seinen Hund ausführte, blieb stehen und starrte sie an. Zu ihrem eigenen Entsetzen ertappte sie sich dabei, wie sie sich mechanisch bekreuzigte, bevor sie weitereilte. Francis? Gärtner in einem Kloster? Es gab mehr als ein Kloster in London, wahrscheinlich gab es Dutzende, doch sie kannte nur eines und würde jede Wette eingehen, dass das auch auf ihn zutraf. Der große, freche Jack, der glaubte, für ihn wäre alles umsonst zu haben, der sich jedoch nie weit von den Orten entfernte, wo er sich auskannte. Also würde er sich an das halten, was ihm vertraut war, diese Gemeinde zum Beispiel, aus seiner erbärmlichen Zeit als ständig schreiendes Baby, als sie nicht gewusst hatte, was sie mit ihm machen sollte. Ein Ort, an dem sie schrecklich einsam gewesen war, bis die Lage sich verbessert hatte und es Augenblicke gab, aber wirklich nur Augenblicke, in denen sie nicht mehr den Wunsch hegte, nie zur Welt gekommen zu sein. Jack war auf heimisches Gelände zurückgekehrt, als er aus Theos Haus geflogen war, und da war er dann auch geblieben. Sie hatte ihm an eine Postfachadresse geschrieben und im letzten Brief auch von Theos Tod erzählt, doch er hatte nie geantwortet. Jack kannte immer irgendwelche Leute oder Orte, wo er unterkommen konnte. Fremde, ältere Freunde, verschlagene Kerle, bei denen er schon als Kind Zuflucht gefunden hatte, Bekanntschaften, von denen sie ihn mit Gewalt weggeschleift hatte, als sie mit Theo zusammengezogen war. Es hatte so ausgesehen, als würde er in dieser neuen, kleineren Schule aufblühen, wo seine Großstadtraffinesse ihn schnell zum Helden der Klasse machte. Und was hatte ihm ihr unlogisches Beharren auf eine katholische Schule gebracht? Es hatte ihm gerade so viel religiöses Wissen vermittelt, dass er jedem Leichtgläubigen weismachen konnte, ein guter Katholik zu sein, sollte ihm das helfen, einen Job zu ergattern. Kirchenlieder hatten es ihm besonders angetan. Gärtner? Er hatte eine rasche Auffassungsgabe, und wie man Bäume trimmte und dergleichen, hatte er in diesem Garten gut genug gelernt, um sich damit durchzumogeln, aber ein richtiger Gärtner? Doch vielleicht kann ein Leopard seine Flecken wechseln, und Jack – halt, sie durfte nicht vergessen, ihn Francis zu nennen – hatte seine Berufung gefunden. Eine verflucht seltsame Berufung für einen Jungen, der damals offenbar nur grässliche Filme, Elektrowerkzeuge und Sex im Kopf gehabt hatte. Der Himmel verdunkelte sich; sie warf einen Blick auf die Uhr und erkannte kaum das Zifferblatt. Sonntags schien es immer etwas früher dunkel zu werden als sonst, und vermutlich war auch das ihre eigene Schuld. Sie hatte die Kirche und alles, wofür sie stand, gehasst und in Theos Spottlied eingestimmt, sie aber trotzdem benutzt, sobald sie sie für sich selbst oder ihren Sohn brauchte. Und das war möglicherweise der Grund, warum ihr die Sonntage immer wie Tage ohne einen Funken von Freude erschienen.

Sie beschloss, nicht zu rennen, während sie am stillen Strand entlangging. Es würde ihre Schuhe ruinieren und ihre Angst nur noch vergrößern. Also ging sie vernünftigen Schrittes, bis die Promenade von der Küste abbog und in ihre eigene Straße mündete, wo die besseren Häuser standen und die Laternen auf die vorzeitige Dämmerung reagierten, indem sie das Pflaster alle fünf Meter in Licht tauchten. In den Einfahrten standen Autos, im Innern der Häuser ging das Leben weiter, ein Dreirad von der Sorte, wie sie es sich für Jack nie hätte leisten können, lag verlassen auf einer Treppenstufe. Als Kind hätte Jack, nein, Francis es garantiert geklaut und irgendwo verhökert. Dann stand Theos Haus massiv und gemütlich vor ihr.

Sie musste sich immer wieder vor Augen halten, dass es Theos Haus war, nicht ihres. Wie üblich ging sie an der prächtigen Vordertür vorbei zum Hintereingang. Falls Francis sich erneut Zugang verschafft hatte, würde sie ihm begegnen, aber Francis war längst über alle Berge und spielte den Gärtner. Im gleichen Kloster wie die kleine Calvert. Bevor sie den Schlüssel ins Schloss steckte, rief Kay noch einmal laut *Scheiße*! und trat dann ruhig ein.

Der goldene Buddha glänzte im Wohnzimmer und spendete kaum mehr Trost als die Kirche, doch der Servierwagen mit seinem Esel davor war beruhigend gefüllt. Sie tätschelte den Buddha, der eigentlich nur da war, weil er sich so gut anfühlte und sie sich manchmal gern mit ihm unterhielt oder ihn fragte, was er trinken wollte. Die Gewohnheit, mit Statuen zu reden, war wahrscheinlich schon seit ihrer Kindheit in ihr verwurzelt. Mit einem Gin in der Hand und nach dem zweiten Fluch fühlte sie sich erheblich besser und trat in Theos Arbeitszimmer.

All diese nicht abgeschickten Briefe und diversen Entwürfe seines vermaledeiten Testaments. Briefe an seine Töchter, die ungeöffnet an den Absender zurückgeschickt worden waren. Irgendwann hatte er aufgehört, ihnen zu schreiben, die zurückgekommenen Briefe und Umschläge jedoch in der Reihenfolge des Datums aufbewahrt. Ein paar Briefe an Francis (allmählich lernte sie, ihn so zu nennen), die ebenfalls, allerdings nicht ungelesen, zurückgekommen waren. Sie fragte sich, ob es kränkender war, einen Brief zu erhalten, der gelesen, bespuckt und dann zurückgeschickt worden war, oder einen, der nicht mal geöffnet worden war, und kam zu dem Schluss, dass Ersteres schlimmer war. *Mein lieber Junge,* hatte Theo an Jack geschrieben, *ich wünsche dir alles Glück der Welt, aber es ist besser, wenn du dich hier nicht mehr blicken lässt. Was du zu bieten hast, gefällt mir nicht … Scheck liegt bei; ich hoffe, du kannst ihn gebrauchen. Bitte schreibe deiner Mutter.* Die Schecks fehlten, nur die Briefe selbst waren verächtlich zurückgeschickt worden. So was nennt man den Ast absägen, auf dem man sitzt.

Sie lehnte sich in Theos Stuhl zurück. Der Gin hatte das Knäuel von Sorgen, das sich wie ein Geschwür in ihrem

Magen festgesetzt hatte und allem einen bitteren Geschmack verlieh, nicht lösen können. Sie musste sich eingestehen, dass der süße Francis mit seinem alten Schlüssel ins Haus hätte eindringen können, wann immer und so oft er wollte, schon vor Monaten, und sie hätte es nicht einmal bemerkt, jedenfalls nicht nach ein bis zwei Drinks, die sie auch jetzt unweigerlich brauchte, bevor sie sich dazu durchringen konnte, das Zeug durchzusehen. Sie versuchte sich zu konzentrieren. Wenn Francis den Klostergarten der alten Gemeinde pflegte, würde man ihn wohl kaum in die Nähe der Nonnen kommen lassen, und der nette Pastor Goodwin, der ihr erzählt hatte, dass er häufiger dorthin musste, als ihm lieb war, hätte ihn längst durchschaut. Erleichterung durchströmte ihre Adern, und der Gin schmeckte besser, bis sie sich plötzlich fragte, ob ihm das überhaupt möglich gewesen wäre? Wie lange war es her, dass Christopher ihren Jungen leibhaftig gesehen hatte? Jahre, und liebe Güte, wie sie wuchsen und sich veränderten. Das blonde Haar des Teufels während des Umzugs hatte selbst sie für einen Augenblick getäuscht. Sie verschluckte sich an ihrem Drink und lehnte sich mit Tränen in den Augen zurück. Francis, ein Gärtner? Was für ein Witz. Mein Gott, alle Welt hatte gewusst, was aus Francis würde. Ein Stricher. »Ein *Stricher*«, schrie sie die Wand an. »Ein Stricher.«

Sie stellte sich vor, wie man ihn auf ein Kloster losließ, und brach in schrilles Gelächter aus. Ein Haufen Fäulnis zwischen den lilienweißen Nonnen, geschieht ihnen recht. Dann brach das Gelächter ab, und sie fing an zu zittern. Sie steckte sich die Finger in den Mund und zitterte weiter, schluckte Splitter ihres rosafarbenen Nagellacks, als sie auf den Nägeln kaute, und grübelte über das Phänomen, das sie eigens in die Welt gesetzt hatte. Francis, Jack, eine Ausgeburt des Teufels und seiner eigenen Illusionen, die Frucht einer Vergewaltigung.

Sie beugte sich über Theos Schreibtisch und stopfte die

Dokumente zurück in die ordentlichen Mappen. Wer mit dem Teufel frühstücken will, braucht einen langen Löffel, hatte Theo immer gesagt, oder war das Christopher gewesen? Ihre Hand schwebte über dem Telefon. Sie zog sie rasch zurück und versetzte sich einen Klaps auf das Handgelenk.

Sie würde tun, was sie immer getan hatte. Lügen, indem sie schwieg. Nichts unternehmen und sich einen kompetenten Anschein geben. Die Frage war nur, welchen Entwurf von Theos Testament ihr gottverfluchter Sohn gelesen hatte.

Sonntage hatten einen Nachteil. Als Anna zurückkam, war es schon zu spät, um noch Zutritt zum Kloster zu erhalten. Spät nicht nach dem Maßstab der Außenwelt, nur spät, weil es schon dunkel war und sie viel zu lange im Park geblieben waren. Sie zumindest. Ravi hatte sich plötzlich in Dracula verwandelt und bei Einbruch der Dunkelheit zu Hause sein müssen, gerade als sie sich wünschte, er würde sie küssen. Und dann stand plötzlich alles auf dem Kopf, typisch Sonntag.

»Ich muss nach Hause. Meine Eltern erwarten mich und machen sich sonst Sorgen.«

Von einer Sekunde auf die andere packte sie eine furchtbare, geradezu atemberaubende Wut.

»Wie alt bist du, Ravi? Zweiundzwanzig? Kriegst du auch immer noch Taschengeld?«

Sie hatte gedacht, dass der Nachmittag in den Abend übergehen würde und sie alle Zeit der Welt hatten. Die Enttäuschung war bitter, doch dann begriff sie, dass jede Stunde seines Tages aus Arbeit oder Pflichten bestand, mit so wenig Lücken dazwischen, dass es ein Wunder war, wie er je Zeit gehabt haben konnte, sie nach Hause zu bringen. Möglicherweise konnte er seine Schicht um ein, zwei Stunden verlängern und damit durchkommen, aber mehr war nicht drin. Er sagte es nicht so, aber irgendwie ahnte sie es. Und unbewusst beneidete sie ihn um die Allgegenwart seiner anspruchsvollen Eltern. Sie versuchte ihren Stolz und ihre Neugier hinunterzuschlucken, doch es gelang ihr nicht.

»Verstehen sich deine Eltern gut miteinander?«

»Ja, sicher. Manchmal ärgern sie sich gegenseitig, aber sie reden miteinander, und sie lieben uns. Sie haben uns ernährt, uns etwas beigebracht, uns ertragen, waren da, als wir unseren ersten Atemzug taten, also müssen auch wir für sie da sein.«

»Tag und Nacht?«

»Ja.«

»Und sie sind wichtiger als alle anderen?«

»Ja. Hier«, sagte er und reichte ihr eine winzige Gipsfigur des Gottes Ganesh. »Du hast gesagt, dass er dir gefällt. Ich habe ihn für dich gekauft.«

Doch das war kein Ersatz. Er kam aus seiner Tasche und verschwand in der ihren, ein kräftiger Elefantenmensch mit zu vielen Gliedern, ein Geschenk aus Freundlichkeit, das sie nicht besänftigen konnte, obgleich es gar nichts gab, worüber man böse sein musste. Er hatte weder ein Versprechen gegeben noch es gebrochen. An diesem Punkt kamen sie gerade am Ententeich vorbei, wo die Vögel gluckten und sich mit ihren Familien zur Ruhe begaben. Es gab eine Menge raues Geschnatter, als die Jungvögel vom letzten Jahr versuchten, in der Nähe des Nestes zu bleiben, während ihre Eltern sie verjagten, um sie unabhängig zu machen. Annas Neid war so überwältigend, dass sie froh war, als er gehen musste. Trotzdem murmelte sie ihm nach: *Na prima, dann hau doch ab. Ich habe deinen Tempel besucht, und du hast keine Zeit mehr für mich. Verschwinde, du Wichser.* Alles nur Wut und Enttäuschung im verlöschenden Licht eines wunderschönen Tages. Weil er sie verlassen hatte. Wurzellos, elternlos, richtungslos, mutterseelenallein, verdammt, und alles andere war vergessen. Eine Weile blieb sie in der zunehmenden Dunkelheit am

Ententeich sitzen, dann marschierte sie schnell und wütend über den Fußballplatz und wünschte, sie könnte zur Arbeit gehen und alle lebenden zwitschernden Dinger würden den Schnabel halten. Als sie das Tor des verdammten Parks erreichte, war es verschlossen. Sie schätzte seine Höhe, nahm zehn Meter Anlauf und sprang darüber. Kinderleicht. Ihre Brust schmerzte, kinderleicht, und der Sprint nach Hause war noch leichter. Wichser. Unterwegs machte sie Halt in einem Pub und stürzte zwei doppelte Wodka hinunter, dann sprach jemand sie an, und sie ging wieder.

Auf dem letzten Teil des Weges rannte sie am Eingang des Klosters vorbei und wusste, dass es zu spät war, um hineinzugehen. Agnes saß vielleicht sogar noch auf ihrem Posten, doch sie hatte Anweisung, die Tür ab Schlag neun nicht mehr zu öffnen, sondern Barbara zu holen, damit sie sehen konnte, wer es war. Barbara war zwar etwas aufgetaut, aber trotzdem würde sie Anna so spät nicht hereinlassen, selbst wenn sie vorgab, beten oder Therese Gute Nacht sagen zu wollen.

Aber sie hatte ein übermächtiges Bedürfnis, Therese zu sehen. Die körperliche Anwesenheit ihrer Schwester fehlte ihr schon die ganze Zeit. Sie rannte weiter, links und nochmals links, bis sie zum Hintereingang des Klosters kam, wo sie stehen blieb, um Luft zu holen. Sie hatte keine Lust, schon nach Hause zu gehen. Die unangenehme Erkenntnis, dass sie Ravi vermutlich nur deshalb angeschrien hatte, weil er Besseres zu tun hatte, als den Abend mit ihr zu verbringen, lag ihr im Magen. Er hatte sie mit all dieser Energie allein gelassen, und nun wusste sie nicht, wohin. Halt, das war gelogen; es gab viele Möglichkeiten, irgendwohin zu gehen und die Energie in Alkohol zu ertränken. Obendrein hätte sie allen zeigen können, dass sie wusste, wie man sich amüsiert. Es gab Bars und Clubs zuhauf, die sich gerade erst auf die Nacht vorbereiteten, doch nichts reizte sie. Wenn sie schon die Kapelle nicht haben konnte, dann wollte sie wenigstens das verbotene Territorium des Parks oder die Stille dieses Gartens für ein gepflegtes Wortgefecht mit Gott. Überall schloss man sie aus. Obwohl sie wusste, dass sie sich benahm wie ein verwöhntes Kind, trat sie gegen die Tür, zuckte vor Schmerz zusammen und schaute dann genauer hin.

Das Tor sah immer noch merkwürdig nackt aus ohne seinen Efeuvorhang, der es beinahe verborgen hatte und jetzt mehr schlecht als recht gestutzt worden war. Ein paar Zweige waren aus dem dichten Blattwerk entwischt, das die ganze Mauer bedeckte, und rankten sich wie Fühler um den Rahmen des Tors. Der Griff war noch immer so verrostet, dass er aussah, als wäre er seit Generationen nicht mehr benutzt worden, aber im Holz waren Spuren zu sehen, als hätte jemand mit schweren Stiefeln mehrmals kräftig dagegen getreten. Es waren nur bedeutungslose Kratzer in einem massiven Holztor, aber hässliche, wütende Kratzer. Anna starrte im Schein der Straßenlaterne darauf. Ein Wagen fuhr vorbei, aus dem laute Musik wummerte. Die Häuser auf der gegenüberliegenden Straßenseite waren sanft erleuchtet. Niemand würde etwas merken. Sie dachte an Edmund, der in diesem Garten gestorben war, während sie geschlafen hatte, und das Bedürfnis, ihn zu betreten, wurde übermächtig. Es reichte einfach nicht, vom Dach aus zu spionieren.

Sie trat in die Mitte der Straße, schloss den Reißverschluss der Jackentasche mit dem Portemonnaie und schätzte die Entfernung. Dann machte sie einen Satz und klammerte sich fest. Die Füße suchten nach Halt, während sich die Hände in Büscheln von Efeu verkrallten. Die starken Ranken hielten. Sie war ein Leichtgewicht. Dann fanden die kleinen Füße Halt zwischen den Blättern. In der Ferne konnte sie einen anderen Wagen hören, dessen Geräusch einen Adrenalinstoß auslöste. Danach war es leicht. Eine Sekunde später, noch bevor die Scheinwerfer des Wagens unter ihr vorbeiglitten, saß sie rittlings auf der Mauer, sah auf die andere Seite hinab und schwankte zwischen Euphorie und dem Gefühl, sich lächerlich zu machen. Was zum Teufel hatte sie eigentlich vor? Unter ihr setzte sich die wuchernde Masse des Efeus fort; sich herunterzulassen und auch wieder hinaufzukommen wäre kein Problem. Anna genoss es, auf der Mauer zu sitzen; einen Augenblick dachte sie daran, einfach sitzen zu bleiben und triumphierend zu winken. So hoch war die Mauer nicht, höchstens drei Meter, komisch, dass nie einer diesen Zugang ausprobiert hatte, aber wozu sollte man sich auch diese Mühe machen? Ein wenig Licht von der Straßenlaterne drang weit genug in den Garten, um die Umrisse von Edmunds Schuppen und seine Bank sichtbar zu machen. Ansonsten war die Dunkelheit undurchdringlich. Die Schuppentür stand offen, die Bank war leer. Das war eine Erleichterung. Sie hatte schon Angst gehabt, dass dort jemand sitzen und auf die stillen Vögel horchen würde. Als sie wieder aufblickte, konnte sie die Umrisse ihres Wohnhauses und die kleinen schwarzen Fenster ihrer Wohnung ausmachen. Immerhin hatte sie es ganz nah bis nach Hause, sagte sie sich, als sie geräuschvoll an der Mauer herabrutschte.

Die Gartenmauern hielten die Geräusche von der Straße ab und hatten etwa die Wirkung eines Tunnels. Das Gestrüpp war weniger dicht, als es von oben den Anschein gehabt hatte. Vom Dach hatte es ausgesehen, als bedeckte das Blattwerk den größten Teil des Gartens mit einem Teppich in verschiedenen Grüntönen, so dass kaum einer der Pfade zu erkennen war. Am Boden schienen die grauen Steine, mit denen der Pfad ausgelegt war, beinahe zu leuchten. Anna war so gut wie nie in diesem Garten gewesen, außer neulich, als Edmunds tote Gegenwart sie für alles andere blind gemacht hatte. Ihre geographischen Kenntnisse von diesem Ort hatten sich aus einer anderen Perspektive entwickelt. Hier unten, im Dunkeln, an das ihre Augen sich langsam gewöhnten, schien er weitläufiger und leichter passierbar, obwohl die Entfernung zwischen der Stelle, wo sie stand, und dem hohen Fenster der Kapelle größer schien, als sie gedacht hatte. Das obere Ende des Gartens und dieser Bereich hier waren voneinander getrennte Welten, die mit der da draußen wiederum nichts zu tun hatten. Ohne besonderen Grund, doch wie immer von der Kapelle angezogen, tastete sie sich mit ausgestreckten Armen den gewundenen Pfad entlang, als spielte sie Blindekuh. Unterwegs versuchte sie die verschiedenen Gerüche ringsum zu identifizieren. Wacholder, Walnuss, der feuchte Geruch der Erde, ein Hauch Lavendel, das ölige Aroma von Immergrün und der scharfe Ammoniakgeruch von Urin. Irgendetwas streifte ihr Bein und glitt ins Gebüsch zu ihrer Linken, tauchte dann wieder auf, und das kehlige Fauchen klang so laut wie ein Schrei. Eine Katze ohne Farbe, deren Größe man nur ahnen konnte. Ihre Augen funkelten wie Leuchtfeuer, bevor sie ärgerlich mit dem Schwanz zuckte und verschwand. Annas Herzschlag beruhigte sich wieder. Dann trat sie auf etwas Schleimiges, das auf dem Pfad lag. Bis zu diesem Augenblick hatte sie fast das Gefühl gehabt, sich bei der Katze entschuldigen zu müssen, doch als sie jetzt das klebrige Zeug von der Schuhsohle kratzte, erkannte sie Blut und Fleisch, höchstwahrscheinlich der unverdauliche Teil einer Katzenmahlzeit. Ohne es wirklich zu sehen, konnte sie sich den übrig gelassenen Magen einer Amsel vorstellen, schüttelte sich und ging vorsichtig weiter. Sie war wütend auf die Katze, denn sie wusste, dass sie nicht hierher gehörte. Die Katze war der Eindringling, nicht sie. Man müsste sie einfangen und wegschaffen; dieser Garten war eine Zuflucht für Vögel. In einer Biegung roch es nach Brombeeren und einer Mischung aus Pfeffer, Stachelbeeren und Rost. Ihre ausgestreckte Hand berührte einen moosbedeckten Stein. Die tastenden Hände erkannten den feuchten Saum eines Gewandes, dann die großen kalten Füße des heiligen Michael. Im gleichen Augenblick begriff sie, wie dumm und kindisch dies alles war, denn sie war in dem Garten genauso wenig zu Hause wie die Katze und hatte wahrscheinlich noch weniger hier zu suchen. Anna wandte sich um und wollte zurückgehen, weg vom Licht, das aus den Fenstern fiel, und zurück zur Gartenmauer. Doch plötzlich veränderten sich die Gerüche, und ein Gefühl von Wärme breitete sich aus.

Man hörte keine Schritte, es war nur plötzlich jemand da, der sich von hinten auf sie stürzte, so dass sie stolperte und fiel. Sie federte den Sturz mit den Händen ab und spürte, wie die Knochen in ihren Handgelenken auf Stein prallten. Er hatte sie mit der ganzen Wucht seines Körpers getroffen, wie aus dem Nichts, wie eine wärmegeleitete Rakete, RUMMS, voll auf die Schultern. Sie drehte sich im Fallen, wehrte sich gegen seine Kraft und verkroch sich voller Panik zwischen den Büschen, wie eine Katze. Doch sie war langsamer als die Katze, leichter zu verfolgen, unbeholfen wie ein Krüppel. Große Hände packten sie an den Fußgelenken und dann an den Schenkeln, während sie vergeblich versuchte wegzukriechen. Schließlich drückte er sie auf den Boden des grau gepflasterten Pfades, und sie erwartete, jeden Moment seine Zähne im Nacken zu spüren. Ihre Füße trommelten auf den Boden, sie wurde von seinem Körper niedergedrückt, spürte seinen Oberkörper wie eine Leiche auf ihrem Rücken. Sie strampelte mit den Beinen, und seine Hand schloss sich um ihren Hals. Während sie eng aneinander geschmiegt keuchend dalagen, fühlte sie seinen Schwanz, der sich steif wie ein Klotz gegen die Wölbung ihres Hinterns presste. Mit letzter Kraft kämpfte sie gegen ihn an, und als er sie zögernd losließ, schrie sie ihm sämtliche Obszönitäten ins Gesicht, die sie kannte, so laut, dass die Vögel unter wütendem Protest – *Krah! Krah! Krah!* – aus den Bäumen aufflogen und Lichter im Erdgeschoss des Gebäudes aufflackerten. *Verdammtes Arschloch, Schwein, Dreckskerl, lass mich los, du Wichser!*

»Schrei nur«, raunte er ihr ins Ohr. »Das gefällt mir. Jetzt werden sie in Scharen angerannt kommen.«

Er zog sie dicht an sich und richtete sich dabei auf, so dass es aussah, als säße sie in williger Umarmung auf seinem Schoß. Als immer mehr Lichter im Haus angingen, waren sie plötzlich teilweise erkennbar, ihre Silhouette eng an die seine geschmiegt, ineinander verschlungene Glieder, Arme und Körper im gottlosen Licht erstarrt. Er half ihr auf die Beine, hob sie einen Moment in die Luft und ließ sie dann ebenso abrupt auf den gepflasterten Pfad fallen. Dann stellte er den Fuß auf ihre Taille, einen großen Fuß, größer als der des heiligen Michael. Er hätte ihre Nieren zermalmen können, wenn er ihn nicht leicht in der Schwebe gehalten hätte, bewusst ausbalanciert, wie ein Großwildjäger, der mit seiner frisch erlegten Beute, die er nicht verletzen will, vor der Kamera posiert. Als die Lichter näher kamen, beugte er sich sanft über sie, packte sie am rechten Handgelenk und hielt es an sein Gesicht.

»Nur weiter so, Schätzchen, nur zu.«

Sie versuchte ihm die Fingernägel in die Haut zu bohren, vergeblich, und hinterließ nur ein paar harmlose Kratzer auf der linken Wange. Er nahm ihre offene Hand, schloss seine eigene darum und zog die wehrlosen Finger mit den langen Nägeln auch über die andere Seite seines Gesichts.

»Braves Mädchen«, murmelte er, zog sie hoch, drehte ihr die Arme auf den Rücken, schlang seinen eigenen Arm durch ihre angewinkelten Ellbogen und beugte sie nach vorn. Ihre Schulterblätter schienen sich aneinander zu reiben, und dann fing sie an zu husten. Es war ein böses, würgendes Geräusch, es erinnerte an einen alten Mann, der den Schleim aus seinen Lungen sammelt. Schließlich riss er sie mit derselben trügerischen Sanftheit wie zuvor nach oben. Das Haar hing ihr vor dem Gesicht, bis sie merkte, dass sie auf die Taille von Schwester Barbaras Bademantel starrte, dann sah sie deren große Füße im Schein einer Taschenlampe. Sie erhaschte kurze Blicke auf eine weitere

Uniform, die vom Hals bis zu den Füßen geschlossen war, und knöchelhohe Stoffpantoffeln. Anna hielt den Blick darauf gerichtet und lauschte der ärgerlichen Stimme.

»Francis! Was hat das zu bedeuten?«

Barbara versuchte die Kontrolle zu behalten, doch ihre Stimme klang trotz eines gedämpften melodischen Nachhalls schrill in der Stille und löste sich dann in einem verwunderten Kopfschütteln auf. Mit zusammengekniffenen Augen musterte sie das Bild, das sich ihr bot. Francis, groß, männlich, eine Säule der Gesellschaft, der aus mehreren Kratzern im Gesicht blutete, und seine Gefangene, die er sanft im Zaum hielt, so wie man als Trainer einen potenziell gefährlichen Hund bändigt, eine Hand im Nacken, während er ihr mit der anderen den Arm auf den Rücken drehte.

»Alles in Ordnung?«, fragte Francis, an Annas Rücken gewandt. »Wenn du versprichst, dich anständig zu benehmen, lasse ich dich los.« Er sprach unnötig laut.

»Was ist hier los?«, rief Barbara.

»Psst. Eine Sekunde, Schwester. Ich will nur, dass sie sich hinsetzt.«

Von seinem Gewicht niedergestoßen, setzte sich Anna zu Füßen des Erzengels Michael, wo das Licht aus dem Salon, das durch Barbaras Taschenlampe verstärkt wurde, beinahe durchdringend war. Francis' und Barbaras Stimmen kamen ihr vor wie von einem anderen Planeten. Letztere war scharf.

»Was machst du hier, Francis? Wir bezahlen dich sonntags nicht.«

Er holte tief Luft und stand ruhig im Licht ihrer Taschenlampe, die an ihrem Handgelenk baumelte. Irgendwer war noch im Hintergrund. Anna hob den Kopf und starrte in die klaren Augen von Schwester Matilda, die etwas abseits stand und sie betrachtete. Sie hatte den Finger auf den Mund gelegt, als wollte sie sie zum Schweigen mahnen. Anna hatte solchen Rat nicht unbedingt nötig, sie brachte ohnehin kein Wort heraus, versuchte es aber auch gar nicht erst. Matilda war ihr von allen die Liebste, die, der sie am meisten traute, einfach weil sie am häufigsten im Garten auftauchte, als sanfte und anspruchslose Präsenz, die vom Dach aus gerade noch erkennbar war. Deswegen war sie ihr vertraut. Sie hatte ganz vergessen, ihr Edmunds Kruzifix zu geben. Es lag in ihrer Tasche und wartete auf die Morgenmesse, zusammen mit Ganesh. Matilda war voll bekleidet, als wäre der Schleier etwas, das sie nie ablegte, nicht einmal im Schlaf.

»Ach, steh hier nicht im Weg, Matilda.« Der Schein von Barbaras Taschenlampe wanderte in Annas Gesicht und von dort über ihren Körper. Ihre Kleidung war schmutzig. Barbara schnappte nach Luft und richtete den Strahl wieder auf Francis. Aus seinen Kratzern sickerte Blut. Er streckte Anna die Hand entgegen und ließ sie dann herabfallen.

»Alles in Ordnung?«, fragte er leise. »Ich wollte dir nicht wehtun.«

Der Schein der Taschenlampe schweifte zurück zu ihrem Gesicht. Matilda war nicht mehr zu sehen. In einer unglaublich kindischen Geste, die ihr später peinlicher war als alles andere, streckte Anna ihnen die Zunge heraus und schnitt eine Grimasse. Es war dumm, unsympathisch und konnte obendrein als Schuldeingeständnis gedeutet werden. Falls die Möglichkeit bestanden hatte, dass Barbara sich auf ihre Seite stellte, so hatte Anna sie in diesem Augenblick kindischer Rebellion verspielt. Francis' Stimme fuhr fort.

»Ich weiß, dass ich heute nicht hier sein sollte«, entschuldigte er sich vor Barbara. »Aber ich kam auf dem Weg nach Hause vorbei und sah jemanden über die Mauer klettern. Ich hatte keine Zeit, Sie anzurufen. Das wäre das Vernünftigste gewesen. Deshalb bin ich hinterher. Ich hielt sie für ein Kind. Mir war nicht bewusst, dass es eine Bekannte von Ihnen ist. Jemand, den ich heute Morgen in der Kapelle gesehen habe.«

Er strahlte Bedauern und zugleich Selbstsicherheit aus. Anna war plötzlich wieder furchtbar wütend, dass sie so klein war. Seine Stimme war ruhig, selbstbewusst und männlich; sie könnte eine Schneise durch sämtliche weiblichen Stimmen schlagen und sofort alle Aufmerksamkeit auf sich ziehen. Einem Mann würde das immer gelingen, mit derselben Leichtigkeit, mit der dieser hier sie zu Boden geworfen hatte. Wenn sie jetzt den Mund aufmachte, klänge sie so albern wie ein Papagei.

Der Schmutz auf ihren Kleidern fühlte sich an wie Asche. Sie zupfte am Stoff über ihren Knien, als versuchte sie automatisch, die Schürfwunden zu verstecken. Sie hätte seiner Stimme um ein Haar selbst Glauben geschenkt, nur wusste sie genau, welchen Lärm es machte, durch das Efeu zu klettern, und ebenso wusste sie, dass sie ihn gehört hätte, lange bevor er sie hätte überraschen können. Er war bereits da gewesen und hatte gewartet. Sie öffnete den Mund, um zu protestieren, und schloss ihn dann wieder. Gleich würde ihr schlecht werden. Barbaras Mitleid, sollte sie je welches für sie gehegt haben, schmolz so schnell dahin, dass Worte sinnlos waren. Doch als Anna später darüber nachdachte, fragte sie sich, was sie denn hätte sagen können. *Ich hatte zwei Wodka getrunken und dachte, ich könnte mal eben über die Mauer klettern, um mich mit Gott zu unterhalten. Ich wollte ihm sagen, dass er vermutlich besser aussähe, wenn er sich eine lange Nase wachsen ließe.* Na toll. Es gab einfach nichts zu sagen. Ihre letzte Erkenntnis, bevor er sie überwältigt hatte, war ganz richtig gewesen. Sie hatte hier nichts zu suchen. Sie fing an zu frösteln. Barbara hörte ihm zu.

»Ich hielt sie für ein Kind«, wiederholte er. »Und …« Er zögerte. »Ich dachte sogar, es könnte dasselbe sein wie letzte Woche, als ich jemanden hier herumlungern sah, an dem Tag, als das Fenster in der Kapelle eingeschmissen wurde. Ich dachte, es wäre vielleicht dasselbe Kind mit einer Zwinge, möglicherweise sogar einem Luftgewehr. Ich konnte nicht riskieren, dass dasselbe noch einmal passierte.«

»Du Schwein!«, fauchte sie. »Verdammter Lügner!«

»Sei still!«

Er wandte sich flehentlich an Barbara. »An diesem Abend, Schwester, war ich weitergegangen, denn es war noch hell, und ich wollte mich nicht einmischen. Das hat mir später allerdings Leid getan, deswegen bin ich diesmal eingeschritten. Ich habe nicht überlegt, nur reagiert. Und verletzt habe ich sie auch nicht, oder? Es tut mir so Leid. Ich hab sie nur gefragt, wer sie ist, da ist sie mir ins Gesicht gesprungen wie eine Katze. Ist es eine Freundin von Ihnen?«

Der Strahl der Taschenlampe glitt zunehmend nervös zwischen ihnen hin und her und konzentrierte sich schließlich auf Francis' verunstaltetes feines Gesicht. Weniger verunstaltet als zerkratzt. Die Kratzer unterstrichen die Konturen seiner Wangenknochen und verliehen ihm die Aura eines … eines Märtyrers. Es erschien Anna vertraut, denn es erinnerte an das Gesicht auf dem Heiligenbild, das sie heute Morgen flüchtig in der Kapelle gesehen hatte, als hätte er es von dem gesäuberten Gesicht eines gequälten Apostels am Kreuzweg übernommen.

»Nein«, rief sie. »Ich habe das verdammte Fenster nicht eingeschlagen. Ich bin an diesem Abend durch den Haupteingang gekommen, du Scheißkerl, und ich war in der verfluchten Kapelle …«

Sie spielte nervös an ihren Taschen herum. Dabei fiel die Gipsfigur von Ganesh, die Ravi ihr geschenkt hatte, mit einem verdächtig dumpfen Geräusch heraus. Hastig hob sie sie auf und steckte sie wieder in die Tasche, wie ein Einbrecher, der auf frischer Tat ertappt worden war. Sie hatte ein subversives Götzenbild ins Kloster eingeschleust, ein Werkzeug des Bösen. Niemand verlangte es zu sehen, doch das Geräusch und ihre rasche Bewegung waren belastend genug. Das goldene Kruzifix an dem zerrissenen

Kettchen glänzte noch am Boden. Sie traute ihren Augen nicht, als sich Francis mit einer raschen, geschmeidigen Bewegung danach bückte.

»Das ist meins«, sagte er und hob es auf. »Armes kleines Ding, war das alles, was du wolltest?«

Barbara seufzte. »O Anna, wie konntest du nur? Ich glaubte, du hättest aufgehört, uns zu hassen.«

»Ich habe … habe nicht …«

»Was wolltest du hier?«

Barbara sprach mit leiser Stimme. Im Schein der Taschenlampe sah sie aus wie eine angegraute Löwin, die ihre Beute vor sich hat und dieser noch geduldig erklären will, warum sie sie gleich fressen wird. In diesem Augenblick verlor Anna den letzten Rest von Würde und Glaubwürdigkeit und übergab sich. Es kam völlig überraschend. Der Schwall ergoss sich auf Barbaras praktische Hausschuhe, was diese mit einem angeekelten Schrei quittierte. Es hätte durchaus Absicht sein können, wie die dumme, kränkende Grimasse und die rausgestreckte Zunge zuvor.

»Vielleicht sollten wir die Polizei rufen«, murmelte Francis. Der Anblick ihrer Füße im Strahl der Taschenlampe weckte Barbaras Entschlossenheit. Entscheidungen zu treffen war ihre Stärke.

»Nein, mein lieber Francis. Das wäre nicht angemessen. Wir gehen hinein.« Ihre Entscheidungen und dazugehörigen Erklärungen waren ausschließlich an ihn gerichtet, als wäre niemand sonst anwesend, und sie verließ sich darauf, dass er Anna mitschleppte, während sie selbst versuchte, mit einem Fuß das Erbrochene vom anderen zu wischen. Ein ranziger Gestank, ganz anders als die übrigen Gerüche im Garten, stach ihnen in die Nase. Anna kam sich durch und durch verabscheuenswert vor.

»Anna hat eine Angehörige in unserer Gemeinschaft«, sagte Barbara zu Francis. »Es wäre ihrer Schwester gegenüber nicht nett, Fremde in die Sache hineinzuziehen. Außerdem ist sie nicht ganz richtig im Kopf. Gehen wir.«

Die schweigende Matilda führte sie den Pfad entlang, durch die offene Tür in den hell erleuchteten Salon. Von Francis angeschubst, folgte Anna. Am Ende des Salons verlor sich Matilda in anderen Regionen des Gebäudes, löste sich einfach in Luft auf wie ein Geist. Auch Barbara hatte nicht die Absicht, sich lange mit ihnen aufzuhalten. Sie zwängten sich an den hässlichen Stühlen vorbei und folgten ihr den schwarzweiß gefliesten Gang entlang bis zum Haupteingang, wo sie beobachteten, wie Barbara mit Riegeln und Schlüsseln herumfummelte, bis sie die Tür geöffnet hatte. Dann machte sie eine ausladende Handbewegung, als wollte sie einen Haufen Müll auf die Straße befördern.

»Raus mit dir, Anna. Und ich denke, du lässt dich hier lieber nicht mehr blicken. Francis, ich bin sicher, ich kann sie dir anvertrauen. Bring sie nach Hause. Morgen ist noch Zeit genug, um die Sache zu erörtern.«

Barbara trat einen Schritt zurück, um sie vorbeizulassen. Allein ihre kerzengerade Haltung verlangte Gehorsam, so dass Anna ohne den wütenden Protest, der ihr im Hals steckte, an ihr vorbei und die Straße hinunterging. *Du lässt dich hier lieber nicht mehr blicken.* Die Worte hallten in ihren Ohren wider und betäubten den Schmerz, löschten alles andere aus, sogar ihre Angst vor dem Mann, der hinter ihr herkam, oder Barbaras gleichgültige Grausamkeit, als sie sie mit ihm wegschickte. Erst nach fünfzehn Schritten wurde ihr die volle Bedeutung dieser Sätze klar. Barbara hatte sie mit einem Feind als Begleitung mitten in der Nacht auf die Straße gesetzt. Einem verlogenen, hinterhältigen, gefährlichen Dreckskerl. Sie fing an zu rennen, doch ihre Beine waren wie Pudding. An der Ecke hatte er sie eingeholt und packte sie am Ellbogen.

»Ich soll dich nach Hause bringen«, sagte er sanft. »Hübsche kleine Dinger wie du sollten im Dunkeln nicht allein auf der Straße sein.«

»Du Schwein.«

Auf der Straße herrschte noch Verkehr. Ein Pärchen kam ihnen auf der anderen Straßenseite entgegen, beruhigend normal, eine Erinnerung, dass es nicht einmal Mitternacht war, noch keine Schlafenszeit für diejenigen, die ein normales Leben führten. Er hakte sie unter und drückte sie an sich, als äffte er das Pärchen in seiner liebevollen Umarmung nach. Steif gingen sie ein paar Schritte so weiter. Sie hatte den Eindruck, dass er wusste, wohin sie steuerte, genau wie er längst gewusst hatte, wer sie war, bevor Schwester Barbara sie auf so bizarre Weise vorgestellt hatte. *Anna hat eine Angehörige in unserer Gemeinschaft*. Das, was Anna in diesen Mauern am wertvollsten war. Sie riss sich von ihm los.

»Ich bin der König im Schloss, und du bist der Schurke«, spottete er. »Aber du bist sogar noch hübscher als deine Schwester. Ich könnte nicht sagen, welche ich mir zuerst schnappen würde.«

Er zog sie am Haar zu sich heran und küsste sie, ohne auf den sauren Geschmack in ihrem Mund zu achten. Dann stieß er sie so heftig zurück, dass sie beinahe erneut gestolpert wäre. Sie hörte ihn lachen, als er sich umdrehte und verschwand.

»Du hast gehört, was sie gesagt hat«, rief er ihr über die Schulter zu. »Lass dich da nicht mehr blicken. Keiner wird dich reinlassen.«

Und das waren die einzigen Worte, die nachhallten.

8

Therese war hellwach.

Sie hatte den Tumult am Abend eher gespürt als tatsächlich gehört, war aber in ihrem Zimmer geblieben und hatte damit der allgemeinen Regel gehorcht, die nur zu ihrer aller Besten war und für Frieden sorgte.

Sie wohnte im ersten Stock, von wo sie einen begrenzten Blick auf die Straße und das Dach des gegenüberliegenden Hauses hatte. Zu den übrigen Bewohnerinnen in ihrem Stockwerk gehörten die Ältesten ihrer Klostergemeinschaft, die Anna und sie vor langer Zeit Pinguine getauft hatten, weil sie noch den Habit trugen. Die meisten besaßen einen Fernseher oder ein Radio. Zwar war die Regel, die persönliche Privatsphäre zu respektieren, nicht in Stein gemeißelt, wurde jedoch von den meisten gern befolgt. Alle Zellen war sparsam, aber nicht spartanisch eingerichtet und mit einem Waschbecken ausgestattet. Das Badezimmer und die beiden Toiletten teilte man sich einvernehmlich. Und nachts herrschte die unausgesprochene Übereinkunft, Ruhe zu halten. Keins der Zimmer verfügte über einen Spiegel.

Therese hatte im Halbschlaf das Rauschen von Matildas Gewändern auf dem Linoleumboden gehört und an den Schritten, die sie alle auswendig kannte, erraten, wer es war. Matilda blieb nachts lange wach, und wenn Agnes manchmal weinte, war es immer Matilda, die zu ihr ging. Dann murmelte sie mit leiser Stimme auf sie ein, bis es wieder still wurde. Es dauerte nicht lange. Bei solchen Gelegenheiten war Therese aufgegangen, dass sie die Gedanken oder Sorgen der anderen nie so ganz teilen konnte, weil sie keine Ahnung hatte, womit sie sich beschäftigten. Sie lebten zwar unter denselben Umständen und folgten demselben Verhaltenskodex, doch sie waren alt, und Therese war jung.

Schwester Josephs Zimmer befand sich genau über dem von Therese im zweiten Stock mit jeweils einer unbewohnten Zelle rechts und links von ihr. Das war eine nicht geplante Isolierung, die sich zufällig ergeben hatte, nachdem eine Schwester in ein anderes Kloster gezogen und Schwester Jude gestorben war. Damit hatte Joseph das Badezimmer fast für sich allein, sehr angenehm für eine so gewissenhafte Person, die darauf bestand, ihre schmutzige Wäsche selbst zu waschen, statt sie, wie die anderen, in einen der Wäschesäcke zu stopfen, die sonntagsabends eingesammelt wurden. Die alten Mauern waren so dick, dass sie die meisten Geräusche verschluckten, abgesehen von Schreien, lautem Schnarchen und hartnäckigem Husten. Genau den hörte Therese nun, als die lange Nacht dem ersten Morgengrauen wich.

Das Husten machte sie unerträglich nervös. Sie gab ihm sogar die Schuld dafür, dass sie nicht mehr beten konnte. Im schwachen Licht ihrer Leselampe überflog sie noch einmal den Rat der heiligen Therese von Lisieux, wie man störenden Lärm in eine Opfergabe verwandeln kann. *Ich nahm mir vor, ihm so aufmerksam zu lauschen, als wäre es eine angenehme Musik, und so verging meine Andacht, während ich die Musik dem Herrn weihte.*

Therese fand diese Übung unmöglich und probierte es daher mit dem tröstlichen, stereotypen Beten des Rosenkranzes. Sie ließ den Anfang weg und ging direkt zum Vaterunser und den zehn geflüsterten *Gegrüßet seist du*

Maria über. Obwohl sie versuchte, sich auf die Freudigen Mysterien der Verkündigung von der Empfängnis und Geburt Christi zu konzentrieren, schweiften ihre Gedanken immer wieder in die Gegenwart zurück. Es gab Phasen gesegneter Stille zwischen dem fernen Husten, und jedes Mal hielt sie den Atem an und betete, dass es vorbei wäre. Dann begann es von neuem.

Therese biss die Zähne zusammen und stellte sich stattdessen die Gesichter vor, die als Quelle des Hustens in Frage kamen: arme Joseph. Wenn man so alt war wie sie, müsste man sein Leben eigentlich im Griff haben. Sie legte sich wieder zurück und starrte an die Decke, wo sie Josephs fleckiges Gesicht in Farbe vor dem strahlend weißen Hintergrund sah. Sie merkte, dass die Betrachtung des Gesichts ihren Ärger über Joseph milderte, und begriff nicht zum ersten Mal, dass sie selbst eher eine praktische Person war und sich nicht zur Mystikerin eignete. Sie konnte nun mal besser handeln als denken. Nie würde sie es schaffen, im Geiste ein störendes Geräusch oder die Erinnerung an ein Gesicht einfach zu transzendieren.

Bevor sie Joseph in der Kapelle gesehen hatte, wäre sie nie auf die Idee gekommen, dass jemand mit dem tiefen, alles umfassenden Glauben an Gott einsam sein konnte. Dass man hin und wieder unglücklich war, ja, das kam vor, traurig über bestimmte Ereignisse oder persönliche Unzulänglichkeiten, bedrängt von Herausforderungen, häufig beschämt, aber nicht einsam. Wie sollte man das verstehen? Es war ein wesentlicher Bestandteil ihres Glaubens, dass Gott und seine Heiligen niemals schlafen, stets zuhören und auf jeden Fall alles vergeben. Gott ist der Vater, der durch eine Nabelschnur mit all seinen Kindern verbunden ist. Vergebung ist etwas völlig Natürliches; niemals hätte er sich von einem reuigen Sünder abgekehrt. Heilige schmollen nicht und sind auch nicht gekränkt wie Eltern, wenn man sie enttäuscht, sondern bleiben ständige Begleiter, Freunde und Familie fürs ganze Leben und darüber hinaus. Wie kann man da einsam sein, selbst wenn man einmal traurig ist? Wer seine Sünden bereut, dem wird immer vergeben.

Und doch war Joseph herzzerreißend einsam gewesen, jenseits von jeder Art Fürsprache und sogar von der Bitte darum. Der Gedanke daran machte Therese Angst, denn sie begriff nicht, wie das sein konnte. Da fing das Husten wieder an. Diesmal war es eher bemitleidenswert als störend. Wenn Joseph nicht selbst Hilfe suchte, hatte sie kein Recht, sich einzumischen, abgesehen davon, dass sie es ihren Vorgesetzten melden musste, die dann in ihrer Weisheit eine Lösung finden würden. Alles andere hätte bedeutet, den Ungehorsam von gestern noch zu verstärken.

Und dann kamen ihr einige Lieblingssprüche in den Sinn. *Die Liebe ist langmütig, die Liebe ist gütig. Sie ereifert sich nicht, sie prahlt nicht, sie bläht sich nicht auf. Sie handelt nicht ungehörig, sucht nicht ihren Vorteil, lässt sich nicht zum Zorn reizen, trägt das Böse nicht nach.*

Sie freut sich nicht über das Unrecht … *Wenn ich in den Sprachen der Menschen und Engel redete, hätte aber die Liebe nicht, wäre ich dröhnendes Erz oder eine lärmende Pauke.*

Therese knöpfte sich das dicke Nachthemd bis zum Hals zu, stahl sich aus dem Zimmer und schlich den Gang entlang Richtung Treppe. Hinter Matildas Tür brannte noch Licht, doch selbst wenn sie wach war, würde sie nichts hören. Therese hatte die Kunst des lautlosen Gehens nicht erst lernen müssen, sondern offenbar schon beherrscht, bevor sie hier eingezogen war. Sie konnte sich nicht daran erinnern, jemals Lärm gemacht zu haben. Auch unter Josephs Tür fiel Licht in den Gang. Darüber war sie erleichtert, zumindest sparte Joseph nicht am Strom, um ihr Elend der Dunkelheit anzuvertrauen. Therese klopfte leise und trat dann ohne Aufforderung ein. Ein muffiger Geruch hing im Raum, obgleich das kleine Fenster sperrangelweit geöffnet war. Joseph stand über das

Waschbecken gebeugt. Sie warf Therese einen bösen Blick zu und spritzte sich Wasser ins Gesicht. Das Vorderteil ihres Nachthemds war blutverschmiert.

Therese schluckte. Die Blutflecken hoben sich leuchtend rot von dem weißen Hemd ab, das Joseph sicher selbst wusch. Der Anfall, bei dem sie offenbar Blut gespuckt hatte, war vorbei, doch ihre Haut war kreideweiß. Therese stand unbehaglich da und sah zu, wie sie sich das Gesicht abtrocknete. Joseph lächelte. Josephs Lächeln hatte immer etwas Höhnisches, als müsste sie sich dazu zwingen.

»Hallo, kleine Therese. Kommst du wieder, um zu helfen? Könntest du mir das andere Nachthemd geben – aus dem Schrank, ja? Wenn ich das hier nicht einweiche, gehen die Flecken nicht mehr raus.«

Therese tat wie geheißen. Im obersten Fach des kleinen Kleiderschranks, der ansonsten nur einen Mantel, eine Bluse und ein Paar Schuhe enthielt, lag ein zusammengefaltetes Nachthemd, genauso eins wie das, was Joseph im Augenblick trug. Sie nahm es heraus und blieb damit stehen, bis Joseph es ihr aus der Hand riss.

»Dreh dich um, Kind.«

Therese wandte das Gesicht zur Tür und lauschte dem Rascheln des Baumwollstoffs, als Joseph das blutige Nachthemd über den Kopf zog und danach das frische überstreifte. Nur im Krankheitsfall herrschte solche Intimität zwischen den Schwestern. Therese wusste, dass sie mit einer Leiche fertig werden konnte, aber die Vorstellung, Joseph nackt zu sehen, flößte ihr Grauen ein.

»So, das ist besser. Du kannst dich jetzt wieder umdrehen.«

Therese wandte sich ihr zu. Joseph bückte sich, um das zerknitterte Nachthemd aufzuheben, das zu ihren Füßen lag, und stöhnte dabei auf.

»Lass mich –«

»Nein!«

Sie sah zu, als Joseph anfing, das Oberteil des Hemds im Waschbecken auszuspülen. Für das ganze Hemd war es zu klein. Alles in dieser Zelle war klein, genau wie bei ihr unten. Therese hatte das Gefühl, dass sie selbst so gut in ihr Zimmer passte, als wäre es für sie gemacht, sie konnte sich aber vorstellen, dass die große, dürre und ungeschickte Joseph, die bestimmt doppelt so viel wog wie sie, in dem beengten Raum überall anstieß, wenn sie sich aufs Zubettgehen vorbereitete. Fasziniert beobachtete sie das rosige Wasser, in dem Joseph das Nachthemd auswusch. Reinlichkeit kommt gleich nach Frömmigkeit, aber es wirkte doch seltsam bei jemandem, dem es nichts ausmachte, den eigenen Körper zu vergiften, ganz zu schweigen vom Geist. Vielleicht war das Waschen eine heimliche Buße, vielleicht diente es einem Zweck. Dann begann Joseph zu zittern.

»Leg dich hin, Schwester. Ich mache das schon.«

Joseph torkelte die zwei Schritte zum Bett, das ebenfalls zu klein für sie wirkte. Die Vorhänge am Fenster waren zurückgezogen und zeigten einen glänzenden neuen Riegel, der es offen hielt. Für Therese war Gehorsam von Seiten einer so viel älteren Person beunruhigend und neu. Sie wrang das Nachthemd aus und breitete es über das Waschbecken. Dann nahm sie ein Kissen vom Sessel und legte es zusätzlich unter Josephs Kopfkissen.

»Vielen Dank, Kind. Du bist sehr lieb. Mögest du bereits auf Erden und nicht erst im Himmel dafür belohnt werden.«

Therese setzte sich behutsam auf die Bettkante. »Was ist eigentlich los mit dir?«, fragte sie geradeheraus. Sie hatte überlegt, ob es klug wäre, zu fragen, ob sie Barbara, einen Arzt oder sonst jemanden rufen solle, wusste aber, dass die Antwort Nein lauten würde.

»Zirrhose, Kindchen. Im Dienst Gottes im Ausland erworben.«

Therese verstand. Das medizinische Wörterbuch war

auch für Anna und sie einst eine Bibel gewesen, wo sie ihre Symptome nachschlugen, ohne je wirklich Antworten zu erhalten. Sie hatten bei A angefangen und bei Z aufgehört. Ihre Mutter hatte sie dazu ermuntert.

»Alkohol könnte dich also umbringen.«

»*Wird* mich eines Tages umbringen, mit etwas Glück.«

»Trinkst du deshalb?«

Joseph fummelte am Kragen ihres Nachthemds herum. Die braunen Leberflecken auf ihrer Hand sahen aus wie übergroße, missgestaltete Sommersprossen.

»Kann schon sein. Hauptsächlich, weil ich trinken will und das Leben ohne Alkohol absolut bedeutungslos, langweilig und sinnlos ist. Ohne jeden Wert. Aber zerbrich dir nicht den Kopf darüber, Kind. Du kannst es unmöglich verstehen.«

»Nein, Schwester. Ich verstehe nicht. Ich kann nicht –«

»Schwester Jude hat es verstanden«, fuhr Joseph fort. »Aber Jude hat alles verstanden, die alte Schwindlerin.«

»Schwindlerin?«

»Diese Frau hat alle hinters Licht geführt. Ich habe nie jemanden gekannt, der so gut darin war, seine Meinung für sich zu behalten, was dasselbe ist wie Schwindeln. Niemand interessiert sich für meine Meinung, hat sie immer gesagt. Ich schreibe sie auf die Rückseite von Heiligenbildchen, um sie kurz zu halten, und stopfe sie in mein Messbuch.«

»Und was machst du mit deiner Meinung, Schwester?«, fragte Therese und versuchte die Stimmung aufzulockern.

»Ich schlucke sie herunter und spucke sie wieder aus.« Sie lachte trocken. Allmählich wurde sie schläfrig; die Falten im Gesicht entspannten sich.

»Scheinbar hast du ganz vergessen, Gott um Hilfe zu bitten.«

Joseph riss die Augen wieder auf. Sie war schrecklich

belustigt. »Gott? Unsere Wege haben sich vor langer Zeit getrennt, Kindchen. Kein Funkverkehr mehr. Aus und vorbei. Weder rein noch raus. Das Gerät ist hin. Niemand zu Hause. Ich habe ihm gesagt, du bist verdammt langweilig, Gott. Da ist er gegangen.«

Hätte Joseph ausgespuckt oder ins Bett gemacht – Therese hätte nicht schockierter sein können. Das Schlimmste war die Vorstellung, dass Gott, wie ihr eigener Vater, einfach gehen und einen weiten, leeren Raum zurücklassen könnte. Sie wusste, dass für Anna eine solche Aussicht einen Sinn ergeben würde. Oder für jemanden wie Kim, die nie diese Schranke überschritten und diese Präsenz gespürt hatte, die sich wie Arme um einen schließt. Doch für eine alte Frau, die ein ganzes Leben lang Gott gedient hatte, schien es ein geradezu obszönes Eingeständnis des eigenen Unvermögens zu sein. Jemand, der Gott kannte, würde ihn niemals wegschicken; im Übrigen würde er das auch gar nicht zulassen. Es war unmöglich, etwas zu verlieren, das wesentlich zu einem gehört und ebenso Teil von einem ist wie das Blut, das durch die Adern fließt. Die Märtyrer hatten lieber ihr Leben geopfert, als dieses Risiko einzugehen, und so würde sie es auch halten, glaubte sie.

»Unvorstellbar, findest du? Der Glaube mag ein Geschenk sein, Therese, aber setze bloß nicht drauf, dass er unveränderlich ist. Er kann dich verlassen, einfach so, oder du ihn. Und wenn er erst einmal weg ist, kannst du ihn nicht wieder zum Leben erwecken, ganz egal, was die verfluchte heilige Therese dazu sagt. Wenn du einmal anfängst, darüber nachzudenken, ob der Mensch Gott nicht möglicherweise zu seiner eigenen Bequemlichkeit erfunden hat statt andersherum, jagst du ihn sozusagen zum Teufel. Im Licht der Logik geht er unter. Er ist genauso unzuverlässig wie alles, was synthetisch und von Menschen geschaffen ist.«

Wieder lachte sie, doch ohne Humor. Therese hielt die

Augen starr auf die Bettdecke gerichtet, um Josephs forschenden Blick und das Pochen ihres eigenen Herzens auszublenden.

»Wie viele von uns glauben wirklich, Therese? Wie viele unter uns hier? Wir sollen der Inbegriff der Gläubigen sein? Was glaubst du denn, womit wir uns beschäftigen? Agnes träumt von dem unehelichen Sohn, den man ihr weggenommen hat. Sie sieht ihn in jedem jungen Mann, dem sie begegnet, obwohl er jetzt selbst schon ganz schön alt sein dürfte. Für Barbara ist Gott ein Berufsrisiko. Der arme Pastor Goodwin hält sich mit den paar zerfetzten Resten eines Glaubens über Wasser, die ihm noch geblieben sind. Meine geliebte Matilda, mit der ich nicht zu sprechen wage, aus Angst, meine Unmoral auf sie zu übertragen … Matilda verbringt den ganzen Tag damit, mit dem heiligen Michael zu plaudern. Vermutlich erinnert er sie an jemanden, den sie mal im Kino gesehen hat. Immerhin ist er der Schutzheilige von Polizisten und anderen Faschisten. Das ist keine Anbetung, sondern Götzendienst – oder Heldenverehrung. Jeder hat seinen eigenen Gott. Wir machen den dazu, der uns am besten gefällt.«

Therese hätte ihr am liebsten ins Gesicht geschrien, damit aufzuhören. Nichts davon war wahr. Es war das Gestammel einer Säuferin, selbst wenn Joseph immer rasch wieder nüchtern war. Alkohol macht die Menschen verrückt: Anna wurde gemein, wenn sie trank, ihr Vater rührselig, es war Teufelszeug. Morgen würde sie sich Francis vorknöpfen und ihm klar machen, was er angerichtet hatte … Im Augenblick aber war sie trotz ihres Zorns ganz ruhig.

»Wenn du nicht an Gott glaubst und das Gefühl hast, dass Gott dich verlassen hat, warum bleibst du dann hier, Schwester?«

»Sei nicht so naiv, Kind. Wo soll ich denn hin? Und was könnte ich mitnehmen? Nein, ich habe der Kirche mein

Bestes gegeben, jetzt kann sie auch das Schlechteste haben.«

Sie zog die Decke bis ans Kinn, so dass Therese nur noch ihre düster funkelnden Augen sah.

»Es tut mir Leid, Kind. Ich bin schrecklich undankbar. Man darf die eigene Einsamkeit nicht auf andere übertragen. Geh und halte deinen Schönheitsschlaf. Mir wäre es übrigens lieber, wenn du Barbara nichts von dem Husten sagst. Sie hat genug um die Ohren. Es wäre für keinen von uns ein barmherziger Akt.«

Therese nickte. Es war ihr klar, dass dies ein Versprechen war. Joseph schloß die Augen. Vor der Tür, wo sich auf dem Boden der erste Schimmer Tageslicht zeigte, der durch das hohe Fenster am Ende des Gangs fiel, blieb Therese stehen. Statt direkt in ihre eigene Zelle zurückzukehren, trat sie ins Nebenzimmer, wo Schwester Jude gewohnt hatte. Es war sauber, aber immer noch nicht ganz ausgeräumt. Alle Ordensschwestern und Judes Verwandte hatten sich aus den Regalen genommen, was sie haben wollten, als Andenken oder weil es ihnen gefiel. Die Auswahl war klein gewesen. Gedichte, Erzählungen, ein Minimum an Religion, dafür ein Maximum an Musik für ihren Walkman, der nun weg war, ebenso wie das Radio und ein paar literarische Souvenirs. Therese ertappte sich dabei, nach der Stelle zu suchen, wo das Messbuch gelegen hatte, und erinnerte sich dann, dass sie es Anna gegeben hatte, weil Jude Anna so geliebt hatte. Anna, die das tat, was Jude am besten gefallen hatte: streiten, Krach schlagen, Fragen stellen und Antworten verlangen. Anna hatte Jude gezwungen, sich selbst zu hinterfragen, Jugend gegen Alter, und manchmal hatten alle beide die Beherrschung verloren. Therese hätte sich das nie getraut, es aber auch nicht gewollt. Sie hasste Konfrontationen. Sie hatte immer geglaubt, dass Gehorsam etwas Natürliches sei. Von Jude war sie aus diesem Grund nie respektiert worden. Ihre heilige Tante hatte eine Vorliebe für Sünder gehabt und glaubte nicht daran, was ihre Mutter ihr durch ihr eigenes Vorbild beigebracht hatte: *Sei du ein braves Mädchen. Sollen die anderen klug sein, wenn sie wollen.*

Es war Jude, die ihr den Rat gegeben hatte, ihrer Berufung nicht zu folgen, Jude, die gesagt hatte, kein Kind solle nur deshalb etwas tun, weil seine Mutter es so wünschte. Aber auf Therese traf das nicht zu. Sie war auch nicht in den Orden eingetreten, weil sie glaubte, es würde leicht sein. Sie hatte es getan, weil es ihr vollkommen natürlich erschien, und glaubte, dass es immer so bleiben würde. Auf dem Weg zurück in ihr Zimmer war sie dankbar für das Tageslicht und merkte, dass sie Anna beneidete. Sie wünschte sich einen Hauch von diesem Zorn, aber auch von ihrer Gewieftheit. Dann wüsste sie, was sie Francis erzählen würde, der Joseph nur dadurch, dass er ihr das gewünschte Gift besorgte, zu der Einbildung verleitet hatte, ihren Glauben verloren zu haben. Man konnte auf den Glauben spucken und ihn verspotten, aber verlieren? Niemals. Was für ein Unsinn. Sie würde zu Francis gehen und ihm einschärfen, es nie wieder zu tun; dann würde alles wieder gut. Sie würde das Gute in ihm ansprechen, jeder Mensch hatte etwas Gutes. Sie streifte das Nachthemd ab, zog ihre Tageskleider an und wusch sich das Gesicht. Während sie sich noch das Haar aufsteckte, kam ihr plötzlich der heimliche, unbekannte Gedanke in den Sinn, dass sie sich ein besseres, weniger kratziges Nachthemd wünschte als dieses, und falls sie je sterben sollte, was eine ziemlich abwegige Vorstellung war, wünschte sie sich auch mehr als nur ein einziges Paar Schuhe im Schrank.

Kim erschien heute früher als sonst. »Das Einzige, was dieser Mistkerl überhaupt fertig bringt, ist, den kleinen Scheißern Frühstück zu machen und sie zur Schule zu bringen. Blödmann. Manchmal bin ich lieber hier als zu Hause. Es ist ein Tollhaus. He, Treesa, bist du wach? Wie lange sitzt du denn schon hier? Willst du dich nun mit mir unterhalten oder nicht? Sonst kann ich nämlich genauso gut zu Hause bleiben.«

Die Küche war wunderbar leer, als wartete sie nur darauf, zum Leben erweckt zu werden. Hier zu sein heiterte Therese unweigerlich auf. Es war ihr Lieblingsplatz. Was sollte schlimm daran sein, Maria statt Martha zu sein? Und außerdem musste sie dringend mal wieder lachen. Also stieß sie einen dramatischen Seufzer aus und stürzte sich in die vertraute Montagsmorgenroutine, die Kim und sie zur Perfektion gebracht hatten.

»Ehrlich gesagt bin ich ziemlich erschlagen, Kim. Fix und fertig. Die Wochenenden hier werden immer wilder. Am Samstagabend war Disco angesagt. Wodka mit Ketchup, hast du das jemals probiert? Tödlich. Der Sonntagvormittag endete Gott weiß wo, während die Schwestern allmählich wieder nüchtern wurden und mit den Priestern abhingen. Zurück hierher, wo sie sich eine Linie Koks und Schinken-Sandwiches reinzogen. Du weißt ja, wie es ist. Es schlaucht einfach.«

»So ist es besser. Ich dachte schon, du bist tot. Und wer hat den reizenden Francis abgekriegt? Kein Glück?«

»Nein, wir haben abgestimmt. Wir kamen zu dem Schluss, dass er mehr auf Kerle steht.«

»Was du nicht sagst! So ein hübscher Junge. Aber das macht Sinn, was?«

»Was macht Sinn? Nonnen auf Koks oder was?«

»Dass Francis schwul ist. Mit diesem Namen, diesem Haar, na ja, du weißt schon. Eine Schande, nicht? Was für eine verdammte Verschwendung. Ach, vergiss es. Ich würd ihn trotzdem nicht von der Bettkante stoßen.«

Überwältigt von der plötzlichen Erkenntnis ihrer Ahnungslosigkeit, setzte Therese sich hin. Sie hielt diese Spielchen nie lange durch.

»Woher weiß man eigentlich, ob einer schwul ist?«

Kim goss Milch in eine Kanne. Das Wasser für den Tee würde jeden Augenblick kochen. Alles war fröhlich, und gleich würde das Essen auf dem Tisch stehen. Therese hatte einen Bärenhunger.

»Schwule? Man weiß es nie. Aber oft sehen sie einfach umwerfend gut aus, und manchmal lassen sie ihren Pimmel raushängen. Sie mögen Parfum und waschen sich öfter als andere. Das ist jedenfalls ein Zeichen. Ach ja, und sie wissen, wie man nett zu Frauen ist. Wenn man drüber nachdenkt, trifft das auf Francis haargenau zu. Schwule wissen, wie man mit Frauen umgeht. Ich meine, immerhin reden sie mit uns, und das ist mehr, als die meisten anderen Scheißkerle draufhaben.«

»Aha.«

»Was für eine Schande, dass keine von euch zum Zug gekommen ist. Willst du einen Kaffee gegen deinen Kater?«

»Ja, bitte.«

»Ich finde, du solltest nicht so viel ausgehen, Treesa. Geh zur Abwechslung mal früh schlafen. Hol dir Francis, damit er dich ins Bett bringt. Wenn er schwul ist, kann überhaupt nichts passieren, nicht mal, wenn du ihm dein Unterhöschen ins Gesicht wirfst. Wobei mir einfällt, heute ist Waschtag. Am besten legen wir noch vor dem Frühstück los.«

Die Wäschesäcke, die einmal in der Woche aus den Zimmern der Nonnen eingesammelt wurden, standen in der Waschküche, die von der Küche abging. Sie verfügte über einen Waschkessel, eine Wäscheleine, eine große rumpelnde Waschmaschine und einen Trockner.

»Ich glaube, wir müssen Francis bitten, sich die Maschine mal anzusehen, Treesa. Auf diese Weise lernst du ihn wenigstens auch kennen, so wie alle anderen hier. Du lächelst ihn immer nur an und machst dich aus dem Staub. Du hast noch nie mit ihm gesprochen, oder?«

»Nein, aber ich habe es vor.«

»Erwischt, du freches Ding! Wieso?«

»Ich will ihn bitten, keine Erledigungen mehr für Schwester Joseph zu übernehmen.«

»Ach, macht er das? Nun, man kann es ihm nicht übel nehmen. Sie kriegt jeden rum. Mich hat sie auch immer gefragt, und es war wirklich schwer, Nein zu sagen. Aber so ein süßer Bengel wie Francis hat keine Chance. Sie wird ihm weismachen, dass er ihr einen Gefallen tut.«

Therese saß wie angewurzelt auf dem Stuhl. Wie wenig sie doch wusste, über ihren Körper genauso wenig wie über ihre Seele. Und wie stark sie zusammenhielten, um sie zu schützen.

»Ich verstehe einfach nicht, woher sie das Geld hat.«

»Ein bisschen hat sie selbst. Und ich weiß nur, dass du nicht diejenige bist, die den Opferstock in der Kapelle poliert. Jemand schraubt den Boden ab und klaut jede Woche ein bisschen was raus, bevor es einer nachzählen kann. Kinderleicht. Alles okay mit dir, Treesa?«

Nichts war okay; der Schock war so groß, dass ihr schwindlig wurde. Die arme Joseph war wirklich zur Hölle verdammt, zumindest in den Augen von Schwester Barbara. Sie nippte an ihrem Kaffee und wünschte, er hätte mehr Geschmack.

»Waschtag«, sagte sie.

Sich um die persönliche Wäsche von rund einem Dutzend Frauen zu kümmern hatte nichts mit den Aufgaben zu tun, welche die heilige Therese von Lisieux aus ihrem kalten Klosterkeller beschrieben hatte, wo sie sich mit schmutzigem Einweichwasser und Seifenlauge hatte herumschlagen müssen. Es ging nur darum, den Inhalt der Wäschesäcke grob in zwei große Haufen zu sortieren, einen für Fein- und einen für Kochwäsche. Das meiste landete auf dem Stapel Kochwäsche, doch der Prozess des Sortierens hatte für Therese immer was von Schnüffelei. Alle Schwestern warfen ihre Unterwäsche in Säcke, die sie später zurückbekamen. Es gab Unmengen von Taschentüchern; offenbar standen sie hoch im Kurs. Therese hasste Taschentücher, während Kim sich über den Rest eher lustig machte oder den Kopf schüttelte. Da gab es Agnes'

Liebestöter aus Flanell, die sie sommers wie winters trug, Barbaras monströsen, unverwüstlichen BH, die gelegentlich eher zerlumpten als züchtigen Hemden, die andere vorzogen, das schlichte Schulmädchenzeug, das die Jüngeren, darunter auch Therese, trugen, und nicht die kleinste Spur von Spitze. Außer an den Taschentüchern, die die Nonnen meistens von ihren Angehörigen geschenkt bekamen, weil ihnen nichts Passenderes einfiel. Bestickte Taschentücher, bunte Taschentücher, welche aus Leinen und manche sogar aus Seide. Matilda verschliss ein Dutzend pro Woche. Sie machten einen großen Teil ihrer Wäsche aus. Und mittendrin, ganz unten am Boden des Wäschesacks, lag ein Messer.

Kein besonders furchteinflößendes Messer, aber trotzdem tödlich. Ein Obstmesser mit einem umflochtenen Griff und einer kurzen Klinge, die aussah, als wäre sie an einem Stein so gefährlich scharf wie ein Skalpell geschliffen worden. Hätte Therese die Taschentücher nicht immer so zaghaft herausgezogen, hätte sie sich damit die Fingerspitzen abrasieren können. Sie legte es auf die Waschmaschine, und beide betrachteten es. Ein Wäschesack war ein gutes Versteck, aber wozu brauchte Matilda ein Messer? Ein so scharfes obendrein?

Barbaras Stimme erklang aus der Kirche. *»Bendicamus Domino!«*

»Deo Gratias«, murmelte Therese und ließ das Messer in der Tasche ihres Kittels verschwinden, während Kim weitermachte, als wäre nichts passiert. Verschwiegenheit wurde ihr allmählich zur zweiten Natur.

Kim packte das letzte Kleidungsstück, das sie um den Kopf geschwenkt hatte wie eine Fahne, stopfte es in die Maschine und schlug die Tür zu. Barbara rauschte ins Blickfeld, und ihre Füße füllten den Türrahmen aus, als wollte sie sich in die Waschküche und über sie ergießen wie Lava. Normalerweise verbreitete sie gnadenlose Munterkeit, und ihrem prüfenden Blick entging nicht das kleinste Detail, auch wenn sie die ganze Zeit lächelte. Doch heute fehlte das Lächeln. Sie wirkte unermüdlich wie immer, aber erschöpft. Kim beschwerte sich Tag für Tag, dass sie die Frau hasste, was Therese längst als gutartiges Zeichen von Angst interpretiert hatte sowie als tiefe Abneigung dagegen, sich herumkommandieren zu lassen. Therese sah Barbara mit anderen Augen. Soweit sie sich erinnerte, war Barbara die erste Erwachsene gewesen, die sie ernst genommen hatte, und sie stand ihr mit einem gehörigen Respekt gegenüber. Barbara war die Verkörperung aller höheren Autorität, die Repräsentantin des Ordens, dem sie gehorchte, und diejenige, die auf alle Fragen eine Antwort hatte. Doch in diesem Augenblick, als Barbaras Füße und Barbaras Busen den engen Raum ausfüllten, konnte auch sie an nichts anderes denken als an diesen Busen und den unförmigen Büstenhalter, den Kim gerade in den runden Schlund der Waschmaschine gestopft hatte.

Das Objekt, das in der Maschine noch zu sehen war, erinnerte an das Oberteil einer abstrusen Rüstung. Therese starrte es an, als hätte sie es noch nie zuvor gesehen. Barbaras Haltung war Teil ihrer Autorität. Sie trug ihren Busen so hoch, dass er ihr vorauszueilen schien. Sie sah aus wie eine Frau mit einem verrutschten Bauchladen, und nur sie beide hier wussten, welche Aufbauten dazu nötig waren.

»Gut, gut. Ihr seid bei der Arbeit.«

Sie war ein wenig nervös, doch der voluminöse Busen zitterte kein bisschen. Zwei weiße BHs besaß sie, aus Draht und Baumwolle, mit grauen Trägern und sechs Haken mit Ösen. Wenn sie aufgeregt war, vergaß sie, ihre Stimme zu dämpfen, und außerdem hatte sie heute Morgen offensichtlich versäumt, sich zu kämmen.

»Wie immer, Schwester«, sagte Kim sittsam.

»Wunderbar«, gab Barbara zurück. »Weiter so. Haltet die Ohren steif. Therese, ich hätte dich gern nach dem Frühstück gesprochen.«

Damit rauschte sie davon, und kaum waren ihre quietschenden Schuhe außer Hörweite, fingen beide nervös zu kichern an.

»Was weiß sie schon darüber, was ich gern steif halten würde?«, fragte Kim.

»Mehr als ich vermutlich«, antwortete Therese, denn sie war sich unsicher, was Kim damit gemeint hatte. Über Kims Lachen war das Messer vergessen. Mit dem Frühstück zu spät dran zu sein kam fast einer Sünde gleich. Trotz ihres Hungers würde sie heute darauf verzichten, als Buße für das Kichern, das ihrem Gefühl nach nicht unbedingt eine Sünde war, aber doch ziemlich nah dran.

Es herrschte eine gewisse Hierarchie in Bezug auf Sünden. Manche beging man täglich – Ausflüchte, Schwindeleien, die Unfähigkeit, sich heilige Dinge zu merken. Therese hatte den Katechismus so gelernt, wie andere Kinder zählen lernen, doch der Unterschied zwischen einer lässlichen und einer Todsünde war eine heikle Sache. Es gab keine feste Trennlinie zwischen den beiden. Zu den lässlichen Sünden gehören diejenigen, die alltäglich sind und sich leicht ausmerzen lassen; Todsünden dagegen sind solche, die Gott der eigenen Seele entfremden. Wer mit einer solchen nicht vergebenen, die Seele befleckenden Sünde starb, würde im nächsten Leben keinesfalls mit Gott, der alles geschaffen hatte, vereint werden. Allein diese Vorstellung löste Grauen bei Therese aus: Es war die Drohung dauerhaften Ausschlusses von allem, was Glück und Sicherheit verhieß, und trotzdem war sie nie ganz sicher, was für eine Sünde das sein könnte. Eine, die Gott ins Gesicht schlägt, hatte Jude sie definiert. Eine wirklich ernste Sünde. Dein Gewissen wird dir sagen, wenn du sie begangen hast, selbst wenn die Reaktionen der anderen in dieser Hinsicht unklar sind. Du selbst wirst dich dafür verachten. Dein Vater im Himmel, so viel wirst du wissen, erwartet, dass du dazu stehst, was du getan hast, und dass du dich besserst. Du wirst es bis ins Mark spüren. Aber welche Art von Sünde ist es denn?, hatte sie gefragt. Gibt es eine Liste? Nein, keine Liste, abgesehen von den Zehn Geboten und dem Katechismus.

Als Therese um den Esstisch herumging, um Milch und Saft zu verteilen, und schließlich mit den anderen den Kopf zum Gebet senkte, wusste sie nur, dass sie sich wie eine Sünderin vorkam und nicht einstimmen konnte, als sie murmelten: *Komm, Herr Jesus, sei unser Gast und segne, was du uns bescheret hast. Amen.* Der Hunger war verflogen. Sie formte kleine Kügelchen aus ihrem Brot, um es nicht essen zu müssen, im Wissen, dass die Verschwendung von Essen hier im Kloster ein noch schlimmeres Vergehen war, als zu viel zu essen. Sie hätte sich neben Matilda setzen sollen, die hätte ihr das Brot gern abgenommen. Aber worin besteht meine Sünde?, fragte sie sich zornig, während die Brotkugeln ihr im Hals stecken blieben. Ich habe Josephs Ketzereien und Verleumdungen zugehört und ihr geholfen, ihre Sünden zu vertuschen. Ich habe über Barbara gelacht und mich ihren Geboten widersetzt, zumindest im Geiste. Ist das genug? Werde ich mich so schlecht fühlen, dass meine Sünde eine Todsünde ist? Vergib mir, o Herr. Sie sah Matilda ins Gesicht, die sie nervös von ihrem Platz am unteren Tischende aus musterte, und merkte, dass sie diesem Blick mit Argwohn begegnete. Matildas Messer steckte in ihrer Tasche; Matilda wollte Anna sprechen; sie hatten Geheimnisse. Agnes, angeblich Mutter eines Kindes, saß da und starrte auf die Tür, als erwartete sie jeden Augenblick eine Erscheinung. Joseph hingegen war ganz gelassen. Sie blieb bis zum Schluss, als Therese die Teller aufeinander stapelte und die anderen schon gegangen waren. Erst dann tauchte sie hinter ihr auf und berührte sie an der Schulter.

»Ich muss mich dafür entschuldigen, dass ich dir solche Mühe bereitet habe, Kindchen. Das war sehr egoistisch von mir.« Sie zögerte, aber es war nicht das Zögern des schlechten Gewissens. Sie wirkte überraschend entschieden und frisch, wie eine Frau, die imstande ist, sich selbst neu zu erschaffen. Sie sah Therese eingehend, aber freundlich an, als wollte sie sich vergewissern, ob diese sich halbwegs daran erinnern könnte, was sie gesagt hatte. So jedenfalls interpretierte es Thereses neuerdings misstrauisches Bewusstsein.

»Es war keine Mühe, Schwester. Je weniger dazu gesagt wird, umso schneller ist es wieder gut.«

Sie wurde allmählich genauso wie die anderen und nahm Zuflucht zu den abgedroschensten Sprüchen.

Joseph nickte. »Aber eins möchte ich noch sagen, Kind. Ich habe Schwester Judes Messbuch erwähnt. Sieh es dir nicht an. Sie hat ihre Meinung über deine Mutter darin festgehalten.«

Joseph verließ den Raum, gerade als Matilda sich lächelnd hereinstahl und die entschwindende Joseph mit einem Nicken grüßte. Dann legte Matilda Therese die Hand auf die Schulter. In ihrem nervösen Zustand gesteigerter Wahrnehmung drängte sich Therese der Eindruck auf, dass die beiden Frauen sich unbedingt anders als sonst verhalten wollten.

»Therese, mein Liebes, du wirst doch nicht vergessen, Anna zu sagen, dass ich sie sprechen möchte, nicht wahr? Sobald Barbara zur Vernunft gekommen ist und sie wieder einlässt.«

Therese war verwirrt. »Natürlich, Schwester, nur weiß ich nie, wann sie kommen wird.«

»Nein, aber wenn sie es je wieder tut … Sie wird doch wiederkommen, oder? Es ist sehr wichtig, dass ich mit ihr spreche.«

Scheinbar hatte sie es ziemlich eilig. Therese wurde plötzlich von einer unglaublichen Sehnsucht gepackt, ihre Schwester in Fleisch und Blut wiederzusehen, ihre Stimme zu hören, selbst wenn sie über sie spottete, ihren Kummer jemandem anzuvertrauen, der sich bei der Suche nach einer Lösung nicht auf Gott verließ, und zur Abwechslung einmal von jemandem berührt zu werden, der nicht alt war. Altes Fleisch, alte Gerüche, alt, alt … alte Sünden.

Barbaras Büro mit ihrem daran anschließenden Zimmer lag neben dem Salon. Agnes hatte bereits ihren Posten am Eingang bezogen. Die Woche begann wie jede andere des Jahres, doch ohne den Optimismus, der sie immer getragen hatte, und ohne das tröstliche Gefühl, dass es so richtig war. Die drei jüngeren Schwestern, die nie mit ihr sprachen, genauso wenig wie Doktoranden mit einer Studentin aus dem ersten Semester, waren in der üblichen stillen Geschäftigkeit zu ihren Jobs in der Schule ausgeflogen. Ohne es richtig zu merken, hatte Therese ihnen gegenüber eine Abneigung entwickelt, weil sie so wichtigtuerisch nützlich taten. Ihnen wurde zugestanden, dass sie abends erschöpft waren, und sie hatten mehr mit den älteren Schwestern zu besprechen, die ähnliche Karrieren hinter sich hatten, als je mit ihr. Martha und Maria zum Zweiten. Als sie pflichtschuldig einen Schritt zurückgetreten war, um sie vorbeizulassen, hatte sie gesehen, wie Agnes die Tür zur Außenwelt öffnete und dabei Abschiedsgrüße piepste wie ein Eichhörnchen. Als die Tür halb geschlossen war, denn Agnes war beim Türschließen genauso effizient wie beim Türöffnen, schoss Therese der bittere Gedanke durch den Kopf, dass sie Fahrstuhlbegleiterin hätte werden sollen. Aber was war denn heute bloß los mit ihr? Im gleichen Augenblick machte Agnes einen Satz und riss die Tür wieder auf. Ihr Lächeln entsprang, zumindest aus dem Profil gesehen, schierer Bewunderung, von der Sorte, die sonst nur spiritueller Ekstase vorbehalten war. Sie breitete die Arme aus. Francis trat ein, hob sie auf und wirbelte sie herum, als wäre sie schwerelos. Agnes hatte die Kunst des Kreischens verlernt und stieß stattdessen kleine, quietschende Laute wonnigen Protests aus. Er war so kräftig, dass er ihren massigen Körper um die gegürtete Taille packen und so herumwirbeln konnte, dass ihre Füße nur wenige Zentimeter über dem Boden schwebten und sie keine Angst zu haben brauchte. Dann fand sie sich plötzlich mit beiden Füßen auf dem Boden wieder, wo er sie zu ihrem angestammten Platz führte und gekonnt auf die linke Wange küsste.

»Wie geht's meinem Kleinen?«, säuselte sie.

»So gut wie nie, Mutter. Aber jetzt muss ich los, die Arbeit ruft.«

»Natürlich, mein Kleiner, natürlich.«

Wenn die Tür geschlossen war, war das Licht in der Umgebung des Eingangs trübe und Agnes' Augenlicht noch trüber. Zufrieden mit der Umarmung, tätschelte sie seinen Arm und scheuchte ihn davon, ohne die Kratzer in seinem Gesicht zu bemerken. Der schwarzweiße Gang führte unter anderem auch in den Garten. Als Francis um die Ecke bog, stieß er leicht mit Therese zusammen. Sie bewegte sich zwar in dieselbe Richtung, doch er war schneller, so dass er mit dem Ellbogen ihre Schulter streifte. Er blieb stehen und wich einen Schritt zurück.

»Es tut mir Leid, ich bitte um Verzeihung«, sagten beide wie aus einem Mund, ehe sie einen Schritt zurücktrat, um ihn vorbeizulassen. Sie hatte die Nase voll davon, immer zurückzutreten, bald würde sie noch über sich selbst stolpern. Sie wusste, wer er war und dass sie ihn ablehnte, daher hielt sie den Blick auf die schwarzen und weißen Fliesen gerichtet. Komisch, dass sie es an einem so kleinen Ort geschafft hatte, einer Unterhaltung mit ihm aus dem Weg zu gehen, obwohl er die anderen in den letzten zehn Tagen dermaßen eingewickelt hatte. Aber jetzt musste sie mit ihm reden. Alle anderen hatten ihn schon kennen gelernt und ins Herz geschlossen. Francis konnte man unmöglich übersehen. Er war dreißig Zentimeter größer als jeder andere hier und roch nach Mann.

»Francis? Ich bin Therese. Wir sind uns noch nicht begegnet. Kann ich Sie später mal kurz sprechen?«

Sie stammelte. Im Umgang mit Männern hatte sie überhaupt keine Erfahrung; in ihrer Gegenwart war sie entweder albern, stumm oder schroff. Als er ihr die Hand entgegenstreckte, wusste sie nicht recht, was sie machen sollte, außer sie zu ergreifen und zu drücken. Dabei merkte sie, dass sie doppelt so groß war wie ihre eigene schwielige Hand und sie umschloss wie raues Schmirgelpapier. Er schüttelte sie kräftig und umfasste mit der anderen Hand ihren Ellbogen, als wollte er sie stützen.

»Sehr erfreut, Sie kennen zu lernen, Therese. Gern, ich bin den ganzen Tag im Garten. Oder irgendwo in der Nähe. Wo immer Schwester Barbara mich hinschickt.«

Das ist so gut wie überall, dachte sie und erinnerte sich an den neuen Fensterriegel in Josephs Zimmer. Dann ließ er ihre Hand und ihren Arm wieder los. Sie spürte sein Grinsen und den Blick seiner Augen, ohne wirklich etwas zu sehen, wischte sich die Hand am Kittel ab und hörte ihn davongehen, genauso leise wie alle hier: in undefinierbaren Schuhen mit leisen Sohlen. Sie berührte die rechte Handfläche mit der linken und durchlebte das Gefühl des Händedrucks noch einmal. Es war so spontan und anspruchslos gewesen, nicht wie der Griff der Alten. Aber sie hatte keine Zeit, darüber nachzudenken. Ihre gemeinsame Richtung und der bewegende Händedruck hatten sie vor Barbaras Tür geführt. Sie würde Barbara alles erzählen. Sie würde beichten.

Du bist sogar noch hübscher als deine Schwester. Anna kletterte aufs Dach und starrte auf der Suche nach ihm hinunter in den Klostergarten Es war ein kalter Morgen. Der Sommer hatte seine Nachhutgefechte gegen den Herbst abgebrochen, und es schien, als hätten die Laubbäume über Nacht ihre letzten Blätter abgeworfen, so dass sie jetzt fast kahl dastanden. Wenn sie wüsste, wie, hätte sie ihn von hier oben abgeknallt, und sie wünschte wirklich, sie wüsste es. Sie versuchte sich vorzustellen, wie es sich anfühlte, wenn man nicht in Ungnade gefallen war. Sie kam sich vor wie eine Sünderin und wünschte, sie könnte das alberne Zungerausstrecken vergessen. Sie wollte sich nicht darüber aufregen, dass sie aus dem Garten Eden verbannt worden war, und sagte sich, dass es auch andere gab.

Ganz einfach. Der Garten war leer und ihr Mund wie ausgetrocknet von dem Gefühl des Grauens, dem halb geformten Wissen darum, was sie tun musste. So viel konfuses Zeug schwirrte ihr durch den schmerzenden Kopf, dass die Aussicht, zur Arbeit zu gehen und in einer anderen Welt zu versinken, sehr verlockend erschien. Sie wollte diesen Ort, den sie gerade betrachtete, vergessen, ebenso all seine Bewohner und ihre eigene elende Dummheit auch. Was war das Schlimmste von allem, was sie getan hatte? Dass sie ihnen die Zunge rausgestreckt hatte? Ihm das Gesicht zerkratzt hatte? Dass sie dem Bösen begegnet und weggelaufen war? Sich aus seiner Umklammerung befreit hatte?

Es ging eine starke Brise, die an den letzten Blättern zerrte. Sie setzte sich hinter der Brüstung auf den Boden, wo der Wind sie nicht erreichte. Wenn sie Thereses Gott wirklich nie wieder in der Kapelle beschimpfen durfte, müsste sie es eben hier tun. Sie nahm die kleine Ganesh-Statue aus der Tasche und stellte sie neben sich, in dem Versuch, ihren Trotz wiederzufinden, aber es war schwer.

»Na, du warst ja eine große Hilfe«, sagte sie und zog die Knie an die Brust. »Ich weiß, du hattest nicht die Macht dazu, aber trotzdem finde ich, du hättest mich daran hindern sollen, über die Mauer zu klettern. Aber so ist es nun mal. Wäre ich nicht über die Mauer geklettert, hätte ich keine Ahnung, was da abgeht.«

Sie spürte die Schürfwunden auf den Knien durch den steifen Stoff ihrer Jeans. Die Strafe.

»Tut mir Leid, Elefantengott, aber ich kann nicht wirklich mit dir reden. Nimm es nicht persönlich. Du bist einfach viel zu nett. Ich brauche einen hässlichen, rachsüchtigen Gott. Eine Bestie. Einen, den ich anschreien kann.«

Sie rückte ein wenig hin und her, um bequemer zu sitzen, und schaute auf ihre Füße. Heute war Stiefelwetter, umso besser, dann konnte sie wenigstens in die Scheiße treten. Scheiße, Scheiße, Scheiße. Steif und mit verschränkten Armen stand sie auf und betrachtete den Himmel. Rasch dahinziehende graue Wolken, grau und dunkelgrau, keine Spur von Inspiration. Unten im Garten sah sie kahle Bäume und Matilda, die ziellos winkte. Ohne Edmund hätte man meinen können, sie riefe die Vögel zum Füttern. Anna duckte sich hinter die Brüstung.

»Hör mal, Gott, ich weiß zwar nicht, warum, aber scheinbar willst du auf Teufel komm raus alles kaputtmachen.«

Sie schloss die Augen und stellte sich das Kruzifix in der Kapelle vor, mit seinem müden Gesicht und dem künstlichen Blut. Das Bild war verschwommen und blass. Anna rieb sich wütend die Augen. Alles, was sie spürte, war das widerliche Gefühl des Kusses, das ihr wie die Bestätigung extremer Erniedrigung vorkam. Sie versuchte sich zu erinnern, wann sie sich je so eingeengt und machtlos in der Umarmung eines Menschen gefühlt hatte, der ihr Böses wollte. Unwillkürlich fiel ihr ein, wie sie auf dem Arm ihrer Mutter gestrampelt hatte.

Noch zwei Stunden, bis ihre Schicht begann. Gerade Zeit genug, um Pastor Goodwin aufzusuchen, falls sie auf ihren wackligen Beinen rennen konnte. Sie wollte ihn etwas Bestimmtes fragen – *hat Edmund ein kleines Kruzifix um den Hals getragen, ich kann mich nicht erinnern* –, doch als sie dann vor seiner Tür stand, machte niemand auf. Gott und seine Stellvertreter waren immer außer Haus.

Therese kam gegen elf zurück in die Küche. Auf dem Rückweg hatte sie einen Abstecher in die Kapelle gemacht und war lange dort geblieben. Kim hatte die Wäsche in den Trockner umgeladen und bereitete den Abfall für die Müllabfuhr am Dienstag vor. Bei der Sortiererei hatte sie sechs Dosen Diamond Ice und eine leere Wodkaflasche gefunden.

»Meine Güte, Treesa. Kein Wunder, dass du so blass bist. Es war wohl doch kein Witz, was?«

9

»Waren Sie nicht ein bisschen grob?«, fragte Pastor Goodwin.

Dann fiel ihm ein, dass die heilige Barbara die Schutzpatronin der Artillerie war: eine tugendhafte Jungfrau, die im dritten Jahrhundert nach Christus eingekerkert und von ihrem eigenen Vater auf blutige Weise enthauptet wurde, weil sie sich zum christlichen Glauben bekannte. Doch kaum hatte er sie ermordet, wurde er selbst von einem Blitz getroffen und verbrannte zu Asche. So war die Legende seiner Tochter entstanden, die sie zum Sinnbild der Standhaftigkeit erhob. All das passte zu dem heutigen Bild, allerdings fand er es schwierig, die vollbusige Barbara mit dem schönen jungen Mädchen aus der Geschichte zusammenzubringen. Da konnte man sich leichter vorstellen, warum der Vater der ursprünglichen Heiligen sie hatte töten wollen.

Sie hatten sich aus dem Büro, in das er für die Unterredung mit Therese zitiert worden war, in den Salon zurückgezogen, wo man den oberen Teil des Gartens im Blick hatte. Der gepflasterte Bereich, den er hinter der Verandatür sah, war sauberer und ordentlicher, als er ihn in Erinnerung hatte; er wies eine gewisse Ähnlichkeit mit der makellos gepflegten Terrasse von Kay McQuaid auf. Letztes Jahr um diese Zeit hatte man hier nur ein Gewirr von toten Blättern und staksigen Pflanzen sehen können, deren Blütezeit längst vorüber war. Jetzt entdeckte er schwarze Müllsäcke, die zur Abholung bereitstanden, ein buntes Arrangement von fleißigen Lieschen in einem Topf nahe der Tür und Francis auf der linken Seite der Bühne, der eine bereits saubere, leere Umrandung fegte. In weniger als vierzehn Tagen hatte der Bursche eine Revolution in Gang gesetzt. Alle toten und sterbenden Erinnerungen an den Sommer waren rigoros entfernt worden.

»Wir haben jede Menge Blumenzwiebeln, das wird sehr hübsch aussehen im Frühjahr«, erzählte Barbara im Plauderton, ohne auf seine Bemerkung einzugehen.

»Ist es nicht ein bisschen früh, jetzt schon Blumenzwiebeln zu pflanzen?«, fragte Pastor Goodwin.

»Francis sagt, nein. Zwiebeln sind so billig. Drei Dutzend Osterglocken werden wir haben, und es kostet nur ein paar Pennys.«

»Aber keine Vögel.«

»Warum nicht?«

»Weil kein Edmund da ist, der sie ermuntern könnte zu kommen. Und außerdem gibt es jetzt eine Katze.«

»Hat Francis eine Katze mitgebracht? Wie klug von ihm. Letzten Winter hatten wir Mäuse im Haus. Ich bin gar nicht darauf gekommen, eine Katze anzuschaffen. Was sagten Sie noch, Pater?«

»Ich fragte, ob Sie nicht ein bisschen grob mit Therese waren?«

Sie griff nach der Kaffeekanne und schenkte ihm ein. Er war nicht sicher, ob der Geschmack noch fader war als der des Tees, und beschloss, nicht darauf zu wetten. Später am Nachmittag würde er seinen Kranken besuchen, einen buchstäblich sprachlosen alten Mann, der mit einem riesigen Fernseher ausgerüstet war. Die Seelsorge bestand darin, sich zusammenzusetzen und stumm Wiederholungen von alten Fußballspielen anzusehen. Eine verlockende Aussicht.

»Ich wollte nicht grob klingen, Pater. Soll ich mich entschuldigen?«

Zögernd rief er sich Barbaras gute Seiten ins Gedächtnis zurück, darunter gelegentliche Anflüge von Demut.

»Was Sie ihr gesagt haben, hat sie wahrscheinlich sehr unglücklich gemacht.«

»Ach, hören Sie auf, Pater, ich habe nur gesagt, dass Ihre Schwester eine Zumutung ist und wir sie hier nicht mehr sehen wollen.«

»Sie haben gesagt, dass Anna eine diebische kleine Wilde ist, die nicht mal vor Einbrüchen und Überfällen Halt macht und obendrein das Fenster eingeworfen hat. Und all das haben Sie behauptet, ohne in meinen Augen den geringsten Beweis –«

»Aber Francis hat es mir erzählt. Er war verletzt.«

»Ja. Francis hat es gesagt, und seine Verletzungen können es beweisen, aber nun mal ehrlich, Schwester: Passt all das zu der Anna Calvert, die Sie kennen? Der Anna, die hilfreiche Vorschläge macht, nützliches Wissen von außen zur Verfügung stellt und so nett war, als Edmund starb? Ein bemerkenswert tapferes Waisenkind ist sie. Eine junge Frau ohne ältere Angehörige. Mutter tot, Vater tot, und jetzt auch noch Schwester Jude? Kann man ihr da nicht zugestehen, dass sie verrückt spielt?«

Barbara keuchte wie ein Pferd am Ende eines Rennens.

»Aber nicht unter unserem Dach, nein. Ich kann die Verantwortung für sie nicht übernehmen, das geht einfach nicht. Wir haben unsere eigenen Probleme und können es uns weder finanziell noch spirituell leisten, eine Heidin unter unsere Fittiche zu nehmen, die unsere Fenster einwirft und uns Schaden zufügen will. Natürlich ist es grausam, dass sie so oft mit dem Tod konfrontiert wurde, aber auch damit kann ich mich nicht belasten. Sie hat Francis verletzt – wie konnte sie das tun? Der arme Francis, der so schrecklich nett zu uns ist. Wir alle verlieren früher oder später jemanden, und um ihren Vater ist es nicht schade.«

Er merkte, wie sein Ärger zunahm, verschüttete seinen Kaffee und stellte sich rasch ein perfektes Tor vor, einen hohen Ball, der direkt ins Netz segelt, und dazu das erregte Grölen der Menge.

»Woher wollen Sie das wissen? Die beiden hatten ihn seit Jahren nicht gesehen. Der Punkt ist, dass niemand mehr da ist, für beide nicht. Sie können Anna nicht von Therese fern halten, weil Anna alles ist, was sie noch hat.«

»Anna ärgert sie, und außerdem hat Therese uns«, sagte Barbara trotzig.

Er hätte »Das reicht nicht« einwenden können, doch das erschien ihm leichtfertig.

»Nun, Sie können Anna nicht verbieten, die Sonntagsmesse zu besuchen. Sie ist öffentlich. Falls Sie das vorhaben, werde ich Sie keinesfalls unterstützen.«

»Es gibt auch noch andere Priester«, antwortete sie überheblich.

Er ertappte sich dabei, wie er sich so heftig auf die Zunge biss, dass es wehtat.

»Was ist eigentlich aus der Sache mit Theodore Calverts Nachlass geworden …«

Sie rutschte unbehaglich hin und her.

»Nun, das ist es ja. Ich wollte mit Ihnen schon darüber sprechen, seit Schwester Jude von uns gegangen ist, aber immer kam irgendetwas dazwischen. Ich bekomme regelmäßig Briefe von einem sterbenslangweiligen Anwalt, dessen Kauderwelsch ich nicht verstehe. Er schreibt, dass irgendein strittiger Punkt noch geklärt werden muss. Zuerst schrieb er, das Testament sei ziemlich komplex, dann, dass es Untersuchungen hinsichtlich der Blutsverwandten geben müsse, für den Fall, dass das Testament ungültig ist, was überhaupt keinen Unterschied machen würde, denn laut Erbschaftsgesetz würden seine Töchter ohnehin erben, aber er muss auch noch die Vorfahren überprüfen oder so was. Es ist nur eine Frage der Zeit, behauptet er.«

»Sie bekommen diese Briefe?«

»Ja. Ich übe nicht etwa Zensur über die eingehende Post aus, falls es das ist, was Sie meinen. Therese hat mich ausdrücklich darum gebeten, einige andere übrigens auch. Sie möchten, dass man schlechte Nachrichten für sie filtert und die komplizierten entschlüsselt. Mit anderen Worten, sie würden über Krankheiten in der Familie lieber von mir erfahren, als es vor dem Frühstück in einem Brief zu lesen.«

»Aber Sie halten doch nichts vor ihnen zurück, oder?«

Sie räusperte sich und dachte über die Frage nach. Sie will ehrlich sein, begriff Christopher überrascht. Sie schafft es nur nicht ganz.

»Nein, natürlich nicht. Aber ich filtere meine Informationen, das müssen wir schließlich alle hin und wieder tun. Wenn Matilda mit Lungenentzündung im Bett läge, würde ich mir überlegen, ob es der richtige Zeitpunkt wäre, um ihr die Nachricht vom Tod ihres Bruders zu übermitteln. Und sollte es je passieren, dass Agnes' so genannter Sohn sie wiedersehen wollte, würde ich ihr möglicherweise nichts davon erzählen.«

»Aha.«

»Ich kann es nicht mit ihr besprechen, weil ich es offiziell gar nicht weiß. So was kommt vor, Pater«, sagte sie freundlich, aus Respekt vor seiner Unwissenheit in sexuellen Angelegenheiten, »heute ebenso wie vor vierzig Jahren.«

Er schwieg und dachte an Agnes, die tagein, tagaus an der Tür saß und wartete. An die Grausamkeiten in der Jugend und wie Barbaras Entscheidung diese möglicherweise noch förderte. An ein geschändetes irisches Mädchen vom Land, das von einem Kloster aufgenommen wurde und seitdem neben der Tür saß. An Barbara, die als Pufferzone zwischen der Welt und ihren Nonnen fungierte. Doch wenn sie eine Entscheidung getroffen hatte, stand sie wenigstens dazu, statt wie er Ausflüchte zu benutzen. Demütig musste er zugeben, dass sich darin ein gewisser Grad an Zivilcourage offenbarte. Er hielt die Hände im Schoß ruhig, obwohl es ihm fast Leid tat, dass er seine Stimmung so gut unter Kontrolle hatte.

»Hat Therese je eine Kopie vom Testament ihres Vaters erhalten?«

»Sie hat es mir ungelesen ausgehändigt. Ein Testament und den Entwurf zu einem Testament, der aus Versehen dabeigelegen haben muss. Ich habe ihn von ihr fern gehalten, fürchte ich. Er war obszön. Ich werde es dem Anwalt überlassen, die Angelegenheit zu klären.«

»Sie haben ihr den Entwurf vorenthalten?« Erneut merkte er, wie seine Stimme sich erhob.

»Auf ihren Wunsch.«

Sie saß da, stützte die Ellbogen auf die gespreizten Knie unter ihrem langen Gewand und beugte sich vor, um ihren Worten Nachdruck zu verleihen. Einfach und nützlich, dachte er gleichgültig: das unweiblichste Geschöpf, dem er je begegnet war. War es denn verwerflich, Frauen vorzuziehen, die nach Parfum dufteten und ihre Haut pflegten?

»Kurz nachdem Therese vor anderthalb Jahren in den Orden eingetreten war, erhielten sie die Nachricht, von Calverts Geliebter, wenn ich mich nicht irre, dass ihr Vater ertrunken sei. Therese war uns nicht fremd, wie Sie sich erinnern werden, und brachte all ihre weltlichen Güter mit. Darunter auch einen Stapel Briefe, die an Anna und sie adressiert waren. Sie trugen alle den Stempel desselben Anwalts, und keiner war geöffnet. Ich weiß nicht, ob das eine gemeinsame Entscheidung gewesen ist oder ob Therese die Briefe vor Anna versteckt hat, als sie noch zusammen wohnten. Ihre gegenseitige Fürsorge ist ja geradezu lächerlich. Bestimmt hat Therese den Haushalt geführt … sie ist diejenige, die Verantwortung übernimmt.

Sie hat mir erzählt, dass keine von beiden Interesse an ihrem Vater hätte … warum sollten sie auf die Briefe aus dem Grab reagieren, wenn er nie die Briefe beantwortet hatte, die sie ihm während ihrer Krankheit geschrieben hatten? Daher wendet sich der Anwalt jetzt an mich. Ach, kommen Sie, Pater, Sie wissen ganz genau, dass ich sie nicht für mich behalten habe, als Schwester Jude noch lebte. Sie stimmte mit mir überein, dass das Testament nicht nur obskur, sondern auch obszön ist. Sie hat alle Briefe gelesen und sie Ihnen wahrscheinlich sogar gezeigt.«

Ein bestimmter Unterton schwang in diesen Worten mit, vielleicht so etwas wie Eifersucht. Barbara kam es verdächtig vor, wenn intelligente Menschen sich miteinander unterhielten. Sie witterte immer irgendwelche subversiven Machenschaften.

»Nein. Sie hat sich nur ganz allgemein mit mir darüber unterhalten, ist aber weder auf das Testament noch auf die Briefe näher eingegangen.«

»Lieber Himmel, ihr Priester mit eurer Pingeligkeit! Ist es nicht besser für sie, wenn sie nicht wissen, dass ihr Vater völlig verrückt war?«

»Und ihre Mutter …«

»Starb an gebrochenem Herzen, als sie von ihnen getrennt wurde. Sie war eine Heilige.«

»Oh, richtig. Das hatte ich ganz vergessen.«

Er erhob sich mit steifen Gliedern. Plötzlich war ihm kalt. Im Salon wurde es nie richtig warm, nicht einmal im Sommer. Er versuchte sich den leeren Kamin mit einem fröhlich prasselnden Feuer vorzustellen, musste jedoch einsehen, dass es seine Fantasie überforderte. Vielleicht konnte der wundervolle Francis den Schornstein fegen und billiges Holz besorgen. Er müsste nur die Bäume im Garten fällen. Pastor Goodwin trat ans Fenster und sah über die saubere Veranda hinweg auf das Gestrüpp, das hinter der Biegung des Pfades wucherte. Francis war verschwunden. Christopher hatte die Vision einer goldenen

Schlange, die sich im Dunkeln verkriecht. Die Klarheit dieser Vorstellung schockierte ihn.

»Soll ich mich bei Therese entschuldigen?«, fragte Barbara fügsam.

»Ich kann Ihnen da keinen Rat geben, Schwester. Sie sind diejenige *in loco parentis*. Aber die Sache mit Anna sollten Sie sich noch mal überlegen.«

»Nein.«

»In diesem Fall händigen Sie mir bitte Kopien der Briefe und des verdammten Testaments aus. Möglicherweise haben Sie das Recht, solche Dinge Ihrem Schützling vorzuenthalten, nicht aber ihrer Schwester, für die Sie, wie Sie selbst sagen, keine Verantwortung übernehmen.«

Sie nickte, offenkundig erleichtert. »Ich besorge sie Ihnen.«

Und das, so dachte er, während sie den dicken Umschlag mit den Unterlagen holen ging, ist das, was man ein Eigentor nennt. Die endgültige Bestätigung der unangenehmen Verpflichtung, sich in das Leben anderer einzumischen. Als er das Päckchen nahm und sich zum Gehen wandte, sah er Francis durch die Verandatür eintreten und hörte, wie Barbara ihn nervös und liebevoll begrüßte.

»Ach, mein armer Junge …«

So wurde der arme Junge mit dem Rest des Kaffees und der Sympathie seiner bewundernden Arbeitgeberin begrüßt. Er hatte mehr Macht in diesem Kloster, als Pastor Goodwin je besessen hatte, und der Priester schämte sich seines Missmuts.

Das unscheinbare Gebäude von Compucabs wirkte so sicher wie ein Gefängnis. Anna wünschte sich nur, sie hätte eine längere Schicht vor sich als die von zehn bis vier, in der sie keine Zeit zum Nachdenken haben würde. Sie nahm die kleine Ganesh-Figur aus dem Rucksack und stellte sie neben den Pappbecher mit Kaffee, den sie unterwegs gekauft hatte. Es wäre nett gewesen, auch Ravi einen mitzubringen, aber soweit sie sich erinnerte, trank er weder Tee noch Kaffee, sondern nur Wasser. Ganeshs Präsenz neben ihrem Telefon würde ihre Geste der Versöhnung sein nach all dem albernen Fußaufstampfen an jenem dämmernden Nachmittag. Kindereien, hinter denen sich größere Ängste versteckten und sie vor Scham erröten ließen.

Sie hatte sich auf dem Weg hierher abgelenkt und die lebenswichtige unverdauliche Last panischer Sorge zurückgedrängt, indem sie versuchte, einen anderen Platz zum Beten zu finden. Nicht um jämmerlich den Rosenkranz abzuzählen oder den Boden zu küssen, sondern Beten verstanden als Nachdenken und als Auseinandersetzung mit einer logischen Macht. Das, so hatte sie an diesem Morgen auf dem Dach erkannt, erforderte unbedingt einen dafür geeigneten Platz. Dazu waren Orte der Anbetung nun mal da. Sie brauchte einen Raum, wo sie sich im Geiste austoben und fragen konnte: *Was hast du mit meiner Schwester vor?* Einen Raum, wo eine beruhigende Stimme antworten würde: *Du bildest dir nur ein, dass sie von starken Mauern eingeschlossen und von einem Virus befallen ist, der bereits all ihre Mitschwestern erfasst hat. Sie ist nicht in Gefahr. In Wirklichkeit ist sie stärker als du, und das umso mehr, als sie von einem Haufen Heiliger und Engel umgeben ist, die sie beschützen.* Na klar.

Während sie in ihren Herbstjeans durch die Straßen ging, nicht rannte, weil ihre Beine so steif waren, dachte sie zurück an die prächtigen Kirchen, die sie als Kinder besucht hatten. Es war die Blütezeit ihrer frommen Mutter gewesen. Wo immer sie hinfuhren, hatten sie nach einer Kirche gesucht, sie betreten und schnell wieder verlassen, wenn sie nicht römisch-katholisch war. Es war, als zögen Kirchen, egal welcher Konfession, ihre Mutter magnetisch an, nur damit sie alle vergleichen und dann sagen konnte: *Seht ihr? Unsere sind viel besser.* Die Kathedralen von Coventry, Ely und Canterbury waren ausnahmslos verworfen worden. Sie hatte ihnen Chartres und Palma versprochen, aber dazu war es nie gekommen. Sie bedauerte, dass sie, was die schönsten Beispiele für römisch-katholische Kathedralen betraf, im falschen Land lebten und daher mit Westminster vorlieb nehmen mussten. Diese Kirche hatten sie manchmal besichtigt, so wie Touristen einen Palast besichtigen. Einmal hatte Therese wegen des vielen Weihrauchs in einer Ostermesse einen Niesanfall bekommen, und Anna hatte, von ihrem Vater angestachelt, gekichert.

Das zweite Objekt in ihrem Rucksack war das Messbuch, das sie nur deshalb mitschleppte, weil sein Gewicht so tröstlich war. Anna sah sich um, suchte nach Ravis glattem schwarzem Haar und lauschte dem Stimmengewirr. Er blickte auf und lächelte ihr zu. Dann hob er kurz einen Daumen zum Gruß und redete dabei weiter in sein Mundstück. Das Lächeln war wie ein Segen Gottes. Jeder wusste, dass Ravi nicht auf Kommando lächeln konnte. Er hatte ihr verziehen. Auf keinen Fall hätte er ihr etwas vorgemacht. Im Gegensatz zu ihr selbst, die sich stets Mühe gab zu lächeln, weil sie wusste, dass ein Lächeln den mürrischen und unbeherrschten Eindruck, den sie so oft machte, vertreiben konnte. Das Lächeln einer Person, die so unsicher war, dass sie es geübt hatte, ganz ernsthaft, und es nicht benutzte, um eigenes Vergnügen auszudrücken, sondern um zu gefallen. Irgendwann in den Jahren der Krankheit hatte sie die Kunst des Lächelns verlernt und sich später alle Mühe gegeben, sie wiederzugewinnen, in Geschäften, im Flur, im Schlafzimmer und im Bad, überall, wo es Spiegel gab. Heute hätte sie Lächelberaterin sein können, bei all der Übung, die sie hatte. Angesichts dieser Vorstellung musste sie grinsen, nur einen Augenblick lang. Sie lachte über sich, weil sie selbst nicht mehr wusste, wann sie lächelte und wann sie missmutig dreinblickte. Vielleicht sollte sie sich darauf konzentrieren, sich lächerlich zu machen; man könnte es zu einer Lebenseinstellung machen, Scharlachrot tragen, Federn, Pelze und Hüte oder auch gar nichts … Sie winkte Ravi und dem ganzen Raum zu, wackelte mit den Hüften, so wie Therese und sie es immer getan hatten, wenn sie während ihrer Krankheit die Models aus den Zeitschriften nachgeäfft hatten, und setzte sich zum imaginären Applaus an ihren Platz. Das Telefon klingelte, noch während sie ihr Headset aufsetzte.

»Guten Morgen, Compucabs.«

Nach einer vollen Sekunde Schweigen meldete sich eine tiefe Stimme.

»Ich habe gestern nach Ihnen gefragt, aber Sie waren nicht da. Ich war so beunruhigt, dass ich beinahe … ach, vergessen Sie, was ich beinahe getan hätte, mein liebes, liebes, liebes …«

»Kontonummer, Sir?«

»Moment, irgendwo hier müsste ich sie doch haben …«

Sie erkannte die Stimme ihres Anrufers und wusste ausnahmsweise, dass ihr Lächeln echt war. Sie verschwendete zwar ihre Zeit mit ihm, aber er brachte sie zum Lächeln.

»Es ist noch ein bisschen früh, um sich Gedanken zu machen, wo Sie zu Mittag essen wollen, Sir. Kein Grund, so früh zu buchen; es ist noch nicht Weihnachten.«

»Nein, das stimmt. Alles in Ordnung bei Ihnen?«

»Bestens, und bei Ihnen?«

»Ich habe mir Sorgen um Sie gemacht. Hab es gestern schon versucht.«

»Sonntags habe ich frei, Sie wissen ja, wie das ist.«

Noch ein Seufzer. »Ich hasse Sonntage. Warum sind sie bloß so langweilig? Es scheint, als wollten sie kein Ende nehmen …«

»Da haben Sie ganz Recht«, sagte sie schuldbewusst. Für nicht lächelnde Menschen ziehen sie sich dermaßen in die Länge, dass sie gelegentlich ausrasten.

»Wissen Sie, was Sonntage sind?«, rief er in die Leitung.

»Die Hundstage des ganzen Jahres. Waren Sie in der Kirche?«

Sie dachte an den Tempel und berührte den kleinen Ganesh mit der freien Hand. Ganesh machte es nichts aus, dass er so albern aussah; vielleicht war er letztlich doch einer ihrer Götter.

»Ja, gewissermaßen. Was ist jetzt mit dem Taxi?«

»Ich wollte Sie zum Essen einladen.«

»Ich arbeite heute, Sir, ein andermal vielleicht.«

Er zögerte erneut. »In welcher Kirche waren Sie?«

»Also, ich habe es zuerst mit den Katholiken probiert und dann mit den Hindus. Bei denen macht es erheblich mehr Spaß, aber Opferstöcke haben sie auch.«

Sie hörte ihn leise glucksen, bevor er auflegte. Das machte er manchmal, ihr höflicher älterer Anrufer mit der angestrengten Stimme und der konfusen Art. Anna wartete, dass das Telefon erneut klingelte. Doch ausgerechnet heute blieb es stumm. Sein Schweigen war wie ein Vorwurf. Eine halbe Stunde verging. Ravi hatte zwar gelächelt, war aber nicht zu ihr gekommen. Inmitten des Gewusels ringsum war es fast so, als hätte sie eine ansteckende Krankheit. Es war warm, und sie war unendlich müde. Um sich die Zeit zu vertreiben, fing sie an zu lesen, was Jude auf die Rückseite der Heiligenbildchen in ihrem Messbuch gekritzelt hatte. Dann klappte sie das Buch zu, faltete die Hände über dem weichen Ledereinband und benutzte es als Kissen für ihren Kopf. Letzten Endes gab es zum Denken einfach keine Alternative.

Jemand rüttelte sie wach. Ein Vorgesetzter stand vor ihr und schüttelte ihre linke Schulter so heftig, dass sie aufschrie. Er hatte sie mitten aus einem Traum gerissen, in dem sie gerade jemand berührte und küsste. Therese, volle dreißig Zentimeter größer als zuvor, hatte sie umarmt.

»Jetzt mach aber mal halblang, Kleines. Was glaubst du,

wofür wir dich bezahlen? Kommst du etwa zum Pennen her? Du hast ja nicht mal dein Headset auf.«

Es klang eher verwirrt als streng, als machte er sich Sorgen um eine gute Mitarbeiterin.

»Tut mir Leid.«

»Wir hätten es gar nicht gemerkt, wenn nicht alle anderen hier so viel zu tun hätten. Außerdem ist dieses Päckchen für dich abgegeben worden. Hast du Geburtstag oder was? Oder war er gestern, und du hast zu lange gefeiert? Du siehst ziemlich mitgenommen aus. Geh nach Hause und schlaf dich aus, okay?«

»Ich will nicht –«

»Du willst uns nicht im Stich lassen, stimmt's?«

Sie wollte jedenfalls nicht nach Hause. Dann entdeckte sie Ravi, der neben dem Vorgesetzten stand. Grauenhaft, wie er sie ansah, voll aufrichtiger Sorge. Ihr drehte sich der Magen um.

»Komm morgen wieder, Kleines, wenn es dir besser geht. Brauchst du ein Taxi?«

Die Ironie der Bemerkung hätte sie beinahe zum Lachen gebracht, aber nicht ganz. Ravi steckte das Messbuch und die Ganesh-Figur in ihren Rucksack. Der Vorgesetzte musterte sie durch Brillengläser, die seine Augen riesengroß erscheinen ließen. Sie hatten die Kratzer auf ihren Handflächen gesehen. Der Schlaf hatte ihre Wangen erhitzt und gerötet. Die beiden waren nett, aber sie hegte ein abgrundtiefes Misstrauen gegen jede Art von Nettigkeit und hatte nur das elende Gefühl, dass sich alles wiederholte. Erst waren sie nett, und dann schickten sie einen weg.

»Tut mir Leid«, wiederholte sie und kratzte den letzten Rest von Würde zusammen.

»Mach dir keine Gedanken, Kleines. Hau dich aufs Ohr. Und vergiss dein Päckchen nicht.« Ravi kehrte an seinen Platz zurück. Der Vorgesetzte brachte sie zur Tür. Sie klemmte sich das in Geschenkpapier eingewickelte Päckchen unter den Arm und kam sich vor wie bei einem Spießrutenlauf, obwohl niemand Notiz vom anderen nahm, und genau darum ging es hier. Draußen wartete sie auf das Taxi und riss abwesend das Geschenkpapier auf. Zwei Schichten bunt gemustertes, sorgfältig mit viel Tesafilm zugeklebtes Geschenkpapier um einen mit Plastik gefütterten Umschlag, der einen leichten, undefinierbaren Geruch verströmte. Da sie nichts anderes zu tun hatte, öffnete sie ihn. In dem Umschlag lag, in zwei Schichten Seidenpapier eingewickelt, ein toter Vogel mit einer roten Schleife um den Schnabel. Es war ein winziger Vogel, der schon lange tot und mehr vertrocknet als verwest war. Die beiliegende Nachricht auf einem trockenen Stück Papier, das sich kühl anfühlte, lautete folgendermaßen:

> Verkauft man nicht fünf Sperlinge um zwei Pennys? Dennoch ist vor Gott deren nicht eines vergessen. Aber auch die Haare auf eurem Haupt sind alle gezählt. Darum fürchtet euch nicht; ihr seid besser als viele Sperlinge.
> Lukas 12,6

Sie stopfte den Vogel gerade zurück in das Papier, als das Taxi kam. Rasch steckte sie alles in den Rucksack und wischte sich die Hände an der Jeans ab, bevor sie die Wagentür öffnete.

»Wohin soll's denn gehen, Süße?«

»Westminster.«

»Ah, auf dem Weg nach oben, wie?«

Sie zitterte und suchte noch nach einer schlagfertigen Antwort, als Ravi die Tür aufriss und neben ihr einstieg.

»Soll ich dich nach Hause bringen?«, fragte er.

Barbara entschuldigte sich nicht. Kim ging nach Hause, sobald das Mittagessen abgeräumt war. Therese sah ihr traurig nach und winkte ihr von der Küchentür aus zu, als würde sie sie nie wiedersehen. Barbara, unermüdliche

Vorsitzende dreier örtlicher Wohltätigkeitsvereine und obendrein mit dem bischöflichen Schatzmeister verabredet, verabschiedete sich an der Tür mit einem knappen Nicken von Agnes und stapfte dann sichtbar erleichtert Richtung Bushaltestelle. Das Auto des Klosters mit seinem respektablen Stammbaum und dem niedrigen Kilometerstand war in so lächerlich kurzer Zeit verkauft worden, dass sie sich fragte, ob sie auch genug dafür verlangt hatten. Das Licht in der Küche war grau. Die Schwestern zerstreuten sich und gingen ihren diversen Verpflichtungen nach. Eine Dreiergruppe setzte sich in den Salon und strickte für irgendeinen guten Zweck. Matilda kam in die Küche, als Therese gerade das Bügelbrett aufstellte.

»War Anna schon da?«

»Nein, Schwester. Noch nicht. Sie hat einen Job. Sie kommt nur, wenn sie Zeit hat.« Ihre Kehle war wie zugeschnürt, und die Worte kamen abgehackt heraus.

»Ob sie heute wohl kommt?«

»Ich weiß es nicht, Schwester, ich weiß es nie.«

»Aber sie muss doch bald da sein? Man muss es ihr erlauben ... wir brauchen sie ...«

»Irgendwann bald, hoffe ich. Oh, warte mal einen Moment, Schwester.« Sie kramte in ihrer Kitteltasche und holte das Messer heraus, das sie aus dem Wäschesack gerettet und in eine Plastiktüte gewickelt hatte, so dass es nicht unbedingt sofort erkennbar war, es sei denn, man wusste, was es war. Matildas Augen weiteten sich. Hastig griff sie nach dem Messer und ließ es mit einem gemurmelten Dank in der Tiefe ihres Gewands verschwinden.

»Darf ich fragen, wozu du das brauchst, Schwester?«

Matilda zögerte, musterte besorgt Thereses blasses Gesicht und schüttelte dann den Kopf.

»Es hat damit zu tun, was ich mit deiner Schwester besprechen möchte, Kind.«

»Vielleicht kann ich helfen.«

Matilda schüttelte erneut den Kopf. »Nein, mein Kleines. Ich muss mit Anna sprechen … weil sie keine von uns ist.«

»Das kann man wohl sagen«, gab Therese bitter zurück. Im nächsten Augenblick brach es aus ihr heraus, ohne dass sie es kontrollieren konnte: »Sie hat das Fenster in der Kapelle eingeworfen.«

»Wer hat das gesagt?«

»Schwester Barbara.«

Matilda tastete nach ihrem Rosenkranz, befühlte nervös die Perlen und kämpfte gegen fünfundfünfzig Jahre tief verwurzelter unkritischer Fügsamkeit an.

»Ich kann dir versichern, dass Barbara … falsch informiert war. Anna hat so etwas nicht getan.« Sie streckte den Arm aus und strich mit dem gekrümmten Zeigefinger über Thereses heiße Wange. Therese versuchte, nicht zurückzuweichen. Sie wurde so oft liebkost und gestreichelt wie ein Stoffmaskottchen, aber heute hasste sie es ganz besonders. Matilda lächelte ihr seliges Lächeln und betastete weiter vergeblich ihren Rosenkranz. Beim Klicken der Perlen zuckte Therese zusammen.

»Und was das Messer betrifft, meine Liebe … sagen wir einfach, dass ich es in meinem Zimmer zum Obstschälen benutze. Edmund hat es mir immer geschärft. Du weißt ja, wie unersättlich ich bin.«

Der Nachmittag gähnte vor sich hin. Therese war fertig mit dem Bügeln. Sie hatte den Geruch nach Stärke satt und ging in die Kapelle, um die vorgeschriebene Stunde in der Heiligen Schrift zu lesen. Da sie den Inhalt frei wählen konnte, kehrte sie immer wieder zu ihren Lieblingsstellen zurück oder schlug aufs Geratewohl das Neue Testament auf. Lukas, 12,22:

Darum sage ich euch: Sorget nicht für euer Leben, was ihr essen sollt, auch nicht für euren Leib, was ihr antun sollt. Das Leben ist mehr denn die Speise und der Leib mehr denn die Kleidung. Nehmet wahr der Raben: die säen nicht, die ernten auch nicht, sie haben auch keinen Keller noch Scheune; und Gott nährt sie doch. Wie viel aber seid ihr besser als die Vögel! Welcher ist unter euch, ob er schon darum sorget, der da könnte eine Elle seiner Länge zusetzen? So ihr denn das Geringste nicht vermöget, warum sorget ihr für das andere?

Die letzten Zeilen waren wie für ihre Schwester gemacht, die immer versucht hatte zu wachsen. Anschließend konnte Therese nicht mehr weiterlesen. Die blöde Anna, die vor dem Spiegel Lächeln übte und immer größer sein wollte, als sie tatsächlich war. Sie konnte an nichts anderes denken als an Anna und das, was Barbara gesagt hatte. Aber nicht nur, was Barbara gesagt hatte, sondern auch an ihr eigenes Schweigen vor diesem Redeschwall, ein Schweigen, das durch den Schock ausgelöst worden war und das sie dann aus fehlender Loyalität aufrechterhalten hatte. Es ist ein Unterschied, ob man böse auf seine Schwester ist oder sie von einem Dritten beleidigen lässt, und als sie hierher gekommen war, um zu Gott und der verschwundenen Seele ihrer Mutter zu beten, war sie von einem unheilvollen, missbilligenden Schweigen empfangen worden. Therese ging hinauf in ihr Zimmer, um sich einen Mantel zu holen.

Es gab keine Regel, die es ihr verbot, das Kloster zu verlassen. Man bedrängte sie ganz und gar nicht, sich hinter seinen Mauern vor der Welt zu verstecken; sie war nicht eingesperrt. Sie konnte im Park spazieren gehen und sich die Schaufenster ansehen wie jeder andere auch. Man hatte ihr unmissverständlich klar gemacht, dass der Orden sich keine Nonnen wünschte, die vor einem normalen, säkularen Leben flüchten, weil sie es fürchten. Wenn der Tag kam, an dem sie hinausgeschickt wurde, um zu lernen, finanziell unabhängig zu sein, durfte sie keine Angst haben, die Straße zu überqueren – aber so weit war es noch nicht. Dennoch hatte sie sich im Haus selbst unentbehrlich gemacht und zögerte in letzter Zeit immer mehr, es zu verlassen. Es war eine Entwicklung, die ihr niemand aufgezwungen hatte. Wenn ihre Pflichten erledigt waren, konnte sie machen, was sie wollte; sie war frei wie ein Vogel. Niemand hätte sie daran gehindert, Anna zu besuchen. Sie ging die Treppe hinunter. Agnes öffnete ihr ohne Kommentar die Tür, und zum ersten Mal seit Wochen stand Therese auf der Straße. Frei wie ein Vogel mit gebrochenen Flügeln. Freiheit erfordert Übung und eine entsprechende Ausstattung. Sie hatte keine Handtasche, kein Geld, nichts von der Rüstung eines urbanen Infanteristen. Wie schnell man vergaß, wie es war: der Lärm, der Benzingestank, die leichte Feuchtigkeit auf dem Straßenpflaster und das Licht. Das Licht, das selbst an einem grauen Tag blendete, eine helle Weite, die sie erdrückte und es ihr erschwerte, die Orientierung zu behalten. Links und noch mal links, immer an der Gartenmauer entlang, bis sie die Kreuzung erreichte, wo der Verkehrslärm noch stärker war. Sie kam an dem vom Efeu befreiten Tor der hinteren Mauer vorbei, warf ihm einen sehnsüchtigen Blick zu und ging weiter zu dem Mietshaus, wo Anna wohnte. Beim Klingeln sprach sie sich selbst Mut zu, erinnerte sich daran, was sie sagen wollte, versuchte, es unter Kontrolle zu bekommen, sich einen Plan zu machen, der aus ganz einfachen Fragen bestand. Außerdem war der nagende Gedanke in ihrem Hinterkopf, dass sie Judes Messbuch zurückhaben wollte. Barbara hatte durchblicken lassen, dass sie Anna verdächtige, es gestohlen zu haben, und sie hatte immer noch kein Wort dazu gesagt.

Als sie vor dem Schild mit den vielen Namen stand, alle mit eigener Klingel, kam sie sich auffällig und fremd vor, und als dann niemand aufmachte und auch keine krächzende Stimme durch die alte Türsprechanlage kam, hatte sie das Gefühl, von aller Welt verlassen zu sein. Therese stemmte sich gegen die Tür, für den Fall, dass sie das Summen nicht gehört hatte. Dass Anna nicht aufmachte, empfand sie als schroffe Ablehnung. Statt logisch zu folgern, dass Anna weggegangen war, konnte Therese sich nur vorstellen, dass sie oben saß, durch die Sprechanlage ihrem Atmen lauschte und sich über sie lustig machte. Dabei hatte Anna sich noch nie über sie lustig gemacht; trotzdem ging ihr das Bild ihres höhnischen Grinsens nicht aus dem Kopf. Therese wandte sich ab und lief eilig davon. Agnes brauchte ziemlich lange, um zur Tür zu kommen, und als diese sich endlich öffnete, kaute Therese bereits nervös an den Fingernägeln. Der Tag war grauer als je zuvor und das Geräusch der hinter ihr ins Schloss fallenden Tür eine bleierne Erleichterung.

Sie war müde, das war alles. Müde, überdreht und hungrig, wie ihre Mutter immer gesagt hatte. *Es wird noch vor dem Zubettgehen Tränen geben, wenn wir uns nicht zusammenreißen und begreifen, was gut für uns ist.* Es hätte ihr gefallen, wenn sie jetzt von jemandem ausgeschimpft worden wäre. Sie wünschte sich Regeln, die weit strenger waren als diejenigen, denen sie unterworfen war. Sie wollte Ordnung, Berechenbarkeit und Arbeit, und kaum war die Tür hinter ihr zugefallen, fehlte ihr der Himmel.

Bald wäre die Trägheit des Nachmittags vorüber. Noch im Mantel, schlüpfte Therese an den drei Nonnen im Salon vorbei, die über ihrem Strickzeug eingenickt waren, und ging in den Garten, um nach Francis zu suchen. Wenn du bei einer Aufgabe versagst, such dir eine neue. Er war nirgends zu sehen. Auf halbem Weg den Pfad entlang, etwa auf der Höhe des heiligen Michael, entdeckte sie die rötliche Katze. Sie hockte da, wo Matilda normalerweise saß, und putzte sich. Therese streckte die Hand aus, um sie zu streicheln. Die Katze sprang von der Bank und schlich sich über den Pfad davon, nicht ohne ihr einen entrüsteten Blick zuzuwerfen. Sie kam sich vor wie Alice im Wunderland und folgte ihr.

Diese Kirche war meilenweit von der Kapelle entfernt. Hinsichtlich Geist und Stil hatte sie mehr Ähnlichkeit mit dem Hindutempel, den Ravi ihr so stolz vorgeführt hatte. Zwar hatte er kaum ein Wort gesagt, abgesehen davon, dass er sich bereit erklärte, sie zu begleiten, egal wohin, trotzdem war sie froh, dass er da war. Komisch, sie empfand fast so etwas wie Konkurrenz, was die Artefakte und Accessoires einer Religion betraf, in die sie hineingeboren war und an die sie nicht glaubte. Als wäre es Teil eines Geburtsrechts, sich in ihrer ganzen Pracht und Herrlichkeit zu sonnen, so wie ein reicher, berühmter Verwandter einem kleinen Mädchen in der Schule Status und Glaubwürdigkeit verschafft, selbst wenn es ihn so gut wie gar nicht kennt. Also wirklich, dachte sie, in puncto Pomp kann sich nichts mit der katholischen Kirche messen. Dieser Tempel glänzte vor Gold. Sie mochte die kleineren Kapellen im Seitenschiff lieber und das weiche Licht in den Nischen mit den schmiedeeisernen Kerzenständern, zehn Pence pro Stück, Minimum. Sie warteten ungeduldig darauf, entzündet zu werden, unwiderstehlich, egal was sie kosteten, als wäre dieser kleine Akt, bei dem eine an der anderen angezündet wurde, alles, was die Dunkelheit erhellen könnte. Als retteten zehn Pence eine Seele. Die Seitenkapelle, die ihr am besten gefiel, war St. Paul's mit ihrer kleinen Kuppel aus grünem Mosaik, in das drei Köpfe von strengen Heiligen inklusive Heiligenschein eingelassen waren, die jedoch eher symbolisch als menschlich wirkten. Sie sahen aus wie drei Herren mit Verdauungsbeschwerden. Alle Indizien wiesen darauf hin, dass es unmöglich war, aus kleinen Steinstücken ein lächelndes Gesicht zu erschaffen. Anna sagte zu Ravi, dass die Kathedrale mit ihrer beeindruckenden Sammlung von Kardinälen, die in den großen, dunklen Ecken in steinernen Särgen zur letzten Ruhe gebettet waren, nicht dem Ruhm Gottes diente, von dem es kaum Abbildungen gab, sondern dem Ruhm der Menschen, insbesondere derer, die mit Marmor arbeiteten, denn dieser kalte Stein herrschte in den verschiedensten Schattierungen und Varianten vor. Er nickte. Die Kanzel für den jeweiligen Hohepriester des Tages sah aus wie eine überdimensionale weiße Version eines der Särge, ruhte auf acht Säulen und war mit Schleifen in unterschiedlichen Farben geschmückt. Sie war ebenfalls mit wunderschönen Mosaiken ausgestattet und bot Platz für dreißig Mann. Ein einzelner Kardinal würde darin einfach untergehen, selbst wenn er seinen Kardinalshut trug.

Auf der Hälfte des Mittelschiffs hing ein riesiges Kruzifix von der Decke. Weit dahinter, in einem Teil des riesigen Bereichs, der für die Messen benutzt wurde, saß eine Menge von etwa dreihundert Gläubigen und beobachtete, wie die Mitglieder des gerade zusammengekommenen Kirchenchors in den für sie bestimmten Bankreihen neben dem Altar Platz nahmen. Anna setzte sich zusammen mit Ravi in die Nähe des Ausgangs, falls sie rasch flüchten mussten, und beobachtete die langen schwarzen Gewänder und breiten roten Schärpen der Geistlichen, die geschickt darauf achteten, dass die umherwandernden Touristen sich nicht mit den Gläubigen vermischten, die an der Messe teilnehmen wollten. Sie fragte sich, was für ein Feiertag es wohl war. Die Gläubigen würden es wissen, die Touristen nicht, und denen war es auch egal. Anna kam sich fremd vor; in ihrer Erinnerung war die Kirche kleiner gewesen, jetzt aber erschien sie ihr ganz besonders unchristlich, weil es dem Innern an jeder Art von Harmonie mangelte. Ravis Tempel machte mehr her. Flüsternd teilte sie ihm diese Erkenntnis mit, und er nickte.

Sie richtete den Blick auf das riesige Kruzifix, das an Ketten von der Decke hing. Vielleicht war es pervers, dass sie sich so beharrlich zu einem so grausamen Bild hingezogen fühlte. Sie fragte sich, wann das wohl angefangen hatte. Als sie etwa zehn Jahre alt gewesen war, hatte ihr Daddy ihr gezeigt, wie behaglich sich ein bestimmter Jesus an einem bestimmten Kreuz eingerichtet hatte. Jesus als bloßes Objekt zu sehen war vermutlich das Ende des Glaubens. Vater war immer schon subversiv gewesen, und sie hatte ihn nie so sehr vermisst wie in diesem Augenblick. Sie zeigte Ravi das Kruzifix. Es gefiel ihm nicht.

Dies war alles andere als ein gemütliches Kreuz, aber es hatte den vertrauten Effekt, dass sie sich sammelte. Es schien ihr auf seine Art noch scheußlicher als alle, die sie je zuvor gesehen hatte. Die ausgemergelte Christusgestalt trug langes Haar und einen Heiligenschein. Auf dem nach links gebeugten Kopf saß eine Dornenkrone, die jedoch die Stirn frei ließ. Der ganze Körper hing an den abgezehrten Armen, die in einem starren rechten Winkel vom Körper abstanden. Es war der in die Länge gezogene blutleere Torso eines Verhungerten, eingewickelt in einen knielangen Lendenschurz. Darunter kamen hagere Beine und Füße zum Vorschein, die vor lauter Schüchternheit verdreht schienen. Das Holz, an dem der Heiland hing, war leuchtend rot und mit grünen und goldenen Mustern umrandet. Über dem Kopf und an allen Enden der ausgebreiteten Glieder befanden sich Symbole, die sie aus der Ferne nicht erkennen konnte und ebenfalls in Gold eingefasst waren. Trotzdem war es ein Jesus, der das Gegenteil von dem Staunen und der Verachtung auslöste, die sie jetzt brauchte. Es gab Fragen, die gestellt, Menschen, die zurechtgewiesen werden mussten. Ravi spürte ihre Unruhe und verschwand in der Seitenkapelle von St. Paul's, gab ihr jedoch ein Zeichen, dass er zurückkäme. Sie setzte sich hin, Knien kam nicht in Frage, und begann eine stumme neue Variante ihrer Gespräche.

»Weißt du, was, Gott, du bist ein kleines Arschloch! Ein verwöhnter Bengel. Es ist nicht gut für Leute wie dich, wenn man sie anhimmelt. Du warst einfach zu jung.«

Die Orgelmusik setzte ein und hallte durchs Mittelschiff. Die dreihundert Gläubigen, die sich zur Messe versammelt hatten, saßen geduldig da und warteten auf ein

Kommando. Anna achtete nicht auf sie, sondern setzte ihre Ansprache fort.

»Zu viel Aufmerksamkeit in zu jungen Jahren, deshalb kann man deinem Urteilsvermögen nicht immer trauen. Und Dad hatte vermutlich Recht mit seiner Theorie. Dein alter Herr hat dich auf eine Mission zu den Menschen geschickt, und sieh dir an, was sie mit dir gemacht haben. Sie haben dich beschimpft, gequält und erniedrigt und dich dann so halb nackt zurückgelassen, wie du heute noch rumläufst. Und was macht dein göttlicher Herr Papa? Er verbringt die nächsten paar Jahrhunderte damit, Rache an der Welt zu nehmen. Das würde jeder normale Vater tun. Von wegen Vergebung.«

Der Chor setzte ein, und ein jubelnder Klangteppich breitete sich vor ihr aus.

»Behandelst du deshalb deine ergebenen Diener so mies? Du hast einen Haufen alter Weiber um dich geschart, angeführt von Attila, der Nonne. Sie werden am Hintereingang von Pennern unter Druck gesetzt und am Vordereingang vom Bischof eingeschüchtert, und was machst du, nur um deinen Spaß zu haben? Du schickst ihnen jemand, der aussieht wie ein Heiliger, und übergibst ihm die Macht. Was soll das? Warum tust du so was, um Himmels willen?«

Wie auf ein unsichtbares Stichwort erhob sich jetzt die Menge vor ihr. Das Geräusch dieser Bewegung hallte stärker nach als die Musik oder der Gesang. Eine Welle sachter Erschütterung folgte auf die nächste, das Rascheln der Mäntel, das Räuspern, die Bewegung der Körper, die eine lebendige Schwingung und Empfindung erzeugte, so wie von schlagenden Flügeln. Ein Luftzug strich durch den Mittelgang, dessen flatterndes Echo sich bis unter die Dachbalken ausbreitete. Plötzlich wurde ihr klar, dass die Bewegung von Menschen das mächtigste Geräusch überhaupt war. Und dann hörte sie es wieder, im Innersten ihres Schädels, Schwester Judes Lieblingsgedicht:

Mit Jagen sonder Hast,
Mit unbeirrtem Schreiten,
Mit wohl bedachter Eile,
Mit majestätischer Eindringlichkeit.
Und eine Stimme hämmerte
Noch eindringlicher als jene Füße:
»Alles betrügt dich, der du mich betrügst.«

»Was soll ich tun, was willst du von mir?«, flüsterte sie.

Ehre deinen Vater. Suche nach der Wahrheit.

Sie war kalt wie Eis, als Ravi zurückkam. Er legte ihr den Arm um die Schultern; es war das erste Mal, dass er sie berührte. Wärme strömte zurück in ihre Adern. Sie nahm den Duft von Nelken wahr.

»Es ist eine wunderschöne Kirche«, flüsterte er ihr ins Ohr. »Genauso schön wie unsere, glaube ich. Und jetzt weiß ich auch, warum du so traurig bist.«

»Weil meine Mutter versucht hat, mich umzubringen«, sagte sie ruhig.

Er lehnte seinen Kopf gegen den ihren. »Weil du deinen Vater nie gekannt hast und die ganze Zeit mit ihm redest. Vor allem aber deswegen, weil deine Götter so unglücklich sind.«

Dann nahm die Schar der Gläubigen vor ihnen Platz, und dieselbe Welle leiser Erschütterung wie zuvor rollte über sie hinweg.

10

Nehmet wahr der Lilien auf dem Felde, wie sie wachsen: Sie arbeiten nicht, auch spinnen sie nicht

Gärten waren für Therese schon immer geheimnisvolle Orte gewesen. Obwohl auch sie zur Ehre Gottes bestimmt waren, schienen Gebäude seine schöpferische Kraft besser widerzuspiegeln. Man hatte Anna und sie in diesen Garten geschickt, als sie als Kinder zum ersten Mal das Kloster besucht hatten. Anna war auf die Bäume geklettert und völlig verschmutzt wieder reingekommen. Therese hätte schwören können, dass Edmunds alter Schuppen schon damals da gewesen war. Die schwache Erinnerung daran hatte nichts damit zu tun, dass sie so selten in den Garten ging und wenn, dann nie bis zu seinem Ende vordrang. Sie schämte sich dafür, denn es war zwar ein ungewöhnlich langer Garten, aber es handelte sich schließlich nur um Meter, nicht um Meilen. Auf alle Fälle hatte sie ihn nie als friedliche Wildnis empfunden. Im Frühling waren die gerade flügge gewordenen Vögel im Tiefflug über sie hinweggerauscht und hatten sie mit ihrem ohrenbetäubenden Kreischen erschreckt. Edmund mit seinen langsamen Bewegungen und seinen unaussprechlich abschreckenden Manieren hatte sie eingeschüchtert. Außerdem konnte man sich nirgendwo hinsetzen oder auch nur anlehnen, abgesehen von dieser

Bank, die unübersehbar auch von den Vögeln genutzt wurde und mit ihrem Dreck bekleckert war, der dann an den Kleidern klebte. Der Garten wirkte schmutzig und unappetitlich, und das einmal mehr, da Edmund an diesem Ort gestorben war. Als sie die letzte Biegung des Pfades erreichte und sich dabei des Rauschens der Bäume bewusst war, erwartete sie mehr oder weniger, ihn dort auf der schmutzigen Bank sitzen zu sehen, vor seinem stinkenden Schuppen mit der kaputten Tür, so tot, wie er war, als sie vor gerade mal zwei Wochen eine Decke über ihn gebreitet hatte.

Doch jetzt war der Platz um den Schuppen sauber geharkt, und unter der einst festgetretenen Erde waren wie durch ein Wunder ein paar alte Pflastersteine aufgetaucht. Die Bank war geschrubbt worden und hatte sich in einen stilvollen Sitzplatz aus sauberem, hellem Holz mit schmiedeeisernen Beinen verwandelt. Als sie näher kam, lag der Geruch von Teeröl in der Luft, den sie anfangs nicht identifizieren konnte, aber als abstoßend wahrnahm. Links vom Schuppen entdeckte sie ein Häufchen Abfall und ein paar Werkzeuge. Von der anderen Seite her hörte man Gesang.

Lobe den Herren,
Den mächtigen König der Ehren!
Kommet zuhauf.
Psalter und Harfe wacht auf,
Lasset den Lobgesang hören.

Eine Hymne, die sich eher für den Morgen als den Nachmittag eignete, aber dennoch eine Hymne, die von einer kräftigen, unbefangenen Baritonstimme zum Besten gegeben wurde. Therese zögerte und rief dann. Der Gesang brach unvermittelt ab. Francis tauchte mit einem Farbtopf in der einen und dem Pinsel in der anderen Hand auf. Anscheinend war er nicht im Geringsten überrascht, sie hier zu sehen. Sie bemerkte, dass die Tür des Schuppens nicht mehr schief in den Angeln hing, sondern offen stand und ein sauberes, weiß getünchtes Inneres zeigte. Anscheinend konnte er tatsächlich Wunder wirken. Er hatte sogar die lärmenden Vögel zum Schweigen gebracht, und sein Grinsen war ansteckend.

»Schwester Therese!« Er verbeugte sich schwungvoll, und sie musste nervös lachen, als sie an Kims Worte dachte: *Schwule wissen, wie man mit Frauen umgeht.*

»Probieren Sie mal die Bank aus, sie hat gerade eine Generalüberholung hinter sich«, sagte er. »Sie sind die Erste, die meine Arbeit bewundern darf. Selbst Barbara hat keine Ahnung. Bitte, setzen Sie sich; sie ist schon trocken.«

Sie nahm vorsichtig Platz. Das Holz wärmte ihren Rücken. Er setzte sich ans andere Ende der Bank und stellte den Farbtopf zu seinen Füßen ab. Dann beugte er sich zu ihr. Die Bewegung überraschte sie, doch er hielt die Distanz aufrecht.

»Verraten Sie es niemand.«

»Hier gibt es keine Geheimnisse, Francis«, antwortete sie streng und merkte, noch während sie es aussprach, wie falsch das war. »Was genau machen Sie hier eigentlich?«

»Ich baue eine Laube.« Er hob einen Arm. »Nun ja, Laube ist vielleicht übertrieben. Man könnte sagen, ich schaffe ein Ambiente, wie es der Fernsehmoderator einer bekannten Gartensendung ausdrücken würde. Kennen Sie sie?«

»Ich fürchte, nein.«

»Hab ich mir gedacht.« Er grinste sie an. Plötzlich war der Tag weniger grau.

»Allerdings kann man es auch nicht wirklich Schaffen nennen«, fuhr er fort. »Das könnten wir gar nicht, stimmt's? Es ist Gottes Privileg. Ich bringe nur etwas ans Tageslicht, was vorher schon da war. Ein sauberes Plätzchen, wo man sich hinsetzen und nachdenken kann, aber das ist erst der Anfang. Später schneide ich den Efeu zurück, pflanze ein bisschen was an den Rändern, und ehe man sich versieht, ist es ein Platz, den man benutzen kann, statt ihn verkommen zu lassen. Ich möchte nur nicht, dass Sie es weitererzählen, weil es eine Überraschung sein soll.«

Er hatte einen leichten Akzent, London, und noch etwas anderes.

»Wie nett«, murmelte sie und meinte es auch so. Einen Augenblick lang hatte sie den Zweck ihrer Expedition vergessen. Seine Begeisterung wärmte sie ebenso wie das Holz, auf dem sie saß.

»Außerdem habe ich Angst, dass Matilda was dagegen hat. Sie findet, alles sollte so bleiben, wie es war. Alte Leute mögen keine Veränderungen mehr, stimmt's? Möchten Sie einen Tee, Schwester?«

Die Einladung überraschte sie. Wie zauberte man am Rand eines Gartens Tee herbei, selbst wenn man so kreativ war wie Francis? Ohne ihre Antwort abzuwarten, sprang er auf und trat in den Schuppen, wo sie die Flamme eines Spirituskochers sah und das Klappern von Löffeln hörte. An der gegenüberliegenden Wand stand eine selbst gezimmerte Pritsche. Als er seinen goldenen Kopf durch die Tür streckte, schien die Sonne aufzuleuchten. Er erinnerte sie an einen kleinen Jungen, den sie einmal getroffen hatte und der ihr, souverän wie ein Künstler, der Eindruck machen will, einen neuen Zaubertrick vorgeführt hatte. Der Schuppen sah jetzt fast so aus wie ein Sommerhaus. Größer, als sie ihn in Erinnerung hatte, groß genug, um darin zu übernachten, und auf verschrobene Art romantisch.

»Wir haben Wasser, und für den Rest sorge ich.« Er hielt einen Becher mit einem starken orangefarbenen Gebräu in der Hand. »Wenn ich erst ein paar Lampen angebracht habe, ist es ein schönes Plätzchen für laue Sommerabende.«

»Ja.«

»Sie werden also nichts verraten?«

»Nein.«

Er gab ihr den Becher in die Hände und umschloss sie dabei mit seinen eigenen, aber so kurz, dass sie es kaum bemerkt hätte, wäre ihr nicht aufgefallen, dass sie vor dieser fürsorglichen Geste nicht zurückschreckte. Sie war etwas ganz anderes als die fordernden Griffe der älteren, zittrigen Hände. Sie war sich halbwegs bewusst, dass sie schon wieder versprochen hatte, ein Geheimnis für sich zu behalten, aber das schien im Augenblick nicht wichtig zu sein. Der Tee war stark, so wie sie ihn am liebsten mochte, ganz anders als die helle Brühe, die angesichts der klammen Wirtschaftslage des Klosters an der Tagesordnung war. Sie fühlte sich wirklich sehr wohl, bis die Katze zwischen ihnen auf die Bank sprang und sich an Francis schmiegte. Therese war erstaunt, dachte aber dann, warum nicht? Der heilige Franziskus ist der Schutzpatron der Vögel und Tiere; es war ganz natürlich, dass dieses Geschöpf dessen Namensvetter vertraute. Zugleich erinnerte diese Unterbrechung sie an einige Dinge, die sie ihn hatte fragen wollen.

»Waren Sie derjenige, der meine Schwester gestern Abend hier im Garten gefunden hat, Francis?«

Er machte keinerlei Ausflüchte.

»Ja. Tut mir Leid. Das war ich.«

»Barbara sagte nur, dass ›jemand‹ sie festgehalten hätte. Was um alles in der Welt hat sie hier gemacht?«

»Ich wünschte, ich könnte es Ihnen sagen. Es hatte etwas mit Beten zu tun. Ich weiß auch nicht. Ich bin ihr einfach über die Mauer hinterhergeklettert, weil ich sie für eine Einbrecherin hielt … Es tut mir Leid, aber sie war nicht nur betrunken, sondern auch unflätig. Und sie hat ziemlich lange Fingernägel.«

Er wandte ihr sein perfektes Profil zu, um ihr den schlimmsten der von oben nach unten verlaufenden

Kratzer zu zeigen, und senkte dann den Kopf. Lieber Himmel! Anna hatte immer Wert auf lange Fingernägel gelegt, komische Eitelkeit bei einem Wildfang wie ihr.

»Haben Sie ihr wehgetan?«

»Nein, nein, ich gebe Ihnen mein Ehrenwort, auf keinen Fall. Sie ist so klein, es war gar nicht nötig, ihr wehzutun. Zuerst hat sie vor Wut gefaucht, aber das war alles, und als ich sie zur Sicherheit nach Hause brachte, war sie lammfromm und völlig harmlos.«

Plötzlich war sie ihm enorm dankbar, weil sie Barbaras Versicherung, dass Anna kein Haar gekrümmt worden war, nicht länger traute, und es war wichtig.

»Sie tat mir Leid«, sagte Francis sanft. »Im Übrigen habe ich sie ganz schön bewundert. Sie hat gekämpft wie eine Katze, und ich mag Katzen. Man muss nur richtig mit ihnen umgehen, wissen Sie.«

Therese wollte das nicht weiter erörtern. Sie spürte nur Annas Erniedrigung und eine wütende Hilflosigkeit. Wenn Anna Schutz brauchte, hätte Therese diese Aufgabe lieber selbst übernommen oder Gott überlassen.

»Und tat Ihnen Schwester Joseph auch Leid?«, fragte sie. »So dass Sie ihr Geld annehmen und dafür Alkohol besorgen, wenn sie darum bittet?«

Er ließ den Kopf hängen. Die goldenen Locken fielen über sein Gesicht, und er stieß einen Seufzer aus. Plötzlich schoss ihr der Gedanke durch den Kopf, wie seltsam es war, dass solches Haar bei dem einen Mann weibisch aussehen konnte und bei einem anderen überhaupt nicht.

»Joseph war verzweifelt, Schwester. Ich dachte auch, dass es ihr mehr schaden als Gutes tun würde. Aber sie hat mich unter Druck gesetzt, und so habe ich wohl einen Fehler gemacht. Ich werde es nicht wieder tun, aber ich bin hier neu, Therese, ich muss noch vieles lernen. Ich hatte keine Ahnung, welche Wirkung das Zeug hat, ich wollte bloß, dass sie glücklich ist. Sie ist eine starke Frau. Wie können wir Joseph nur glücklich machen?«

Die Verwendung ihres Namens ohne das vorangestellte »Schwester« und das vertrauliche »wir«, als wären sie Verbündete, lösten ein Gefühl von Wärme in Therese aus, die angenehme Vorstellung, dass sie eine Last teilten und sie damit leichter wurde oder dass ihre Mission zumindest teilweise erfolgreich war. Doch angenehmen Gefühlen musste man widerstehen. Sie trank den Tee aus, stellte den Becher sorgfältig auf die Bank und stand auf, um zu gehen. Auch Francis erhob sich aufmerksam wie ein altmodischer Gentleman.

»Sie müssen die Erste sein, die meine Laube besichtigt«, sagte er und verbeugte sich erneut. »Und kommen Sie her, wann immer Sie wollen.«

An der Biegung des Pfades wandte sie sich noch einmal um. Sie erhaschte einen letzten Blick auf Francis, gerade als es anfing zu regnen, einen Mann mit goldenen Locken und nackten Armen, der eine orangefarbene Katze an sich drückte.

Sie wusste, dass sie wiederkommen würde. Sie würde wiederkommen, bevor jemand anders es entdeckte, zu einer Zeit, wenn Francis mit seiner beunruhigend charmanten Art nach Hause gegangen war. Zwar war das Kloster eigentlich viel zu groß für sie alle, doch es gab sonst einfach keinen Ort, an dem man ungestört allein sein konnte, und sie fand, sie sollte sich besser daran gewöhnen. Außerdem erinnerte sie der Schuppen an etwas ganz anderes, an den im Garten ihres ersten Zuhauses.

Der Regen war beinahe lautlos, ein ständiges feuchtes Nieseln.

»Du meinst, dass ich eigentlich meinen Vater meine, wenn ich mich dauernd mit Gott rumstreite?«, fragte Anna Ravi langsam.

»Das ist nur so eine Idee.«

»Die reiner Psychoquatsch sein könnte.«

»Aber auch wahr sein könnte. Es wäre doch ganz natürlich. Wenn dein Vater im Himmel ist, warum nicht?«

»Ich vermute ihn eher in der Hölle.«

Sie saßen in einem hölzernen Unterstand, unweit des Eingangs zum Park, als die letzten Kunden eines Eiswagens, der an diesem Tag schlechte Geschäfte gemacht hatte. Es schien zwar nicht gerade angemessen, von Gott und den Finessen der Seele zu sprechen, während sie ein Eis mit Schokosplittern verputzten, doch Ravi schien es nichts auszumachen. In seiner Religion sei Nahrung eine Quelle der Freude, erklärte er. Man opfere sie Gott und verzehre sie dann zu seinem Gedenken. Nahrung sei häufig eine heilige Sache und keinesfalls verwerflich.

»Glaubst du, dass es uns weniger dreckig ginge, wenn wir unsere Heiligen auch füttern würden?«, fragte sie.

Er nickte zustimmend, denn eigentlich redete er nicht gern beim Essen. Er hatte eine so feine Art, dass sie am liebsten jede Bewegung seiner Hand zum Mund genau studiert hätte. Auf diese Weise würde sie wenigstens der Versuchung widerstehen, ihn dauernd so unhöflich anzustarren.

»Vielleicht. Aber ich glaube nicht, dass Nahrung ihr Leiden mildern könnte. Sie sind alle so dünn. Sie sehen aus, als hätten sie Hunger und würden unglücklich bleiben. Eure Heiligen, eure Götter … mir scheint, es sind einfach unerfüllte Leben. So viele Qualen, es ist ja nur Leid, das man in ihren Gesichtern sieht. Nie Freude über ihre Heiligkeit. Sie zeigen immer nur die Strafe, nie die Belohnung.«

Sie dachte an die puppenhaften Götter im Tempel, die wunderschön gekleidet und mit Juwelen geschmückt waren, als hätten sie ihre Mission erfolgreich beendet und ruhten nun in behaglichem Wohlstand.

»Und streiten sich eure Heiligen um ihre Stellung?«,

fragte sie höflich, als unterhielten sie sich über ihre Familien.

»Nein.«

»Woher weißt du das?«

»Sie würden es mir erzählen, und außerdem, warum sollten sie? Sie haben als Vorbilder gedient, und jetzt leben sie in Frieden. Sie wachen über uns, und wir wachen über sie. Sie sind nicht da, um uns zu bestrafen, das tun wir schon selbst, indem wir nicht zuhören. Hast du deinem richtigen Vater je zugehört?«

Sie dachte über diese Frage nach. »O ja. Er hat mich zum Lachen gebracht.«

»Ganesh bringt dich auch zum Lachen, aber es macht ihm nichts aus.«

»Ravi, habt ihr eigentlich auch solche Heiligenbildchen?«

Sie schlug Judes altes Messbuch auf. Der Rücken war aufgeplatzt, so viele schwere Heiligenbildchen steckten zwischen den hauchdünnen Blättern. Bilder von Heiligen, Matthäus, Markus, Ignatius, Bernadette, das Herz Jesu, die meisten aber von Maria, der jungfräulichen Muttergottes. Kleine Bildchen, die man an jeder Ecke kaufen und als Glückwunsch zum Geburtstag oder zum Verfassen einer Nachricht oder Notiz verwenden konnte, denn eine Seite war leer und die andere mit Abbildungen, Gebeten, Symbolen oder Gesichtern bedruckt, unterschiedlich dekorativ oder hässlich, kitschig oder schlicht. Sie waren Teil der Verbreitung katholischer Frömmigkeit. Auf die Rückseite der Bildchen hatte Jude mit spinnenartiger Handschrift ihre Notizen gekrakelt.

Pass auf die Seele meiner Nichte auf, o Herr. Ich weiß, wie viel Böses sie in deinem Namen tut. Sie hat ihre Kinder zu Krüppeln gemacht, sie mit Gehirnwäsche und Gift traktiert, weil sie den Gedanken, dass sie erwachsen werden und sie verlassen könnten, nicht erträgt. Steh ihnen bei, o Herr. Ich bin machtlos, was sie angeht.

»Wir haben auch Heiligenbilder«, antwortete Ravi. »Aber dieses Gebet verstehe ich nicht.«

»Das ist auch schwierig.«

Er sah auf die Uhr und warf ihr dann aus den Augenwinkeln einen forschenden Blick zu. »Es tut mir Leid, aber ich muss jetzt nach Hause. Meine Eltern …«

»Ich weiß, dass du gehen musst«, antwortete sie sanft. »Danke, dass du mitgekommen bist. Bestimmt fängt es gleich wieder stärker zu regnen an. Beeil dich lieber, sonst wirst du noch klatschnass.«

Und dann gab es nichts weiter zu tun, als selbst nach Hause zu fahren und im Bus still die Ängste rumoren zu lassen, gleichzeitig die Gesichter ringsum zu betrachten und sie mit den ihr bekannten zu vergleichen. Zwei männliche Gesichter, Ravi und ihr Vater, völlig unterschiedlich und doch auf seltsame Weise austauschbar. Ravis dunkel und unergründlich, das ihres Vaters wettergegerbt und kampflustig, und beide verschwammen mit den Nach-Feierabend-Gesichtern im Oberdeck des Busses. Müde Gesichter, lebhafte Gesichter, hauptsächlich aber welche mittleren Alters auf dem Weg nach Hause, bevor die nächste Generation ausging, um sich zu amüsieren. Ein hübsches Gesicht auf der anderen Seite des Mittelgangs, das sie an ihre Mutter erinnerte, aber es war genauso verschwommen und vage wie das ihrer Mutter. Sie musste aufhören, die Leute so anzustarren, und wenigstens lächeln, wenn sie dabei erwischt wurde, um zu zeigen, dass sie niemanden kränken wollte.

Es war sinnlos, die Leute so gierig zu beobachten, wie sie es tat. Diese Gesichter waren keine Schlüssel zum Universum. Ein Künstler konnte den Teufel so anziehend darstellen wie Jesus; ein durchgedrehter Mullah konnte aussehen wie ein Engel und der Goldjunge wie ein Heiliger, und trotzdem war er böse. Sie ließ den Blick aus dem Fenster schweifen und stellte sich vor, wie er da entlangging, dann stehen blieb und wartete, um die Straße zu überqueren. Die feine Ruhe, die sie im Park und in Ravis Gegenwart erfüllt hatte, verschwand, sobald sie wieder in ihrem Viertel war. Sie rannte bis zur Haustür, obwohl die Dämmerung nicht einmal ansatzweise eingesetzt hatte. Als sie Hals über Kopf ins Haus stürzte, dachte sie: Das ist es also, was er erreicht hat. Er hatte ihr Angst vor der Dunkelheit eingeflößt, vor der sie sich früher nie gefürchtet hatte. Doch dann ging ihr auf, dass nicht er der Auslöser war. *Nicht die Götter strafen uns, wir strafen uns selbst.* Sie kletterte eilig die Leiter empor aufs Dach, bevor das Tageslicht wie immer im Herbst langsam verdämmerte.

Ein knauseriges Licht wegen des jetzt anhaltenden Nieselregens, der die trockenen Straßen in gefährlichere Rutschbahnen verwandelte als ein Wolkenbruch. Sie dachte an die feuchten Pfade, die sich im Klostergarten am heiligen Michael vorbeischlängelten und selbst im Sommer von Moos bedeckt waren, dachte an das feuchte Laub rings um Edmunds Bank und schließlich auch an den Goldjungen und was er verdammt noch mal wollte. Vielleicht forderte er wie der Teufel ein Opfer. Der Regen machte auch die bleigedeckten Vertiefungen auf dem Dach rutschig, aber die Feuchtigkeit unter ihren nackten Füßen war warm. Sie hatte den Rucksack mitgebracht, wickelte im letzten Tageslicht den toten Vogel aus dem Geschenkpapier und schleuderte ihn in den Garten, wobei sie nach links in die Bäume zielte, weg von der Bank. Es war ein guter, kräftiger Wurf mit gestrecktem Arm. Sie beobachtete seinen Flug und sah ihn in einem Gebüsch aufschlagen. Da gehörte er hin, und da sollte er in Frieden weiter vor sich hin schimmeln, denn da war er auch verendet. Niemand anderer als Francis konnte ihn geschickt haben. Es sei denn, Therese hatte einen perversen Versuch gemacht, ihr etwas mitzuteilen – eine noch schlimmere Vorstellung, die sich jetzt auf unheimliche Weise bei ihr festsetzte.

Der Regen hatte Dunst mitgebracht, trotzdem konnte sie durch die Bäume den neuen Halbkreis erkennen, der aus dem Chaos rings um Edmunds Bank geschaffen worden war. Der Goldjunge Francis war vermutlich schon nach Hause gegangen, durch die Vordertür, wie jeder andere auch. Sie sah auf die Uhr: Abendbrotzeit da drin; draußen war es trotz der Feuchtigkeit noch warm. Sie konnte die saubere Bank sehen, den frisch gestrichenen Schuppen, die gestutzten Sträucher, den geharkten Boden und ein Licht, das im Innern des Schuppens brannte.

Du bist sogar noch hübscher als deine Schwester.

Er stellte ihr eine Falle. Er war letzte Nacht im Garten gewesen. Er ging gar nicht nach Hause.

Ach, Unsinn.

Sie kaute auf einem Fingernagel und versuchte, sich zur Ordnung zu rufen, weil sie immer alles so dramatisierte. Nichts passierte in diesem Kloster, das war es ja gerade. Wer braucht dich eigentlich, Anna, und was war dieser blöde kleine Francis schon? Ein aufgeblasener Gelegenheitsarbeiter, ihr selbst ernannter wichtigtuerischer Bewacher, der Wichser: ein Junge, der kein Zuhause hatte, und das trotz seines guten Aussehens und des Fitzelchens von Macht, das ihm seinen dummen goldenen Kopf verdreht hatte. Sie sah erneut auf die Uhr. Eindeutig Essenszeit da drin. Sie schmeckte noch die Reste von Schokolade und Eis, die wie ein klebriger Schnurrbart ihren Mund umrahmten. Am hellen Stein des heiligen Michael erkannte sie die schwarz gekleidete Gestalt von Matilda, die für jeden anderen unsichtbar war und vergeblich winkte. Anna blinzelte, und die Gestalt war verschwunden. Sie stieg die Leiter hinunter und stellte sie weg. Kramte in ihrem Gedächtnis nach der Telefonnummer des Klosters und wählte dann. Agnes würde wahrscheinlich Anweisung haben, sie nicht einzulassen, aber das konnte sie nicht am Wählen hindern. Das Telefon klingelte und klingelte, wie immer während der Mahlzeiten. Sie ging im Zimmer auf und ab. Wählte erneut. Dasselbe.

Nieselregen durchweichte die Soutane, die er bei Krankenbesuchen trug, als verliehe ihm diese Uniform Glaubwürdigkeit. Pastor Goodwin drückte den Finger auf die Klingel und murmelte: »Scheiße, Scheiße, Scheiße«, als würde das etwas bewirken. Seine Schuhe hielten der Feuchtigkeit nicht stand, der Kranke hatte im Tiefschlaf gelegen, und jetzt war nur noch diese drängende Verpflichtung übrig geblieben. Er klingelte erneut, ehe er einen Blick auf die Uhr warf, die er ohne seine meist unauffindbare Brille kaum erkennen konnte. Verflixt und zugenäht. Die Klostertür ging auf, und Barbara stand vor ihm. Sie hatte den Mund voll und kaute, was nicht gerade zu ihrer Attraktivität beitrug. Vermutlich hätte sie ihm die Tür vor der Nase zugeknallt, wenn er sich nicht an ihr vorbeigezwängt hätte und durch den Gang auf den Salon zugesteuert wäre. Barbara folgte in der gereizten Stimmung, die fast ihren ganzen Tag bestimmt hatte und von einer unterbrochenen Mahlzeit nur noch verschlimmert werden konnte. Das Zimmer war so kalt, dass er fröstelte. Sie knipste eine einzelne Lampe an und nahm weit entfernt von ihm Platz.

»Dieses Testament, Schwester. Haben Sie nicht bemerkt, was er damit bezweckt hat? Es ist ein gefährliches Dokument, ganz sicher … Es ist eine Zeitbombe … es ist Erpressung! Haben Sie verstanden, was er damit bezweckt?«

Sie saß starr wie eine Statue da und sah aus wie ein Basilisk in einem ägyptischen Tempel.

»Er wünscht seine Kinder zum Teufel, Schwester. Können Sie nicht lesen?«

Sie stand auf und drehte den Schlüssel in der Tür, die vom Salon in den Garten führte. Die Verriegelungen zu beiden Seiten des Fensters, ein herabgezogenes Gitter, ein Vorhängeschloss, um das Gitter zu sichern – das waren ihre letzten Vorsichtsmaßnahmen für die Nacht. Und die wurden getroffen, so früh es ihr beliebte. Anschließend ging sie um seinen Sessel herum, als zögerte sie, näher zu kommen, und setzte sich vier Meter von ihm entfernt wieder hin. Sie hätte sich ebenso gut durch ein Megaphon mit ihm unterhalten können. Lärm verlor sich hier. Nichts deutete auf die Kapelle hin, wo die Gläubigen sonntags Kirchenlieder sangen, und noch weniger auf eine Schar alter Frauen, die am anderen Ende des Gangs beim Essen saß.

»Sie halten sich wohl für sehr schlau, Pastor Goodwin, aber warum sollte ich auf einen Priester hören, der mit den Nerven am Ende ist?«

»Wie bitte?«

»Sie sind doch verrückt geworden, oder nicht, Pater?«

Er lachte unsicher. Wer hatte da mit wem geredet? Er erinnerte sich, dass Barbara erst seit vier Jahren hier war, offenbar lange genug.

»Leider nicht. Ich hatte einen Nervenzusammenbruch, ja, das ist allgemein bekannt. Vor Ihrer Zeit hier, Schwester, und es war eine Sache, bei der eher Mitgefühl als Besorgnis angebracht wäre, vor allem, da Sie selbst auf einen zuzusteuern scheinen.«

»Nun ja, mag sein, aber ich werde bestimmt nicht deswegen zusammenbrechen, weil man mir sexuellen Missbrauch von kleinen Jungs vorwirft, oder? Im Gegensatz zu Ihnen. Ganz im Gegensatz zu Ihnen.«

Er schnappte nach Luft, als hätte sie ihm einen Schlag versetzt, und fing dann an zu grinsen, weil es das Abstruseste von allem war, was man ihm bisher vorgeworfen hatte, einschließlich dem, was er sich selbst vorgeworfen hatte. Es war so absurd, dass er darüber nur lachen konnte. Kleine Fußball spielende Jungs? Das war wirklich stark. Er dachte an Kay McQuaid und die Qualen, die er in ihrer Nähe ausgestanden hatte, an seine notwendigerweise zurückhaltende und dennoch leidenschaftliche Liebe zu Frauen und an die Höllenqualen, die er deshalb hatte durchstehen müssen. Er lachte und lachte, obwohl ihm, noch während er lachte, klar war, dass es das Schlimmste war, was er tun konnte. Erst als sie nicht einstimmte, hörte er auf.

»Herrgott im Himmel, gute Frau, es gibt eine Menge anderer Gründe für einen Nervenzusammenbruch als das. Haben Sie denn gar keine Fantasie? Es waren der Glaube und das Scheitern, die mir zu schaffen machten, nicht kleine Jungs.«

»Francis hat mir was ganz anderes erzählt«, gab sie halsstarrig zurück. »Heute Morgen, als Sie weg waren.«

Francis, Francis, Francis. Was war los mit dem Jungen? War er der neue Messias? Goodwins Ärger wuchs, bis er explodierte.

»Und woher zum Teufel will Francis das wissen? Dieser eitle kleine Fratz? Ist etwa ein Priester über ihn hergefallen wie all ihr dummen Weiber? Hat er Ihnen aus der Zeitung vorgelesen? Weiß er mehr als der offizielle Bericht? Sie behandeln ihn, als würden Sie mit ihm vögeln, Herrgott noch mal! Wie zum Teufel soll er irgendwas über mich wissen?«

Er ging mit erhobenem Zeigefinger und blitzenden Augen auf sie zu, der Inbegriff eines übergeschnappten Irren. Sie hielt ihm stand.

»Er weiß es, weil er Angst vor Ihnen hat. Er weiß es, weil er noch ein kleiner Junge in unserer Gemeinde war, als seine Mutter für Sie geputzt hat. Er war ein Teenager, als Sie versetzt wurden, und er weiß genau, wie es dazu gekommen ist.«

Er hatte den Arm erhoben, als wollte er sie schlagen. Doch im gleichen Augenblick traf ihn die Erkenntnis wie eine Flutwelle. Er vergrub das Gesicht in den Händen und stöhnte vor Scham auf. Ja, jetzt erinnerte er sich an den Jungen.

»War er einer Ihrer Opfer, Pater? Jetzt sagen Sie bloß nicht, es seien so viele gewesen, dass Sie sich nicht erinnern können. Ein Nervenzusammenbruch, wie? So ein Quatsch! Ich weiß, wie der Bischof solche Dinge handhabt. So wie alle Bischöfe. So wie Männer überhaupt. Sie vertuschen sie einfach.«

In der Stille tickte die Uhr.

Er wollte schon antworten, dass ihre Einschätzung der hohen Geistlichkeit durchaus richtig war, dass aber selbst der störrischste Bischof aus dem abgelegensten Kaff einen pädophilen Priester nach nur zwei Jahren nicht in die Gemeinde seines Sündenfalls zurückversetzen, sondern ihn zumindest woanders hinschicken würde. Gleichzeitig wusste er, wenn er jetzt den Mund aufmachte, würde er schreien und toben, und alles, was er sagte, wäre sinnlos. Die Wut war ihm auf den Magen geschlagen, trotzdem schnürte sie ihm den Hals zu.

»Das werden Sie noch bereuen, Sie blöde Kuh.«

»Sie können mir nicht drohen.«

»Wo steckt dieser kleine Bastard?«

»Wagen Sie es nicht, ihn zu beschimpfen, Sie perverser Mensch!«

»Zu Hause, nehme ich an?«

»Sie haben wohl nicht die geringste Ahnung, was?«

Tatsächlich spiegelte sich eine gewisse Unsicherheit in seinem Ausdruck. Wäre er nur einen Augenblick länger geblieben, hätte er sie tatsächlich geschlagen. Er ließ sie mitten im Salon stehen und knallte die Tür hinter sich zu, in der Hoffnung, dass sie ihm gefolgt war und die Tür ins Gesicht bekam. Der Knall hallte in dem ganzen Gebäude nach, wo sonst niemals Türen geknallt wurden. Seine Schritte klangen wütend. Plötzlich entdeckte er im schwachen Licht des schwarzweiß gefliesten Gangs die unverwechselbare Gestalt von Therese, die vor ihm wegeilte, zurück zum Refektorium. Er brüllte ihr nach: »Therese!«, doch da rannte sie los und verschwand.

Er konnte sich lebhaft vorstellen, wie sie zwei Minuten zuvor auf der anderen Seite der halb offenen Tür gestanden hatte, gerade klopfen wollte, um zu erfahren, ob der Besucher Tee oder Kaffee wünschte, und alles mit angehört hatte. Er sah, wie das Vertrauen dahinschwand; es kam ihm vor wie eine endlose Wiederholung.

Der Regen legte sich um ihn wie ein Mantel, als er mit dem Rücken zur Tür schwer atmend stehen blieb. Vom Türsturz tropfte es erschreckend kalt auf sein lichtes Haar. Der Dunst des Nieselregens bildete einen Schleier um die Straßenlaternen, als trügen sie einen Heiligenschein. Würde man Barbara oder die gute alte Agnes hierher bringen, fielen sie wahrscheinlich erfurchtsvoll auf die Knie. Er überquerte die Straße und betrachtete das Klostergebäude von der gegenüberliegenden Seite aus. Es wirkte gemütlich mit den unterteilten Fensterscheiben und seinen dunkelroten Ziegelmauern, die den trügerischen Eindruck unerschütterlicher Massivität vermittelten, eines friedlichen Hafens inmitten einer urbanen Landschaft, abgeschieden durch ebendiesen Eindruck sowie die hohen Mauern, und doch wurden sie belagert, von innen und von außen, die armen Teufel da drin. Wenn er sie jetzt verließ und sich weigerte wiederzukommen, wäre ihre letzte Verbindung zur Außenwelt gekappt. Er zählte es an seinen zittrigen Fingern ab: Zuerst hatten sie die vernünftige Stimme von Schwester Jude verloren, die von ihrem Totenbett aus verstohlen Einfluss ausgeübt hatte, eine stille Ratgeberin für sie alle, Hüterin von Geheimnissen und Vernunft. Dann Edmund mit seiner sturen Unabhängigkeit, den Mann, der auf niemanden gehört hatte. Anna mit ihrem Weitblick und ihrer unglaublichen Intelligenz, ein lebendiges Bindeglied zwischen Thereses Welt und ihrer eigenen. Und jetzt auch noch ihn. Er war zwar noch nicht verbannt worden, doch seine Rolle war durch die jüngsten Gerüchte untragbar geworden. Er würde die Kapelle vermissen. Verglichen mit der modernen kastenförmigen Kirche, wo er sonst die Messe las, verbreitete sie einen magischen Charme, und es war der einzige Ort, den er kannte, an dem Gott nicht verstummt war. So wie jetzt, trotz des Heiligenscheins der Straßenlaternen.

Es wäre ein Leichtes gewesen, sich aus dem Staub zu machen, nach Hause zu gehen, den Fernseher einzuschalten und es sich mit seinen spartanischen Annehmlichkeiten gemütlich zu machen, in der Hoffnung, dass niemand mehr anrief. Aber der Ärger hatte ihm gut getan. Am liebsten hätte er jemandem den Hals umgedreht. Ganz kurz wurde ihm die Ironie der Situation bewusst, denn sämtliche Opfer seiner Mordgelüste waren Angehörige des Geschlechts, das er bevorzugte: Kay McQuaid, Schwester Barbara, seine eigene längst verblichene Mutter und sogar die dumme Therese, weil sie vor ihm weggelaufen war. Und wenn er noch länger hier stand, die Fäuste in seiner Soutane abwechselnd ballte und wieder lockerte, den Regen auf dem Rücken spürte und aussah, als wollte er jeden Augenblick den nicht existenten Mond anheulen, würde noch jemand kommen und ihn einsperren. Lieber Himmel, das wäre ja beinahe eine Erleichterung. Die Hektik hatte seine Kehle ausgetrocknet. Er konnte nur zu jemand gehen, der ebenfalls in Ungnade gefallen war. Wenn Anna nicht aufmachte, würde er sich auf die Türschwelle setzen und warten.

»Calvert« stand auf der Klingel, er wusste genau, wo, obwohl er noch nie in der Wohnung gewesen war, nur hin und wieder zu ihren Fenstern emporgesehen hatte, wenn er unnötig oft dort vorbeigegangen war. Er hätte sie schon längst besuchen und ihr erzählen müssen, was er über die Wahrheit wusste. Hätte, hätte, hätte.

»Gegenbeschuldigungen sind das Ende aller Anstrengungen«, deklamierte er laut in die Sprechanlage.

»Was soll das denn heißen, Pater?« Ihre Stimme klang so körperlos, dass er vor lauter Schreck einen Satz machte. Die Anlage krächzte misstönend.

»Darf ich raufkommen?«

»Na klar.«

Nicht mal ein Mann konnte die Enttäuschung in dieser Stimme überhören. Er begann die endlose Treppe in dem schlecht beleuchteten Treppenhaus hinaufzumarschieren und dachte, dass sie hier zumindest sicher war.

Etwas Ähnliches wie Musik strömte aus dem obersten Stockwerk, als er die letzten Stufen hinaufkeuchte. Beim Klagen der Sitar und dem Dröhnen der Trommeln wäre er beinahe umgekehrt. Er hatte wieder mal vergessen, wie jung sie war: Bei solcher Musik hätten sie nicht die winzigste Chance, einander zu verstehen, andererseits war es vielleicht nicht unbedingt Verständnis, was sie brauchten.

Die Dimensionen der Wohnung wirkten auf ihn wie die eines Puppenhauses, größer, wenn er von dem kleinen Wohnzimmer aus auf die winzige Küche dahinter sah, aber immer noch zu klein für so viel Lärm. Mittlerweile war ihm in seiner feuchten Soutane und dem Anorak so heiß geworden, dass er sich nicht vorstellen konnte, hier überhaupt atmen zu können, obwohl er merkte, dass es ganz anders war, als er es sich vorgestellt hatte. Es flogen keineswegs überall Klamotten und jugendlicher Schnickschnack herum. Die Wohnung war rein funktional eingerichtet, zwei Stühle, zwei Bilder, die Stereoanlage im Bücherregal, das war's, als würde der Platz immer anderweitig gebraucht. Anna schaltete die Musik ab, wofür er Gott dankte, doch in der plötzlichen Stille wusste er nicht mehr, was er sagen sollte.

»Sind Sie gekommen, um abzusagen?«

»Nein. Ich bin gekommen, um Wachsfiguren von Barbara und diesem Mistkerl Francis zu machen und dann lauter Nadeln reinzustechen.«

»In diesem Fall sind Sie willkommen.«

Er setzte sich, in der Annahme, dass es gestattet war.

»Hat die alte Zicke Sie rausgeworfen?«

»Man könnte es so ausdrücken, ja. Ich würde mir allerdings einbilden wollen, dass ich freiwillig gegangen bin.«

»Sind Sie über die Mauer geklettert oder so was?«

»Nein. Sie hält mich für pädophil.«

»Gott segne sie«, sagte Anna grinsend, und damit war es gut. »Möchten Sie einen Drink?«

»Wasser«, antwortete er. »Ein dreifacher Whiskey wäre besser, aber ich habe noch was vor.«

Eine weite Reise bis zur Küste. Er dachte mit Grauen daran, als sie das Wasser holte, und ging im Geiste den Fahrplan durch. Jede volle Stunde. Ja, er würde noch vor Mitternacht da sein. Die Dunkelheit war trügerisch, es war noch früh. Falls heute Nacht eines seiner Schäfchen sterben sollte, würde es allein sein. Sie beobachtete mit mütterlicher Besorgnis, die nicht zu ihrer kleinen Gestalt passte, wie er das Wasser trank.

»Ein Mann, der sich an Kinder ranmacht? Würd ich nicht unterschreiben.«

»Eine ähnliche Beschuldigung wie die gegen Ihren Vater, wenn ich mich recht entsinne. Seine eigenen Kinder. Ich zumindest soll mich ja nur an fremden vergriffen haben.«

Sie stand vollkommen reglos da. »Das ist absolut nicht wahr«, sagte sie langsam. Dann gab sie sich einen Ruck. »Schaffen Sie noch ein paar Stufen mehr, Pater?«

Ohne seine Antwort abzuwarten, zog sie die Leiter hinter dem Vorhang an der Wand hervor, kletterte hinauf und öffnete das Mansardenfenster am Ende. Ein köstlich kühler Luftzug strich herein. Er folgte ihr unbeholfen. Sie zog ihn mit einem erstaunlich kräftigen Griff an die Brüstung, und noch ehe er sich fragen konnte, wie um Himmels willen er je wieder runterkommen sollte, sah er die Sterne und wusste plötzlich, warum sie unbedingt in diesem erstickend kleinen Apartment wohnen wollte. Er fand festen Halt auf dem rutschigen Dach, folgte ihr ein paar Schritte, beugte sich wie sie mit verschränkten Armen über die steinerne Brüstung und fühlte sich sicher wie in Abrahams Schoß. Beinahe wie zu Hause. Er hatte große Höhen schon immer gemocht. Der Unterschied bestand nur darin, dass sein Oberkörper mindestens dreißig Zentimeter weiter über die Brüstung ragte als ihrer. Er richtete sich auf und trat einen Schritt zurück, um sein Gleichgewicht wiederzufinden, ein Goliath neben David.

»Also was wollten Sie sagen, Pater?«

»Ich hab's vergessen. Nur dass Gott Ihnen verzeihen wird, egal, was Sie anstellen.«

»Das ist mir egal. Mir geht es nur um Therese.«

»Na schön, ich bin gekommen, weil ich die zersetzende Wirkung der Ungnade gespürt habe, und ich war sicher, dass Sie das verstehen würden. Und weil ich das Gefühl habe, dass Therese und Sie in großer Gefahr schweben. Und die kann nur durch die grausame Wahrheit abgewendet werden. Das Testament Ihres Vaters –«

»Vergessen Sie's. Therese hat es vor mir versteckt, ich weiß es, und es war mir egal. Wie war er eigentlich, mein Vater? Ich meine, von Mann zu Mann. Sie kannten ihn doch ein bisschen.«

Er kramte nach seinen Zigaretten. Keine mehr da.

»Ich kannte ihn ein bisschen und mochte ihn sehr. Er war ein liebevoller Mensch und betete euch beide an. Aber die Liebe machte ihn naiv. Gegen eure Mutter hatte er keine Chance.«

»Kein normaler Mensch hat eine Chance gegen eine Verrückte«, antwortete sie langsam. »Gegen so viel Willenskraft kommt man nicht an. Besonders wenn sie die Rüstung eines Engels und das Schutzschild der Rechtschaffenheit trägt.«

Pastor Goodwin hielt den Atem an und merkte, dass

er den Tränen nahe war. Es war die Tatsache, dass keinerlei Bitterkeit in ihrer Stimme war, die ihn am meisten berührte, der nüchterne Verzicht auf Vorwürfe. Seine Anspannung löste sich, er wankte und griff mit beiden Händen nach der Brüstung, während er wahrnahm, wie sie im gleichen Moment den Arm ausstreckte, um ihn am Fallen zu hindern. Ein Kind mit Beschützerinstinkt, der stärker war als alles andere und ihr möglicherweise in reinerer Form von ihrer Mutter eingeflößt worden war.

»Wann ist Ihnen das klar geworden?«, flüsterte er.

»Weiß ich nicht mehr. Wirklich nicht. Jedenfalls nicht sofort, nicht im ersten Jahr unserer Krankheit. Ich glaube, die könnte echt gewesen sein, und er hat es nicht verstanden. Man hörte die ganze Zeit, wie sie sich im Hintergrund stritten. Erst ist mein Vater ausgezogen, dann versuchte er uns zu entführen, dann bin ich weggelaufen, und ach, noch so viel, aber alles verschwommen. Keine Kraft, verstehen Sie, keine Kraft, um irgendwas zu tun oder einen einzigen Gedanken zu denken. Ich konnte lesen, aber nicht denken, oder besser gesagt, ich konnte keinen einzigen Gedanken zu Ende denken, und wir waren ihre Komplizen, verstehen Sie. Wir waren einer Meinung mit ihr, es blieb uns gar nichts anderes übrig, denn es gab ja sonst niemanden, aber irgendwann und irgendwo ging mir auf, welches Spiel sie spielte. Münchhausen in Person, nicht wahr? Sie machte uns weis, dass wir krank seien, und wir haben es geglaubt. Es wurde zu einer Tatsache. Für Therese ist es heute noch eine, aber glauben Sie mir, Pater, weder Schwester Jude noch Sie mit Ihrer guten Seele hätten durchblicken lassen müssen, dass diese vier toten Jahre irgendwas anderes waren als die fixe Idee meiner wahnsinnigen Mutter oder dass sie uns lieber tot gesehen hätte, als zu riskieren, dass wir aus dem Haus gingen und sie zum Teufel schickten. Sie hatte eine grauenhafte Angst um sich selbst und um uns. Ich dachte immer, dass ich es war, die das alles ausgelöst hatte, weil ich ungezogen gewesen war. Weil ich ihr gezeigt hatte, wie schlimm es werden konnte.«

»Unsinn.«

Sie streckte die Arme aus, verhakte die Finger und drückte die Handflächen nach außen, bis er ein Knacken hörte.

»Aber ich brauchte lange, bis ich es wusste, und noch länger, bis ich es zugeben konnte. Ich war eine bessere Leserin als Therese. Ich entschlüsselte die Bücher mit den Symptomen besser als sie, aber erst sehr viel später fing ich an, mich mit den Medikamenten zu beschäftigen. Es war ganz normales Zeug. Valium nahm sie selbst, Benylin kann einen lahm legen, und dazu kam jede Menge leicht vergiftetes Essen. Sie war Ernährungsberaterin und tat genau das Falsche. Mit bestimmten Nahrungskombinationen und pflanzlichen Mitteln kann man jemanden sehr krank machen. Besonders wenn man ihm keine Chance lässt, sich zwischendurch zu erholen. Farbdämpfe, sie malte den ganzen Tag, und Räucherstäbchen. Ich kann verstehen, warum mein Vater die Nase voll hatte. Ich müsste ihm dankbar sein, dass er seine Anwälte auf sie gehetzt hat. Aber ich wünschte, er hätte uns hin und wieder geschrieben.«

Die Wut kam zurück; still, aber nützlich.

»Und wie hättet ihr seine Briefe in Empfang nehmen sollen, mein liebes Kind? Wer hat dem Briefträger die Tür aufgemacht? Wer ist ans Telefon gegangen? Gab es schon E-Mail?«

»Er hätte jemanden vorbeischicken können.«

»Das war ihm per Gesetz untersagt. Er war beschuldigt worden, euch sexuell missbraucht zu haben, und die Mühlen des Gesetzes mahlen bekanntlich langsam. Sechs Mal hat man ihn vor eurer Haustür verhaftet. Die wirkliche Macht liegt bei der Mutter. Er hat mich geschickt, Schwächling, der ich bin; er hat Schwester Jude geschickt ... die Tür blieb verschlossen, und wir waren natürlich machtlos.«

»Schwach wie alles Fleisch«, sagte sie. »Machen Sie sich nichts draus. Ich wünschte, ich hätte es gewusst, aber so ist es nun mal. Und der größte Witz daran ist, dass Therese versucht hat, mich vor allem zu schützen, was mit ihm zusammenhing, während ich mir Mühe gab, ihre Erinnerungen an unsere Mutter nicht zu besudeln. Es wäre schön, wenn Therese ihr Bild bewahren könnte. Auch wenn Mutter sie mit ihrem Glauben und ihrer verdammten Berufung angesteckt hat.«

»Theodores Testament –«, begann er.

»Nicht jetzt, Pater, es ist nicht wichtig. Ich würde es nicht ertragen, und Sie haben noch was vor.«

Sie richtete sich auf und umklammerte die Brüstung ebenso fest, wie er es zuvor getan hatte. Ihre Schultern reichten ihm höchstens bis an die Brust, und doch wusste er, wer von ihnen beiden der Stärkere war. Das Bedürfnis, in Tränen auszubrechen, hielt an.

»Erzählen Sie mir, was Sie sehen«, sagte sie.

Er schaute nicht nach unten, sondern geradeaus. »Ich glaube, ich sehe den ganzen Park. Ich kann Knightsbridge erkennen. Ich sehe ein Flugzeug, o Gott, ich sehe Lichter. Es ist wunderbar, ich sehe –«

»Hätte ich mir denken können«, sagte sie in ihrer trockenen, sachlichen Art. »Ein großer Mann sieht die Welt völlig anders.«

Sie lächelte mit einer so entsetzlichen Traurigkeit, dass er nur hoffen konnte, dass diese sich nicht für immer festsetzte.

»Mein Vater war ein Riese, verstehen Sie. So groß wie Sie. Zumindest habe ich ihn so in Erinnerung.«

Er stürzte das Treppenhaus hinunter und spürte dabei das Gewicht des Stapels von Dokumenten in seiner Tasche. Draußen war es jetzt kühler, aber immer noch feucht. Er musste sich beeilen, um den verflixten Zug zu erwischen. Er hatte genug Geld für ein Taxi, keine Zigaretten, nichts zu essen und gerade genug Wut im Bauch, um es bis dorthin zu schaffen. Am Schalter verhalf ihm sein Bäffchen zu einem Rabatt, und als er auf dem Bahnsteig wartete, bot ihm ein trauriger alter Mann eine Zigarette an. Mochte Gott ihm vergeben, aber er nahm noch eine zweite für später mit.

Schwester Barbara schaute von der Buchführung in ihrem Büro neben dem Salon auf. Sie hatte Schritte gehört, die an ihrer Tür vorbeigetappt waren, aber die Richtung, die sie genommen hatten, bevor sie erstarben, hätte sie nicht zu sagen vermocht. Nach vorn zum Eingang oder nach hinten, sie wusste es nicht. Das sind die Nerven, sagte sie sich, sie waren gereizt, und irgendwas stimmte nicht mit ihrem Gewissen, aber darüber wollte sie jetzt nicht nachdenken, schon gar nicht mitten in einer Kalkulation. Tapp, tapp, tapp, leise wie eine Katze, die einen Bogen um das Licht machte, das durch ihre Türritze auf den Gang fiel, und dann, sie war sich ganz sicher, wieder zurück, als wäre sie zu nervös, um weiterzugehen. Barbara stieß das schwere Hauptbuch zu Boden, wo es mit lautem Poltern aufschlug. Ein Zeichen dafür, dass sie die Schritte gehört hatte. Wer immer es war, riskierte ihr Missfallen.

Sie wartete eine Minute. Es war ohnehin zu spät, um hier noch etwas Nützliches zustande zu bringen. Junge Männer konnten noch nach zehn Uhr abends in ihren Büros arbeiten, aber zu denen gehörte sie nicht, und selbst wenn sie nicht schlafen konnte, hatte sie ihre Grenze bereits vor drei Stunden überschritten. Auch gut.

Angesichts ihres schlechten Gewissens oder was immer es war, öffnete sie die Tür ihres Büros vorsichtig und sah sich nach links und rechts um. Nichts. In Strümpfen ging sie bis zum Salon. Sie rüttelte am Gitter, überprüfte die Verriegelungen und nahm die Schlüssel mit zurück ins Büro. Gut. Dann wandte sie sich in die andere Richtung zur Kapelle.

Der Mond ging gerade hinter den riesigen Fenstern auf, leuchtend inmitten der kahlen, stillen Zweige der Bäume. Sie blickte zu ihm empor, erinnerte sich, wie lange es her war, dass sie zum letzten Mal hier gebetet hatte, und eilte davon. Für heute Nacht war sie in Sicherheit.

11

Fürchte dich nicht vor jenen, die den Körper töten und danach nichts mehr zu tun haben

Matilda sah nach dem Abendessen, wie Pastor Goodwin den schwarzweiß gefliesten Gang entlangstapfte, und versuchte ihn aufzuhalten, doch er bemerkte sie nicht. Vor dieser nicht weiter erwähnenswerten Mahlzeit hatte sie Francis zum Haupteingang hinausgehen sehen. Zwar konnte sie den vermutlich von Agnes stammenden liebevollen Abschiedsgruß und deren Aufforderung, etwas Vernünftiges zu Abend zu essen, nicht richtig verstehen, sich die Gefühle dazu jedoch lebhaft vorstellen. Sie erfüllten sie mit Ärger und Kummer. Verblendung war das Pfund, mit dem der Teufel wucherte. Alles, woran sie sich nach einem Abstecher in die Kapelle noch erinnerte, war, dass der Regen aufgehört hatte und man gefahrlos noch eine halbe Stunde beim heiligen Michael im Garten verbringen konnte.

Der Salon war verlassen, als sie verstohlen den Schlüssel in der Verandatür umdrehte und sich mit ihren Gaben und einem Gefühl der Erleichterung hinausstahl. In den letzten Tagen hatte sie Angst gehabt, sich an ihrem Lieblingsplatz aufzuhalten, und ihre Besuche auf hastige, heimliche Ausflüge beschränkt. Sie war nie lange geblieben und hatte mit erhobenen Armen gewunken, in der Hoffnung, dass die kleine Person, die sie manchmal vom

Dach schräg gegenüber beobachtete, es sehen würde. Doch Anna war der Zutritt verboten: Vielleicht würde sie nie wiederkommen, und Matilda, deren eigene Fähigkeit zu vergeben geradezu unerschöpflich schien, konnte es sogar verstehen. Die kleine Anna war eine unbesonnene, mutige Person, die möglicherweise dasselbe gesehen hatte wie sie, denn immerhin hatte sie versucht, Francis zu verletzen, und ihm dabei das Gesicht zerkratzt, das arme Kind, aber kein Mensch kann immer nur mutig sein. Sie selbst konnte also nichts tun als beten, und selbst in der relativ kühlen Dunkelheit, in der sie der segensreichen Wärme eines milden Frühlingsabends nachtrauerte, gefiel es ihr, den heiligen Michael an seinem vertrauten Ort sitzen zu sehen. Dass solche kleinen Freuden durchaus ihren Sinn hatten, war eine Lektion, die sie im Verlauf ihres langen Lebens gelernt hatte. Jeder friedliche Augenblick zählte, und Reue war ebenso überflüssig wie die endlosen Fragen, die ihr wie die unerschöpfliche Quelle eines furchtbaren Schmerzes vorkamen.

Etwa die, warum Gott das Leben so eingerichtet hatte, dass Menschen, die man liebt, einem aus lauter Stolz die eigene Not vorenthalten, denn es könnte ja sein, dass man ihre Not nur allzu gut versteht. Warum hatte Joseph, ihre beste Freundin, sich mit solcher Bitterkeit von ihr abgewandt, als hätte sie ihre Schwächen nicht längst völlig akzeptiert? Vielleicht lag es an ihrer Taubheit, die ihre einst endlosen Unterhaltungen heute unmöglich machten. Und warum hatte Gott, der alles vergibt und alles versteht, es stolzen Menschen so schwer gemacht, gerade diese Tugenden bei ihren Mitmenschen zu akzeptieren? Schamgefühl war etwas, mit dem Matilda nichts anfangen konnte. Man tut, was man tun muss, und später bedauert man es oder macht sich Gedanken darüber, aber Irren ist menschlich und Vergebung etwas Natürliches. Schmerz ist Schmerz; dann braucht man Trost und die Aussicht, dass es morgen schon besser sein wird, das ist alles. Sie ließ sich schwer auf die Steinbank zu Füßen des heiligen Michael fallen, wandte ihm den Rücken zu und fand es furchtbar, dass sie überhaupt das Bedürfnis hatte, Fragen zu stellen, statt einfach zu akzeptieren, was war, und sich darauf zu verlassen, denn das wäre wirklich tugendhaft. Zweifel ist eine Sünde, und Fragen sind nur Quälerei.

Etwa die, ob sie Edmunds Tod hätte verhindern können. Diese spezielle Frage ließ sich nur mit Nein beantworten, denn der Tod war der Wille Gottes und lag allein in seiner Hand. Sie bezweifelte sogar ernsthaft, dass sie an der Art seines Todes etwas hätte ändern können. Francis war nur ein Werkzeug gewesen und hatte sich als solches erst einen Weg in Edmunds Herz erschlichen und es ihm dann gebrochen, indem er die Vögel tötete. Zuerst das Herz und dann den Geist und zum Schluss auch noch den gebrechlichen Körper. An dem Abend, als das Fenster der Kapelle zu Bruch ging, hatte sie das *PLOP* eines Luftgewehrs gehört, ganz deutlich vor dem diffusen Hintergrund anderer Geräusche. Ihre zunehmende Taubheit pickte gelegentlich einzelne Geräusche mit einer Willkür heraus, die sie nach wie vor erstaunte. Davon abgesehen hatte sie den heimtückischen jungen Teufel mit seiner Waffe vorbeigehen sehen, als sie still neben der Statue des heiligen Michael saß. Zuerst hatte sie noch über die Arroganz des jungen Mannes lächeln müssen, der offenbar glaubte, dass jemand, der so alt war wie sie, nicht nur taub, sondern auch blind sein musste, dann aber war sie zu dem Schluss gelangt, dass er sie nach Art der jungen Leute einfach nicht sah. Andererseits ging ihr das mit den meisten Leuten so. Sie hatte darauf verzichtet, vor Edmund darauf zu bestehen, dass es Francis war, der die Vögel getötet hatte, weil es ihm noch eher das Herz gebrochen hätte, in einem Augenblick, als er sich Liebe von dem Jungen erhofft hatte. Er hätte nicht auf sie gehört, und jetzt würde sowieso niemand auf sie hören.

Außer Anna, die genau wissen musste, wie er war, denn Anna lebte in einer Welt voll böser Menschen, die wie er waren, und Anna beobachtete sie von ihrem Dach aus. Aber Anna war in Ungnade gefallen und kam vielleicht nicht wieder, und Joseph, die gute Joseph, hatte sich wie Barbara von dem Jungen blenden lassen. Ach, herrje.

Das Essen war heute schlecht gewesen, absolut unzureichend. Brot und Aufschnitt, was ihr jetzt bleischwer im Magen lag. Therese hatte nichts gegessen, und auch das machte Matilda Sorgen. Sie hatte noch ein wenig Obst und ein Stück Käse mitgenommen, so wie damals, als Edmund noch lebte und sie ihr Obst gegen seine Kekse eingetauscht hatte. Trauben hatte er am liebsten gemocht, aber sie hatten nur selten welche gehabt, außer wenn jemand sie als Geschenk mitbrachte. Stattdessen hatte es immer nur verschrumpelte Äpfel gegeben, die man am besten schälte, bevor man sie aß. Edmund hatte ein Obstmesser gehabt, das sie von dort weggenommen hatte, wo er es zum letzten Mal benutzt hatte, um den Teufel abzuwehren. Und das war Francis; kein Zweifel, dass er der Teufel war, und sie hatte solche Angst vor ihm, dass sie das Messer zusammen mit ihrem Taschentuch immer in der Tasche trug. Seufzend wickelte sie das Stück Käse aus einem zweiten Taschentuch und legte es zusammen mit dem Apfel, der auf dem Obstteller noch einigermaßen frisch ausgesehen hatte, und zwei Stückchen Schokolade, die sie wirklich gern selbst gegessen hätte, auf den Sitzplatz neben sich. Es gibt Zeiten, in denen nur ein Opfer hilft.

»Hilf uns, lieber Michael, und nimm diese Gaben als Zeichen unserer Liebe. Ich habe sie extra für dich mitgebracht. Wenn ich sie hier liegen lasse und nicht esse, wirst du den Herrn dann bitten, meinen Hunger anzunehmen und ihn in etwas Gutes zu verwandeln? Zum Beispiel, indem er uns den Jungen vom Hals schafft, bevor er uns noch alle umbringt?«

Sie beugte sich vor und widerstand resolut dem Anblick ihrer verlockenden Opfergaben. Das Beste wäre, eine unsichtbare Hand schnappte sie weg, bevor sie sie doch noch zurücknahm. Sie betrachtete den dämmernden Himmel und stand auf, um die Dunkelheit willkommen zu heißen. Dann ging sie zwei Schritte den Pfad hinab, damit sie sehen konnte, ob das Badezimmerfenster von Annas Wohnung erleuchtet war. Das Mädchen ging wirklich verschwenderisch mit Strom um, wie alle jungen Leute, und sie selbst war eine dumme alte Frau. Es war viel zu spät, um noch draußen zu sitzen und Dingen nachzutrauern, die man nicht mehr ändern konnte. Wenn sie an den Jungen dachte, spürte sie, wie die Wut in ihr aufstieg. Denn er wusste, dass sie seine Durchtriebenheit durchschaut hatte; das hatte sie an einem einzelnen erschrockenen Blick erkannt, den er ihr zugeworfen hatte, und an der verdächtigen Tatsache, dass er sie nie ansprach, dabei war sie die Einzige hier, die ihm nicht aus der Hand fraß. Gott braucht manchmal Jahre, um ein Herz für sich zu gewinnen, während der Teufel es in fünf Minuten schafft.

»Iss es auf, lieber Michael, oder verschenk es weiter. Niemand weiß, was sie dir im Himmel auftischen.«

Sie setzte sich wieder, stützte die Ellbogen auf die Knie und grübelte über alles nach, ohne sich an die steinernen Füße zu lehnen, die sich noch vor kurzer Zeit so warm angefühlt hatten. Sie versuchte dem Gefühl einer großen, hilflosen Traurigkeit zu widerstehen, die normalerweise von ihrem unbekümmerten Optimismus in Schach gehalten wurde, egal, was passierte, sogar wenn Joseph ihr die kalte Schulter zeigte. Schließlich stand sie auf und ging ein paar Schritte weiter bis zur Biegung des Pfades, die immer den Anfang von Edmunds Territorium und das seiner Vögel markiert hatte. Sie horchte. Auf dem Höhepunkt des Frühlings konnte man sie am frühen Morgen singen hören; letztes Jahr um diese Zeit hatte sie nur die schrillen Warnschreie gehört, und jetzt war da gar nichts mehr. Noch ein paar Schritte, und sie würde die Stelle erreichen, von wo aus man den besten Blick auf das Badezimmerfenster von Annas Wohnung hatte. Der Pfad war glitschig vom Regen, der noch in der Luft hing. Es sah ganz danach aus, als würde es weiterregnen. Matilda streckte die Hand aus, um sich den Weg zu ertasten, den sie besser kannte als den zu ihrem eigenen Zimmer. Falls sie überhaupt die Wahl gehabt hätte, hätte sie sich gewünscht, dass ihr Augenlicht früher erloschen wäre als die komplizierten Verzweigungen des Gehörgangs. Ihre Hand berührte einen Draht, der quer über den Pfad gespannt war. Hinter ihr raschelte etwas.

Bestenfalls war es der heilige Michael, der seine Opfergaben verspeiste, doch sie wusste, dass es die Katze war. Sie umklammerte den hüfthohen Draht; er war dünn, kalt und nass. Welche Heilige war gleich wieder durch die Garotte umgekommen? Die heilige Agnes. Sie zog an dem Draht; es war eine weitere Falle für die Vögel, als hätte er sie nicht längst alle massakriert, der Dreckskerl. Es war eine Warnung, ein Sperrschild, abscheulich, aber es hielt stand. Das Rascheln hinter ihr hörte nicht auf. Lieber Gott, dieser Draht gehörte um den Hals der mörderischen Katze! Matilda zerrte daran. Dann gab er so plötzlich nach, dass sie über ihr eigenes Gewicht stolperte und rücklings hinschlug. Ihre Füße rutschten unter ihr weg, doch sie hielt sich halbwegs aufrecht, indem sie sich an den Draht klammerte und ihn freizurrte, als wäre er eine Winde. Sie keuchte vor Anstrengung, war erschüttert von dem plötzlichen Verlust des Gleichgewichts.

Dünner, harmloser Draht, der höchstens einen Zwerg hätte aufhalten können, wenn er mit voller Wucht dagegen gerannt wäre. Sie schleuderte ihn auf die Seite. Plötzlich wurde ihr ihre schreckliche Müdigkeit bewusst, die Dunkelheit und wie vergeblich es war, diesem Licht in der Ferne zuzuwinken. Sie ging unsicher wieder zurück. Die Statue des heiligen Michael hatte ihre eigenen vertrauten Konturen und sie das Gefühl, auf ihn zuzuwaten. Als sie ihn erreicht hatte, setzte sie sich hin und drehte sich dann zu ihm um, damit sie die Hände auf seine Füße legen konnte. Unzählige Male hatte sie, mit den Händen auf seinen von Flechten bedeckten Zehen, hier gesessen und vor sich hin gedöst. So blieb sie einen Augenblick sitzen und versuchte, den Frieden des Sommers wieder aufleben zu lassen. Dann bemerkte sie etwas Feuchtes an den Fingern, hob den Kopf und untersuchte, was da das seltsam und wie Seife zwischen ihnen hervorsickerte.

Sie konnte gerade noch erkennen, dass die Füße des heiligen Michael mit einer schaumigen Substanz bedeckt waren, die bis zu seinen kräftigen Waden reichte. Mit einem leisen Ausruf des Ekels zog sie die Hände zurück und suchte nach etwas, um sie abzuwischen, fand aber nur das Taschentuch, das noch bei den Opfergaben lag. Sie behalf sich damit, doch dann fingen die Handflächen an zu prickeln, und sie wischte sie hektisch an ihrem Habit ab, bis sie am Stoff haften blieben und noch immer brannten, als stünden sie in Flammen. Sie rieb sie an der Brust, spuckte drauf und wischte sie erneut ab, bevor sie, am ganzen Leib zitternd, auf die beleuchtete Veranda zustolperte mit der Aussicht auf Wasser. Auf dem rutschigen Pfad glitt sie aus und stürzte, empfand die Kühle des Steins als Wohltat für ihre Hände und kroch auf allen vieren weiter in Richtung Verandatür. Die kühlen, feuchten Fliesen der Veranda waren die einzige Erleichterung, und die Vorstellung, die Hände von ihnen zu lösen, erschien ihr so unerträglich, dass sie mit dem Fuß gegen die Tür trat. Keine Reaktion. Im Licht der Sicherheitslampe erkannte sie, dass das Gitter geschlossen und die Vorhänge zugezogen waren.

Matilda kroch zu dem Blumentopf an der Seite und vergrub ihre Hände in der feuchten Erde. Trotz der Intensität des dumpfen Schmerzes verfluchte sie den Zynismus einer Herrschaft von Gehorsam und Stille, die sich solche Mühe gab, Leute fern zu halten, dass sie vergaß, wie wichtig es war, sie einzulassen. Und während sie versuchte aufzustehen und gleichzeitig merkte, dass ihre Beine nachgaben und ihr Kopf auf den Blumentopf aufschlug, fragte sie sich, was sie dem heiligen Michael getan hatte, dass er sie so ablehnte und sogar seine Füße mit Säure bedeckte. Sie erinnerte sich, dass sie Edmund gebeten hatte, das Moos zu entfernen, wünschte sich mehr als alles andere, dies nicht getan zu haben, und rief leise nach Joseph, damit sie kam und ihr half, hörte jedoch nichts.

Anna brauchte Schlaf mehr als alles andere auf der Welt, kletterte aber ruhelos noch einmal zurück aufs Dach, obwohl sie bereits im Pyjama war. Auf der geschäftigen Seite ihres Ausgucks floss der Verkehr. In der Oppo-Bar ging es hoch her, es würde noch eine Weile dauern, bis sie schloss. Ein paar furchtlose Gäste saßen draußen unter der Markise und feierten das Ende des Regens und das Ende des Sommers. Auf der Klosterseite war der Garten schwarz, bis sie so lange hinabstarrte, dass die vertrauten Umrisse durch die unbelaubten Bäume sogar deutlicher Gestalt annahmen als sonst. Der Kontrast zwischen dieser Seite des Gebäudes und der anderen war beinahe bizarr. Live-Musik und Verkehrslärm auf der einen, ein völlig ungenutzter Ort, an dem alle lächerlich früh zu Bett gingen, auf der anderen. Es war weniger ihr Lebensstil, der die guten Schwestern von der Außenwelt isolierte, dachte sie, sondern die Art, wie sie an einem Schlaf- und Essrhythmus festhielten, der sich für Kinder unter acht Jahren empfahl. Was machten sie bloß mit all der verschwendeten Zeit? Kann man etwa auch seinen Schlaf Gott weihen?

Der Friede des Gartens und die Dunkelheit des Klosters versetzten sie in Wut: Das hatten sie einfach nicht verdient.

Durch die kahlen Bäume konnte sie bis zur Veranda blicken, die von einer Sicherheitslampe schwach beleuchtet war. Noch vor einer Woche war ihr Schein hinter dem dichten Blattwerk kaum wahrnehmbar gewesen. Sie war zu weit weg, um irgendwelche Einzelheiten erkennen zu können, und wünschte, sie wäre so groß wie Pastor Goodwin, um mehr sehen zu können. Trotzdem bemerkte sie, dass die Veranda sich leicht verändert hatte, seit sie vor etwa einer Stunde zusammen mit ihm hier gestanden hatte. Es war nichts Großartiges, nur lag jetzt ein großer schwarzer Sack vor der Verandatür.

Was in ihrem übermüdeten Zustand nur einen Schluss zuließ: dass jemand ihn dort abgelegt hatte. Dass vielleicht jemand zu einer Stunde, die für die Verhältnisse der Nonnen relativ spät war, dort gearbeitet hatte, und dieser Gedanke löste Panik aus, denn dieser Jemand konnte nur Francis gewesen sein, der kam und ging, wie es ihm beliebte, und alle möglichen Ränke schmiedete, um ihr Leben zu zerstören. Auf die Wut über ihr blödes Schlafbedürfnis folgte Panik, und auf die Panik folgte wiederum Wut. Warum konnte Barbara nicht ans Telefon gehen, und warum sollte sie schlafen dürfen? Anna kletterte hastig die Leiter hinunter, nahm das Telefon und wählte 999. Sie dachte sogar noch daran, ihre eigene Nummer zu unterdrücken, und war ein Musterbeispiel für knappe Ausdrucksweise. Sie sei eine Nachbarin des Klosters vom Heiligen Sakrament in der Selwyn Road, erklärte sie der ruhigen Stimme, die fragte, welche Art von Notdienst sie brauche. Sie habe gesehen, wie drei Leute über die rückwärtige Mauer geklettert seien, und wisse, dass niemand in diesem Kloster irgendetwas von der Außenwelt mitbekomme. Seine Bewohnerinnen seien alt und hinfällig. Ob sie bitte sofort jemanden hinschicken könne? Man müsse laut und lange an die Vordertür hämmern, bis jemand aufmache, die guten Alten wüssten einfach nicht, in welcher Gefahr sie schwebten, und, nein, ihren Namen wolle sie nicht nennen.

Als das erledigt war, stellte sie die Leiter wieder an die Wand und zog den Vorhang vor, so dass es aussah wie eine improvisierte Studentengarderobe. Dann schaltete sie das Licht im Badezimmer aus. Vielleicht würde sie nach diesem dummen Streich endlich einschlafen können, aber, mein Gott, jetzt hatte sie schon wieder was angestellt, dumm, wie sie war, und deshalb wollte sie lieber nicht mit ansehen, was nun folgte. Das würde nur dazu führen, dass man sie entdeckte, und trieb ihr kindisches Verhalten auf die Spitze, aber sie hoffte, dass sie ihn trotzdem schnappten. Sie zog sich die Decke über den Kopf, versuchte mit aller Macht, sich dem heilsamen Schlaf zu überlassen, und bedauerte den Notruf, weil es genau das war, was sie immer machte: reagieren, ohne nachzudenken, und es dann bereuen. Andere Leute dachten nach, bevor sie handelten, sie hingegen lebte mit den Lücken in ihrem Leben und kämpfte mit Schlussfolgerungen wie ein Schlammcatcher. Sie gestikulierte und schlingerte haltlos herum und hatte es satt, immer nur zu reagieren, statt selbst etwas in die Hand zu nehmen, aber sie wusste nicht, was sie tun sollte, außer um ihre Mutter, ihren Vater und um Therese zu weinen – nicht notwendigerweise in dieser Reihenfolge – und versuchen zu schlafen. Was immer sonst noch los war, morgen würde sie arbeiten, und das war die einzige Sicherheit, die sie hatte. Morgen würde es eine Metamorphose geben. Sie würde aufwachen und weise sein, sie würde Pläne machen … und mitten in all diese Gedanken bohrte sich das Summen der Klingel.

Es klang wie eine Wespe, die im Zimmer gefangen war. Obwohl sie schon lange hier wohnte, hatte sie ebenso wenige Besucher wie Freunde gehabt, und so war es immer noch ungewohnt, wenn es ohne den üblichen Hintergrund lauter Musik, die sie aufdrehte, sobald sie nach Hause kam, klingelte. In der Stille klang das Summen fordernd, als ließe es einem keine Wahl. Es widersprach all ihren Instinkten, nicht darauf zu reagieren und den Besucher abzuweisen, denn es konnte immer Therese sein, und diesmal war es vielleicht Pastor Goodwin. Doch ein winziger Rest von Logik sagte ihr, verdammte Scheiße, dass es bestimmt die Polizei war und es wahrscheinlich besser wäre, sich den Konsequenzen zu stellen. Erschöpft drückte sie auf den Knopf der Sprechanlage, eine einfache, mechanische Reaktion, und im gleichen Augenblick ging ihr auf, wie dämlich das war.

Dämlich, um elf Uhr nachts, wenn sie so übermüdet und überdreht war, dass jede Erklärung für ihren blöden Aktionismus noch kindischer klingen musste, als er ohnehin war. Sie hatte genügend Zeit, sich zu überlegen, was sie machen würde, falls es wirklich ein Bulle war, der fragen wollte, warum zum Teufel sie eigentlich die Polizei gerufen hatte. Sie hatte immer noch die Möglichkeit, achselzuckend *Wen?* zu fragen. Wenn sie sich wie ein dummes Kind anstellte, würden sie zögern, sie zu verhaften. Sie musste am nächsten Tag zur Arbeit, sie musste: Es war der einzig feste Halt in ihrem Leben, sie brauchte ihn. Und dann dachte sie, nein, sie würde sich nicht benehmen wie ein Kind und ihr Äußeres ausnutzen; das hatte sie oft genug getan. Sie würde sich verhalten wie ein ehrlicher Erwachsener und alles genauso schildern, wie es war.

Aus dem Apartment unter ihr kam Musik, eine tröstliche Erinnerung daran, dass Menschen in der Nähe waren, aber auch, dass sie nie versucht hatte, sich mit irgendwem im Haus anzufreunden. Sie hielt die Tür halb offen und versuchte angestrengt, sich auf den gewichtigen Schritt eines Polizisten einzurichten, der sie befragen wollte. Doch es waren schnellere Schritte, die aus dem Treppenhaus nach oben drangen, bis sie ihn in großen Sätzen die letzte Treppe hinaufkommen sah und plötzlich wie gelähmt war. Dann stand Francis mit seinem blonden Haar vor ihr und schob einen seiner riesigen Stiefel in den Türspalt. Der Goldjunge mit seinen glänzenden Heiligenaugen.

»Ich bin gekommen, um mich zu entschuldigen«, sagte er.

In der Ferne hörte sie Sirenen. Nie passierte etwas in der richtigen Reihenfolge. Er hätte im Garten sein und auf sie warten müssen. Stattdessen war er hier und lächelte zum Bumm – Bumm – Bumm der Musik von unten, die sie vor nichts und niemandem beschützen konnte.

Manchmal erzählte Goodwin irgendwelchen Leuten, dass er den Weg vom Bahnhof zu Kays Stadt wie seine Westentasche kannte, ein Vergleich, den er sich jetzt wieder ins Gedächtnis rief, obwohl ihm klar war, wie blöd er war, da er eigentlich nie genau wusste, wie es in seiner Tasche aussah. Alles Mögliche sammelte sich darin, so selbstverständlich wie Staub, nur handfester: Kulis, Zettel, Quittungen von irgendwelchen Einkäufen, ein Regenschirm, krümelige Reste von Zigaretten, unbeantwortete Briefe und eine unbrauchbare Nagelschere, die seine Finger auf der Suche nach Kleingeld betasteten. Die Tasche der Soutane und die geräumigen Taschen des Anoraks waren vermutlich dasselbe wie für eine Frau ihre Handtasche. Als er an der richtigen Haltestelle ausstieg und zügig losmarschierte, sah er sich plötzlich mit einer solchen Damenhandtasche in der Hand statt seinem üblichen Designer-Accessoire, einer hässlichen alten Plastiktüte.

Er ging am Meer entlang, das zunächst nur ein kalter

dunkler Hintergrund war, und bedachte Kay McQuaid mit sämtlichen Schimpfnamen unter dem Mond. Wenn sie nicht da war, würde er das Haus in die Luft jagen, und allein dieser Gedanke führte ihm seine ganze Ohnmacht vor Augen. Na schön, dann würde er ein paar Kieselsteine vom Strand sammeln, wo Theodore Calvert gestorben war, und sämtliche Fenster ihres Hauses einwerfen. Seltsamerweise hatte er keine Probleme gehabt, seinen Zorn über anderthalb Stunden Fahrt in einem kalten Zug aufrechtzuerhalten. Er musste nur an das grausame Testament denken und den traurigen Entwurf, der ihm beigelegen hatte, an die Gruppe betrunkener Jugendlicher am anderen Ende seines Waggons, an Schwester Barbara und den Jungen, Francis, und schon fing er an zu hyperventilieren, hätte am liebsten geschrien und verschränkte die Arme vor der Brust, um sich vor- und zurückzuwiegen. Verständlicherweise belästigte ihn niemand im Zug, und auch auf dieser Straße am Meer entlang würde ihn niemand ansprechen. Es war eine Art kleine Strandpromenade, wo die Straßenlaternen das nasse Pflaster beleuchteten und die immer neu anrollenden Wellen, die sich schäumend am Kiesstrand brachen, ihn mit ihrer geduldigen Beharrlichkeit verspotteten. Wie fühlt es sich an, jeden Tag dasselbe zu tun?, fragte er die Wellen und blieb stehen, um ein Stück Treibholz zu beobachten, das mit der Strömung träge aufs Land und die Gischt zutrieb. Er versuchte abzuschätzen, wie lange es noch dauern würde, bis es die Küste erreichte. In den paar Sekunden, die er dastand und überlegte, wie wohl sein Schutzpatron, der heilige Christophorus, ins Meer gewatet und es gerettet hätte, wurde es weit nach rechts abgetrieben, fast bis außerhalb seiner Sichtweite, kam dann vorsichtig näher und bewegte sich wieder zurück, wie in einem schüchternen Tanz. Selbst eine kaputte Obststiege konnte sich anmutig bewegen und gegen die Wucht der Strömung ankämpfen. Er schauderte beim

Gedanken an Theo Calverts Leiche, die hier weit weniger behutsam angespült worden war. Den Mann, den Anna als ihren Riesenvater bezeichnet hatte.

Kay McQuaid gehörte nicht zu den Leuten, die früh zu Bett gingen oder beunruhigt wären, wenn in ihrer schläfrigen, hochanständigen Straße kurz vor Mitternacht jemand an die Tür klopfte. Er ging ums Haus herum, wo Licht durch die verglaste Küchentür fiel, und klopfte laut. Zaghaftes Klopfen machte die Leute nur nervös. Er bemerkte das neue Sicherheitsschloss, ein Riesending von Banham, das er von seinen reichen Gemeindemitgliedern kannte, obwohl es komischerweise immer die Armen sind, bei denen eingebrochen wird. Er sah einen bunt gemusterten Morgenmantel hinter der Tür auftauchen.

»Mach auf«, brüllte er. »Um Himmels willen, es ist nur der Priester.«

Sie öffnete langsam die Tür, und er blickte in ein müdes Gesicht, in dem der Ausdruck von Erleichterung und die fehlende Schminke gleichermaßen ungewohnt waren. Den Morgenmantel hatte er noch nie gesehen; ein Fleck prangte vorn auf dem Satinstoff. Aus ihrer Haltung sprach keine Spur von Überraschung, nur eine gewisse Resignation. Goodwin begriff, dass seine alte Freundin Kay einigermaßen betrunken war. Gut.

»Hallo, Kay, Überraschung, Überraschung!«

»Nicht wirklich«, antwortete sie matt und ließ ihn etwa mit der gleichen Begeisterung eintreten wie jemanden, der gekommen war, um das Gas abzulesen. Dann folgte sie ihm durch die Küche ins Wohnzimmer, das immer noch um den Servierwagen mit den Getränken angeordnet war. Der Buddha im Kamin sah aus, als würde er jeden Moment rülpsen. Goodwin bemerkte, dass die Vorhänge zum Garten hin zugezogen waren, als wollten sie die Natur aussperren und verkünden, dass sich das Leben nach drinnen verzogen hatte und der Sommer jetzt offiziell bis zum nächsten Jahr beendet war. Sie hatte schon immer die Kontrolle über alles haben müssen und unter anderem auch versucht, das Wetter zu beeinflussen beziehungsweise auszusperren, wenn es ihr nicht gefiel. Sie veränderte ihr Gesicht, um ihre Launen zu beherrschen, und in letzter Zeit veränderte sie auch ihre Kleidung, um die Tageszeiten zu meistern. Sie war einmalig, diese Kay McQuaid, doch selbst im künstlichen Licht konnte er sehen, dass ihre Augen rot unterlaufen und ihre Brauen so ungepflegt waren, dass sie beinahe struppig wirkten. Der ganze Raum war auf kaum merkliche Weise unordentlich. Es war nicht das Wohnzimmer einer Frau, die am Ende ihrer Kräfte war, sondern die sich seit mehr als vierundzwanzig Stunden nicht besonders viel oder weit bewegt hatte.

»Bedien dich«, sagte sie und versank in einem Sessel, in dem sie offensichtlich schon die letzten paar Stunden verbracht hatte, ohne ständig die Kissen aufzuklopfen, wie es sonst ihre Gewohnheit war. Er griff nach dem Whiskey, erleichtert, die Flasche unberührt zu finden, mühte sich unter einigem Getue mit dem Verschluss ab und ging dann in die Küche, um sich ein frisches Glas zu holen und ihr Zeit zu geben, ihre Haltung wiederzufinden und den Fleck auf dem Morgenmantel oder was immer ihr sonst noch wichtig war, zu verbergen. Er fand ein Stück trockenes Brot auf einem krümeligen Holzbrett und verschlang es. Nachdem er sich mit seinem Glas in einem Sessel ihr gegenüber niedergelassen hatte, legte er den feuchten Stapel Dokumente auf den schmierigen Glastisch zwischen ihnen.

»Lass das«, sagte sie. »Ich hatte es noch nie besonders mit dem geschriebenen Wort.«

»Wie gut du lügen kannst, Kay«, sagte er freundlich, lehnte sich zurück und wünschte, er wäre nicht so hungrig. Vielleicht sollte er noch einmal aufstehen und die offene Packung Erdnüsse holen, die er in der Küche gesehen hatte, halb auf dem Boden verstreut. »Das Briefeschreiben lag dir ebenso wie Unterschriften. Du hast immerhin irgendwo mal eine Grundschule besucht.«

Sie grunzte und grinste ihn an, ausdruckslos, ein dümmliches Grinsen, das sich auf ihrem Gesicht ausbreitete, bevor zwei Tränen parallel über ihre Wangen kullerten. Es waren runde Bäckchen, die zum Rest ihrer Figur passten. Man sah keine Knochen mehr in dem aufgedunsenen Gesicht, das er früher so lebendig gefunden hatte. Schönheit liegt im Auge des Betrachters.

Eine Narbe, die sich in der struppigen Braue verlor und sonst unsichtbar war.

»Ich muss dir was erzählen«, sagte er. »Dein Sohn Jack arbeitet im Klostergarten, besser gesagt, im Kloster selbst und hat den Nonnen dort mehr oder weniger den Kopf verdreht. Sie himmeln ihn an. Francis nennt er sich jetzt. Blond, gut aussehend und gefährlich. Hast du irgendeine Ahnung, was er dort vorhaben könnte?«

Sie schüttelte den Kopf und stöhnte.

»Aber sicher hast du das«, fuhr er gleichmütig fort, auch wenn es ihn große Mühe kostete. »Theodore hat in seinem Testament verfügt, dass alles an seine Töchter gehen soll, vorausgesetzt, sie versündigen sich nicht. Sollten sie vom Pfad der Tugend, den er dermaßen hassen gelernt hatte, abgebracht werden, wollte er sein Vermögen lieber dem Teufel vermachen. Auch bekannt unter dem Namen Jack McQuaid, womit der Mittelsmann sozusagen übergangen wäre. Wer verdammt noch mal hat ihn überredet, so etwas zu schreiben, Liebling? Du?«

Sie richtete sich auf.

»Nein.«

»Aber du weißt davon. Du hast es unterschrieben.«

»Ich habe alles unterschrieben, was Theo von mir verlangt hat.«

»Ach ja. Wie man es halt so tut. Hast du auch eine Kopie davon im Haus?«

»Ja.«

»Und den Entwurf mit den Anmerkungen?«

»Nein. Den hatte ich nie.«

Er wartete. Sie richtete sich noch ein wenig höher im Sessel auf und strich sich mit dem Zeigefinger die Brauen glatt. Leider Gottes, dachte er. Betrunken, aber nicht besoffen. Schade. Er zog Geständnisse von Leuten mit lallender Stimme vor: *Stehen Sie mir bei, Pater, denn ich habe gesündigt*. Wenn sie genügend Alkohol intus hatten, um einigermaßen beschwipst zu sein und halbwegs mit der Wahrheit herauszurücken oder zumindest mit so viel davon, wie der Beichtstuhl zuließ. Er trommelte mit den Absätzen auf den Boden. Die Schwingung schien sich bis zu ihrem Sessel auszubreiten. Der abgeschlossene Raum erinnerte ihn an den Salon im Kloster. Zu seiner Erleichterung war er wütender als je zuvor.

»Francis«, sagte sie, abwägend wie jemand, der diese Silben nicht gewohnt ist und mit einem leicht gelispelten s, »Francis wohnte drei Jahre hier. Theodore hat ihn wie einen Sohn behandelt. Aber schon lange vorher, als kleiner Knirps, war er überzeugt, dass Theo sein Vater war. Es fing an, als ich bei dir aufhörte und für die Calverts arbeitete. Daran hat sich bis heute nichts geändert.«

»Aus welchem Grund, Liebling? Wie zum Teufel kam er auf diese Idee?«

Sie rutschte in ihrem Sessel hin und her und betrachtete ihr Glas. Leer. Er stand auf, leichtfüßiger, als er es sich zugetraut hätte, und schenkte ihr ein frisches Glas ein. Das andere hatte lange genug seinen Dienst getan, und an Gläsern herrschte kein Mangel. Sie nahm einen großen Schluck. Goodwin war ein wenig beschämt.

»Ich weiß nicht genau, warum. Er hat immer gefragt. Ich habe nie was gesagt. Diese Fragerei hat uns beide verrückt gemacht. Ich habe ihn mal mit zu den Calverts genommen, um ihn den Mädchen vorzustellen. Sie haben ihn fasziniert, sie waren so hübsch und klein. So zierlich«, fauchte sie plötzlich. »Winzige überprivilegierte Dinger, wie Püppchen. Ihre Mutter hat ihn rausgeworfen, diese Schlampe. Sie konnte einfach keinen echten Mann im Haus ertragen, nicht mal, wenn er ein Kruzifix um den Hals trug oder, wie er damals, erst zwölf war. Ha, ha, ha.«

»Ein Kruzifix?«

»Ich habe ihm eins umgehängt, als er klein war. Es sollte den bösen Blick abwenden. Er mochte es.«

Sie stand ruhig auf und ging ins Bad. Er hörte, wie ihre Schritte verklangen und nach einer Weile wiederkamen. Ein Badezimmer in jedem Stock dieses Hauses, alle luxuriös, ausgestattet mit Zahnbürsten, Seife, Talkumpuder und Blumen, für den Fall, dass sie je Besuch bekam. Es waren die Fixpunkte auf dem Kompass dieses großen Hauses; hier behielt sie noch alles so bei, wie Theo es vorgeschlagen hatte. Christopher drängte sie nicht, als sie wieder in ihrem Sessel saß, wo er inzwischen die Kissen aufgeschüttelt hatte, damit sie es bequemer hatte. Er war ein wenig gekränkt, dass sie es nicht bemerkte. Frauen müssten solche kleinen Aufmerksamkeiten zu würdigen wissen, auch wenn eine subversive Absicht dahinter steckte. Aber vielleicht war er letztlich doch nur ein unbelehrbarer Macho.

»Und?«

»Ich ließ ihn wohl in dem Glauben.«

»In welchem Glauben?«

»Dass Theodore sein lange verlorener Vater ist und die Mädchen seine jüngeren Schwestern. Ich ließ ihn in dem Glauben, indem ich ihm nicht erzählte, wer sein richtiger Vater war. Ich habe ihm das nie erzählt, niemals. Er hat sich diesen Mythos von Theo als Daddy allein ausgedacht. Ich weiß nicht, wann er Wurzeln schlug. Als ich ihn in das Haus der Calverts schmuggelte? Oder später, als ich hier einzog und ihn mitbrachte? Es muss so ausgesehen haben, als hätte Theo endlich seine Verantwortung als Vater übernommen. Indem er dem Jungen ein

Heim und einen Start ins Leben ermöglichte und damit wieder gutmachte, was vorher passiert war. Und Theo hatte dieses riesige Loch in seinem Leben. Er wollte etwas Junges um sich, um das er sich kümmern konnte. Eine Ersatztochter. Er war sehr lieb zu Jack. Hat ihn nach Strich und Faden verwöhnt. Im Gegensatz zu mir, ich hätte es mir gar nicht leisten können. Es muss für ihn so gewesen sein, als käme er aus der Kälte nach Hause.«

Der Whiskey war warm und stark. Kay hatte sich im Bad das Gesicht gewaschen. Jetzt schimmerte es rosig, und sie wirkte etwas gefasster. Christopher wusste nicht, ob das gut oder schlecht war. Die Gefasstheit kostete Anstrengung. Sie verstummte.

»Aber du hast ihm doch sicher gesagt, dass das alles Unsinn ist, oder? Dass er einfach Glück gehabt hatte, ein solches Zuhause zu finden, jemand, der sich um ihn kümmert …«

»Jack, ich meine Francis, wollte kein Glück«, zischte sie. »Er wollte sein Geburtsrecht. Er wollte das Recht, ohne Sorgen in einem großen Haus zu wohnen. Als er klein war, hatte er immer auf eine teure Schule gehen und zu denen gehören wollen, die in Uniform nach Hause kommen und in jeder Tasche ein Handy stecken haben, falls Daddy sich Sorgen macht. Francis wollte alles. Ich habe ihm gesagt, dass Theo nicht sein Vater ist. Er wollte nichts davon wissen. Er hasste mich.«

»Aber dann ist er ausgezogen. Du hast es mir selbst erzählt. Gab die Idee zu studieren auf und suchte sich einen Job in London. Wenn es ihm hier so gut gefiel, warum ist er dann weggegangen?«

Sie stand auf, kippte sich noch einen Gin ein, Tonic dazu und verschüttete die Hälfte. Dann kramte sie ihre Zigaretten aus der Tasche des Morgenmantels, zündete sich eine an und warf ihm die Packung zu. Alte Freundschaften sind nicht totzukriegen.

»Wie kommst du darauf, dass er einfach ausgezogen

ist? Ah, ich weiß, ich hab es dir gesagt. Nun, er war einer von denen, die den Ast absägen, auf dem sie sitzen. Jack war von Kindesbeinen an verdorben. Damals hätte ich ihn nicht mehr von seiner Überzeugung abbringen können, dass Theodore sein Vater ist, selbst wenn ich es versucht hätte, aber Jack wollte immer eine Versicherungspolice. Und er sah, wie Theo bei dem Bestreben, seine Töchter von ihrer Mutter wegzuholen, langsam wahnsinnig wurde. Schottete sich von allem anderen ab … brachte sich um vor Liebe und Angst, obwohl er, Gott steh ihm bei, nie wieder zu trinken anfing. Er wollte ein guter Vater sein können.«

»Nun mach aber mal halblang, Kay! Hat Francis nie einen Beweis dafür gefordert, dass Theo sein Vater war? Irgendwas Einfaches? Einen DNA-Test? Die Leute aus meiner Gemeinde machen so was alle naselang. Besser gesagt, ich weiß nicht, ob sie es machen, aber sie fragen mich, wie es geht.«

Kay musterte ihn verächtlich. Er war so schwer von Begriff. »Man verlangt keine Beweise, wenn man absolut sicher ist. Würdest du einen Beweis für deine eigene Abstammung fordern?«

Er dachte an seinen sanften Vater und seine stille Mutter, die sich immer noch mehr Kinder gewünscht hatten und sie mit eiserner Faust erzogen hatten. Sogar ihren Beruf hatten sie bestimmt.

»Nein, das wäre mir nicht im Traum eingefallen.«

»Ihm auch nicht. Doch für den Fall, dass sein Vater ihn rauswerfen könnte, dachte er sich einen anderen Trick aus, um ihn an sich zu binden. Sex. Ich habe dir ja erzählt, dass er verdorben war. Er verlor seine Unschuld an einen alten Mann, da war er zehn, glaube ich. Er verdiente sich schon Geld mit Sex, bevor wir London verließen. Natürlich entging ihm nicht, dass Theo sexuell völlig ausgehungert war, selbst für sein Alter, daher versuchte er damals, ihn zu verführen.«

Die Rauchspirale, die von der Zigarette in Christophers Hand aufstieg, zitterte. Er nahm einen tiefen Zug und versuchte den Schock zu unterdrücken. Nimm dich zusammen, Mann. Du hast schon Schlimmeres gehört, und vielleicht lügt sie schon wieder, aber eigentlich glaubte er das nicht.

»Es ist komisch, das bei seinem Daddy zu versuchen«, sagte er im Plauderton.

»Im Gegenteil«, antwortete sie ebenso beiläufig. »Daddys machen das die ganze Zeit mit ihren Kindern, wo ist also der Unterschied, wenn es umgekehrt läuft? Theo ist unglücklich und müde, Francis krabbelt neben ihn ins Bett und macht sich an die Arbeit. Das war ein Fehler. Weit ist er nicht gekommen. Am nächsten Tag saß er auf der Straße, mit ein bisschen Geld, das ja, aber auf der Straße.«

Pastor Goodwin drückte seine Zigarette aus und wusste nicht recht, was er antworten sollte. Dann seufzte er.

»Nun ja, dann weiß der Junge wenigstens, welches Geschlecht er bevorzugt. Er hat seine sexuelle Neigung –«

»Oh, so nennt man das heutzutage? Mach dir nichts vor! Francis hätte seine eigene Mutter gevögelt, wenn er sich davon etwas versprochen hätte. Bei Francis geht alles. Frauen, Männer, sogar Hunde, soweit ich weiß. Du hast bestimmt schon mal solche Jungs getroffen.«

Das hatte er tatsächlich, es waren wilde Geschöpfe in einer früheren Gemeinde irgendwo anders gewesen: Aasgeier ohne Eltern.

»Wäre es nicht hilfreich gewesen, wenn du ihm gesagt hättest, wer sein Vater ist? Hätte es ihn nicht stolz gemacht?«

Sie lachte. Lachte so lange, bis sie husten musste und er aufstand und ihr auf den Rücken klopfte. Es tat ihm gut, sie zu schlagen und auf diese Weise etwas von seiner eigenen Anspannung loszuwerden. Sollte sie ruhig ein paar blaue Flecken abkriegen. Tränen strömten ihr über die Wangen. Ein Eispanzer lag um seine Seele, und er dachte, wie klug es war, dass sie kein Make-up trug; solche Tränen hätten es ruiniert. Er versuchte sich nicht von ihnen ablenken zu lassen, als er sich wieder in seinen Sessel ihr gegenüber setzte. Sie hatten noch einen weiten Weg vor sich.

»Man erzählt seinem Kind doch nicht, dass es die Frucht einer Gruppenvergewaltigung in einer irischen Autowerkstatt ist. Dass du nicht weißt, wer sein Vater ist, außer dass er möglicherweise die Ausgeburt des schlechten Blutes in seinem kleinen Dorf war. Oder dass er selbst vermutlich abgetrieben worden wäre, wenn die Eltern seiner Mutter nicht auf den Priester gehört hätten. Als er geboren wurde, habe ich vor lauter Hass nur geschrien, Pater. Was soll ich dir erzählen? Wundert es dich etwa, dass ich ihn nie geliebt habe?«

Er war entschlossen, Mitleid zu vermeiden. Dafür war jetzt keine Zeit. Es war spät, er hatte sie zum Reden gebracht, und niemand wusste, in welchem Zustand sie am nächsten Morgen sein würde. Das Mitleid konnte warten. Ein guter Priester und sogar ein gleichgültiger Priester lernt, sein Mitgefühl einzuteilen. Er ging in die Küche und kochte Kaffee, während sie sitzen blieb und ausdruckslos auf das Muster der Vorhänge starrte, mit denen sie die Nacht ausgesperrt hatte. Als er mit dem Kaffee zurückkam, rückte er seinen Sessel näher an den ihren heran und breitete die Kopie des Calvert-Testaments auf dem Tisch zwischen ihnen aus.

»Ich nehme an, du wusstest, dass Francis für das Kloster arbeitet?«

»Ich wusste es nicht, Ehrenwort. Aber jetzt weiß ich es.«

»Und er hat Theodores Testamentsentwurf gekannt?«

»Das könnte sein. Ich habe ihm geschrieben, nachdem Theo … gestorben war. Habe ihm gesagt, dass er nichts zu erwarten hat. Er hätte mir nie geglaubt.«

»Aber das hat er gesehen.« Er tippte mit dem Finger auf das offizielle Testament, das neben dem mit Notizen übersäten Entwurf lag.

»Ja. Er war wahrscheinlich wieder hier … mehr als einmal.«

»Dann kennt er es.«

Er nahm noch eine von ihren Zigaretten. Schaffte es erst beim dritten Versuch, sie mit zittrigen Händen anzuzünden. Kay verkroch sich immer tiefer in ihren Sessel.

»Er weiß also, dass ihn ein Erbe erwartet, falls er es schafft, Theos Töchter vom Pfad der Tugend abzubringen und – in offenkundiger Weise – zur Sünde zu verführen.«

»Ja.«

»Welch größere Sünde könnte sich der Junge vorstellen, als sie zum Inzest zu verführen? Er ist davon überzeugt, dass diese Mädchen seine Blutsverwandten sind. Es wäre doch bestimmt eine Sünde, sich von seinem Bruder verführen zu lassen, oder? Ihm auf dem Pfad des Verderbens zu folgen? Könnte er sich eine schlimmere Sünde vorstellen? Oder glaubt er, sie auf andere Art verführen zu können? Sie in eine äußerste Finsternis zu treiben, die wie seine eigene ist?«

Sie verkroch sich noch tiefer und murmelte etwas vor sich hin.

»Was sagst du?«

»Ich sagte, Francis wäre dazu imstande, weil er sie hasste. Das wäre Grund genug. Sie hatten all das, was seiner Meinung nach ihm zustand.«

Goodwin beugte sich vor, griff nach der Kopie des Testaments und riss sie in der Mitte durch. Das Geräusch des reißenden Papiers erschien ihm übernatürlich laut.

»Dieser Wisch ist völliger Quatsch. Möglich, dass er unterschrieben ist, aber er ist nur ein Entwurf. Nicht mehr wert als ein Stück Klopapier. Man kann solche Bedingungen nicht in ein Testament einfügen. Außerdem hast du es als Zeugin unterschrieben. Der Begünstigte eines Testaments kann nicht gleichzeitig als Zeuge fungieren. Das Ding ist Scheiße.«

»Und Jacks Überzeugung, dass Theo sein Vater ist, ist auch SCHEISSE!«, rief sie. »Aber der Punkt ist, dass er es glaubt.«

Christopher stellte sich vor, dass jemand dieses Testament las und sich von dem juristischen Kauderwelsch einlullen ließ. Die Erwähnung von Treuhändern, eigenem Ermessen und Hinterlassenschaften würde ihm auf den ersten und sogar den zweiten Blick Glaubwürdigkeit verleihen. Es wäre nicht schwer, dem Glauben zu schenken.

Sie ließ ihre Zigarette fallen und drückte sie mit dem Absatz ihres Slippers auf dem Teppich aus.

»Was ist denn so seltsam daran, dass er es glaubt? Herrgott noch mal, Pater, du müsstest es wissen. Du bist Experte für den Glauben an das Unglaubliche. Je unglaublicher es ist, umso mehr glaubst du dran. Wiederauferstehung. Jungfrau Maria. Glaube ohne Zweifel? Ohne Hoffnung? Das versteht ihr Dreckskerle doch unter GLAUBEN. Francis hat eben seine eigene Version davon.«

12

Du sollst kein falsches Zeugnis ablegen

Sie wusste, dass sie Todesangst vor ihm hatte, mehr Angst als je zuvor. Ihr Kopf reichte ihm bis ungefähr an die Brust, und als sie zu ihm aufsah, blieb ihr Blick an dem goldenen Kruzifix um seinen Hals hängen. Edmunds Kruzifix an einer reparierten Kette. Mehr Kruzifix als ein schlichtes Kreuz, wegen der winzigen Figur darauf. Das Kreuz war zu klein, um als Schmuck zu gelten, und die Kette zu fein für Francis' Hals, und doch passte sie zu ihm, als hätte er sie sein Leben lang getragen. Sie starrte wie gebannt darauf, als er schüchtern ins Zimmer trat und sich auf einen ihrer beiden gegenüberstehenden Stühle setzte. Anna ließ sich auf den anderen fallen. Als er die Ellbogen auf die Knie stützte und sich vorbeugte, waren ihre Augen beinahe auf gleicher Höhe, doch sie wandte den Blick nicht von der winzigen Figur ab, die im Ausschnitt seines offenen Hemdkragens sichtbar war.

»Erinnerst du dich an mich?«, fragte er ernsthaft und übernahm damit irgendwie das Kommando, obwohl er darauf bedacht schien, sie zu besänftigen. Sie war gezwungen, ihn anzusehen, ein kurzer Blick in seine Augen und dann zurück zu dem goldenen Kreuz. Symbol des Opfers.

»Von früher, meine ich, es ist schon lange her?«

»Nein.«

»Nein? Aber wir sehen uns ähnlich. Dasselbe Haar. Das musst du doch bemerkt haben?«

»Nein.«

»Dann bilde ich es mir vermutlich nur ein. Wir sind alle Brüder und Schwestern in Christus.«

»O Gott!«

Er lehnte sich zurück. Ihr Blick schweifte von seinen Füßen über die Knöchel und Knie bis zur Taille. Gute Schuhe, weiche Baumwollhose, Kleider, die ihn noch bedrohlicher wirken ließen. Aber das Schlimmste war die Lässigkeit, mit der er dort saß. Er unternahm keinerlei Anstrengung, sie festzuhalten, denn das war gar nicht nötig. Sie versuchte sich zu erinnern, ob die Tür hinter ihr zu war, ob er sie mit dem Fuß zugeschlagen hatte, und blickte zur Seite. Das letzte Mal hatte sie mehr Hass als Angst empfunden. Jetzt schien er ihre Gedanken lesen zu können.

»Bitte, versuch nicht wegzulaufen. Ich möchte nicht, dass du vor mir wegläufst. Es wäre nicht richtig. Es ist deine Wohnung. Und ich dachte, du hättest mich eingeladen.«

»Nein, hab ich nicht.«

»Hast du nicht? Oh, das tut mir Leid. Hat jemand anders die Tür aufgemacht und auf mich gewartet? Ich gehe wieder, wenn du das möchtest. Prima Wohnung, du hast sie schön eingerichtet. Ich suche immer noch nach einer. Wie ist das, wenn man eine Wohnung ganz für sich allein hat? Ist sie teuer? Bitte, guck mich nicht so ängstlich an. Ich glaube, ich finde es besser, wenn du Grimassen schneidest.«

Sie spürte, wie ihr die Röte ins Gesicht stieg. Bis zum letzten Atemzug würde sie diese kindische Geste Barbara gegenüber bereuen, und doch hatte sie das absurde Bedürfnis, sie jetzt zu wiederholen, und dieses Verlangen löste ihre Zunge. Sie hielt den Stoff ihrer Pyjamajacke mit beiden Händen fest und sprach mit klarer Stimme.

Sie war verletzbar, wenn jemand ihre Wohnung lobte: Es schmeichelte ihr. Sie konzentrierte sich auf seinen Hals. Ein eleganter Hals, das einzig Verletzliche an ihm.

»Wo hast du dieses Kruzifix her?«

»Das?«, sagte er und berührte es. »Das hat meine Mutter mir geschenkt. Warum fragst du?«

Seine Mutter hatte es ihm geschenkt.

»Was willst du?«

»Dass wir Freunde werden.«

Das Dröhnen der Musik von unten brach unvermittelt ab und ließ seine Stimme so laut klingen, dass die Worte wie eine Verkündigung nachhallten.

»Was?«

»Ich will, dass wir Freunde werden.«

»Oh, sehr komisch.«

Sie öffnete den Knopf ihrer Pyjamajacke, nur um ihre Hände zu beschäftigen, und war froh, dass ihre Schlafanzüge immer gleich geblieben waren. Schlicht und unsexy, wie die kleiner Jungen, gestreifte Pyjamas hatte sie schon immer am liebsten gehabt. Plötzlich war ihr kalt, und sie klapperte mit den Zähnen. Es war ein anderes Kruzifix, das er trug. Seine Mutter hatte es ihm geschenkt. Er war hineingewachsen, aber es war trotzdem zu klein.

»Freunde? Sei nicht albern. Du hast mich zusammengeschlagen, du erzählst Lügen über mich ... verpiss dich, du Wichser.«

»Ich habe nicht gelogen«, entgegnete er mit sanfter Entrüstung. »Ich dachte wirklich, du wärst ein Einbrecher, und deshalb musste ich auch sagen, dass du das Fenster eingeworfen hattest. Als ich es sagte, hab ich es selbst geglaubt. Ich hatte dich vorher schon mal gesehen, aber im Dunkeln konnte ich nicht erkennen, wer es war, und ich hatte ja keine Ahnung, wie klein du bist. Wenn ich dir Unrecht getan habe, möchte ich es wieder gutmachen, ja, wirklich.«

Als sie zu ihm aufblickte, bemerkte sie zu ihrer Überraschung, dass seine leuchtend blauen Augen in Tränen schwammen. Erneut richtete sie den Blick auf das Kreuz um seinen Hals. Die Tränen waren peinlich. Sie wusste nicht, was sie tun sollte, außer ihn deswegen zu bemitleiden. Die Erinnerung daran, wie er sie mit einer Mischung aus lässiger Kraft und sorgsamer Selbstbeherrschung zu Boden geworfen und so vor ernsterem Schaden bewahrt hatte, war plötzlich verschwommen. Die Details verwischten, als hätte sie sich das alles nur eingebildet. Er hätte ihr das Genick brechen können und hatte es nicht getan. Dieses Versäumnis kam ihr jetzt vor wie eine freundliche Geste. Sie legte die Hände auf die Knie und betastete die Schürfwunden unter dem Stoff der Pyjamahose, um sich daran zu erinnern. Gleichzeitig vermied sie es, die Kratzer in seinem Gesicht zu betrachten.

»Vermutlich wollte ich bei Schwester Barbara Eindruck schinden«, sagte Francis hastig, als müsste er ein beschämendes Geständnis hinter sich bringen. »Ich kann dir gar nicht sagen, wie sehr ich diesen Job brauche. Er ist meine Rettung, und sie könnte mich jederzeit feuern. Ich wollte ein Held sein. Ich brauche diesen Job wirklich. Keine Ahnung, ob du das verstehst. Es ist das erste Mal, dass ich mich irgendwo sicher fühle.«

Sie beobachtete, wie er mit gesenktem Kopf die Finger ineinander verschränkte, so dass sie nur den Schopf blonder Locken sah, der sauber und frisch duftete wie auch sein übriger Körper, so dass sie selbst sich leicht schmuddelig vorkam.

»Er gibt mir das Gefühl, dass ich gebraucht werde, und das bin ich nicht gewöhnt. Sie sind gut zu mir. Es ist mir ein bisschen zu Kopf gestiegen, falls du weißt, was ich meine. Ich will sie wirklich beschützen. Ich möchte, dass sie mich bewundern. Aber ich habe es wohl zu weit getrieben.«

Sie blickte auf das Kreuz, das an seinem Hals funkelte. Seine Präsenz spukte ihr im Hinterkopf herum, es verwirrte sie, half ihr aber auch, sich zu konzentrieren. Sie betrachtete das Symbol des Opfers ruhig, eine Hilfe bei der Kontemplation, diese winzige Figur des gekreuzigten Jesus. Sie sah die Kette an und wünschte sich mit ganzer Kraft, dass sie größer wurde und ihn erstickte. Unverwandt starrte sie darauf, stellte sich bis in die letzte Einzelheit das aufwändig geschmückte Kruzifix in der Westminster Abbey und die wunderbare Schwingung Hunderter von Menschen vor, die niederknieten und dann wieder aufstanden, bis sie den Luftzug ihrer Bewegung spürte und sich beruhigte.

»Ja«, sagte sie zögernd. »Das kann ich verstehen.«

Er nickte eifrig, jungenhaft, töricht und entschuldigend.

»Hör zu, ich weiß, dass du nicht die Geschichte meines Lebens hören willst, aber es war nicht gerade ein glückliches. Ich bin in dem Bewusstsein aufgewachsen, dass ich durch und durch schlecht bin. Dann lernte ich Edmund kennen und wusste, dass es nicht stimmt. Und dann kamen immer mehr Leute dazu, die mich ebenfalls anders sahen. Aber es dauert ein wenig, bis man sich daran gewöhnt hat.«

»Wer hat das Fenster eingeworfen?«, unterbrach sie ihn.

Er senkte den Kopf noch tiefer, so dass sie sein Murmeln kaum hörte.

»Edmund. Er schoss auf eine Elster, aber das konnte ich unmöglich erzählen, oder? Es wäre nicht fair, jetzt, wo er tot ist. Ich glaube, er hat es selbst nicht mal gemerkt. Ich fand das Luftgewehr erst gestern in seinem Schuppen. Ich mache nämlich gerade Frühjahrsputz, als Vorbereitung auf den Herbst, verstehst du.«

Sie dachte wieder an die Geräusche in der Kathedrale und hörte im Geiste das Splittern der Scheibe. Sie fand, dass es leichter war, ihm zuzuhören, wenn sie sich woandershin versetzte. Er drückte auf die Tränendrüse, und das wollte sie nicht, denn in ihrem gedemütigten Zustand spürte sie den Zauber seiner Schönheit und verstand, warum die Schwestern ihm aus der Hand fraßen, so wie die Gartenvögel bei Edmund. Aber da war noch etwas: eine Verschiebung der Fakten, eine unvollständige Gleichung, ein nicht abgeschlossenes Kreuzworträtsel. Allein seine Gegenwart hinderte sie daran, es zu beenden. Sie hörte zu, ja, aber da gab es etwas, das sie nicht verstand. Sie hatte immer gewollt, dass man Vergebung ebenso rückhaltlos gewähren wie empfangen konnte, und jetzt brauchte sie selbst Vergebung.

»Heute Abend bin ich gekommen, weil Therese mir gesagt hat, ich müsste es tun. Sie sah, dass ich mir das Ganze zu Herzen genommen habe, und machte sich auch selbst Sorgen. Sie hat mich mit einem Geschenk zu deiner Arbeitsstelle geschickt.«

Ihr drehte sich der Kopf. Zuerst flackerte eine unkontrollierbare Eifersucht auf, ein Anflug fürsorglicher Wut. Die Nebeneinanderstellung dieses Mannes, dieses Jungen mit ihrer Schwester war unerträglich, und doch war es bei der Erwähnung von Therese mit ihrer Abwehr vorbei, und ihr Herz schlug vor Angst so langsam und so laut, dass sie sicher war, dass er es hören konnte. Therese hatte ihr den toten Vogel geschickt? Und Therese hatte ihr den Spruch aus der Bibel aufgeschrieben? Das war ihre größte Befürchtung, dass Therese durch irgendeine Bedrohung den Verstand verlieren könnte wie ihre Mutter. Therese wurde verrückt. Oder sie selbst wurde verrückt. Sie musste Therese sehen, bevor es zu spät war. Seine Stimme klang, als käme sie aus weiter Ferne.

»Wir reden miteinander, weißt du? Das haben wir vom ersten Tag an gemacht, vermutlich weil wir als Einzige jung sind, abgesehen von der Frau in der Küche.« Er holte tief Luft. »Therese möchte dich sehen, aber sie sagt, das geht nur mit Barbaras Erlaubnis. Sie bittet dich um Verständnis für die Regel des Gehorsams. Und, sieh mal, ich weiß, es klingt arrogant, aber ich schätze, ich könnte Barbara vielleicht dazu kriegen, wenn ich ihr erzähle, dass wir beide jetzt Freunde sind. Therese schickt übrigens Grüße. Sie ist wirklich süß, nicht? Ich wünschte, sie wäre meine Schwester. Es ist ihr klar, dass du die Kapelle vermisst. Das süßeste Ding, das ich je getroffen habe. Sie bringt mir bei, die Wahrheit zu sagen.«

Anna war sprachlos.

»Also habe ich ihr erzählt, dass ich dich auf dem Nachhauseweg geküsst habe. Das war zwar nicht richtig, aber ich konnte nicht anders, einfach, weil du so gut aussiehst. Du bist mir schon früher aufgefallen, weißt du, bevor du mich überhaupt zur Kenntnis genommen hast, und dann auch während der Messe, obwohl ich dich später im Dunkeln nicht erkennen konnte.«

»Und was hat Therese dazu gesagt?«

»Sie fand es verletzend. Sie sagte, man müsste mir den Kopf waschen.« Er hielt inne. »Aber sie meinte auch, es wäre Zeit, dass du einen netten katholischen Freund findest. Und dass wir beide uns verzeihen und die Sache vergessen und einfach nett zueinander sein sollen, um ihretwillen.«

Das klang so sehr nach Therese, dass sie nur lachen konnte, und als wollte sie Francis kopieren, merkte sie plötzlich, dass ihr Tränen in die Augen stiegen. Sie wischte sich die Nase am Ärmel des Pyjamas ab.

»Wir haben eine Menge gemeinsam, du und ich«, sagte er. »All die Schwestern und was wir für sie tun können. Wir könnten eine Menge tun, weißt du. Ohne Leute wie uns werden sie nicht überleben. Sie haben keine Spiegel. Sie können sich selbst nicht sehen. Wie auch immer, Therese lässt fragen, ob du es versuchen willst.«

Sie saß stumm da, ärgerte sich über das »Leute wie uns« und verspürte doch einen neuen Schwall von Hoffnung. Therese dachte an sie. Therese sprach von ihr. Therese brauchte sie.

Er stand ein wenig unbeholfen auf und schien besorgt. »Es tut mir Leid. Es ist spät, und ich bin viel zu lange geblieben. Ich hätte angerufen … sie hat mir die Nummer gegeben, aber ich dachte, du würdest auflegen. Deshalb bin ich das Risiko eingegangen. Danke, dass du mir zugehört hast.«

»Warte.« Er wartete.

»Welche Art von Freundschaft stellst du dir vor?«

Er hatte ein kompliziertes Lächeln, eins, für das er eine Million hätte verlangen können. Es war eine verheerende Mischung aus der Abgeklärtheit eines Heiligen, dem treuherzigen Grinsen eines unschuldigen Jungen und der Selbstsicherheit eines Verehrers, der mit den Lippen und Zähnen eines zum Popstar erhobenen Sportlers gesegnet ist.

»Das bestimmst du. Wie wär's, wenn wir morgen Abend zusammen ausgehen? Gegen sieben? Nach der Arbeit. Ich könnte dir Blumen mitbringen, und wir fangen noch einmal ganz von vorn an, aber richtig.«

»Diese Art von Freundschaft?«

Er musterte sie von oben bis unten, dann schweifte sein Blick zu ihrem Gesicht zurück. Es war ein wissender Blick.

»O ja, diese Art. Ich sehe Therese morgen früh. Wenn zwei Menschen sich auf die falsche Art kennen lernen und sich dann doch zusammenraufen, ist das doch sehr romantisch, findest du nicht?«

Sie zuckte zusammen und versuchte dann zu lächeln. Er konnte schließlich nichts dafür, dass er so ungeschickt war, oder? Er mochte Therese, er wollte sich auch mit ihr anfreunden, er war nur eine verlorene Seele, die Fehler machte. Wenn er bloß nicht dieses Kruzifix tragen würde.

»Ja, okay, wie du willst. Grüß sie von mir.«

Seine Schritte verhallten im Treppenhaus. Er pfiff vor sich hin, und dieses Pfeifen blieb in der Luft hängen. Etwas daran irritierte sie. Es klang irgendwie triumphierend. Anna putzte sich die Zähne. Nach einer halben Stunde hektischen Aufräumens schrieb sie noch ein paar Worte in ihr Notizbuch und weinte sich dann vor Wut und Verwirrung in den Schlaf. Vor allem aber hatte er dafür gesorgt, dass sie sich undankbar vorkam.

Christopher sorgte dafür, dass Kay sich die Zähne putzte, bevor er sie zudeckte und ihr versicherte, alles werde wieder gut, wohlwissend, dass eine so optimistische Erklärung ihn in dieselbe Kategorie von Schwindlern einordnete wie sie. Denn selbst in ihrem aufgelösten Zustand konnte Kay noch Dinge verschweigen, das heißt, sie beantwortete die Fragen, die er stellte, nicht aber diejenigen, die er nicht stellen konnte. Er ignorierte das kleine Gästezimmer, wo er normalerweise untergebracht wurde, wenn er den letzten Zug verpasste, was selten genug vorkam, und betrat stattdessen Calverts Zimmer, weil ihm der Anblick des Mondes hinter dem Balkonzimmerfenster gefiel. Es war ein friedlicher Mond, und er brauchte etwas zum Anschauen, um sich zum Einschlafen zu zwingen.

Einschlafen war schon schwierig genug, umso mehr in einem Zimmer, das eigentlich für jemand anderen gedacht war. Es war ein merkwürdiges Gefühl, so, als wäre er nicht allein. Er öffnete die Tür eines eleganten Kleiderschranks, um seinen Anorak hineinzuhängen, und entdeckte, dass er noch voll mit Calverts Kleidern war, altmodischen Tweed-Jacketts, ziemlich abgetragen, ordentlich gebügelten Hemden und einem schweren Wintermantel. Nichts davon würde er in der anderen Welt brauchen, und für einen kurzen Augenblick fragte Goodwin sich, welchen Weg Calvert nach seinem Tod wohl gegangen war, Himmel, Hölle oder Fegefeuer? Eins war sicher, und zwar, dass er nicht um Vergebung für seine Sünden gebeten hatte, auch nicht am Ende. Auf dem

Bett lagen zwar Decken, aber keine Laken. In Unterwäsche kroch er darunter und wünschte, er könnte sich besser an den Mann erinnern oder hätte ihn gut genug gekannt, um die Verästelungen seines Geistes zu verstehen. Einen Mann, der nicht nur mit der Macht gespielt hatte, sondern Spiele allgemein liebte, aber auf andere Art als er selbst, der sie nur als Zuschauer genoss.

Es war ein gutes Bett. Alles in diesem Haus, abgesehen von dem, was Kay hinzugefügt hatte, verströmte die Aura solider Qualität. Gute, weiche, duftende Decken. Sie war eine ausgezeichnete Haushälterin, was immer sie sonst noch sein mochte. Richtet nicht, auf dass ihr nicht gerichtet werdet. Im Allgemeinen geht man davon aus, dass ein im Zölibat lebender Geistlicher wie er kaum etwas von der eigentümlichen Liebe der Eltern zu ihrem Kind versteht, die eine stille Mutter in eine Xanthippe und einen Vater in einen mörderischen Beschützer verwandeln kann. Es ist eine Liebe, die jedes andere Gebot und jede andere Überlegung gänzlich irrelevant erscheinen lässt. Er dachte an das übliche Gejammer einer verzweifelten Mutter in seiner Gemeinde, die ihm vorwarf, dass er das nicht verstehen könne, obwohl er anderer Meinung war, wie unvollkommen dieses Verständnis auch sein mochte. Dieser Vorwurf kam ihm jedes Mal wie eine Beleidigung seiner Fantasie vor, denn er konnte sich vorstellen, wie das war, ein Kind in seinen Armen zu halten, und wusste, dass er es tragen würde wie sein heiliger Christophorus, bis er selbst stürzte oder ertrank. O Herr, wie hätte ich ein Kind geliebt, dachte er, und mit diesem quälenden Gedanken schlief er endlich ein.

Als er die Augen wieder aufschlug, verwirrt von der Fremdheit des kühlen Raums, drückte sich die Dämmerung an die Scheiben und drängte ihn durch die halb geschlossenen Vorhänge, ganz aufzuwachen. Er ging ins Badezimmer und war kurz unruhig bei der Vorstellung, weder einen Rasierapparat noch eine Zahnbürste bei sich zu haben, doch dann entdeckte er, dass alles, was er brauchte, auf der Ablage über dem Waschbecken stand. Er benutzte es schuldbewusst mit einem Gefühl, als stünde er auf seltsame Weise im Schatten eines verstorbenen Mannes und zöge Nutzen daraus, dass seine Haushälterin es nicht schaffte, dessen persönliche Dinge zu entfernen. Entweder eignete sie sich nicht für die Aufgabe, oder sie hatte sich selbst disqualifiziert. Das Einzige, was er an diesem Arrangement auszusetzen hatte, war die Tatsache, dass der Spiegel zu tief angebracht war, so dass er sich bücken musste, um sein Kinn zu sehen. Es lenkte ihn so weit ab, dass er seine Morgentoilette absolvieren konnte, ohne sich zu schneiden. Die Wut hatte sich in seinem Unterleib zu einer Magenverstimmung verknäult, die sich bemerkbar machen würde, sobald er die Schlaftrunkenheit ganz abgeschüttelt hatte. Er würde zu Fuß zum Bahnhof gehen und den ersten Zug nehmen. Am Meer würde er wieder einen klaren Kopf bekommen. Im Wohnzimmer sammelte er die Unterlagen zusammen, die er mitgebracht hatte, fragte sich, wie viele Kay wohl noch besaß und wo sie sie versteckte, beschloss dann aber, sie schlafen zu lassen und nicht danach zu fragen. Er hatte mehr, als er brauchte. Stattdessen schrieb er ihr eine Nachricht, das war netter, und verließ das Haus durch die Hintertür.

Er verstand, warum Calvert so nah am Meer gelebt hatte. An einem Morgen wie diesem hob und senkte es sich mit heiterer Trägheit, als wollte es zu jener Art von Taufe einladen, die der Evangelist Johannes den frisch bekehrten Jüngern des Messias im Jordan verpasst hatte. Dieses Meer erinnerte mehr an einen Fluss, der sich leicht überqueren ließ. Es war ein Wasser, auf dem man gehen konnte, glitzernd vor Licht, das in einen dunstigen Horizont überging. Pastor Goodwin stand da, betrachtete es und betete darum, dass es seine Seele beruhigen und zu irgendeiner Vorgehensweise inspirieren möge, denn zwischen Schlafen und Wachen war er sich immer noch nicht im Klaren darüber, was er nach der Rückkehr in seine vernachlässigte Gemeinde tun sollte oder tun konnte, außer einen Mord zu begehen. Er wusste nur nicht, wen er sich zuerst vornehmen sollte, Barbara oder Francis. Er konnte die Sache mit dem Abgesandten des Bischofs besprechen und auf einem Gespräch mit Therese bestehen. Falls er überhaupt auf etwas bestehen konnte, denn die Rechte und Pflichten eines Priesters waren immer etwas vage. Schon möglich, dass er als zufälliger Elternersatz für zwei Waisenkinder fungierte und genügend Liebe für diese Aufgabe mitbrachte, eine entsetzliche Verantwortung, aber bestimmt ohne jegliche Rechte. Es war verwirrend, um es milde auszudrücken, selbst wenn man die Unberechenbarkeit des Satans völlig außer Acht ließ. Im Namen Gottes, was hatte sich Calvert eigentlich dabei gedacht, als er einen Pakt mit dem Teufel einging, oder war er betrunken gewesen, als er dieses Testament entworfen hatte, war es das letzte Delirium eines Mannes, der ohnehin sterben wollte, sich aber nicht hatte vorstellen können, welche Auswirkungen das haben würde? Goodwin beobachtete das Meer und stellte sich vor, wie es sich teilte und zwei hohe Wände bildete, um die Stämme Israels unter der Führung von Moses hindurchziehen zu lassen. Es war das suggestivste Bild, das er aus dem Alten Testament behalten hatte, und das einzige, von dem er schon als Junge beeindruckt gewesen war. Diese eine Szene, die ihn von der Macht eines wohlmeinenden Gottes überzeugte, diese und die Darstellung der nächsten von Cecil B. De Mille, als die Fluten sich wieder herabsenkten und das Heer der Ägypter unter sich begruben. Warum hatte er damit gewartet, bis sie den Weg schon zur Hälfte hinter sich hatten? Warum hatte er sie nicht am Ufer zurückgehalten? Der Gott der Israeliten war letztlich ein Mörder, allerdings einer, der selektiv bei seinem Genozid vorging. Und das ist das

Dumme, wenn man sich mit religiösen Dingen auskennt. Das Wissen schafft einen Überbau an Bildern, die sich jeder Sichtweise in den Weg stellen und einen davon abhalten, einfach das zu sehen, was ist.

Während er noch aufs Meer blickte und versuchte, sich auf das zu konzentrieren, was vor ihm lag, merkte er, wie sich dunkle Wolken zusammenballten, und freute sich an dem grellen Licht auf dem Wasser. Plötzlich fiel ihm ein weiteres Stück Treibgut auf, das auf den ersten Blick Ähnlichkeit mit dem hatte, das er am Abend zuvor fast an der gleichen Stelle auf dem Wasser hatte tanzen sehen. Als er jedoch die Augen zusammenkniff, näher hinsah und sich wünschte, er besäße so etwas wie eine Sonnenbrille, konnte er sehen, dass es etwas anderes war, ein grünes Fass, es wirkte rund und schwerer, trieb jedoch anmutig und mühelos zwischen den Wellen. Er ging parallel dazu am Strand weiter und kam sich vor wie ein spielender Hund, der jeden Moment seinen Stock anbellen wird. Er versuchte, sein gemächliches Tempo der rascheren Bewegung des Fasses anzupassen, und entdeckte, dass er sich anstrengen musste, wenn er mithalten wollte. Trotz seiner gedrückten Stimmung und des latenten Kummers, der ihm schwer im Magen lag, genoss er das Spiel, bis die Straße zum Bahnhof vom Meer abbog und er es verlassen musste. Bedauernd verlangsamte er seinen Schritt und blieb dann stehen.

Es gab wirklich starke Strömungen an diesem Küstenstreifen. Wäre Calvert an dem Strand schwimmen gegangen und ertrunken, der seinem Haus am nächsten lag, wäre er in einer Million Jahren nicht an dieselbe Stelle zurückgeschwemmt worden. Und wenn Calvert ein falsches Testament als Köder hinterlassen hatte, wo war dann das echte?

Das grüne Fass geriet langsam außer Sichtweite. Er beobachtete es, bis es verschwand. Das Licht blendete seine Augen. Er zögerte und blinzelte heftig. Dann machte er auf dem Absatz kehrt und ging zum Haus zurück. Er würde sie wachrütteln, bis ihr die Knochen im Leib klapperten. Das wäre ihr sicher nicht angenehm. Er schlich am Küchenfenster vorbei, gereizt, unsicher und bereit, an die Tür zu hämmern, als er sie in einem frischen Morgenmantel am Telefon stehen sah.

Der Morgen dämmerte grell wie ein Fluch, und sie lag nackt in ihrem Bett und trieb auf einer Welle von Schlaflosigkeit. *Ich heiße Anna Calvert,* hatte sie in ihr Notizbuch geschrieben, *ich bin eine Waise und muss zur Arbeit.* Die Schicht dauerte von acht Uhr morgens bis zwei Uhr nachmittags, sie war alles, was zählte. Klammere dich an Gewissheiten. *Ich brauche diesen Job.* Sie krabbelte zum Fußende des Bettes und umfasste ihre Füße in der Hoffnung, dass das Licht der Dämmerung einen Sinn ergab. Sie kritzelte in ihr Notizbuch, um sich die Worte zu verdeutlichen, so wie sie es von ihrem Vater gelernt hatte. *Hasst du den Jungen in der Schule?*, hatte er gefragt. *Wenn ja, dann schreib: »Ich hasse ihn«, und warte, was passiert. Vielleicht hasst du ihn doch nicht so sehr. Man schreibt, um sich über seine Gefühle klar zu werden.*

Das Zimmer war aufgeräumt und kalt. Ein Stuhl war unter die Türklinke geklemmt, als nutzlose Vorkehrung gegen unbefugte Eindringlinge. Eine Brise rüttelte am Fenster, das sie offen gelassen hatte, um den Geruch zu vertreiben. Der andere Stuhl, auf dem er gesessen hatte, war in eine Ecke außerhalb ihres Blickfelds geschoben. Das Sitzpolster hatte sie in der Mitte durchgeschnitten und zusammen mit dem zerfetzten Pyjama in den Abfalleimer gestopft. Der Teppich war noch feucht an der Stelle, wo sein Schuh ihn berührt und sie ihn geschrubbt hatte. Sie ließ den Blick durch den Raum schweifen, den sie in einem mysteriösen Anfall nächtlicher Hyperaktivität desinfiziert hatte, und wurde plötzlich von dem entsetzlichen Gedanken gepackt, dass Francis bei seiner

Rückkehr glauben könnte, sie hätte das alles seinetwegen getan. Denn zurückkehren würde er, und sie würde ihn reinlassen. Vermutlich. Ziemlich sicher. Sie war im Geiste alles noch einmal durchgegangen, was er gesagt hatte, und ließ dabei die Szenen Revue passieren, als er sie vollständig und mühelos überwältigt hatte, nicht nur ein, sondern gleich zwei Mal hintereinander. Nach dem ersten Mal hatte sie in der Dusche gestanden, um seine Berührungen abzuwaschen, und sich sogar die langen Nägel geschnitten, für den Fall, dass noch Fetzen seiner Haut darunter klebten. Und nachdem es ihm beim zweiten Mal ebenso wirkungsvoll wie entwaffnend gelungen war, hatte sie trotz ihrer Erschöpfung so hektisch versucht, den Raum auszuräuchern, als hätte er eine ansteckende Krankheit eingeschleppt.

Francis, der Goldjunge, wusste über alles Bescheid, was sich im Kloster tat. Er war nicht nur der einzige akzeptable Außenseiter, sondern jetzt auch die einzige Verbindung zwischen Therese und ihr. Das verschaffte ihm Macht. Er war der Schlüssel zum Garten, und auf irgendeine seltsame Art begehrte er sie, denn das war die Botschaft in seinen Augen gewesen. Nun, wenn er die Verbindung war, dann bitte sehr. Und wenn es ihr nutzloser, zu klein geratener Körper war, auf den er es abgesehen hatte, na schön, auch den konnte er haben. Du solltest dich mal hören, schimpfte sie mit sich selbst, da bietet dir einer Freundschaft an, und du hast nichts als Misstrauen im Kopf. Vor allem aber wollte sie endlich aufhören zu kämpfen. Sie hatte die Nase voll davon. Andererseits wollte sie damit nicht aufhören, solange sie sich so machtlos fühlte, als hätte sie keinen einzigen Trumpf mehr in der Hand, als wäre ihr Gehirn so zäh wie Brei.

Um halb sieben zog sie die Leiter heraus und kletterte hinauf. Wenn man vom Klostergarten aufblickte, sah man von ihrem Mietshaus nur die nichts sagende Rückwand, unterbrochen von kleinen Badezimmerfenstern, die sich nach Einbruch der Dunkelheit in quadratische Lichtquellen verwandelten. Im Höchstfall konnte man von unten eine Silhouette hinter dem Milchglas erkennen. Francis wusste nicht, was sie von hier aus sehen konnte, und dieser Gedanke spendete ihr so etwas wie Trost. Dieses zusätzliche, nutzlose Auge glich das Machtverhältnis ein wenig aus. Die unebene Brüstung reichte ihr an diesem Aussichtspunkt knapp bis zur Brust. Francis würde sich nicht vorbeugen müssen, um den Blick zu genießen. Wie Pastor Goodwin. Die Brüstung, die sie fast komplett verbarg, würde einem Mann von seiner Größe viel weniger Schutz bieten. Sie sah plötzlich, wie er hinüberstürzte und sich mitten in der Luft geräuschlos überschlug, bevor er verschwand. Was war los mit ihr? Er wollte ihr Freund werden, und sie machte so weiter wie immer und sah überall Feinde.

Anna blickte immer noch hinunter, als ihr plötzlich Matilda einfiel und dass sie seit Edmunds Tod nicht mehr da draußen saß. Matilda mit dem Finger auf den Lippen, die zweite Beobachterin. Sie kletterte die Leiter hastig wieder runter, stellte sie weg und drehte noch einmal kurz die Musik auf volle Lautstärke, bevor sie die Treppe hinunterlief und die Tür hinter sich zuknallte. Sie würde noch einen letzten Versuch am Klostertor machen und sich dabei desselben Spruchs bedienen wie er: *Ich wollte mich entschuldigen.* Ein breites, vernünftiges Lächeln und die Bitte, später wiederkommen und Frieden schließen zu dürfen; das müsste klappen. Die Sonne machte einen immensen Unterschied. Böses blühte im Dunkeln auf, im Nährboden nächtlicher Träume gedieh es am besten. Am frühen Morgen schrumpfte es zu nichts. Und dann hämmerte sie ans Klostertor, warf einen Blick auf die Uhr, beinahe Frühstückszeit, los, mach schon, ich kann nicht zu spät zur Arbeit kommen, setzte ein Lächeln auf und sah an ihren Kleidern hinab: Jeans und saubere Turnschuhe, ein Rollkragen, denn es war nicht gerade warm, das Haar frisch gewaschen, wer konnte ihr widerstehen? Agnes stand hinter der Tür wie ein Betonklotz, öffnete sie nur einen Spaltbreit und wollte sie gleich wieder schließen, als Anna sich mit ihrem ganzen Gewicht dagegen stemmte. Es gelang ihr nur, den Schwung etwas abzufangen und die schwere Tür gerade so weit offen zu halten, dass Agnes ihr durch den Spalt zurufen konnte: »Geh weg.«

»Darf ich reinkommen, Schwester? Ich möchte Matilda besuchen …«

»Oh, in Gottes Namen, geh weg.« Und damit schloss sich die Tür.

Sie trat einen Schritt zurück, stellte sich all die anderen Türen im Innern, den schwarzweiß gefliesten Gang, die Kapelle, den Geruch nach Essen vor, und während sie noch dastand, kam der Krankenwagen.

Anna ging die stille Straße noch etwas weiter hinunter und beobachtete das Ganze aus der Türnische des Nebenhauses. Es ging schnell; offensichtlich war man im Innern des Klosters vorbereitet. Sie sah den Rollstuhl, der zusammengeklappt hineingetragen und in Windeseile mitsamt seiner Last wieder hinausgerollt wurde. Man hörte aufgeregte Stimmen, offenbar stritten sie darum, ob es besser wäre, eine Bahre zu benutzen, Barbaras Stimme, gut, gut, gut, ja, ja, nein, nein, nein, und schon schob ein Mann Matilda im Rollstuhl die Rampe hoch, wobei er ihr beruhigend ins Ohr murmelte. Es war Matilda, ohne Zweifel, mit großen wundroten Händen, die zuckend in ihrem Schoß lagen. Sie hatte die Augen geschlossen, und ihr Gesicht wirkte genauso schlaff wie ihr Körper. Sie trug den Habit, aber ohne Schleier, der, anders als es die Etikette vorschrieb, um ihren Kopf gewickelt war wie ein Handtuch um nasses Haar. Die Auseinandersetzung wurde lauter. Barbara stand auf der Treppenstufe. Der Rollstuhl verschwand im Krankenwagen. Schwester Joseph, die vollständig angekleidet war, stieß alle anderen zur Seite und folgte ihm. Ihr Gesicht war rot vor Wut und nass von Tränen.

Matilda, die sanfte Matilda. Die Einzige außer ihr, die den Garten bewachte. Anna stand da wie angewurzelt. Bis sie sich losriss und zur Arbeit rannte. Ihr Gehirn war immer noch zäh wie Brei, ihr Optimismus schmolz und die Sonne gleich mit. Im Büro von Compucabs herrschte dasselbe Stimmengewirr wie immer, was sie wieder einigermaßen aufrichtete, doch kaum hatte sie diesen sichersten aller Häfen erreicht, war es, als träte ihr verzögertes Denken wild um sich, so dass es im Innern ihres Schädels heftig zu pochen begann. Ihr Bewusstsein wurde von Matilda mit ihren geschundenen Händen beherrscht, und außerdem von Ravi mit seinem Mondgesicht und einem Lächeln so breit wie das Meer, das langsam verschwand, als sie eine Grimasse schnitt, den Kopfhörer aufsetzte und ihn ignorierte.

»Compucabs, was kann ich für Sie tun? Kontonummer? Danke sehr. Ihre Service-Nummer lautet …«

»Geht es uns heute besser?« Der Vorgesetzte stand neben ihrem Tisch.

»Viel besser, danke. Alles in Ordnung.«

»Prima.«

Die Telefone läuteten drei geschlagene Stunden lang. Es gab immer einen Tag in der Woche, an dem noch mehr los war als sonst, und im Großen und Ganzen hämmerte sie lieber auf die Tasten und wiederholte dieselben Worte wieder und wieder, als irgendetwas anderes zu tun. Es war auf seine Art so beruhigend wie für andere Leute das Beten eines Rosenkranzes. Ravi tauchte vor ihrem Schreibtisch auf und hob die Augenbrauen, als wollte er sie einladen, ihn woandershin zu begleiten, entweder nach draußen, an die frische Luft, oder zu Tee, Wasser und dem spöttischen Geplänkel im hinteren Raum. Sie folgte ihm nach draußen. Irgendwann im Lauf der letzten drei Stunden, in denen sie über Monitore und

Kopfhörer hinweg hin und wieder sein ruhiges Gesicht betrachtet hatte, war ihr klar geworden, dass sie ihm nichts von dem Goldjungen erzählen konnte. Irgendwie würde es zerstören, was auch immer sie miteinander verband: ein kostbares kleines Ding, wie ein zerbrechlicher Edelstein, den man leicht verlieren konnte. Sie saßen auf der Treppenstufe. Anna nippte an dem Tee, den er in der Küche für sie gemacht hatte, so wie sie ihn in seiner Vorstellung gern mochte, mit viel Zucker, was sie in Wirklichkeit nicht ausstehen konnte. Trotzdem trank sie ihn dankbar und blieb auf Distanz.

»Soll ich dich später nach Hause bringen?«, fragte er.

»Heute nicht, Ravi, ich habe noch was vor. Darf ich dich was fragen?«

»Na klar.«

»Ich hab es schon mal gefragt, aber ich kann mich nicht erinnern, was du gesagt hast. Es ging ums Beten. Was genau du dir davon erhoffst.«

»Und ich habe gesagt, dass ich nicht bete, um mir bestimmte Dinge zu wünschen.«

»Warum eigentlich nicht? Was ist falsch daran, um etwas zu bitten?«

»Nichts ist falsch, aber man kann nichts fordern. Man kann nicht feilschen. Oder sagen, schau mal, wenn du das für mich tust, könnte ich etwas anderes für dich tun. Was hast du zu bieten, was die Götter nicht längst haben? Nichts.« Er hielt inne. »Man betet, um Lob und Ehre zu erweisen. Man bittet um Anleitung. Man sagt nicht, bitte schenk mir dieses Ding, lieber Gott. Man sagt, bitte schenke mir die Weisheit, zu erkennen, ob ich dieses Ding wirklich finden sollte. Man betet um Weisheit und die Kraft, etwas zu tun. Man betet, um zu preisen, und alles, was man erwarten kann, ist die Fähigkeit, selbst zu sehen.«

»Ah«, sagte sie. »Da liegt also mein Fehler.«

»Warum starrst du mich so an?«

»Weil es mir gefällt. Ich sehe dich gern an.«

Er lächelte und knuffte ihren Arm. Das war der Punkt, an dem eine ganze Reihe von Eindrücken wie von selbst an den richtigen Platz rutschte, und alles nur wegen Ravis eigentümlich schiefem, spontanem Lächeln, das ihr vorkam wie ein Segen, wie ein Sonnenstrahl, der durchs Kapellenfenster fiel, und sie glauben machte, in Gegenwart eines Menschen zu sein, den sie – mangels einer besseren Beschreibung – als gut bezeichnen würde. Was nicht dasselbe war wie makellos, aber doch etwas wie Reinheit besaß, nicht zu verwechseln mit Unschuld. Sie betrachtete ihn und stellte, ohne es zu wollen, einen Vergleich zwischen ihm und Francis an, der weit über die Hautfarbe und unterschiedliche Körpergröße hinausging. Wenn man Ravi mit Francis in einen Boxring stecken würde, hätte Ravi keine Chance. Er hätte sämtliche vom Anstand diktierte Hemmungen und Francis keine einzige. Aus Ravis sanftem, forschendem Gesicht sprach ein Geist, der Francis völlig abging.

Der Gegensatz schockierte sie. Sie lächelte ihm zu.

»Ich sehe dich gern an«, wiederholte sie. »Also lass mich einfach, okay?«

Da, schon wieder war sie so blöd und sah lauter Phantome. Sie kehrten zurück zur Arbeit.

Kaum saß sie am Schreibtisch, klingelte das Telefon.

»Compucabs, guten Tag.«

»Ach, da sind Sie ja. Gott sei Dank!«

»Hallo, Sir. Wie geht es Ihnen? Gehen Sie zum Lunch aus?«

Unwillkürlich musste sie grinsen. Diese alte vertraute Stimme, die einfach über sie hinwegredete.

»... schreckliche Sorgen gemacht. Immer habe ich jemand anders dran, wenn ich Sie anrufen will. Ist alles in Ordnung?«

Irgendwas in dieser alten, müden Stimme machte es ihr unmöglich zu lügen.

»Nein. Ich bin heute nicht gerade in Hochform. Eher verwirrt und beunruhigt.«

»Sie können zu mir kommen. Lassen Sie alles stehen und liegen und kommen Sie her. Sofort.«

»Das kann ich nicht.«

»Ich wünschte, Sie würden es tun. Hier ist die Adresse. Schreiben Sie auf.«

Sie kritzelte etwas Unleserliches auf den Block.

»Aber Sie werden nicht kommen, wie? Ich weiß es. Hören Sie, ich habe angerufen, um Sie zu warnen. Ich hatte eine Vorahnung. Glauben Sie kein Wort von dem, was der Junge sagt. Auf das Böse darf man sich nicht einlassen. Wann hat der Teufel je einen Handel eingehalten? Das Böse hat erstens keine Skrupel und zweitens immer den Vorteil der Überraschung auf seiner Seite, weil das Gute nicht weiß, was es ist, und es nicht kommen sieht. Die Harmlosen kennen keine List. Sie wissen, wo Sie mich finden.«

Dann war die Leitung tot. Sie wählte 1471. *Nummer unterdrückt*. Sie warf einen Blick auf das Gekritzel auf ihrem Notizblock und sah, dass sie es nicht lesen konnte. Das Telefon läutete wieder. Der Monitor blinkte die Zeit ein, drei Uhr nachmittags.

»Compukackecabs.«

»Kein Grund zu fluchen, Süße. Hier Taxi 110. Einer von euch hat mich beauftragt, eine gewisse Schwester Joseph aus dem Paddington Community Hospital abzuholen, aber ich kann sie nicht finden.«

»Tut mir Leid, Sie haben die falsche Nummer erwischt. Ich mache nur Reservierungen, versuchen Sie es unter 291.«

Sie zitterte leicht und hätte am liebsten geschrien. Das Telefon klingelte erneut. Jemand, der zum Flughafen wollte. Es kam ihr vor wie der erstrebenswerteste Ort der Welt.

Weit über ihr raste ein Flugzeug über den Himmel, durchquerte das Blau und verschwand in den Wolken wie ein ferner exotischer Vogel, der einen Schweif von Federn hinterlässt. Therese erhob sich von ihrem Platz neben den makellos weißen Füßen des heiligen Michael und blieb müßig stehen, um mitten am Nachmittag den Himmel zu betrachten. Was für ein schrecklicher Tag. Begonnen hatte er schon am Abend zuvor, als Barbara so ungewöhnlich aufmerksam gewesen war. Aufmerksam und schuldbewusst, auf herablassende Art freundlich, egal was sie tat oder sagte – *Du bist müde, Kind, wir könnten alle heute etwas früher schlafen gehen als sonst, also ab ins Bett mit dir, morgen gibt es viel zu tun* –, es klang fast wie Entschuldigung und Verheißung zugleich, oder wollte sie nur alle aus dem Weg haben, um endlich die Türen abschließen zu können, damit sie in Sicherheit waren? Therese wusste es nicht, sie merkte nur, dass sie beobachtet wurde, als sie am Telefon neben der Tür vorbeiging, falls sie versuchen sollte, es zu benutzen, so lange beobachtet wurde, bis sie die Treppe hinaufgegangen war, und vermutlich hatte sogar jemand an der Tür gelauscht, als sie sich wusch. Sie wurde beobachtet, man vertraute ihr nicht, als wäre ihr unbeabsichtigtes Mithören aufgefallen, als wäre sie so wie ihre Schwester. Was sie zwar insgeheim ersehnte, aber dass sie es nicht war, davon legte ihr stiller Gehorsam Zeugnis ab. Agnes weinte im Schlaf, so wie immer, und Matilda reagierte nicht. Schließlich war aufgeregtes Getuschel im Gang zu hören und Agnes verließ ihr Zimmer. Therese wartete, dass man sie rief, doch niemand kam. Und am Morgen, als sie noch früher als sonst nach unten kam, weil sie unbedingt etwas zu tun haben wollte und den Versuch zu beten längst aufgegeben hatte, bemerkte sie ein geheimnistuerisches Treiben in der Nähe des Salons, als wären alle bis auf sie selbst dort versammelt.

Sie kam nicht recht dahinter. Jemand hatte nachts an

die Tür geklopft und gesagt, Matilda liege im Garten. Jemand hatte sie hereingebracht und sie über Nacht dort unten hin gebettet, denn so hatte sie es gewollt, Hauptsache, die anderen wurden nicht gestört. Auch das hatte Therese erst später der Unterhaltung beim Frühstück entnommen, an der sie sich nicht beteiligte, weil niemand sie dazu aufforderte. Jemand hatte gemeint, so, wie sie Matilda kannte, hätte sie bestimmt was Falsches gegessen und sicher würde es ihr im Nu wieder gut gehen. Dass dem nicht so sein würde, sah Therese, als man Matilda im Rollstuhl durch den Gang schob. Was immer ihre Hände so rot und wund gemacht hatte, hatte sie sich scheinbar auch ins Gesicht geschmiert. Ihre Augen waren weit aufgerissen, ohne etwas zu sehen, nicht einmal Joseph, die darum kämpfte, den Rollstuhl zu übernehmen. Auch das Auf und Ab der Auseinandersetzung in ihrem Schlepptau bekam Matilda nicht mit. Es war ein schreckliches, gequältes Gesicht, das sich in Thereses Bewusstsein eingebrannt hatte, so dass sie jetzt lieber zum Himmel aufsah, als sie versuchte, an Matildas ehemaligem Lieblingsplatz ihre improvisierten Gebete zu sprechen. Sie hatte die Hoffnung, dass es schon genügte, sich hier hinzusetzen, um Matilda zurückzuholen, und zugleich wusste sie mit verzweifelter Gewissheit, wie vergeblich diese Hoffnung war. Trotzdem musste sie sich dafür entschuldigen, dass sie sich über das ewige Tätscheln und Festhalten geärgert hatte. Doch das Beten schien nicht viel zu nutzen, damit erreichte sie nichts.

Niemand wusste, was passiert war, und falls Barbara es wusste, würde sie keine Erklärung abgeben. Therese betrachtete die glatten Füße des heiligen Michael, die jetzt völlig frei von Flechten waren, so dass der Stein unnatürlich weiß war. Sie berührte sie vorsichtig. Ganz gleich, wie selten sie irgendwohin kam, Veränderungen fielen ihr immer auf. Was benutzte man, um Moos zu entfernen? Irgendein ätzendes Zeug, Ofenreiniger, und vielleicht war es das, was Matilda getan hatte. Als Beweis der Liebe zu ihrem Heiligen, wie Maria Magdalena, die mit ihren Tränen die Füße des Herrn gewaschen und sie mit ihrem Haar getrocknet hatte. Die ungeschickte, nicht für die Hausarbeit geeignete Matilda, die alles fallen ließ und die Scherben versteckte – es sähe ihr ähnlich. Plötzlich kamen Therese solche Akte der Frömmigkeit ekelhaft vor.

Das Wetter war launisch gewesen, sonnige Abschnitte hatten die gefährlich glitschigen Stellen am Boden getrocknet. Dann wieder schienen vorübergehend dunkle Wolken, die Regen androhten und dann doch weiterzogen, die grimmige Stimmung im Innern des Klosters widerzuspiegeln. Selbst Kim war unwirsch und schob ein krankes Kind vor, um früher nach Hause gehen zu können, was Barbara mit ihrer ungewohnten Aufmerksamkeit erlaubte. Sie beobachtete alle, insbesondere aber Therese, als wollte sie herausfinden, wer der Störenfried war, der Unglück über sie gebracht hatte, und wehe, eine von ihnen riskierte ein Wort der Kritik. Selbst Kim hatte verletzend schroff reagiert, als Therese versuchte, sie wegen des kranken Kindes zu trösten. *Ach, halt den Mund, davon verstehst du nichts*, hatte sie gesagt. *Du weißt nicht, wie das ist.*

Gedrückte Stimmung beim Mittagessen, gestelzte Unterhaltungen, unterbrochen von Joan und Agnes, die sich darüber ausließen, dass Joseph und Matilda einmal unzertrennlich gewesen waren und was da wohl passiert war. Ob es wohl daran gelegen hatte, dass Matilda so taub und Joseph so ungeduldig geworden war, und war es nicht großartig, dass sie jetzt zusammen waren? Die leeren Plätze, die sie am Tisch hinterlassen hatten, sahen aus wie Zahnlücken. Sie sprachen über Matilda, als wäre sie bereits tot und als wäre das alles Gottes Wille, ein bloßer Übergangsritus. Therese wurde so schlecht dabei, dass ihr der letzte Rest von Appetit verging. Vor allem aber lag ihr die Gewissheit im Magen, dass ein Glaube, der andere bewog, das Unannehmbare hinzunehmen, für sie nicht akzeptabel war.

Das Flugzeug verschwand aus ihrem Blickfeld, und die Vorstellung, sich wieder in die drückende Schläfrigkeit eines typischen Spätnachmittags hinter Klostermauern zu begeben, war … schlimm. Wann hatte sie das letzte Mal irgendetwas Substanzielles zu sich genommen? Heute nicht und gestern auch nicht. Brotkügelchen, einen Apfel. Sie war gereizt, weil sie nichts gegessen hatte, aber bei dem Gedanken an etwas zu essen wurde ihr sofort wieder flau im Magen. Sie hätte ausgehen und sich zu Anna flüchten können, aber sie wusste, dass sie nach dem letzten Mal Angst davor hatte, Angst, bei einem erneuten Versuch wieder abgewiesen zu werden. Schließlich hatte sie durch ihr Schweigen Partei ergriffen. Sie klopfte dem Erzengel auf den sauberen weißen Fuß und fragte ihn, ob Mönche anders waren. Haben Brüder im Geiste dasselbe Problem? Denn eine Schwesternschaft, gleichgültig, ob sie auf Blut beruhte, wie bei Anna und ihr, oder auf gemeinsamen Zielen, wie bei Joseph und Matilda, brachte riesige Probleme mit sich. Es war, als hingen Anna und sie ständig an einem Tropf, mit dem sie sich gegenseitig einen raffinierten Cocktail aus unangenehmem Wissen, Liebe, Angst, DNA, Bedürfnissen und einem Schuss Gereiztheit verpassen konnten. Ein Gegenmittel gab es nicht, keine Pille konnte die Wirkung dieser manchmal zerstörerischen Verbundenheit aufheben. Alleinsein in Zeiten des Kummers machte das Herz nicht etwa weicher, im Gegenteil, es zerbrach in tausend kleine Stücke, in scharfe Splitter der Einsamkeit. Jeder fand, Anna und sie seien einander zu nah gewesen. Beim Frühstück und beim Mittagessen hatte man dasselbe über Joseph und Matilda gesagt.

Und wieder Sonne, was für eine Verräterin, während Therese seltsamerweise den Geschmack der Dunkelheit herbeiwünschte und sogar ihre gebetlose Zelle. Alles war besser als die schreckliche Vorstellung von Josephs Rückkehr nach einer langen Wache im Krankenhaus mit Nachrichten, die sie jetzt schon wusste, oder als ihre eigene Ansicht, dass Schwester Barbara den Krankenwagen früher, erheblich früher hätte rufen müssen, statt aufrechtzuerhalten, was man lachend »den Frieden« nannte. O Herr, wem konnte man trauen?

Im Schatten war es kühl. Therese zögerte – weiter oder zurück? – und ging dann unter dem Vorwand, nach der einsamen Katze zu suchen, tiefer in den Garten hinein. Sie wusste, dass es ein Vorwand war, denn in Wirklichkeit suchte sie nach einer Zuflucht, und da war sie.

Die saubere Eichenholzbank, endgültig befreit von Edmunds Geist, und ringsum alles wundervoll still und farbenfroh. Eine rosa-weiße Pracht von fleißigen Lieschen säumte den Halbkreis, der jetzt von einem neuen Tisch vor der Bank gekrönt war. Er war so sauber, dass man von seiner Oberfläche hätte essen können, und stand auf einem sauber geharkten Platz, wo die Konturen der Pflastersteine sichtbar waren. An der Seite stand der Schuppen, der mittlerweile eher wie ein winziges Haus aussah, gerade richtig für eine kleine, nicht besonders nützliche Person, die sonst im Leben kein Ziel verfolgte und hineinspähen wollte. An der hinteren Wand stand ein schmales Bett, das mit einer Decke aus Chintz bedeckt war. Aus der Tür drang Wärme. Ein Lebkuchenhaus, mit einem Kessel auf dem Spirituskocher und von einem bestimmten Duft erfüllt. Hier drin konnte man beten. Nach einem solchen Platz hatte sie gesucht.

Irgendwo hörte sie Francis singen.

Dann bog er plötzlich um die Ecke des Schuppens, noch immer vor sich hin summend. Es war das Fröhlichste, was sie heute gehört hatte. Er blieb stehen und lächelte. Das erste Lächeln an diesem Tag. Er strotzte vor Gesundheit, war unendlich weit vom Tod entfernt.

Selbst die Kratzer in seinem Gesicht waren verblasst, und auf seiner Nase prangte ein Schmutzfleck.

»Hallo, ich mache gerade Tee. Wollen Sie welchen?«

Tee, schmerzlindernd bei allen möglichen Wehwehchen. Guter Tee, erinnerte sie sich, Tee wie draußen, trotzdem schüttelte sie den Kopf.

»Nein, danke.«

»Alles in Ordnung? Sie sehen müde aus. Da drin geht es heute nicht sehr lustig zu, schätze ich. Gibt es Neuigkeiten von Schwester Matilda?«

In ihrem Hals steckte ein riesiger Kloß, untrügliches Anzeichen für bevorstehende Tränen. So war es immer. Sie konnte sie zurückhalten und so lange sämtliche Gefühlsäußerungen unterdrücken, bis irgendein banaler Anlass sie auslöste, eine freundliche Nachfrage zum Beispiel oder der Anblick von etwas, das ihr gefiel, wie die Katze, die sich ins Unterholz verkroch, oder die Chintzdecke auf dem schmalen Bett. Die Katze befand sich wahrscheinlich auf irgendeiner mörderischen Mission, aber das spielte keine Rolle, sie war ein hübsches Geschöpf, das nur seinen eigenen Regeln folgte.

»Keine Neuigkeiten«, antwortete sie.

»Ich halte mich auch ein bisschen fern«, sagte er leise. »Ich war derjenige, der Barbara dazu überredet hat, endlich einen Krankenwagen zu rufen, wissen Sie. Das hätte sie schon eher tun sollen. Seitdem hat sie mich nicht mehr gebraucht.«

»Mich auch nicht. Genauso wie die anderen. Ich frage mich, ob ich überhaupt irgendwo gebraucht werde.«

Im nächsten Moment lag sie in seinen Armen, und er wiegte sie sachte hin und her. Ihr Kopf lag an seiner Brust, sein Körper schützte den ihren. Sie stand mit herabhängenden Armen da, unfähig, sich zu bewegen, leistete keinen Widerstand, war aber nicht schockiert, sondern im Gegenteil erfüllt von dem Gefühl der Berührung. Sein Geruch, süß und erdig, weckte eine unbändige

Neugier. Als er sich dann von ihr löste und ihr kurz, aber freundlich auf die Schulter klopfte, wusste sie nur, wie sehr sie sich wünschte, dass er blieb und es eine Berührung war, die sie keinesfalls übel nehmen konnte. Ohne dass sie es gemerkt hatte, waren sie während der Umarmung ein paar Schritte auf die Lebkuchenhütte zugegangen. Das Bedürfnis, in Tränen auszubrechen, war verflogen; sie fühlte sich seltsam erleichtert, wacklig und erschöpft.

»Du darfst nie vergessen, dass du einen Bruder in mir hast«, sagte Francis. »Gefällt es dir, was ich aus dem verfallenen Schuppen gemacht habe?«

Sie warf einen Blick hinein. Die Wärme aus dem Inneren schien sich nach draußen zu ergießen und sie einzuhüllen. Therese zog die Nase kraus, als sie den Duft der Räucherstäbchen erkannte, die in einem Farbtopf steckten.

»Gegen die Insekten«, erklärte er.

Es war ein Geruch, der sie an ihr Kinderzimmer erinnerte, als Anna und sie noch krank waren. Manchmal hatten sie dort Räucherstäbchen verbrannt, um den Medizingestank zu vertreiben. Es war ein schwerer Duft, der sich in ihrem Bewusstsein mit Sicherheit, Kraftlosigkeit und angenehmer Schläfrigkeit verband.

»Ich hatte auch mal so ein kleines Zimmer«, sagte sie. »Damals wollte ich unbedingt in einem Schrank unter der Treppe wohnen.«

Er lachte und trat einen Schritt zurück, obwohl sie seine Nähe vorgezogen hätte.

»Es ist eher deine Größe als meine. Warum bleibst du nicht ein Weilchen hier und ruhst dich aus? Schaltest ein wenig ab?« Er warf einen Blick auf seine Uhr. »Niemand wird es merken, und ich habe gleich Feierabend. Hier hast du Frieden abseits der Küche.«

Wie magisch angezogen, trat Therese ein und setzte sich auf die mit Chintz bedeckte Pritsche, die aussah wie ein hartes Kinderbett und sich auch so anfühlte. Sonst gab es nur wenig im Innern, abgesehen von einem großen Farbtopf, der als Untersatz für den Spirituskocher diente, und ein paar Regalbrettern an der Wand links, die kleinere bunte Farbtöpfe, Streichhölzer und eine Packung Kerzen enthielten. Francis nahm seinen Mantel vom Haken an der Tür.

»Alles in Ordnung?«, fragte er.

»Ja.«

»Dann lasse ich dich jetzt allein.«

Sie hörte seine Schritte verhallen. Dann fing es an zu regnen. Zuerst war es nur ein komisches, leises Murmeln, das mit der Zeit einschläfernd wirkte, als die Tropfen gleichmäßig und melodisch aufs Dach des Schuppens prasselten. Therese schloss die Augen. Die Holzwände schienen die Wärme des Sommers gespeichert zu haben und nicht loslassen zu wollen. Der Regen wurde lauter. Wie friedlich es war, mit offener Tür in einem kleinen, warmen Raum zu sitzen, während der Schwindel erregende Geruch nach Mann und brennenden Räucherstäbchen die Wärme noch vergrößerte.

Dann hörte sie ein anderes Geräusch und schlug die Augen auf. Die Tür war sanft ins Schloss gefallen.

Francis begegnete Barbara vor der Tür zum Salon, wo sie nervös Ausschau nach ihm hielt.

»Bist du schon auf dem Weg nach Hause, mein Lieber?«

»Ja, es sei denn, es gibt noch etwas zu tun.«

»Zu tun? Hier gibt es nichts, was man tun könnte.« Ihre Stimme klang beinahe hysterisch und war von Traurigkeit gedämpft. »Matilda war auf dem Weg der Besserung, und sie plauderte ganz munter, aber dann hat sie heute Nachmittag im Krankenhaus einen Herzinfarkt bekommen. So ist schon wieder eine von uns gegangen, und Joseph haben wir scheinbar auch verloren. Nein, es gibt nichts zu tun. Hast du Therese gesehen?«

»Das tut mir so Leid, Schwester. Ich werde Matilda in meine Gebete einschließen. Therese? Die Kleine? Ich dachte, ich hätte Agnes sagen hören, dass sie ausgegangen ist, um Kim mit ihrem kranken Kind zu helfen oder so was. Ein Freundschaftsdienst, glaube ich.«

»Nun, Freundschaft hin, Freundschaft her, wir brauchen sie hier. Sie hat kein Recht, sich einfach davonzumachen.«

Nervös klopfte sie mit dem Fuß auf den Boden und nahm sich dann zusammen.

»Raus mit dir, mein lieber Francis. Morgen werden wir alle Hände voll zu tun haben, wenn sie die Leiche bringen. Da draußen ist doch wohl niemand mehr, bei dem Regen?«

Er schüttelte den Kopf.

»Gott segne dich, was würden wir bloß ohne dich machen?«

Das Telefon klingelte, und sie stürzte zurück in ihr Büro. Francis ging durch den Gang bis zur Vordertür, wo Agnes mit roten Augen saß und auf ihn wartete. Er umarmte sie und verabschiedete sich dann mit einem lauten Schmatzer und einem gemurmelten *Gute Nacht, Mutter,* bevor er die Tür hinter sich zuzog.

13

Du sollst nicht töten

Es konnte keinen Zweifel daran geben, dass die Tür zugefallen und es jetzt dunkler im Innern des Schuppens war. Das kleine Fenster in der Tür bildete die einzige Lichtquelle, ein graues Viereck, das Therese betrachtete, als sie zu dem mit Chintz bedeckten Bett zurückkehrte. Zuvor hatte sie versucht, auf dem rauen Holz der Tür nach dem Griff zu tasten, und festgestellt, dass es keinen gab. Therese konnte sich den glänzenden neuen Riegel auf der Außenseite der Tür genau vorstellen. Wenn das alles war, was sie hier drinnen festhielt, so könnte sie die Tür mit ihrem Gewicht aufstemmen, da war sie ziemlich sicher. Eins der Dinge, die sie in mehr als einem Jahr im Kloster gelernt hatte, war, wie man mit Türen und Fenstern umgeht, die sich in der Feuchtigkeit verzogen hatten und klemmten. Sie wäre stark genug, um herauszukommen, aber im Moment schien es nicht viel Sinn zu haben, es zu probieren, denn sie war eher verwirrt als ängstlich und immer noch von einer angenehmen Trägheit erfüllt. Was machte es schon, wenn sie noch eine Weile blieb? Das blinde Herumtasten an der Holztür hatte ihr nur einen Splitter in der Handfläche eingebracht.

Sie setzte sich aufs Bett und blickte hinauf zu dem lichten Fensterquadrat in der Tür. Dabei fiel ihr auf, dass der relative Mangel an Licht die Konturen im Innern des

Schuppens veränderte. Sie konnte alles sehen, was sie sehen musste, selbst die Umrisse der Farbtöpfe in den Regalen, deren Farben im Zwielicht lebendiger wirkten, und fragte sich, was sie wohl enthielten. Dann döste sie ein wenig. Sie verhalf dem Garten ganz einfach zu seinem Zweck, selbst wenn es nur eine kleine, abgeschiedene Ecke eines Gartens war wie die hier, und verwandelte ihn in einen friedlichen Platz. Die feinen Räucherstäbchen brannten immer noch; sie starrte auf die glühenden Enden, die aus einer Farbdose im Regal ragten, stand auf und ging die zwei Schritte bis zur Tür. Das Fenster war hoch; nur wenn sie sich auf die Zehenspitzen stellte, konnte sie einen Blick hinauswerfen, wo die fleißigen Lieschen im grauen Licht leuchteten und der Regen fiel.

Sie ging wieder zurück, lehnte den Rücken an die Wand und zog die Knie an. Die Wand war warm und schien sich noch mehr zu erwärmen, je weniger Licht durch das Fenster fiel und je lauter der Regen seine Musik aufs Dach trommelte.

Einmal hatte sie von einer Nonne gelesen, die auf dem Gelände ihres Klosters in einem Wohnwagen gelebt und ihn mit Büchern über mittelalterliche Malerei voll gestopft hatte. Es war ihre Leidenschaft, aber auch eine Hilfe beim Gebet gewesen. Diese Schwester war vor einigen Jahren in einer Fernsehsendung aufgetreten und hatte an eine andere Lebensweise erinnert. Therese ging auf, dass sie selbst nie irgendwelche Leidenschaften gehabt hatte, abgesehen von dem Wunsch, dass niemand sie berührte, antrieb oder an ihr zerrte, und der Gedanke, so weiterzuleben, mehr am Rand der Nonnengemeinschaft als in ihrer Mitte, erschien ihr als die beste Möglichkeit von allen, solange sie mit Hunger, Durst und hygienischen Verhältnissen zurechtkam. Kleine Räume und eine spartanische Umgebung haben ihren Reiz. Sie fördern ein bestimmtes Maß an Duldung und passen zu bescheidenen Ansprüchen.

Kluge Menschen mit anderen Träumen, Menschen wie Anna, hätten sich mehr angestrengt und wären längst dahinter gestiegen, wie man hier rauskommt, dachte Therese. Sie selbst würde einfach warten, dass derjenige, der sie aus Versehen eingeschlossen hatte, seinen Fehler bemerkte und wieder zurückkam, um sie zu befreien. Bis dahin konnte sie über das Schicksal der armen Matilda brüten. Die Schwestern mussten sich ihr Abendbrot wohl oder übel selbst machen. Darin lag eine gewisse Genugtuung.

Noch brauchte sie sich über mangelnde Hygiene nicht den Kopf zu zerbrechen. Ihre Blase schien im Lauf der letzten Tage geschrumpft zu sein. Der Hunger nagte zwar inzwischen an ihr, aber mit kleinen, sanften Zähnen. Es war nicht unangenehm, außerhalb von Zeit und Klosterordnung zu sein, fast schwerelos, ohne Verantwortung, eingeschläfert von der Wärme und dem Geruch, den sie jetzt bewusster wahrnahm. Anhaltende Farbdämpfe und Teeröl, überdeckt von den Räucherstäbchen, ein Hauch von Katze und immer noch der Duft von Francis in ihrer Nase, der aus ihrem flüchtigen Körperkontakt herrührte. Sie dachte kurz darüber nach, was es wohl war, das einem Mann diesen Duft verlieh, wie ihr eigener Geruch sein mochte, aus welchem Material das Dach bestand, dass der Regen so hohl klang, und dann bemerkte sie den kleinen Spiegel, der neben den Farbtöpfen in einem Regal aufgestellt war, und stand auf, um sich darin anzuschauen. Das Licht war zu schwach, um mehr zu erkennen als ein sehr blasses Gesicht, das hauptsächlich aus Augen zu bestehen schien. Es beunruhigte sie, ihr eigenes Spiegelbild zu betrachten; es schien kaum etwas mit ihr zu tun zu haben. Der einzige Spiegel im Kloster, der in der Nähe des Eingangs, wurde fast nie benutzt, und wenn, dann nur, um sich eines würdevollen Äußeren zu vergewissern, bevor man in die Welt hinausging. Falls ansonsten das Äußere einer Mitschwester etwas zu wünschen übrig ließ, wenn ein Habit noch im Gürtel verhakt war oder ein Schleier schief saß, half eine andere, es diskret zu richten, und erntete ein gemurmeltes Dankeschön dafür. Sie alle konnten sich im Dunkeln anziehen und verließen sich stillschweigend auf gegenseitige Hilfe, wenn es um die Details eines rudimentären gepflegten Äußeren ging. Es erinnerte sie an Primaten, die sich geduldig gegenseitig von Flöhen befreien. Der Spiegel hingegen gemahnte daran, dass das Licht zusehends schwand und sie es lieber nutzen sollte, um die Kerzen zu finden, die sie zuvor irgendwo gesehen hatte. Billige Kerzen, nicht wie die aus Bienenwachs in der Kapelle, und klebrig obendrein. Als sie eine gefunden hatte, zündete sie ein Streichholz an und hielt es ans Kerzenende. Dann stellte sie sie auf das Regal. Ein neuer Geruch mischte sich unter die anderen. So, jetzt konnte sie beten. Eine Kerzenflamme, die ohne den Luftzug von draußen träge und gleichmäßig brannte, statt unruhig zu flackern, war die beste Hilfe beim Beten.

O Herr, warum tust du mir das an?

Herr, habe ich gesündigt, und wenn ja, auf welche Weise? Wie soll ich wissen, ob ich gesündigt habe, wenn es nicht ganz offensichtlich ist oder du es mir sagst? Sei doch vernünftig, ich bin schließlich nur ein Mensch.

Ich weiß nicht, ob das eine Strafe ist … Und dann klopfte sie ungeduldig aufs Bett: *Warum zum Teufel antwortest du mir nicht?* Ich bin dein Kind.

Sie versuchte es mit dem Rosenkranz, ohne tatsächlich einen bei sich zu haben, denn der Rosenkranz war ein wirklich praktisches Gebet. Eins, bei dem man vor sich hin träumen und zugleich beten konnte, ein Vaterunser, zehn Gegrüßet seist du Maria, ein Glaubensgeheimnis und dann das Ganze wieder von vorn. Sie versuchte, nicht zu träumen, sondern sich auf die Geheimnisse zu konzentrieren, die vorgeschriebene Begleitung der einzelnen Abschnitte, merkte jedoch, dass sie nur über die traurigen nachdenken konnte – Jesus im Garten Gethsemane, die Geißelung, der Kalvarienberg und immer der bohrende Gedanke im Hinterkopf: Warum, o lieber Jesus, hast du dich bloß auf all das eingelassen? Warum hast du geglaubt, dass wir es wert sind, warum bist du nicht geflohen? Was hat es bewirkt? Sie gab auf. Der Regen war verstummt.

Erst in der folgenden Stille, die um sie herum aufstieg und das Gefühl eines erstickenden Nebels verbreitete, empfand Therese erste Anzeichen von Panik. Man bekam keine Luft hier drin. Das bisschen Sauerstoff, das es noch gab, wurde von den immer noch glühenden Räucherstäbchen und der Kerzenflamme verbraucht. Sie hatte Angst, so still sitzen zu bleiben, stand auf und stieß gegen die Tür, hämmerte dann mit beiden Fäusten dagegen, doch das Holz gab nicht nach, sondern bebte nur unter dem Klang. Sie dachte daran, sich das Haar zu raufen oder zu schreien, wusste aber, das würde alles nur noch schlimmer machen. Dies war keine Zuflucht, sondern eine Gefängniszelle. Sie versuchte an einen Heiligen in Gefangenschaft zu denken, irgendeinen, und was er wohl machen würde, wenn er an ihrer Stelle wäre. Nachdenken, seine eigene Demütigung Gott opfern zugunsten einer anderen Seele im Fegefeuer, fest im Glauben auf seine Befreiung warten, geduldig und still bleiben? Nein. Nein!

Wenn man an der Wand entlangging statt zur Tür, waren es maximal vier kleine Schritte von einer Seite der Zelle bis zur anderen. Therese versuchte sich vorzustellen, mit Kim in der Küche zu sitzen oder aber mit Anna wieder in ihrem alten Kinderzimmer zu sein, wo sie sich damals während ihrer Krankheit an einem relativ guten Tag die Zeit vertrieben. Sie alberten herum und brachten sich den Laufsteg-Schritt bei, übertrafen sich gegenseitig beim übertriebenen Hüftschwung, warfen den Kopf zurück, schoben die Hüfte vor und staksten auf und ab, wie sie es in Zeitschriften und Fernsehprogrammen über Tanzbälle gesehen hatten, die sie mit abgestelltem Ton anschauten, bis sie sich vor Lachen kugelten und ihre Mutter einschreiten musste. Der vom Tango inspirierte Gang der Models wirkte völlig mühelos, war in Wirklichkeit aber harte Arbeit. Er hatte sie damals beide erschöpft. Jetzt wiederholte sie ihn immer wieder. Zwei Schritte vor, zwei zurück, dann warf sie sich aufs Bett, posierte, stand wieder auf und fing von vorn an. Beim zehnten Mal war ihr so schwindlig und heiß, dass sie ihre Kleider auszog. Sie würde weitermachen, bis sie nicht mehr konnte. Irgendwas hatte sie gestochen: Es juckte. Ihre Haut glühte.

Es war später Nachmittag, als Goodwin wieder in die Stadt zurückkam. Er sog die Luft in der Unterführung ein, die die Bahnstation mit der U-Bahn verband, nahm die verschiedenen Aromen von Menschheit und Dreck wahr, Kunstlicht, organisiertes Chaos, bemerkte ein paar obdachlose Jungen, die den Tag bereits abgeschrieben hatten, und fragte sich, ob Francis McQuaid je einer von ihnen gewesen war. Ein ungewaschener Kopf lugte aus einem schmutzigen Schlafsack, und er schämte sich, dass er kein Geld zu verschenken hatte, doch im Großen und Ganzen, so dachte er, zog er doch dieses unmenschlich menschliche Gewusel der gnadenlosen Wucht der Gezeiten und dem weiten, herzlosen Himmel vor. Kay McQuaid sollte zurückkehren: Zu Hause, das war hier. Obwohl er wusste, dass es unverantwortlich war und er später mit einem schlechten Gewissen gegenüber seiner vernachlässigten Gemeinde dafür würde bezahlen müssen, machte er einen Umweg durch den Park. An diesem Mittwochnachmittag, dem Fest des heiligen Matthäus, Apostel und Evangelist, der als Mann mit Flügeln symbolisiert wird, obwohl er ehemals Steuereintreiber gewesen war, beendete die Jungenmannschaft gerade ein Fußballspiel. Er stand da und beobachtete die reine Energie und Anmut ihrer Bewegungen, lauschte entzückt ihrem unschuldigen wilden Geschrei und spürte, dass er selbst beobachtet wurde, weil er so abseits stand. Erneut fragte er sich, ob Francis, geborener Jack, unehelicher McQuaid, je einer von diesen Jungs gewesen war, ob er im Nieselregen Fußball gespielt und dabei nur einen Wunsch gehabt hatte: zu lernen, wie man Regeln bricht.

Bei der letzten wehmütigen Runde um dieses Ende des Parks sah Christopher eine Nonne auf einer Bank sitzen und hatte sofort das intensive Bedürfnis, seine Richtung zu ändern, um ihr nicht zu begegnen. Er widerstand dieser Versuchung in der Hoffnung, dass sie eine Fremde war. Deshalb traf es ihn wie ein Schock, als er bei näherem Hinsehen eine von denen wiedererkannte, die er mittlerweile missmutig als Barbaras Bande bezeichnete. Er konnte sie auseinander halten, sich aber nie auf ihre Namen besinnen, bis auf ein oder zwei, die er mochte, und die paar, die männliche Namen angenommen hatten. Schwester Joseph war ihm im Gedächtnis geblieben, weil Barbara sie des Öfteren in ihrem Sorgenkatalog erwähnt hatte und weil sie beim letzten Treffen betrunken gewesen war, sich allerdings bewundernswert unter Kontrolle gehabt hatte. Ähnlich schien es auch jetzt zu sein. Sie war nicht völlig hinüber, aber ganz sicher angetrunken und auf dem Weg zu Schlimmerem. Sie weinte sich die Augen aus, als wollte sie noch mehr zur Feuchtigkeit ihres Habits beitragen, dessen Saum mit Schlamm bespritzt war. Spaziergänger wechselten auf die andere Seite des Pfades, um ihr nicht zu nahe zu kommen. Als er sich neben sie setzte und dabei die altvertraute Gereiztheit empfand, die so manchen Akt christlicher Nächstenliebe begleitete, besonders wenn dadurch wichtigere Dinge verhindert wurden und er ohnehin hungrig und müde war, verstand er, warum die Leute einen Bogen um sie machten. Selbst ohne die Furcht erregenden

Accessoires einer schmuddeligen Nonnentracht machte Schwester Joseph einen höchst abweisenden Eindruck.

»Joseph, nicht wahr?«, fragte er mit seiner eingeübten Freundlichkeit, die häufig eher provozierend als einfühlsam wirkte, so auch jetzt. »Was fehlt Ihnen, Schwester? Kann ich helfen? Soll ich Sie nach Hause bringen?«

»Verpiss dich.«

Die Antwort verblüffte ihn dermaßen, dass er beinahe gelacht hätte. Er war ein respektvolles Lächeln gewöhnt, an *Ach, nein, Pater, es ist nichts,* die stereotype Antwort, stoische Reaktion der Schwestern auf eigenen Kummer, bis hin zum Totenbett. Es war ein Respekt, der ihn häufig geärgert hatte, jetzt aber merkte er, dass ihm das Gegenteil auch nicht recht war.

»Was ist los, Schwester?«

Blöde Frage, aber er konnte sie schließlich nicht einfach sitzen lassen.

»Was los ist, Sie Dummkopf? Was los ist?« Ihre Stimme war nur leicht undeutlich und hob sich, so dass er das Ausmaß ihrer Betrunkenheit nicht recht einschätzen konnte. Seiner Erfahrung mit anderen Fällen nach würde es jedoch noch eine Weile dauern, bis es zu Gewalttätigkeiten oder zu geistiger Abwesenheit kam. Sie war eine kräftige alte Frau. Er hatte oft gedacht, dass die verbliebene physische Kraft alter Leute ebenso frustrierend sein musste wie ihre Schwäche, eine gestaltlose, nutzlose Energie, der er selbst nicht gerade mit Freuden entgegensah. Sie blickte mit verschwommenem Blick zu ihm auf und erkannte ihn erst jetzt.

»Lieber Himmel, der verdammte Priester. Wo stecken Sie eigentlich, wenn Sie gebraucht werden? Niemand konnte Sie heute Morgen zum Leben erwecken. Stellen Sie sich vor, Sie hätten mit Matilda und mir zusammensitzen können. Zusammensitzen und zuhören, als Matilda erzählte, wie der Teufel in Person Edmund und die Vögel ermordet und ihre Hände mit Säure verätzt hat.

Sie hatte solche Schmerzen. Der Teufel persönlich, hat sie gesagt. Und dann … ist sie gestorben, Pater. Sie ist ohne Sie gestorben.« Das wütende Fauchen verebbte zu einem Murmeln.

Er bekreuzigte sich, erschüttert vor Schuldbewusstsein. »Matilda ist tot?«

»Matilda wurde umgebracht«, schrie sie zurück. »Und ich habe sie geliebt. Wir waren wirkliche Schwestern. Sie ist die Einzige, die mich je geliebt hat.«

Dann flossen die Tränen weiter. Er zögerte und berührte vorsichtig ihren Ärmel, der mit Rotz und Tränen beschmiert war. Sie schlug ihm auf die Hand.

»Sie müssen nach Hause, Schwester, Sie werden noch krank.«

»Rühren Sie mich nicht an«, antwortete Joseph bewusst feindselig. »Und sparen Sie sich Ihre Besorgnis. Ich habe kein Geld in der Tasche und meinen eigenen Willen. Ich brauche Ihren Segen nicht, ich brauche nur meine Wut, also verpissen Sie sich. Ist das so schwer zu verstehen?«

Er musste zugeben, dass die Aufforderung unmissverständlich war und ihm keine Wahl ließ. Sie war eine erwachsene Frau Gottes, kein Kind.

»Was hat sie damit gemeint, der Teufel in Person?«

»Verschwinden Sie!«

»Sind Sie sicher?«

Sie nickte entschieden. Eine durchsichtige Glasflasche lugte aus der Stofftasche neben ihr, die aussah wie ein Wäschesack oder der Turnbeutel, den er früher mit in die Schule genommen hatte. Die Tasche war voll, wahrscheinlich mit Matildas Sachen, dachte er traurig, und bot keinerlei Schutz vor dem Regen. Er tastete in der linken Tasche seines Anoraks nach dem Schirm, der sich dort eingenistet hatte und den er immer zu benutzen vergaß. Joseph warf einen geringschätzigen Blick darauf, nahm ihn dann trotzdem und stopfte ihn in die Tasche.

»Nicht gerade brauchbar als Waffe, was, Pater? Ich komme schon zurecht. Und jetzt hauen Sie endlich ab.«

Er wusste, dass er später zurückkommen und nachsehen musste, ob sie noch da war, aber er musste auch verdauen, was sie gesagt hatte, und so eilte er nach Hause. Oh, lieber Gott, bitte nicht noch ein Tod oder noch ein Hirngespinst. Die Papiere raschelten in seiner Tasche, ohne den Schirm fühlte er sich nicht leichter. Trotz dieser merkwürdigen Begegnung und der grässlichen letzten vierundzwanzig Stunden verspürte er einen Hauch von Euphorie. Ein Gefühl von Entschiedenheit und Zielgerichtetheit erfüllte ihn, das normalerweise nicht daher rührte, dass er so viel zu tun hatte. Es gab immer entweder zu viel oder zu wenig zu tun, und das ganze Leben drehte sich nur darum, wie man Prioritäten, Verpflichtungen und sonstige Aufgaben in Einklang brachte. Zu Hause erwarteten ihn Nachrichten von Barbara, dem Büro des Bischofs und zwölf weitere, die letzte vom Betreuer des behinderten Alten, dem er so oft Gesellschaft bei alten Fußballvideos geleistet hatte und ihm damit stumme Bewunderung für seinen Mut gezollt und den Trost eines Gleichgesinnten gespendet hatte. Sie hatten eine ähnliche Art zu beten. Die Nachricht war eine Bitte um die Letzte Ölung. Ein Mensch verlangte nach seinem Segen für den letzten Übergangsritus. Christopher hatte keine Wahl. Er zog sich um, griff nach seinen Utensilien und machte sich auf den Weg ans andere Ende seiner Gemeinde.

Ravi hatte Unrecht. Anna machte einen Bogen um den Park und sehnte sich nach der Kapelle. Jetzt pass mal auf, Herr. Beten ist eine instinktive Regung für jeden, der damit aufgewachsen ist, selbst wenn man nicht mehr weiß, zu wem oder was man beten soll. Eine schlechte Gewohnheit, die man sich als leichte Übung angeeignet hat, mit der aber schwer zu brechen ist, eine Plage, eine Nerverei, die nie aufhört und über die man sich mit niemandem austauschen kann, der nicht weiß, wovon man spricht. Ravi hatte seine eigene Religion, er wusste Bescheid, obwohl er keine Ahnung hatte, was es bedeutete, zu Göttern zu beten, von denen man bereits verlassen worden war. Auf alle Fälle hatte er Unrecht, wenn er behauptete, beten könne man überall. Vielleicht meinte er, überall, wo es einen Schrein in der Nähe gab. Sie meinte, überall, wo es so gut funktionierte, dass man seine Wut unterdrücken konnte, und solche Orte waren rar. Es musste einer sein, den sie liebte, die Klosterkapelle, manchmal der Park und ansonsten das Dach. Andere Leute hielten es vermutlich ähnlich, wenn sie sich einen Platz zum Streiten aussuchten. Man musste etwas haben, zu dem man aufsehen, auf das man hinabsehen oder zu dem man hinsehen und sich die Vorstellung erhalten konnte, dass es noch etwas jenseits davon und sogar darüber hinaus gab. Anna dachte, ein Flugzeug müsste ein guter Ort zum Beten sein, vorausgesetzt, man hatte einen Fensterplatz.

Sie fühlte sich ziemlich wacklig auf den Beinen und war in einer Stimmung, die sie nur als seltsam bezeichnen konnte, obwohl das eine Untertreibung war, denn seltsam war so gut wie alles in ihrem Leben. Jedenfalls gab es jede Menge, das sich seltsam anfühlte, manchmal so seltsam, dass sie sich wie tot vorkam. Und Gott, war er wirklich tot? Ein toter Gott, ein Totengott. Die Wohnung war picobello aufgeräumt. Sie wartete und spürte im Innersten ihres Herzens wie auch ihres flauen Magens, dass Francis, der Goldjunge, sie warten ließ. Noch war er nicht zu spät dran, aber es würde nicht mehr lange dauern. Die Leiter zum Dach war aufgestellt. Es war noch Zeit.

Sie hatte sich angezogen wie ein junges Mädchen, wie eine kleine Nutte im Kleid. Ein geblümter Fummel, luftiger Stoff mit Rosenmuster, der von der Wade bis zum Hals durchgeknöpft war, und ein Hauch von Spitze am

Kragen, ach, du lieber Himmel! Sie hasste alles daran, bis auf die nackten Füße, die jetzt die Leiter hochkletterten und auf dem Dach schmutzig wurden, aber was machte das schon! Bei dem Gedanken an den Wein im Kühlschrank wurde ihr übel.

Besser war es hier oben an der Brüstung, wo die schwüle Luft gefiltert war vom Regen, der jetzt erneut drohte, aber noch nicht gleich, bitte, lieber Gott, noch nicht gleich. Sie hievte die Ellbogen auf die Brüstung, so dass sie auf gleicher Höhe mit den Schultern waren, und stellte ihre Füße auf das Brett, das sie zwischen Bleidichtung und Ziegel geklemmt hatte, um bessere Sicht zu haben. Sie sah einen klaren Abend, an dem es vorzeitig dämmerte. Der Garten wirkte noch dunkler wegen des Lichts, das aus den Kapellenfenstern fiel, doch bis jetzt konnte sie sämtliche Einzelheiten erkennen. Eine Brise spielte mit ihrem langen Haar, das sie zur Feier des Tages schon wieder gewaschen hatte.

»Steh mir bei, o Herr. Soll ich geopfert werden? Muss ich ertragen, dass er mich besitzt, um Therese zu erreichen? Hilf mir, im Dunkel zu sehen.«

Edmunds Bank begann zu verblassen. Sie meinte aus der Kapelle das Misericordia zu hören. O *clemens, o pia, o dulcis Virgo Maria,* gesungen von denselben Stimmen wie denen an Judes Grab und gefolgt von der des himmlischen Jagdhunds. *Ich floh vor ihm hinunter in die Nächte und die Tage, Ich floh vor ihm hinunter in der Jahre Bogen; Ich floh vor ihm hinunter …*

Lass mich in Ruhe, rief sie in den dämmernden Himmel. Lass mich sehen. Hilf mir, mich zu konzentrieren und zu erkennen, was mein benebelter Verstand nicht begreift. Ich bin nicht alt, ich bin nicht weise.

Zuerst sah sie zum Himmel auf, einer leeren, bewegten Landschaft, die sich verdunkelte, aber nicht dunkel genug für Sterne war. Es gab nichts darin, worauf sich die Augen hätten fokussieren können, keine freundliche

Wolkenformation, kein inspirierender Mond. Sie beobachtete die Äste der Bäume, forderte sie insgeheim heraus, sich zu regen, und richtete dann den Blick auf das Fenster der Kapelle. Es war so hell erleuchtet, dass seine Form, die an ein aufgestelltes Boot oder eine Mitra erinnerte, verlockend deutlich war und die Sehnsucht, auf der anderen Seite zu sein, so durchdringend wie Heimweh. Links von diesem Signalfeuer, etwas tiefer, fiel ein deutlich erkennbares Licht aus den Fenstern des Salons und den Räumen im oberen Stockwerk. Offenbar war das Kloster feierlich erleuchtet, was auf eine Krise, Besucher oder den Tod schließen ließ. So hatte es an dem Abend ausgesehen, als Schwester Jude gestorben war. Scheinbar löste der Tod einer Schwester das Bedürfnis aus, geschäftig hin und her zu laufen, einen Großputz zu veranstalten und alles wieder in Ordnung zu bringen, so dass die Lücke schnell vertuscht war. Wenigstens hatten sie dadurch etwas zu tun.

Kein Vogel sang, nicht ein einziger Warnschrei erklang.

Anna konzentrierte sich auf die kleineren Details, die Form der Blumendolden, den schimmernden feuchten Pfad, der sich durchs Gebüsch schlängelte, die Stelle, wo gut sichtbar der heilige Michael stand. Ihr Blick folgte dem Pfad bis zu einem Punkt weiter unten, wo das Buschwerk ihn verbarg. Da ungefähr hatte Francis sie abgepasst. Die genaue Stelle konnte sie nicht festmachen, die Konzentration auf den wahrscheinlichen Punkt aber löste in ihr einen Gedankenprozess aus, in dem sie alles noch einmal abrief, was sie über Francis wusste, und es mit dem verglich, was er gesagt hatte. Sie wusste nicht viel, doch als sie den Garten betrachtete, konnte sie plötzlich sehen, was er getan hatte.

Es gab keinen einzigen Vogel mehr.

Da stand Edmunds Bank, deren Holz an ihrem geharkten Platz noch hell durch die Dunkelheit schimmerte. Francis hatte jeden Hinweis auf seinen Vorgänger und

Mentor beseitigt, so dass es mittlerweile schwierig war, sich daran zu erinnern, dass Edmund überhaupt je existiert hatte. Edmund, den sie beobachtet hatte, wie er den Garten verwildern ließ und die Vögel fütterte, mit denen er seine schmutzige Bank geteilt hatte. Es war eine Ironie des Schicksals, dass es Edmund, der Gärtner, war, der eigentlich Francis hätte heißen müssen, nach einem Heiligen, der die Vögel aus dem Himmel herbeizaubern konnte. Jetzt gab es nur noch tote Vögel im Garten, sie war selbst auf einen getreten; tote Vögel und eine mörderische Katze. Der zu Unrecht so genannte Francis hatte gestern Abend gelogen. Edmund hätte nie auf einen Vogel geschossen, egal welchen, und auch nie das Fenster zerbrochen. Aber Francis wäre im Zuge seiner rücksichtslosen Säuberungsaktion und der Vorbereitung auf dem Weg zur Macht durchaus dazu fähig gewesen. Sie grübelte darüber nach, wie er diese Macht erlangen konnte: zuerst, indem er Edmunds Stellung im Kloster unterminiert hatte, dann, indem er sich unentbehrlich machte, und immer begünstigt durch sein attraktives Äußeres. Die Schönheit eines Heiligen und sein Geschlecht, das waren mächtige Passwörter. Agnes ließ ihn nach Belieben ein und aus, Barbara vergötterte ihn. Kein Ort war sicher vor ihm, es gab nichts, bei dem er nicht Widerspruch einlegen konnte. Letzten Endes hatte Anna ihre Verbannung ihm zu verdanken, obgleich sie mit ihrer Blödheit selbst dazu beigetragen hatte. Sie strich mit den Fingern über ihre Wangen, dachte daran, wie er ihre Hand gehalten und die Nägel über sein Gesicht gestreift hatte. Die Kratzer hatten seine Schönheit noch hervorgehoben. Wieso war diese Erinnerung verblasst, als sie ihn gestern Abend gesehen hatte und vor seinem immer gleichen unterwürfigen Charme einfach dahingeschmolzen war? Wieso hatte sie ihm geglaubt? Sie ballte die Hand zu einer Faust und betrachtete sie. Eine mickrige Waffe.

Und dass Therese diesen Vogel geschickt haben sollte … Therese hätte einen toten Vogel nicht angerührt, außer vielleicht, um ihn zu begraben. Sie hätte Angst gehabt, sie war so zimperlich. *Schau nur, was Francis mit den Vögeln gemacht hat.*

Dann erinnerte sie sich an Edmunds Faust, den auf der Bank ausgestreckten Arm. Das goldene Kruzifix und die zerrissene Kette hatten daneben gelegen, und sie hatte geglaubt, es sei Edmunds, und hatte sie für Matilda aufgehoben, bis Francis sie zurückforderte. Etwas, das er seit seiner Kindheit getragen und aus dem er beinahe herausgewachsen war. Zu klein für Edmunds fleischigen Nacken. Ein heuchlerischer Schmuck, Zeichen der Solidarität, Hinweis auf den Glauben. Sie dachte daran, wie sie das Kruzifix zusammen mit der Ganesh-Statue in ihrer Tasche herumgetragen hatte. Jetzt starrte sie auf die Bank und stellte sich Edmund im Augenblick seines Todes vor, als er das Kruzifix vom Hals eines Mannes gerissen hatte, der ihm hätte helfen können. Oder der ihn ermordet hatte. Die Szene spielte sich mit schauerlicher Klarheit vor ihren Augen ab. Matilda war die Einzige, die es möglicherweise gewusst hatte. Matilda mit ihren freundlichen Augen und der verbrannten Haut. Auch da waren seine Hände im Spiel gewesen.

Wenn sie sich, so weit es ging, über die Brüstung beugte, konnte sie gerade noch das Gartentor erkennen. Hier kam und ging er nach Belieben. Er brauchte Agnes' Komplizenschaft gar nicht. Am deutlichsten aber erinnerte sie sich an ihre hektische Putzaktion vom vergangenen Abend, den instinktiven Zwang, alle Spuren von ihm zu beseitigen, obwohl sich der Nebel der Gutgläubigkeit über sie gesenkt und sie ihm jedes Wort abgekauft hatte, als er dort gesessen hatte. Er hatte ihr Leid getan, und sie wollte ihm gefallen. O Herr, sagte sie. *Wir glauben nur, was wir glauben wollen.* Und ignorieren, was uns nicht passt. Warst du derjenige, der angerufen hat, um mich zu warnen? *Gute Menschen sehen das Böse nicht. Das Böse aber hat keine Skrupel.*

Sie blickte auf das Leuchtzifferblatt ihrer Uhr. Sie würde die Klingel auch von hier oben hören. Francis war nicht gekommen. Schlimmer noch, er hatte heute Abend gar nicht kommen wollen. Das wurde ihr jetzt klar. Das Versprechen war nur eine weitere Lüge gewesen. Vielleicht sonnte er sich in der Vorstellung, dass sie auf ihn wartete, ein Stück Kontrolle, das er sich ausgedacht hatte, um sie zu demütigen, damit sie sich das nächste Mal umso mehr nach ihm sehnte. Vielleicht war es aber auch etwas anderes. Vielleicht brauchte er einfach die Gewissheit, dass sie in ihrer eigenen Wohnung gefangen war und wartete, denn er konnte darauf zählen, dass sie das tat. Allein, weil er Therese erwähnt hatte, oder aus einem jämmerlichen Verlangen nach Liebe oder Freundschaft heraus würde sie warten, armes, machtloses Ding. Plötzlich fielen ihr andere Worte von ihm ein: *Du bist sogar noch hübscher als deine Schwester*, und sie kotzte in hohem Bogen über die Brüstung. Er hatte sie nie begehrt. Er hatte sie aus dem Weg haben wollen. Und als ihr das klar geworden war, folgte die nächste Erkenntnis: Therese war in Gefahr.

Als sie und Therese krank gewesen waren, hatten sie anfänglich unterschiedliche Symptome gehabt, die sich allmählich einander anglichen, als würden sie sich gegenseitig anstecken. Doch schließlich war es mehr als das gewesen. Es hatte sich ein wechselseitiges körperliches Einfühlungsvermögen daraus entwickelt, das zwar im Verlauf der Genesung und später, in Zeiten der Trennung, abnahm, aber nie ganz verschwand. In freundlicheren Gesprächen, die den Auseinandersetzungen nach Thereses Eintritt ins Kloster gefolgt waren, hatten sie darüber gelacht. Gestern habe ich an dich gedacht, sagte Therese etwa. Hattest du auch Zahnschmerzen? Ich hatte welche. Und Krämpfe von der Periode? Ja. Jetzt, hier oben auf dem Dach, drehte sich Anna der leere Magen um. Sie empfand eine so übermächtige Angst um ihre Schwester, als stünde Therese neben ihr und würde jeden Moment springen. Bei dem Gedanken an Francis hingegen stieg ein so unbändiger Hass in ihr auf, dass sie damit den Mond hätte verpesten können. Er war der Inbegriff des Bösen. Das spürte sie instinktiv. Der Instinkt weiß immer alles am besten. Francis hatte die Vögel umgebracht. Er würde rücksichtslos verletzen und zerstören und nicht mal ein schlechtes Gewissen haben.

Sie ertrug es nicht, die Bank zu betrachten, die sich unmerklich auflöste, während das letzte Tageslicht erstarb und sie vergeblich versuchte, sich auf das Wenige zu konzentrieren, das sie noch erkennen konnte, um es mit aller Macht in die Klarheit zu zerren. Die Umrisse des Schuppens waren gerade noch erkennbar. Im Innern brannte Licht.

Ein winziges flackerndes Licht, so klein, dass sie schon glaubte, sie hätte es sich nur eingebildet. Ein Zeichen, der Lichtbogen aus dem Kapellenfenster wies den Weg zu dem winzigen Licht in Edmunds Werkzeugschuppen.

Lamm Gottes, das du hinwegnimmst die Sünden der Welt, erbarme dich unser … Agnes murmelte und grummelte vor sich hin, hektisch, verwirrt, hungrig und … *Angus Dei, qui tollis peccata mundi.* Joseph war nach Hause gekommen, mochte Gott ihnen allen beistehen. Dies war keine Art, die Toten zu ehren, nein, ganz und gar nicht. Sie war nach der Wache am Bett der armen Matilda nach Hause gekommen, hatte nach Alkohol gestunken und war wie eine Furie den Gang entlanggetobt, halb krank, halb wahnsinnig. Ihre Haut hatte die Farbe einer zerquetschten Pflaume gehabt. *Wo ist er?*, hatte sie geschrien. *Wo ist er?* Ohne zu wissen, ob es Tag oder Nacht war. *Wo ist wer, Schwester? Was meinst du?* Und die einzige Antwort war gewesen: *Wo ist sie, wo ist sie, die Schlampe?* Im

Namen der Heiligen Jungfrau, sie konnten doch nicht wegen einer von ihnen die Polizei anrufen; ach, würde doch nur Francis zurückkommen, ihr geliebter Sohn, doch stattdessen hatte Anna in einem hübschen Kleidchen und den grässlichen Tennisschuhen, die sie immer trug und die sich Agnes insgeheim selbst wünschte, vor der Tür gestanden. Agnes würde keine Unruhestifter mehr einlassen. Der Einzige, den sie herbeisehnte und dem sie Zugang gewähren würde, war ihr kleiner Liebling. Allerhöchstens noch der Priester. Mochte der Himmel ihr beistehen, sie hatte den Anblick von Frauen satt. Nachdem sie die Tür zugeschlagen hatte und an ihren Platz zurückgekehrt war, um wider alle Hoffnung zum einen auf das Essen zu warten, zu dem sie nicht gerufen worden waren, zum anderen auf die Rückkehr zur Ordnung, die Barbara wohl irgendwann wieder herstellen würde, versteckte sie das Telefon unter ihrem Stuhl und legte den Hörer daneben. Sie hatte die unilaterale Entscheidung getroffen, dass sie sich schon um genügend Dinge kümmern mussten. Vom anderen Ende des Gangs hörte sie Joseph schreien, versuchte, die Ohren vor dem, was sie sagte, zu verschließen, und schaffte es nicht. Joseph konnte nun mal gut reden.

Von der Angst angestachelt, war es noch leichter als beim ersten Mal, die Mauer zu erklimmen. Zur Hölle mit vorbeikommenden Passanten, sollten sie eben zusehen. Sie konnte um sich treten, schreien, toben, und zusätzliche Energie entsprang dem Gedanken: Wenn sie mir noch einmal die Tür vor der Nase zuschlagen … Das Kleid bekam einen Riss, als sie sich rittlings auf die Mauer schwang, egal. Sie riss einen Streifen vom Saum ab, während sie dort oben saß, wickelte ihn um ihr Handgelenk wie ein Armband und rutschte Hals über Kopf auf der anderen Seite herunter. Der Efeu war nass und glitschig wie Öl. Sie schaffte es gerade, sich so festzuklammern, dass sie nicht im freien Fall herabstürzte, und landete mit einem dumpfen Aufprall, der ihr den Atem verschlug und sie auf den Boden der Tatsachen zurückversetzte. Zu dieser Tageszeit drangen die Geräusche von draußen tiefer herein als sonst. Nach der unsanften Landung blieb sie atemlos und so vorsichtig wie eine Katze erst einmal am Boden hocken. Tatsächlich war da eine, genau vor ihr, die sie durchdringend anstarrte. Anna fauchte die Katze an und beobachtete, wie sie aus Angst vor ihr davonhuschte.

Du bist sogar noch hübscher als deine Schwester. Und stärker auch. Anna schlich auf Zehenspitzen vom Gartentor auf den Bereich der Bank zu. Sie hielt Ausschau nach dem Abfall, den sie noch vor drei Wochen aus dem Fenster gesehen hatte und der jetzt nicht mehr da war. Beim Duft der Herbstblumen blieb sie stehen, doch das flackernde Licht aus dem Schuppen zog sie an. Aus der halb offenen Tür hörte sie ein Wimmern, spürte einen Schwall von Körperhitze und Schweiß. Das Wimmern kam von dem Körper auf dem gemusterten Stoff, den sie durch die Tür sehen konnte. Es vereinte sich mit der Stimme des Goldjungen, der splitternackt halb über diesem Körper kniete. Seine Beine waren zu lang für das Bett. Ihre Schwester lag bäuchlings unter ihm, die Hände im Haar vergraben, schluchzte, nein, Mutter, nicht, und versuchte die Beine zusammenzupressen, die er mit den Knien gespreizt hatte. Die Füße strampelten ziellos hin und her, und während Anna noch auf dieses Bild starrte, beugte sich Francis mit dem ganzen Oberkörper über Therese und biss sie ins Ohr. Du weißt genau, dass du es wolltest, du hast mich erwartet, nackt. Ich bin dein Bruder. Wir machen es so rum, damit du mich nicht ansehen musst, vertrau mir.

Anna zögerte. Dann fiel ihr als Detail auf, wie er seinen enormen Schwanz massierte und mit Spucke befeuchtete, während seine andere große braune Hand

Thereses Hals umschloss und sie festhielt. Vielleicht hatte Therese es gewollt, aber sie wurde festgehalten. Leidenschaft verträgt sich nicht mit Wimmern, oder? Und dann schrie Therese, bäumte sich auf und versuchte mit ihrem ganzen jämmerlichen Gewicht, ihn abzuschütteln. Anna tastete nach einem Stein. Seine Stimme hallte wider. *Psst, es hört dich ohnehin keiner.* Sie würde ihn umbringen, ihm den Schädel einschlagen, jetzt. Und in ihrem Kopf ging ein Echo herum: *Du sollst nicht töten noch den Tod deiner eigenen Seele erleiden.*

Der Goldjunge hatte einen Stapel scharfkantiger Betonbrocken neben dem Schuppen aufgehäuft. Einer lag genau vor ihren Füßen. Sie würde ihn umbringen.

Im nächsten Moment wurde sie zur Seite gestoßen. Eine schwarz gekleidete Gestalt rauschte an ihr vorbei, riss die Tür weit auf und hämmerte auf den nackten Rücken ein, als versuchte sie ihn wiederzubeleben, wobei sie unverständliche, nicht wiederholbare Laute von sich gab, *da, da, da,* als wollte sie ihm das Genick brechen. Die Schreie verwandelten sich in eine Symphonie, er brüllte wie ein angestochenes Schwein, sie tobte vor Wut, und der Körper darunter steuerte ein klägliches Wimmern bei. Dann packte Schwester Joseph von Aragon Francis am Haar, riss seinen Kopf nach hinten und stieß ihm ihr kleines, scharfes Messer in die Kehle, entschlossen, beinahe genüsslich, sieben Mal hintereinander. Die Kerze fiel in all dem Durcheinander um, verfing sich im feuchten Saum ihres Gewands, flackerte auf und erlosch. Danach gab es nur noch Dunkel und Stimmen.

Anna ließ ihren tödlichen Betonbrocken fallen. Dann rannte sie in den Schuppen und zerrte Therese unter dem noch warmen, zuckenden Körper hervor. Sie hörte nur den Klang des unaufhörlichen Schluchzens, das von Joseph kam. Dann flatterten auf einmal sämtliche Schwestern um Therese herum, versuchten sie zu beruhigen, legten ihr etwas um und führten sie sanft zurück zum Haus, zu dritt. Sie bedeckten ihre Blöße und murmelten, schon gut, schon gut. Jemand anders kümmerte sich genauso sanft um Joseph. Barbara blieb, scharrte mit der Schuhsohle über den Boden, wandte sich mit autoritärer Stimme an den Himmel und richtete ihre Taschenlampe in die offene Tür. Der Goldjunge mit seinen diversen Wunden erinnerte an den heiligen Sebastian. Sie trat ein und griff nach seinem Puls, kam dann mit blutverschmierten Händen wieder heraus.

»Er hat Joseph also den Alkohol besorgt? Und Matildas Hände verbrannt? Für wie blöd hältst du mich eigentlich, Francis? Nun ja, ich war wirklich blöd, du Teufel. Du hast versucht, eine Braut Christi zu vergewaltigen, und jetzt bist du genauso tot, wie ich blind war.«

Sie kochte vor Wut, doch ihre Stimme war kälter als Eis.

Anna stand hinter ihr, Agnes und Margaret rechts und links. Anna wollte zu Therese gehen, gleich würde sie zu Therese gehen, und selbst jetzt, inmitten von allem anderen, verspürte sie eine übermächtige Erleichterung, dass nicht sie diejenige gewesen war, die es getan hatte. Drei brüchige Stimmen erhoben sich und sangen: *Zu dir rufen wir verbannte Kinder Evas; zu dir seufzen wir trauernd und weinend in diesem Tal der Tränen. Wohlan denn, unsere Fürsprecherin, wende deine barmherzigen Augen zu uns. O clemens, o pia, o dulcis Virgo Maria …*

Sie trafen die Noten nicht ganz. Dann folgte ein langes Schweigen. Barbaras Taschenlampe zitterte nicht, doch ihr Busen wogte.

»Also schön«, sagte sie. »Sollen wir ihn vergraben oder verbrennen?«

Sie drehte sich zu den anderen um.

Eine kleine Stimme aus dem Nichts antwortete, am besten solle man den Priester rufen.

14

In der zweiten Woche des Monats vertrieb sich Kay McQuaid mitten an einem regnerischen Tag die Zeit damit, den goldenen Buddha aus dem Haus und hinunter bis zum hinteren Gartenzaun zu schleifen, wo sie ihn vom Küchenfenster aus sehen konnte. Fast über Nacht dunkelte seine glänzende Oberfläche nach und verlieh ihm Patina. Um auch am nächsten Tag etwas zu tun zu haben, umgab sie ihn mit kleinen immergrünen Büschen, die, so hatte man ihr erzählt, besonders gern von Vögeln aufgesucht wurden. Dazwischen vergrub sie ein kleines goldenes Kruzifix an einer Kette. Während sie noch mit einem Gin in der Hand und Schweiß auf der Stirn dastand, wusste sie, dass sie noch mehr von dieser Arbeit brauchte, und ging noch einmal in die Stadt, um Dutzende von Blumenzwiebeln zu kaufen, die sie für den Frühling einpflanzen würde. Die Statue hatte sich bereits eingelebt und saß zufrieden da, umgeben von ihren üppigen Aufmerksamkeiten. Mehr konnte sie nicht tun, um so etwas wie einen Schrein zu errichten. Er schenkte ihr Seelenfrieden. Nächstes Jahr würde sie sich dort wirklich an die Arbeit machen, immerhin wusste sie jetzt, dass sie hier bleiben würde. Sie würde etwas aus dem Garten machen. Würde die gepflegten Rabatten abschaffen und den Garten mit wuchernden Pflanzen und Farben füllen.

Sie murmelte ein schuldbewusstes Gebet, aus Dank, dass sie in Sicherheit war. Der Garten würde ihr helfen, etwas wieder gutzumachen. Es wäre so etwas wie ein Freundschaftsdienst. Irgendwer da oben, wer auch immer es war, würde es gutheißen.

Es war die dritte Woche im Oktober, und wie durch ein Wunder brannte ein Feuer im Kamin des Salons.

»Ich selbst glaube nicht unbedingt an die Existenz des Teufels«, erklärte Pastor Goodwin, an Anna gewandt. »Ich halte ihn für eine viel zu bequeme Vorstellung. Das Böse, ja, ein Teufel, nein. Jedenfalls keiner mit Hörnern und Schwanz. Vielleicht ein gefallener Engel. Immerhin hat so auch der Satan einmal angefangen. Ein Engel, der in einem ziemlich chaotischen Trennungsprozess abtrünnig wurde.«

Sie saßen im hinteren Teil der Kapelle und unterhielten sich mit normaler Lautstärke, als schwebte kein Kruzifix über ihnen. Ein sauberer, kühler Geruch hing in der Luft, alle Seitenfenster standen offen. Keine Spur von Weihrauch oder überflüssiger Dekoration. Es hatte in letzter Zeit keine weiteren Beerdigungen mehr gegeben; die vier Verblichenen, Schwester Jude, Edmund, Matilda und Jack McQuaid, waren mit sämtlichen Ehren beigesetzt worden und stellten einen Rekord dar, doch jetzt war schon seit mehr als einem Monat niemand mehr gestorben. So ist es häufig, hatte Goodwin entschieden festgestellt. Eine Serie von Katastrophen bildet noch lange kein festes Muster wie die Fliesen auf dem Fußboden im Gang. Nichts ist vorhersehbar, nur die Jahreszeiten. So freuen wir uns jetzt über die ersten Anzeichen des Winters und die Aussicht auf dunkle, schützende Nächte, allerlei Leckereien auf Toast und einen gesegneten Schlaf. Denk daran und an all die anderen kleinen Freuden.

»Vielen Dank, Christopher, aber ich glaube nicht, dass

ich Therese von dieser Idee erzählen könnte. Für sie ist es leichter, an einfache Wunder zu glauben, wie den Teufel in Verkleidung, der menschliche Gestalt annimmt. So hat es Jesus Christus ja angeblich auch gemacht, allerdings unter umgekehrten Vorzeichen. Es ist einfach romantischer, an zwei übermenschliche Männer zu glauben, die etwas zwischen sich austragen. Der Teufel steht für die Kraft des Bösen, die nur Gott erkennen und besiegen kann. Das macht es leichter, sich auf Gott zu verlassen.«

Er schob die Hände in die Achselhöhlen, um sie zu wärmen.

»Nun, dann ist sie nicht für das christliche Leben geeignet, oder überhaupt für ein religiöses Leben, wenn wir schon dabei sind. Solange sie sich an solche Konzepte klammert, vor allem, solange sie auf die hundertprozentige Verlässlichkeit Gottes vertraut, verweigert sie sich selbst eine wesentliche Erkenntnis. Sobald Gott menschliche Gestalt annimmt, was alle Götter tun, werden sie auch verletzlich. Und sie sind verletzlich. Sie funktionieren nur in Kooperation mit uns. Genau wie der so genannte Teufel, und Francis war kein Fleisch gewordener Dämon, was immer auch Therese glauben möchte. Allerdings hat er sich – mit erheblicher menschlicher Unterstützung – zu einem echten Satansbraten entwickelt.«

»Aber er war böse, nicht wahr? Nicht von Geburt an, das gebe ich zu, doch durch äußere Umstände dazu gemacht. Er muss schon so gewesen sein, als er hier auftauchte. Nicht mehr zu retten. Vielleicht wäre es besser, zu sagen, er war verflucht …«

»Das finde ich auch«, fiel Pastor Goodwin ihr ins Wort und rutschte auf dem unbequemen Bastsitz hin und her. »Verflucht, nicht von Natur aus böse. Verflucht auf eine Weise, für die viele andere Menschen mitverantwortlich waren. Einschließlich seiner sitzen gelassenen Mutter, seiner Freunde, die er sich vermutlich nicht aussuchen konnte. Auch die Art, wie er nach Anerkennung suchte, hat dazu beigetragen. Ein verfluchter Mensch wird sich dafür rächen wollen, dass er keine Identität besitzt.«

»Ist er wirklich auf den Strich gegangen?«

Christopher seufzte. »Ja, so hat man es mir jedenfalls erzählt. Hin und wieder. Deshalb neigt die Polizei zu der These, dass er sexuell abartig war. Er wurde auf frischer Tat ertappt und von einer Frau, die nicht im Besitz ihrer Sinne war, in stellvertretender Notwehr getötet, genau, wie er es verdient hat.«

»Es stimmt, er hat es verdient. Sozusagen.«

Christopher dachte an Kay McQuaid und dass er ihr eine abgeschwächte Version der Ereignisse hatte geben wollen, bis er merkte, dass sie die Wahrheit vorzog.

»Wenn man sich die Sache leicht machen will, sozusagen, dann ja, allerdings würde ich das nicht so ohne weiteres unterschreiben. Mich verfolgt die Vorstellung, dass es nach seinem Auftauchen hier möglicherweise Augenblicke gegeben hat, in denen man ihn hätte retten können, wenn er nicht auf eine so positive Fehleinschätzung gestoßen wäre. Man kann nicht mit letzter Sicherheit wissen, ob er Edmund umgebracht oder ihm nur beim Sterben zugesehen hat. Oder ob er, als er Sie unter falschem Vorwand an Barbara auslieferte, nicht nur versuchte, seine Position zu festigen, die gefährdet war. Das war sie nämlich immer, verstehen Sie. Und das wusste er auch. Wir wissen ebenfalls nicht, ob er Matildas Tod beabsichtigte oder ob er ihr einen Gefallen tun wollte, als er dem heiligen Michael eifersüchtig die Füße gewaschen hat. Vielleicht war es als Freundschaftsdienst für den Heiligen gedacht oder die Erfüllung einer Bitte. Er war ein ordentlicher und häuslicher Mensch, genau wie seine Mutter. Komisch auch, dass er immer zu erkennen gab, was er getan hatte oder bei nächster Gelegenheit tun würde, als legte er es geradezu darauf an, dass man ihn daran hinderte … Er ließ seine Mutter wissen, dass er da war, er trug das Kruzifix … Wir wissen einfach nicht, was seine Beweggründe waren. Ebenso wenig, ob er Therese tatsächlich in den Schuppen eingeschlossen hat oder die Tür zufällig ins Schloss gefallen ist.«

»Er war derjenige, der zurückkam, kein anderer.«

»Und ein nacktes Mädchen vorfand, das ihn erwartete.«

»Er kam zurück. Er hatte alles so eingefädelt. Das können Sie nicht leugnen.«

»Nein, will ich auch nicht. Aber die Nacktheit hat nur zu der Sache beigetragen, das ist alles, worauf ich hinaus will – Therese hatte keine Ahnung, was sie in Gang gesetzt hatte, dadurch, dass sie war, wie sie war und wo sie war, aber trotzdem hat sie beigetragen, mit ihrer Unschuld, aber auch sonst. Der Punkt ist, dass die Umstände den Teufeln zum Erfolg verhelfen, falls sie überhaupt existieren, meine Liebe. Sie selbst zeichnen sich eher durch Ignoranz aus. Sie sind einfach nicht clever genug, um eine Kultur zu erfinden, die sie so sein lässt, wie sie sind, und sie nicht für alles die Verantwortung übernehmen können oder müssen.«

»Und Sie sind der Advocatus Diaboli.« Sie setzte sich in den Mittelgang. »Indem Sie den gegenteiligen Standpunkt vertreten und behaupten, die Tugend könne es sich nicht leisten, blind zu sein, sonst sei es keine echte Tugend. Oder dass jeder mal aus Versehen etwas Böses tut, da weder Gott noch der Teufel wissen, was sie verdammt noch mal da eigentlich anrichten. Therese wird das nicht besonders hilfreich finden. Und ich selbst finde es nicht halb so nützlich wie meine Intelligenz.«

»Genau, meine Liebe. Jetzt sind wir wieder da, wo wir angefangen haben.«

Sie stand auf, körperlich ruhelos, ansonsten gelassen. Das lange Haar hatte sie sich abschneiden lassen, jetzt sah sie aus wie ein halbwüchsiger Junge mit weiblichen Kurven. Christopher hatte den brennenden Wunsch, dass sie überlebte, und damit meinte er, ehrenvoll überlebte, damit sie die außergewöhnliche Frau wurde, die er in ihr sah. Eine, die lieben und sich lieben lassen konnte, eine, deren Handeln einem rebellischen Geist entsprang, vielleicht mit einem Schuss Glauben, der sie aufrecht hielt, irgendeinem positiven Glauben. Er setzte all seine Hoffnungen in sie, und was für Hoffnungen! Sie bestärkten ihn in seiner Entschlossenheit, am Leben zu bleiben und das zu tun, was er am besten konnte. Sich um jemanden kümmern. Diskutieren. Reden. Sie hatten jeden Tag sämtliche bekannten Tatsachen auseinander genommen und diskutiert. Die Kapelle war wie geschaffen dafür. Anna ging ein paar Schritte, kam dann zurück und setzte sich wieder hin.

»Sie glauben doch nicht etwa, dass ich mir noch keine Gedanken über diese Dinge gemacht oder mir alternative Erklärungen für den armen Teufel ausgedacht hätte, oder? Ich hatte doch gar keine andere Wahl. Immerhin hätte ich Francis beinahe selbst umgebracht, und zwar allein auf der Basis dessen, was ich gesehen zu haben glaubte. Zwar finde ich nach wie vor, dass mein Impuls richtig und er verflucht war, aber trotzdem wünschte ich aufrichtig, er wäre nicht tot, was immer auch faul war mit ihm. Ich finde es einfach nicht gerecht. Es war meine Familie, die entscheidend an Francis' Entwicklung beteiligt war. Und mein Vater hat die ganze Sache ins Rollen gebracht, als er dieses verdammte, völlig sinnlose Testament entwarf. Das aber war nur der Anfang des letzten Kapitels, und dann gab es noch uns, die es fortsetzten, indem wir seine Briefe nicht lasen. Auch wir haben unseren Teil zu dieser Entwicklung beigetragen.«

»Ihr wart zu jung.« Wir, wiederholte er bei sich. Unseren. Nicht etwa Therese. Anna übernahm immer noch die Verantwortung für ihre Schwester. Sie wollte diese Bürde weiter tragen. »Gehen wir in den Garten und rauchen eine.«

»Nein. Es ist kalt. Gott wird schon nichts dagegen haben, wenn wir hier rauchen. Lieber Himmel, beim Letzten Abendmahl haben die Apostel vermutlich einen Joint durchgezogen. Hier, nehmen Sie eine von meinen. Wann kann ich mich mit Kay McQuaid treffen?«

»Wenn sie so weit ist. Wissen Sie, was, ich glaube, Sie sind dermaßen verrückt, dass Sie Kay wahrscheinlich mögen werden.«

»Solange sie sich nicht verändert hat. Ich mochte sie immer. Sie war nett zu mir. Wonach sonst soll man denn jemanden beurteilen?«

»Wie auch immer«, sagte Christopher und sah auf die Uhr. »Sie haben mit dem letzten Kapitel angefangen, aber die Geschichte begann mit dem ersten. Mit einer Vergewaltigung. Mit einem Kind, das niemand haben wollte, das aber auch niemand umbringen konnte. Sie begann mit Jack McQuaids Einsamkeit. Und ging nach ein paar dazwischen liegenden Kapiteln mit dem Kummer und der Verbitterung Ihres Vaters weiter, der in einer kalten, nassen Nacht ein Testament entwarf. Vermutlich nach ein paar Drinks. Sie wissen ja, welchen Einfluss das haben kann.«

Sie dachte an sich selbst und die Grimassen, die sie vor Barbara geschnitten hatte. Die Scham darüber hielt sich hartnäckig.

»Erzählen Sie mir noch einmal, was Francis zu Ihnen gesagt hat, als Sie gerade noch rechtzeitig gekommen sind, um ihm die Letzte Ölung zu spenden. Als er noch nicht ganz tot war.«

»›*Sagen Sie ihnen, dass ihr Vater ein guter Mann war.*‹ Das waren seine letzten Worte.«

»Klingt wie ein Akt der Reue. Und ziemlich mehrdeutig. Welcher Vater? Entschuldigen Sie, Christopher, aber ich bin nicht sicher, ob ich Ihnen glauben kann.«

»Dabei wissen Sie ganz genau, dass ich keinen Einfluss darauf habe, was Sie glauben.«

»Ich glaube, dass Gott, manche Götter oder irgendein Jagdhund des Himmels mir die Augen geöffnet hat und mir nach wie vor beisteht. Ich bin nicht mehr so arrogant, die Existenz von Göttern ganz zu leugnen, und will es auch gar nicht, aber ich könnte nicht einfach nur an einen glauben. Dem Monotheismus haben wir eine Menge Kriege zu verdanken. Jedenfalls gibt es keinen, der mir klar genug vor Augen führen könnte, warum mein Vater das getan hat. Ich meine nicht das Testament an sich, sondern, es so zu schreiben und abzuschicken.«

Die Frage war nicht neu.

»Schauen Sie genau hin, das ist alles, dann werden Sie es sehen. Benutzen Sie Ihre Intelligenz. Er wollte Ihrer beider Aufmerksamkeit erwecken. Er wollte, dass Sie nachdenken. Er wollte, dass Sie wissen, was ihn bewegt hat, ein solches Dokument zu verfassen. Zumindest wollte er Sie neugierig machen. Sie so überraschen und aufrütteln, dass Sie anfangen, nachzudenken und etwas zu entdecken. Er wollte, dass Sie wissen, wie er war. Er hatte entsetzliche Angst, dass Sie durch den religiösen Wahn Ihrer Mutter verdorben würden, und er war wütend auf euch, aber natürlich hat er ein solches Ende niemals beabsichtigt. Nicht in Millionen Jahren. Niemand hätte so etwas planen können. Er wollte Sie bloß provozieren.«

Sie paffte an ihrer Zigarette und beobachtete, wie sich der gotteslästerliche Rauch auf das Seitenfenster zukräuselte. Die nackten Äste der Bäume hinter dem großen, bogenförmigen Fenster schwankten sacht hin und her. Diesen Bäumen wandten sich beide zu, wenn sie sich gegenseitig nicht ansehen konnten.

»Ich finde, es ist ein bisschen zu viel verlangt, wenn man von mir erwartet, Francis oder auch meinem Vater zu verzeihen, was sie getan haben, Christopher. Ich hasse das alte Klischee: Alles verstehen heißt alles verzeihen, papperlapapp. Es verweigert einem das Recht auf seine Wut, die oft viel konstruktiver ist.«

»Oh, papperlapapp, zufälligerweise haben Sie Recht, und ich erwarte so etwas nicht, aber ich fordere Sie auf, darüber nachzudenken. Der gewaltige Einfluss des so genannten Teufelswerks ist nicht immer nur negativ, glaube ich. Sehen Sie nur, was Francis ausgelöst hat, ohne es zu wollen. Er hat dafür gesorgt, dass Ihre Schwester eher früher als später noch einmal über ihre Berufung nachdenkt. Er hat sie an die Hand Ihrer Mutter erinnert, die Sie beide festhielt, hat sie in ein Leben katapultiert, das auf der Wahrheit basiert. Er hat Ihnen und ihr Einsicht in das mörderische Potenzial von Liebe und Lügen gewährt …«

»Aber auch von guten Absichten. Und mich dankbar gemacht, dass wir Joseph haben. Weil sie für mich gehandelt hat. Denn davon hätte sich mein Herz oder meine Seele oder was auch immer niemals erholen können. Ich verdanke ihr mein Leben.«

»Das ist ihre einzige Rettung. Denn abgesehen von der Tatsache, dass sie ihn aus Rache für Matilda getötet hat und es nicht wirklich bedauert, tröstet sie die Tatsache, dass sie jemanden vor derselben Tat bewahrt hat. Ich hatte gehofft, dass Sie Ihrem Vater auf dieselbe außergewöhnliche, großzügige Art verzeihen könnten, wie es Ihnen offenbar bei Ihrer Mutter gelungen ist.«

»Moment mal … was soll denn das jetzt wieder? Wieso bringen Sie plötzlich die Tugend ins Spiel? Wir haben so viel geredet, dass ich mich selbst schon anhöre wie ein Pfaffe, so wie Sie, Christopher. Täuschen Sie sich nicht, ich habe ihr nicht verziehen. Um Ihren Jargon zu benutzen, ich habe nur höflicherweise den Versuch gemacht, zu verstehen, welch entsetzliche Angst sie um uns gehabt haben muss, welch schrecklicher Wahn sie dazu veranlasst hat, uns einzusperren, welche Angst sie vor dem Verlassenwerden hatte, und das Einzige, was für sie spricht, ist die Tatsache, dass es kein Hass war. Ich glaube, dass sie dumm war, unfähig, sich selbst zu analysieren, und voller Selbsthass. Was sie getan hat, war eine Perversion von Liebe, aber ich bin weit davon entfernt, ihr zu verzeihen, glauben Sie mir. Die Schuld dafür trägt ER.« Sie zeigte mit dem Daumen auf das Kruzifix. »Immerhin hat er zu allem, was sie tat, seinen Segen gegeben. Braver Junge, unser Jesus.«

Das machte Pastor Goodwin wütend, und um ein Haar hätte er sie angeschrien. Eine der Schwestern tauchte an der Tür auf und zog sich hastig wieder zurück. Was hatte dieses Kind mit ihm gemacht, abgesehen davon, dass es seinen Glauben zu neuem Leben erweckt hatte? Jedenfalls würde er nicht zulassen, dass man Christus in Zweifel zog und beleidigte.

»Nein, hat er nicht! Sie hat sich einen Gott ausgedacht, der das getan hätte. Die Menschen erfinden andauernd ihre eigenen Götter. Was glauben Sie wohl, zu wem ein Terrorist betet? Dem Gott aus der Bibel oder dem aus seiner Vorstellung?«

Sie grinste, und er stöhnte. Er fiel immer wieder auf sie rein.

»Ich wusste, dass Sie das auf die Palme bringen würde. Kommen Sie, gehen wir doch lieber in den Garten. Es ist nicht richtig, hier drin zu rauchen.«

»Na schön.«

Er schlurfte nervös aus der Kapelle, durch den Salon ins Freie und sah sich dabei um, als würde er verfolgt. Wie komisch, dass Gott es hier draußen wärmer gemacht hatte als in diesem kühlen, eleganten Ambiente. Sie rauchten ihre Zigarette neben dem heiligen Michael zu Ende. Christopher wirkte nervös, und sie empfand eine gewisse Fürsorglichkeit angesichts seiner Hartnäckigkeit, die ihn einiges kostete, aber sie war auch auf der Hut. Sie wollte nicht, dass irgendwer ihren Verstand in Frage stellte. Davon hatte sie die Nase voll. Ihr Verstand brauchte niemanden, er brauchte nur die Erziehung, die er verpasst hatte, Übung. Er wollte lernen.

»Was ist mit Ihrem Vater?«, fragte er und fegte die Asche vom Fuß des Heiligen. Falls sie wollte, dass er weiter in diesen Garten hineinging, würde er, nein, müsste er ablehnen. Er verfolgte ihn, es war ein Ort, an dem er immer zu spät kam. Anna holte tief Luft. Nichts anderes in diesem letzten Monat hatte ihr die Tränen in die Augen getrieben. Nicht einmal, Ravi zu sagen, dass es besser war, wenn sie sich eine Weile nicht mehr sahen, bis sie ihren Weg oder auch einen anderen ein wenig weitergegangen war, vielleicht, wenn es ihr wieder besser ging.

»Was soll mit meinem Vater sein? Ich wünschte mir nichts mehr auf der Welt, als dass ich ihn besser gekannt hätte. Ich wünschte, es wäre erlaubt gewesen. Ich wünschte, ich hätte andere Gründe, warum ich meiner Mutter nicht vergeben kann, denn es war das Schlimmste, was sie getan hat. Sie hat uns beigebracht, ihn zu hassen, nur weil sie ihn selbst hasste. Wahrscheinlich waren wir nicht ganz unschuldig daran. Und er vermutlich auch nicht. Wie einsam muss er gewesen sein, einsamer als ich, und alles, woran ich mich erinnere, ist das Lachen in der Kirche. Die Fragen. Er war wie ich, er war genauso reizbar wie ich. Ich hätte mir gewünscht, mich mit ihm streiten zu können. Ich hatte niemanden, von dem ich lernen, und nur die Religion, gegen die ich mich auflehnen konnte. Ich hätte gern die Chance gehabt, ihn zu entschädigen. Die Gelegenheit, etwas wieder gutzumachen, soweit das überhaupt möglich gewesen wäre. Unsere Fehleinschätzung und verdammte Ignoranz rückgängig zu machen.«

Goodwin merkte, wie ihm der Schweiß ausbrach.

»Obwohl er andere manipulierte und seine Spiele spielte? Es mit der Wahrheit gelegentlich nicht so genau nahm?«

»Das tut jeder, wenn es sein muss. All das könnte auch auf mich zutreffen, ganz gewiss auf Sie und auf Schwester Jude. Es kommt immer darauf an, welches Motiv dahinter steht. Man kann all das tun in einem sinnlosen Versuch, gut zu sein. Oder weil man jemanden braucht, der einem zuhört. Oder um einen anderen nicht zu verletzen. All das ist nicht unvereinbar mit dem Wunsch, gut zu sein.«

Sie stieß einen langen bedauernden Seufzer aus.

»Also habe ich nur ein Problem, Christopher, und das ist das Einzige, mit dem ich nicht fertig werde. Einen dicken, fetten Klumpen reinen Selbstmitleids. Und alles nur, weil ich zu jung bin, um mutterseelenallein auf der Welt zu sein. Ich wünschte, ich wäre es nicht. Es ist ein Abgrund, gegen den ich mit meinem Verstand nicht ankomme. Es führt dazu, dass ich das Risiko eingehe, etwas Unwirkliches zu erfinden, um das Loch zu stopfen. Ich fühle mich betrogen. Genau wie mein Vater.«

Er versuchte, tief Luft zu holen, langsam und sorgfältig zu sprechen, und doch blieben ihm die Worte im Hals stecken.

»Ich glaube, er wartet mittlerweile im Salon. Zwölf Uhr, hat er gesagt.«

»Was?«

»Ihr Vater. Vielleicht erkennen Sie ihn an der Stimme wieder. Allerdings kann er sie ganz gut verstellen.«

Sie stand auf und wischte sich den Schmutz von der Rückseite ihrer Jeans. Dann schlug sie sich ins Gesicht, nur ganz leicht, damit sie aufhörte zu zittern. Er wurde blass, als könnte er den Abdruck ihrer Hand spüren. Dann lachte sie unsicher.

»Ist das etwa ein Wunder? Sie Schwindler. Ich dachte, wir hätten ausgemacht, dass Sie mich nie belügen.«

»Das habe ich auch nie getan«, sagte er und kreuzte dabei hinter dem Rücken die Finger. »Nicht, was den Kummer Ihres Vaters oder seine Motive angeht oder warum er sein Leben so unerträglich fand, dass er ein Testament verfasste und verschwand. Oder was er mit seinem Tod zu erreichen hoffte. Die Aufmerksamkeit seiner Töchter.

Es war eine ausgeklügelte, dumme, egoistische und gemeine Verschwörung, denn er ist nicht tot. Er hat einfach gewartet. Und wie wir bei unserer Diskussion gesehen haben, ist der Teufel selten so schlimm wie ein Mensch mit guten Absichten.«

»Sie reden zu viel. Er hat mich immer angerufen. Er war es. Ich habe immer geträumt, dass er es wäre. O Gott, Sie Mistkerl! Was um alles in der Welt soll ich sagen? Wo ist er, was haben Sie gesagt?«

»Sie haben mich ganz richtig verstanden. Im Salon. Warum würde Barbara sonst wohl ein Feuer machen?«

Sie rannte los. Christopher blieb neben den Füßen des heiligen Michael sitzen und staunte, wie sauber sie waren. Dann wandte er die Augen dem Himmel und der tröstlichen Gegenwart der Häuser zu, eine Minute oder etwas länger, bevor er der Versuchung zu spionieren nicht länger widerstehen konnte. Sie würden es nicht merken.

Er konnte Calvert sehen. Ein sehr kleiner Mann, so wie er sich Christus und den heiligen Christophorus immer vorgestellt hatte, klein und entschlossen, vielleicht eine Spur aggressiv. Ein bisschen wie ein rauer italienischer Restaurantbesitzer, der weiß, dass sein Essen besser ist als das aller anderen. Anna stand ein paar Schritte von ihrem Vater entfernt. Sie musterten einander argwöhnisch. Sie würde sich nicht von den Tränen täuschen lassen, die sie beinahe sprachlos machten. Beinahe. Er brachte keinen Ton heraus. Sie sprach als Erste.

»Wo hast du bloß die ganze Zeit gesteckt?«

»In einer Art Hölle«, antwortete er.

»Und wie ist es da?«

Er seufzte und stolperte über seine eigenen Worte.

»Ich glaube, du weißt es. Ich glaube, du warst auch da. Du trägst es mit dir herum wie eine Dornenkrone.«

Erst jetzt ging sie quer durch das Zimmer auf ihn zu, auf einen kleinen, fast hässlichen Mann, der ihr sofort vertraut war mit seiner hohen, gewölbten Stirn und einem Gesicht, so faltig und lebendig wie das eines alten Jagdhunds. Tränen sammelten sich an seinem Kinn. Sie zupfte an seinem Jackett und zog ihn am Haar, um sich zu beweisen, dass er echt war, dann hielt sie ihn ganz fest. Sie schwankten in einer ungeschickten Umarmung und hielten sich gegenseitig aufrecht.

»Es tut mir Leid«, murmelte er an ihrer Schulter. »Es tut mir so Leid. Ich hätte nicht … ich sollte …«

»Hör auf damit. Keiner von uns beiden wird so etwas sagen. Niemals.«

Seine Stimme war tief und gebrochen.

»Oh, Gott sei Dank. Gott sei Dank.«

Sie standen schweigend da. Das Feuer prasselte. Barbara hatte keine Kosten gescheut.

Ihre eigene Stimme klang winzig aus der Tiefe seines Jacketts.

»Hast du das wirklich gesagt?«

»Was habe ich gesagt? Oh, Gott sei Dank, dass du lebst … Gott sei Dank.«

»Hast du dich gerade gehört, Dad? Hast du gehört, was du gesagt hast? Wirst du dir selbst mal zuhören? Schäm dich! Du hast Gott nie für irgendwas gedankt.«

Er hatte ein feines Lachen, das erstaunliche Ähnlichkeit mit dem ihren aufwies. Sie lachten so sehr, dass ihnen die Tränen in die Augen stiegen und der Klang ihres Lachens bis zum Dach des Klosters schwebte. Dann löste sich Anna von ihm, hielt ihn auf Armeslänge von sich weg, ohne seine Hände loszulassen, und musterte ihn von oben bis unten.

»Oh, Dad, was soll ich bloß mit dir machen«, jammerte sie. »Ich habe allen Leuten erzählt, dass du ein großer Mann warst. Ein Riese. Wie soll ich dich bloß irgendwohin mitnehmen?«

Sein Grinsen war genauso breit wie das ihre.

»Ich bleibe einfach sitzen.«

vertraut war mit seiner hohen, gewölbten Stirn und einem Gesicht, so faltig und lebendig wie das eines alten Jagdhunds. Tränen sammelten sich an seinem Kinn. Sie zupfte an seinem Jackett und zog ihn am Haar, um sich zu beweisen, dass er echt war, dann hielt sie ihn ganz fest. Sie schwankten in einer ungeschickten Umarmung und hielten sich gegenseitig aufrecht.

»Es tut mir Leid«, murmelte er an ihrer Schulter. »Es tut mir so Leid. Ich hätte nicht … ich sollte …«

»Hör auf damit. Keiner von uns beiden wird so etwas sagen. Niemals.«

Seine Stimme war tief und gebrochen.

»Oh, Gott sei Dank. Gott sei Dank.«

Sie standen schweigend da. Das Feuer prasselte. Barbara hatte keine Kosten gescheut.

Ihre eigene Stimme klang winzig aus der Tiefe seines Jacketts.

»Hast du das wirklich gesagt?«

»Was habe ich gesagt? Oh, Gott sei Dank, dass du lebst … Gott sei Dank.«

»Hast du dich gerade gehört, Dad? Hast du gehört, was du gesagt hast? Wirst du dir selbst mal zuhören? Schäm dich! Du hast Gott nie für irgendwas gedankt.«

Er hatte ein feines Lachen, das erstaunliche Ähnlichkeit mit dem ihren aufwies. Sie lachten so sehr, dass ihnen die Tränen in die Augen stiegen und der Klang ihres Lachens bis zum Dach des Klosters schwebte. Dann löste sich Anna von ihm, hielt ihn auf Armeslänge von sich weg, ohne seine Hände loszulassen, und musterte ihn von oben bis unten.

»Oh, Dad, was soll ich bloß mit dir machen«, jammerte sie. »Ich habe allen Leuten erzählt, dass du ein großer Mann warst. Ein Riese. Wie soll ich dich bloß irgendwohin mitnehmen?«

Sein Grinsen war genauso breit wie das ihre.

»Ich bleibe einfach sitzen.«

Es war eine ausgeklügelte, dumme, egoistische und gemeine Verschwörung, denn er ist nicht tot. Er hat einfach gewartet. Und wie wir bei unserer Diskussion gesehen haben, ist der Teufel selten so schlimm wie ein Mensch mit guten Absichten.«

»Sie reden zu viel. Er hat mich immer angerufen. Er war es. Ich habe immer geträumt, dass er es wäre. O Gott, Sie Mistkerl! Was um alles in der Welt soll ich sagen? Wo ist er, was haben Sie gesagt?«

»Sie haben mich ganz richtig verstanden. Im Salon. Warum würde Barbara sonst wohl ein Feuer machen?«

Sie rannte los. Christopher blieb neben den Füßen des heiligen Michael sitzen und staunte, wie sauber sie waren. Dann wandte er die Augen dem Himmel und der tröstlichen Gegenwart der Häuser zu, eine Minute oder etwas länger, bevor er der Versuchung zu spionieren nicht länger widerstehen konnte. Sie würden es nicht merken.

Er konnte Calvert sehen. Ein sehr kleiner Mann, so wie er sich Christus und den heiligen Christophorus immer vorgestellt hatte, klein und entschlossen, vielleicht eine Spur aggressiv. Ein bisschen wie ein rauer italienischer Restaurantbesitzer, der weiß, dass sein Essen besser ist als das aller anderen. Anna stand ein paar Schritte von ihrem Vater entfernt. Sie musterten einander argwöhnisch. Sie würde sich nicht von den Tränen täuschen lassen, die sie beinahe sprachlos machten. Beinahe. Er brachte keinen Ton heraus. Sie sprach als Erste.

»Wo hast du bloß die ganze Zeit gesteckt?«

»In einer Art Hölle«, antwortete er.

»Und wie ist es da?«

Er seufzte und stolperte über seine eigenen Worte.

»Ich glaube, du weißt es. Ich glaube, du warst auch da. Du trägst es mit dir herum wie eine Dornenkrone.«

Erst jetzt ging sie quer durch das Zimmer auf ihn zu, auf einen kleinen, fast hässlichen Mann, der ihr sofort

Goodwin fand, dass er noch nie etwas Schöneres gehört hatte als dieses Lachen. Mit Ausnahme einer grölenden Menge vielleicht. Möglich, dass sie sich in der nächsten Minute streiten würden, und auch das wäre in Ordnung, völlig normal. Er hatte Calvert gesagt, er solle sich nicht der Illusion hingeben, dass er nun das Leben seiner Töchter für sich beanspruchen könne. Oder sich einbilden, er könne ihnen sagen, was sie tun sollten.

Er putzte sich die Nase und dachte an sein nächstes Problem. Es würde ein bisschen schwerer sein, Kay McQuaid davon zu überzeugen, dass ihr Junge etwas Gutes bewirkt hatte. Denn wie heißt es so schön? Wenn man Gutes tut, muss man es auch meinen.